# UNE NOUVELLE CHANCE

DU MÊME AUTEUR

*La Boîte aux secrets*, Belfond, 2006

Vous pouvez consulter le site de l'auteur à l'adresse suivante :
www.hollykennedy.com

HOLLY KENNEDY

# UNE NOUVELLE CHANCE

*Traduit de l'américain*
*par Évelyne Jouve*

**belfond**
12, avenue d'Italie
75013 Paris

Titre original :
*THE PENNY TREE*
publié par NAL Accent, an imprint of New American Library,
a division of Penguin Group (USA) Inc.

Si vous souhaitez recevoir notre catalogue
et être tenu au courant de nos publications,
vous pouvez consulter notre site internet :
www.belfond.fr
ou envoyer vos nom et adresse, en citant ce livre,
aux Éditions Belfond,
12, avenue d'Italie, 75013 Paris.
Et, pour le Canada,
à Interforum Canada Inc.,
1055, bd René-Lévesque-Est,
Bureau 1100,
Montréal, Québec, H2L 4S5.

ISBN : 978-2-7144-4291-8

Et, pour la traduction française

place
des
éditeurs

© Belfond, un département de , 2008.

*À maman, l'une des femmes les plus courageuses*
*que je connaisse*

*Un jour, tu croiras que tout est fini mais ce sera le commencement.*

Anonyme

# 1

À soixante-dix pas en direction de la forêt, en partant d'un promontoire rocheux qui domine la mer, il y a un grand sapin. Sur le tronc de ce grand sapin, il y a un penny fixé à l'aide d'un clou. Et sur ce penny, on peut lire l'inscription : *IN GOD WE TRUST* (« En Dieu nous croyons ») ainsi que l'année : 1969. Contrairement à ce que l'on pourrait imaginer, le clou n'est pas enfoncé exactement au centre de la pièce, mais légèrement décalé sur la gauche, près du bord.

Pourquoi cette pensée traversa-t-elle l'esprit d'Annie Hillman à son réveil ce matin-là ? Elle aurait été bien en peine de l'expliquer. Ce dont elle était certaine, en revanche, c'était que le temps n'avait pas de prise sur ses souvenirs : vingt-cinq ans après, elle se rappelait comme si c'était hier le jour où son père et elle avaient contemplé le tronc de cet immense sapin en se disant que, vraiment, ce ne serait pas correct d'enfoncer un clou dans le cou d'un homme aussi juste et bon qu'Abraham Lincoln.

Annie repoussa ses couvertures et pressa les mains sur ses tempes dans l'espoir de soulager une migraine qu'elle n'avait, hélas, pas volée. Si certains événements survenus au cours de l'année lui semblaient brumeux et confus, d'autres, en revanche, étaient d'une limpidité de cristal – mais c'était justement ceux qu'elle aurait préféré oublier. Elle donna un coup de doigts rapide dans ses cheveux afin de les discipliner, enfila un vieux T-shirt sur un jean, puis se glissa dans le couloir sur la pointe des pieds. À en croire le silence qui régnait dans la chambre des garçons, ils dormaient encore.

Elle descendit dans la cuisine, griffonna un bref message : « *Partie faire un tour en kayak. De retour dans une heure. Tendresse. Maman* ». Puis elle ouvrit le réfrigérateur, aperçut quatre emballages de déjeuners alignés sur le rayon du bas, et se rappela que Sawyer avait passé la nuit à la maison. Elle se trouvait à côté, dans la salle de séjour, en train de s'étirer en bâillant, ses cheveux châtain-roux en bataille.

— Merci d'avoir préparé les déjeuners, lui chuchota-t-elle.

Sawyer se mit debout, leva une jambe, ramena son talon en arrière et resta en équilibre sur une jambe comme un flamant rose.

— Pas de quoi, tantine.

— Je sors pagayer un peu. Je serai de retour dans une heure, d'accord ?

— D'accord. À plus.

Annie se faufila dehors en songeant à nouveau à son père, dont elle avait hérité le vieux kayak en bois de balsam. Tandis qu'elle descendait les deux marches du perron, elle se demanda ce qu'il penserait de la façon dont elle avait mené sa vie s'il était encore de ce monde. Il n'y avait pas de quoi pavoiser. Elle était en instance de divorce, il lui restait un peu moins de trois cents dollars sur son compte en banque et elle n'avait plus de travail depuis six mois. Cette mise à pied venait couronner une longue liste de faillites personnelles et d'humiliations dont elle semblait s'être fait une spécialité depuis dix ans.

La scène avait eu lieu un vendredi matin. Elle venait d'arriver dans la clinique de rééducation fonctionnelle où elle travaillait depuis un an quand le directeur l'avait convoquée dans son bureau pour l'informer de sa décision de mettre un terme à leur collaboration.

Annie l'avait regardé droit dans les yeux.

— Et pour quelle raison ?

— Nous avons reçu des plaintes à votre sujet.

Elle avait froncé les sourcils.

— Vous voulez parler de Myrna Phillips, je suppose ?

— Cette dame est cliente chez nous depuis des années, Annie.

— Possible, mais je suis sa kinésithérapeute, pas sa psy.

— *Possible*, avait-il concédé avec un sourire glacial. Mais quand on y réfléchit bien, les kinés et les psys font un peu le même métier, non ? Ils sont là l'un comme l'autre pour écouter leurs clients. Pour leur apporter du réconfort. Du ré-con-fort ! Pas pour les *insulter* !

Sa voix était montée dans l'aigu et deux ronds rouges étaient apparus sur ses joues.

*Respire*, aurait dû se dire Annie. *Compte jusqu'à dix.* Au lieu de cela, elle s'était penchée vers lui, les mâchoires serrées.

— Je vais vous poser une question. Imaginez que vous ayez des créanciers qui vous harcèlent vingt-quatre heures sur vingt-quatre au téléphone, un gamin de onze ans qui sort de huit jours de chimiothérapie, et un autre de treize ans qui passe son temps à filer en douce pour aller rejoindre son père... Vous pensez *vraiment* que vous seriez d'humeur à supporter les jérémiades d'une vieille toupie multimilliardaire qui passe ses séances de rééducation à vous raconter ses galipettes avec son petit jardinier de vingt-quatre ans ?

Il avait levé les mains d'un geste horrifié.

— Cela ne me regarde pas !

— Justement : moi non plus ! avait-elle rétorqué du tac au tac.

Il avait pianoté sur son bureau, comme pour s'aider à réfléchir, puis avait ouvert une chemise cartonnée, devant lui.

— D'autres personnes se sont plaintes. La semaine dernière, quand M. Talmage vous a signalé une douleur au niveau des lombaires, vous avez, paraît-il, levé les yeux au ciel en lui disant qu'il devrait essayer de donner naissance à un bébé pour savoir ce que souffrir veut dire.

Annie ouvrit la bouche, mais aucun son n'en sortit.

— Lundi, Mme Veloso vous a demandé de lui masser la nuque lorsque vous en auriez terminé avec ses pieds et vous lui avez répondu, je cite : « D'accord, mais donnant donnant : après, vous masserez la mienne. » Et hier, quand Mme Edwards vous a dit qu'elle était épuisée, vous avez rétorqué avec ironie : « Bienvenue au club ! » Et ce n'est pas tout. Il y a deux jours...

Annie l'écouta poursuivre, les yeux baissés. Un sentiment d'impuissance l'envahit en comprenant que c'était sans espoir. Il l'avait jugée et condamnée avant même de la faire venir dans son bureau ! Puis, comme elle se levait pour partir, elle se rendit compte qu'elle-même était incapable d'expliquer comment elle en était arrivée là. Elle avait besoin de ce travail, bien sûr, mais elle n'arrivait plus à contrôler sa vie. Elle se faisait l'effet d'une cocotte-minute sur le point d'exploser, d'un jongleur qui a beaucoup trop de balles à rattraper.

— Annie ? avait-il dit, interrompant le fil de ses pensées. Vous savez ce dont vous avez besoin ?

— D'affûter mes talents de psy ? avait-elle hasardé.

— Non.

Sa voix s'était teintée d'inquiétude.

— Vous avez besoin de vous reposer.

Annie avait fermé les yeux. *Non, sans blague ?*

— Je suis sérieux. Vous devriez prendre des vacances et penser un peu à vous.

— Excellente idée, avait-elle répondu en grimaçant un sourire. Je vais y réfléchir.

Quelques jours plus tard, une dépression aussi sournoise qu'inattendue jetait sur elle ses tentacules, l'agrippait aux chevilles et l'entraînait vers le fond, anéantissant toute perspective d'un avenir meilleur, toute velléité de se battre. Elle passa la majeure partie de ses journées à dormir, refusant la moindre intrusion de la réalité à l'intérieur de sa bulle, renonçant aux tâches les plus élémentaires du quotidien, comme préparer les repas, gérer les disputes entre les garçons… renonçant même à s'inquiéter de savoir comment elle allait payer son loyer.

Puis, par un après-midi pluvieux, la maison prit l'eau au sens propre du terme. Annie dormait sur le canapé du salon, toujours en pyjama, quand un bruit de cataracte l'arracha à son sommeil. Elle entrait en zigzaguant dans la cuisine à la seconde précise où le plafond, transformé depuis plusieurs heures en bassin de retenue, cédait d'un seul coup, déversant un véritable déluge dans la pièce. Annie lutta pendant de longues minutes avec une serpillière et un seau, en vain. La brèche était trop importante et la pluie ne lui laissait aucun répit. Elle battit finalement en retraite, sauvant de ce naufrage une poignée de factures – impayées, tout comme celle que ne manquerait pas de lui envoyer son propriétaire lorsqu'il constaterait le désastre.

Quand les garçons rentrèrent du lycée, une heure plus tard, ils trouvèrent leur mère assise sur la pelouse, en pyjama, trempée de la tête aux pieds. Elle sanglotait sous la pluie, la main serrée sur un pistolet agrafeur. Renonçant à éponger l'inondation, elle était allée chercher une échelle et une bâche orange dans le garage, puis elle était montée sur le toit. En équilibre sur les tuiles ruisselantes, elle avait déployé la bâche sur la brèche et l'avait fixée jusqu'à épuiser toutes ses munitions.

Son fils cadet, Eric, émit une sorte de gémissement étouffé en la voyant. Elle leva les yeux et s'essuya le front d'un coup de poignet, l'air hébété, stupéfaite de les découvrir là tous les deux. Eric semblait effrayé, mais ce fut le visage figé de Luke, le mépris qu'elle lut dans son regard quand elle leur dit : « Tout va s'arranger, il n'y a pas de problème », la façon dont il tourna les talons et rentra dans la maison (comme si elle n'existait pas) qui lui firent prendre conscience de ce qu'elle était devenue. Elle avait besoin d'aide.

Son généraliste étant en vacances, elle se rendit le lendemain matin dans une permanence médicale où elle fut reçue par un gamin qui semblait n'avoir même pas l'âge requis pour passer son permis de conduire, encore moins celui d'obtenir un diplôme de médecine. Et malgré ça, quand il lui demanda ce qui l'amenait, Annie se mit à parler, parler, sans parvenir à s'arrêter. Elle lui confia des choses qu'elle n'avait jamais dites à personne. Des choses sur Jack et elle qui le firent rougir ; des choses sur la maladie d'Eric qui remplirent son regard de compassion ; des choses sur Luke qui lui firent froncer les sourcils. Elle commença son récit six ans plus tôt, certaine que c'était à cette époque que tout s'était dégradé ; elle essuya ses larmes à deux reprises, s'interrompant pour chercher d'une main tremblante un mouchoir en papier dans son sac. Puis, une trentaine de minutes après s'être assise en face de lui, elle cessa sa logorrhée et croisa les mains sur ses genoux, vidée.

15

Tout en pianotant sur sa table avec son stylo, le jeune médecin lui posa quelques questions. Voyait-elle encore son mari ? Avait-elle de la famille dans la région, susceptible de l'aider ? Avait-elle déjà eu des pensées suicidaires et, si oui, souhaitait-elle lui en parler ? Annie pencha la tête sur le côté, les sourcils légèrement froncés. Non, pas de pensées suicidaires, répondit-elle, mais le moment était-il bien choisi pour lui poser ce genre de question ?

Il lui expliqua d'un air gêné que c'était la procédure.

— Oh, bien.

Elle posa la tête sur son bureau, en se demandant quel était le protocole prévu quand des patients prenaient deux ou trois fois plus de temps qu'une consultation normale parce qu'ils étaient en pleine débâcle personnelle. Elle fit courir son index sur le rebord de la table et compta mentalement les manuels de médecine alignés sur les étagères, derrière lui. Elle aurait voulu savoir s'il s'en servait de temps en temps ou s'ils étaient là juste pour épater la galerie, pour rassurer les patients, en quelque sorte, vu son jeune âge. Elle ferma les yeux, gagnée par l'épuisement. Dehors, le grondement lancinant des travaux de voirie prit soudain une tonalité apaisante, presque agréable.

— Madame Hillman ?

Surprise, Annie se redressa et lissa ses cheveux.

— Euh... oui ?

Il lui tendit une ordonnance, en lui souriant comme s'il s'agissait d'un cadeau.

— Avec ça, vous allez vous sentir tout à fait bien, affirma-t-il.

Elle haussa un sourcil.

— Vraiment ?

— Vraiment.

Annie contempla la feuille de papier. Il lui avait prescrit du Zoloft.

— Je vous ai dit que mon fils cadet, Eric, a eu un problème de perfusion pendant sa séance de chimiothérapie, la semaine dernière ? murmura-t-elle en pliant l'ordonnance en deux, puis en quatre. Sa veine a claqué et le liquide s'est répandu sous sa peau, la brûlant comme de l'acide. Il hurlait tellement que les

16

infirmières ont dû s'y mettre à deux pour le tenir. Et moi, je ne pouvais strictement rien faire pour le soulager.

Elle inclina la tête sur le côté, les sourcils légèrement froncés.

— Je vous ai dit également que mon aîné, Luke, ne m'adresse quasiment plus la parole depuis des mois ?

Elle glissa l'ordonnance dans son sac et se leva.

— Et aussi que j'ai perdu mon travail ? Que mes créanciers me téléphonent six fois par jour ? Que je ne parviens même pas à me rappeler ce qu'on ressent quand on est heureux ? Et que je ne me suis jamais sentie aussi seule de toute ma vie ?

— Vous voulez l'adresse d'un psy ? suggéra-t-il en glissant son stylo dans la poche de poitrine de sa blouse blanche.

— Je n'ai pas d'argent, lui rappela-t-elle.

Il détourna les yeux en rougissant.

— Il existe des thérapies de groupe qui coûtent moins cher.

— Pas de problème, affirma-t-elle en ouvrant la porte. Je vais me sentir tout à fait bien.

En arrivant chez elle, elle trouva sa sœur, Marina, qui l'attendait devant la porte. Elle prétendit être à Seattle pour assister à un séminaire, mais Annie ne fut pas dupe : elle était venue uniquement pour prendre de ses nouvelles.

— Pourquoi ne reviens-tu pas t'installer à Eagan's Point ? suggéra Marina en entrant dans la maison. Maman cessera enfin de se plaindre qu'elle ne voit pas assez les garçons, Sawyer pourra garder un œil sur eux chaque fois que tu auras envie d'aller prendre l'air, et moi, je t'aiderai à retrouver du travail.

Annie avala son premier comprimé de Zoloft avec un peu d'eau et se traîna jusqu'au canapé du salon en se demandant s'il fallait vraiment plusieurs semaines avant que le traitement agisse, ou si elle allait nager dans le bonheur d'ici une heure ou deux. Cette dernière hypothèse ferait d'elle une exception qui lui conférerait une petite originalité par rapport aux autres mères de famille divorcées, seules, déprimées et criblées de dettes. Cette idée ne lui déplaisait pas. Elle se laissa tomber sur les coussins et replia un bras sur son visage.

Marina s'installa en face de sa sœur.

— Sérieusement, Annie, pourquoi ne pas revenir à Eagan's

Point ? Tu peux toujours faire un essai, le temps de remonter un peu la pente.

Annie n'avait pas songé à cette solution, probablement parce qu'elle était trop occupée à écoper l'eau de la petite embarcation pleine de fuites qu'était devenue sa vie. Elle roula sur le côté avec un soupir et se redressa sur un coude.

— Ce n'est peut-être pas une mauvaise idée, surtout maintenant que je suis une pauvre junkie accro au Zoloft, sans boulot, et avec une moitié de toit seulement à mettre au-dessus de la tête des garçons.

Marina secoua la tête.

— Ce n'est pas ce que j'ai voulu dire.

— Je sais. Je reconnais que ta suggestion n'est pas dénuée d'intérêt. Je vais y réfléchir.

Quelques jours après cette conversation, Annie donnait son préavis de départ à son propriétaire et, un mois plus tard, après avoir supplié Jack de ne pas chercher à l'en dissuader, elle quittait Seattle pour Eagan's Point avec les garçons. Là-bas l'attendait un emploi de réceptionniste dans l'entreprise de pompes funèbres de la ville, qui lui permettrait de subvenir à ses besoins avant de retrouver un poste de kiné.

Cinq mois plus tard, le provisoire s'était installé durablement. Globalement, la situation était un peu moins catastrophique, même si on était encore très loin du miracle annoncé par le médecin. Luke brillait par son absence sur les bancs du collège, Eric venait d'annoncer à Annie sa décision d'intégrer l'équipe de basket des minimes (bien que l'hôpital ne lui ait pas encore fourni un certificat d'aptitude) et celle-ci était toujours sous Zoloft, même si elle avait considérablement réduit la dose.

Annie savait que s'il avait été encore de ce monde, son père n'aurait pas manqué de mettre en lumière le côté positif des choses : par exemple que Luke était un garçon si brillant que même en séchant les cours il obtenait d'excellentes notes, ou encore qu'Eric avait survécu au pire. Peut-être, oui. Mais il n'empêche : ce n'était pas ainsi qu'Annie avait imaginé sa vie à trente-sept ans. Déprimée, brisée, bientôt divorcée, son autorité parentale contestée par ses propres enfants, condamnée à remplir de la paperasserie pour les morts au lieu de soigner les vivants.

— Non, marmonna-t-elle tout haut. Ce n'est pas ainsi que j'imaginais l'avenir.

Annie se baissa avec un soupir pour ramasser le journal au milieu de l'allée. Elle était impatiente de pagayer. Une demi-heure de kayak valait mieux que toutes les thérapies du monde. Elle leva les yeux vers les arbres et fronça les sourcils en se demandant d'où lui venait l'impression que cette matinée n'était pas comme les autres. Il avait plu toute la nuit, un crachin fin mais tenace comme on en voyait souvent sur la côte Ouest, parfois pendant des jours. Il s'était finalement arrêté, mais quelque chose subsistait dans l'air ; un je-ne-sais-quoi indéfinissable. Annie secoua la tête avec impatience, consciente que son oppression disparaîtrait à l'instant où elle pousserait son kayak sur l'eau. Dès qu'elle s'éloignerait de la rive, sa vision de l'avenir s'éclaircirait un peu.

Elle remonta rapidement les marches du perron, ouvrit la porte et lança le journal dans l'entrée, impatiente de répondre à l'appel du large. Le quotidien atterrit sur le sol, dévoilant une photo en première page – une photo qui, appel du large ou non, lui aurait fait annuler sa sortie en kayak si elle l'avait vue.

## 2

Annie descendit l'allée d'un pas vif tout en songeant aux événements qui avaient conduit son père à clouer un penny sur le tronc d'un sapin, quelque vingt-cinq ans plus tôt. Quand elle repensait à cette journée fatale, l'image qui lui venait à l'esprit était celle d'un cataclysme. Jusqu'alors, elle avait mené une existence paisible et sans histoire, la petite vie tranquille d'une enfant de douze ans appréciée de tout le monde, qui travaille bien en classe et occupe ses loisirs à faire du vélo et du kayak avec ses copains.

Puis, un matin, sa sœur Marina était entrée dans la chambre, elle avait refermé la porte derrière elle avec un air bizarre, et, à partir de cet instant, plus rien n'avait été comme avant.

D'ordinaire, elles défendaient toutes les deux leur portion de territoire avec une âpreté surtout destinée à faire enrager l'autre, mais ce jour-là, quand Marina franchit la ligne d'adhésif jaune qui coupait leur chambre en deux moitiés parfaitement identiques, elle affichait une pâleur et un air absent inhabituels.

— Tu ne vas pas croire ce que je viens de découvrir, chuchota-t-elle.

— Dis toujours, répondit Annie.

— On est des pièces rapportées.

— Quoi ?

— On a été *adoptées*.

Annie haussa les épaules.

— Très malin.

— Je ne plaisante pas, riposta Marina en agitant des papiers sous le nez de sa sœur. C'est écrit ici. Toi et moi. On a été adoptées à l'orphelinat St. Joseph de Chicago.

Annie leva les yeux au ciel. Marina regardait décidément trop de feuilletons à la télé. Une fois, elle avait même envoyé une lettre à l'un des personnages d'*Amour et destin* pour le réconforter quand sa femme était morte étouffée par un os de poulet et qu'il avait découvert que son dentiste était son père.

Elle se pencha vers sa sœur, et articula lentement, comme si elle s'adressait à un bébé :

— Ce-n'est-pas-drôle.

— Qui a dit que ça l'était ? riposta Marina d'une voix rauque.

Annie s'empara des papiers et les parcourut d'un regard exaspéré, s'arrêtant sur les signatures, les dates, sur tout ce qui avait une apparence beaucoup trop officielle pour qu'il s'agisse d'un faux grossier réalisé par Marina. Elle les relut deux fois et, quand elle leva les yeux, ses mains tremblaient et sa bouche était sèche.

— Où as-tu trouvé ça ?

Marina se laissa tomber sur son lit.

— Dans la vieille boîte en fer, sur l'étagère du haut du placard de maman. Tu sais, celle qu'on a découverte quand on cherchait où nos cadeaux de Noël pouvaient bien être cachés ? Elle était fermée à clé, alors j'ai glissé une épingle à cheveux dans la serrure et...

Annie ne l'écoutait plus. Leur mère était sortie faire des courses, comme tous les samedis, mais leur père était à la maison. Annie et lui étaient partis faire du kayak ensemble avant le petit déjeuner, et il lui avait promis de graisser sa chaîne de vélo dès qu'il aurait fini de lire son journal.

Elle pivota vers la porte, les lèvres serrées.

Marina se redressa sur son lit.

— Tu n'as pas intérêt à dire quoi que ce soit !

Mais rien n'aurait pu arrêter Annie. Elle voulait des réponses, tout de suite, et elle savait où les obtenir. Chaque fois qu'elle avait du chagrin, son père trouvait les mots pour la réconforter, pour lui montrer le bon côté des choses et lui rendre le sourire. Il était plus vieux que la plupart des autres papas, mais ça lui était égal. Personne ne savait raconter les histoires et s'amuser comme lui, personne ! Et quoi qu'elle fasse, il prenait toujours sa défense.

Son papa dirigeait un cabinet d'expertise comptable, à Eagan's Point. Il partait travailler tous les jours à sept heures sonnantes et souvent, le soir, après le dîner, ils les emmenait, Marina et elle, faire un tour à pied jusqu'à l'épicerie du coin de la rue. Tout en marchant devant les maisons aux fenêtres éclairées, il leur racontait des histoires de son enfance, quand il avait leur âge et qu'il vivait en Allemagne. Oui, si quelqu'un pouvait lui expliquer l'inexplicable, c'était son papa. Annie n'avait aucun doute là-dessus ! Elle dévala l'escalier, Marina sur ses talons, et débaula dans la salle à manger. Son père était installé dans son fauteuil favori, près de la fenêtre – celui où elle se blottissait tous les soirs quand il sillonnait les routes, au moment des déclarations fiscales.

— C'est vrai ? lâcha-t-elle tout de go en agitant les papiers.

Il baissa son journal, les sourcils froncés.

— Qu'est-ce qui est vrai ?

— Qu'on a été *adoptées* !

Il plia le journal et le posa sur la table basse.

— *Choisies* serait plus exact.

Annie se raidit comme si elle avait reçu un choc électrique.

— Alors... alors c'est vrai ?

— Oui, répondit-il d'une voix douce. C'est vrai.

Pendant plusieurs secondes, personne ne parla, mais Annie lisait sur le visage de son père une telle gêne mêlée d'embarras qu'elle en fut ébranlée. Elle se mit à trembler, et ses jambes flageolèrent. Elle ne pouvait pas le croire. Son père ne pouvait pas lui avoir menti pendant toutes ces années ! Pas lui !

Puis Marina s'avança, visiblement aussi bouleversée qu'elle.

— Pourquoi... pourquoi vous ne nous avez rien dit ?

Les épaules de leur père se voûtèrent comme si tout le poids du monde venait de s'abattre sur lui.

— Votre maman et moi... nous avons pensé... qu'il valait mieux... attendre.

— Attendre quoi ? demanda Marina d'une voix incrédule.

— Nous avions l'intention de vous en parler… bientôt, articula-t-il en écartant les mains.

— Et… et nos vrais parents ? Ils sont où ?

Ses mains se crispèrent sur les accoudoirs du fauteuil et il baissa la tête comme s'il pesait chaque mot avant de répondre. Puis, au terme d'un silence écrasant, il murmura dans un souffle :

— Mon Dieu, par où commencer ?

Et il se pencha en avant, les coudes appuyés sur ses genoux.

— Vous venez de deux familles différentes. Marina, ton papa et ta maman ont perdu la vie dans un incendie quand tu avais un an. Tes grands-parents étaient trop âgés pour s'occuper de toi et, bien que cela n'ait pas été une décision facile à prendre, ils ont préféré te confier à un orphelinat pour que tu aies une chance de grandir dans une famille aimante, qui t'offrirait la vie que tes parents auraient souhaitée pour toi.

Annie vit le visage de Marina se décomposer sous le choc, puis son père se tourna vers elle.

— Quant à toi, Annie, ta maman n'avait que dix-sept ans quand tu es née. Elle était encore elle-même une enfant, il lui était impossible d'élever seule un bébé. D'après les informations qu'on nous a fournies, elle avait quitté la Russie avec un groupe de jeunes femmes pour venir travailler aux États-Unis comme couturière. Elle s'est retrouvée enceinte et elle a accouché au Mercy Hospital de Chicago.

Les yeux d'Annie se remplirent de larmes et elle croisa les bras sur sa poitrine, tandis que son cœur devenait une petite boule dure et douloureuse. Elle comprenait chacun des mots qu'elle entendait, mais elle ne parvenait pas à accepter leur réalité.

— Vous partagiez le même lit à l'orphelinat, et si par malheur on vous séparait, c'était la fin du monde, poursuivit leur père d'une voix douce. Toi, Marina, tu hurlais comme si on t'égorgeait et toi, Annie, tu restais prostrée, refusant de manger ou de dormir jusqu'à ce qu'on te rende Marina. Le choix était tout simplement impossible, conclut-il en leur adressant un sourire ému. Alors, nous vous avons adoptées toutes les deux.

Annie prit une respiration, contemplant les boucles rousses de Marina, sa peau pâle et lumineuse, comme si elle les voyait pour la première fois. Elles avaient toujours été aux antipodes toutes les deux, et pas seulement physiquement, mais chaque fois qu'elles s'en étaient étonnées, leur mère avait éludé la question, décrétant : « La vie serait terriblement ennuyeuse si tout le monde était conçu sur le même moule. »

— Alors, vous... vous nous avez prises parce que personne d'autre ne voulait de nous ? chuchota enfin Annie.

— Non. Nous avons choisi deux bébés auxquels nous voulions donner tout notre amour.

Annie fixa obstinément un point situé au-dessus de l'épaule de son père.

— Et si vous n'aviez pas réussi ?

— Réussi quoi ?

— À nous aimer ?

Son visage s'adoucit. Il tendit les bras, les saisit toutes les deux par la taille et les attira à lui.

— Vous aviez déjà conquis notre cœur bien avant qu'on vous ramène à la maison. Et quand ce genre de sentiment vous prend, il n'y a plus de retour en arrière possible. Vous aimez la personne sans réserve, telle qu'elle est, avec ses qualités et ses défauts. Dans les bons comme dans les mauvais moments. C'est ainsi que fonctionne le véritable amour, et il est sans limites.

Annie semblait transformée en statue. Elle se tenait raide comme un piquet tandis que son père essayait de la presser tendrement contre lui. Elle ne parvenait pas à détacher ses yeux des papiers qu'elle serrait toujours dans sa main. Finalement, elle ouvrit les doigts et les regarda tomber sur le sol. Elle aurait voulu ne les avoir jamais vus. Elle aurait voulu que cette journée n'ait jamais existé.

— Alors, je suis une erreur, souffla-t-elle.

— Non, tu es un rêve devenu réalité, affirma aussitôt son père.

Mais Annie n'écoutait pas. Elle se disait que toute sa vie n'était qu'un mensonge. Qu'une inconnue lui avait donné le jour et l'avait abandonnée. Que sa maman n'était pas réellement sa maman, et que son papa ne serait jamais son vrai papa.

Cette nuit-là, Annie ne réussit pas à trouver le sommeil. Une douleur sourde s'était insinuée dans sa poitrine, l'empêchant de respirer. En douze ans, elle avait connu toutes sortes d'émotions, des joies et des chagrins, mais jamais elle n'avait ressenti une telle détresse, une telle solitude. Tout au fond d'elle-même, elle savait que, d'une certaine façon, son enfance venait de mourir, et avec elle une forme de confiance qu'elle avait, jusqu'ici, donnée spontanément à ceux qu'elle aimait.

Elle perdit l'appétit, se replia sur elle-même et se réfugia dans le silence, même à l'école. Elle ne souriait plus, ne levait plus la main pour participer aux activités extrascolaires. À la maison, ses parents se rejetaient mutuellement la responsabilité d'une crise qui aurait pu être évitée s'ils avaient révélé la vérité aux filles depuis des années au lieu d'attendre Dieu sait quoi. L'atmosphère était électrique, et leurs voix résonnaient parfois jusqu'à une heure avancée de la nuit, assez fort pour qu'Annie, accroupie dans le placard de sa chambre, l'oreille collée à la cloison, parvienne à capter l'écho de leurs disputes. Elle entendait son papa faire les cent pas dans sa chambre, puis hurler d'une voix assourdie par une colère mal contenue :

— Je n'aurais jamais dû te laisser me convaincre de garder le silence !

— Je ne t'ai rien demandé !

— Non, Erna, tu ne m'as rien demandé. Tu es juste revenue à la charge jusqu'à ce que je cède.

— Nous étions d'accord pour ne pas les perturber.

— Mais leur cacher la vérité aussi longtemps était une erreur. Regarde où nous en sommes, maintenant !

Et la discussion reprenait de plus belle. Ils cherchaient un responsable alors que le mal était fait et que tout ce qu'ils pourraient dire ou faire désormais n'y pouvait plus rien changer. En réalité, ils avaient peur de perdre leurs petites filles à cause d'une erreur de jugement commise dix ans plus tôt, à une époque où l'adoption était une pratique beaucoup moins courante qu'aujourd'hui, et où le silence était l'attitude la plus répandue.

Lorsque l'onde de choc s'atténua un peu, Annie prit peu à peu conscience que rien à la maison ne serait plus jamais comme avant, et à son désarroi commença à se mêler un sentiment de panique. Quand son père entrebâillerait la porte de sa chambre, le samedi matin, pour lui chuchoter que leurs kayaks les attendaient, rejetterait-elle ses couvertures avec un sourire radieux comme à son habitude ? Et le dimanche, comme tous les dimanches matin depuis des années, quand elle s'assiérait sur le tabouret de la cuisine pour que sa mère lui fasse ses tresses, oserait-elle protester si elle lui tirait les cheveux ? Ou bien se tairait-elle, de peur qu'elle la remette à l'orphelinat pour la punir ? Après tout, on l'avait déjà abandonnée une fois, pourquoi cela ne se reproduirait-il pas ?

Ces pensées tournoyaient sans cesse dans sa tête. Souvent, elle s'enfermait dans la salle de bains et scrutait son reflet dans le miroir, étudiant son visage de petite fille de douze ans comme elle ne l'avait jamais fait auparavant. D'abord, le grain de beauté au-dessus de sa lèvre supérieure, puis sa bouche, qu'elle avait toujours jugée trop grande. Ensuite, elle suivait du doigt l'arête de son nez, remontait jusqu'à la ligne de ses cheveux et se demandait si sa vraie maman avait les mêmes yeux que les siens.

Annie était née avec les yeux vairons. Son père voyait dans cette singularité un don du ciel, le signe qu'elle était promise à une vie exceptionnelle, et il en tirait une certaine fierté.

— Cela fait de toi quelqu'un d'unique, de rare ! Je suis sûr qu'il n'y a pas plus d'une personne sur un million qui a la chance d'avoir ces yeux-là. Que dis-je ! Une sur cinq millions, et encore !

Puis, juste pour le cas où elle aurait un jour à défendre sa différence, il lui avait fourni quelques armes :

— Le nom savant est *Heterochromia iridium*. Alexandre le Grand avait la même particularité que toi, et aussi Aristote... sans oublier David Bowie !

Annie avait toujours aimé ses yeux, mais quand elle se regardait dans le miroir, désormais, elle avait le sentiment qu'ils la narguaient. Ils lui criaient qu'elle était une erreur, quelqu'un d'indésirable dont même sa propre mère n'avait pas voulu.

Au cours des semaines qui suivirent la terrible découverte, Marina bombarda ses parents de questions. Tous les soirs, pendant le dîner, elle essayait d'en savoir plus sur les circonstances de leur adoption.

— Pourquoi vous n'avez pas eu un bébé à vous ? Vous ne pouviez pas en avoir ?

— Non, chérie, nous ne pouvions pas, répondit leur mère. La seule solution pour nous, c'était d'en adopter un – ou de vivre sans enfants.

Marina fronça les sourcils.

— Pourquoi vous avez choisi des filles plutôt que des garçons ?

— En fait, la question ne s'est pas posée de cette façon. Nous voulions adopter un enfant qui avait besoin de nous autant que nous avions besoin de lui – garçon ou fille, peu importait. Nous nous sommes donc rendus à l'orphelinat St. Joseph de Chicago. Ils manquaient de personnel ce jour-là et, quand nous sommes entrés dans la nursery, vous hurliez toutes les deux. On vous avait couchées dans des lits séparés alors qu'habituellement vous dormiez ensemble. C'était à celle des deux qui crierait le plus fort, alors votre papa a pris Annie dans ses bras et il lui a chanté une de ses affreuses berceuses en allemand…

Erna secoua la tête avec émotion.

— Elle s'est arrêtée de pleurer presque instantanément, et toi aussi, Marina. Tu les as regardés fixement, à l'autre bout de la pièce, et quand je me suis approchée, tu as tendu tes petits bras vers moi.

— Et c'est à ce moment-là que vous avez su ? demanda Marina, les yeux remplis d'espoir.

— Oui, répondit son père en regardant Annie. C'est à ce moment-là que nous avons su.

— Quand nous sommes rentrés à la maison, nous avons longuement discuté, votre papa et moi, reprit Erna. Nous n'avions pas envisagé d'adopter deux bébés, il fallait que nous réfléchissions. Puis nous sommes retournés là-bas et nos dernières hésitations se sont envolées quand nous vous avons vues toutes les deux endormies, blotties l'une contre l'autre dans le même lit.

— Est-ce que… Est-ce qu'il y a eu des moments où vous avez

regretté de nous avoir choisies ? demanda Marina d'une toute petite voix.

— Jamais ! répondit leur père avec force.

— Pas une seule fois ! renchérit leur mère.

*De toute façon, vous ne nous le diriez pas*, songea Annie en quittant la table.

Extérieurement, elle semblait aller plutôt bien – elle mangeait quand tout le monde mangeait, dormait quand c'était l'heure de dormir – mais un sentiment de révolte grondait en secret dans son esprit. Pourquoi sa mère biologique ne lui avait-elle pas laissé au moins une chance de prouver qu'elle ne méritait pas cet abandon ? Et pourquoi ses parents lui avaient-ils caché pendant toutes ces années que Marina et elle étaient des enfants adoptés ?

La première fois qu'elle fugua, elle partit à pas de loup au milieu de la nuit, les mains dans les poches, en se disant qu'elle réussirait toujours à se débrouiller. Quand le jour se leva, elle était recroquevillée sous la bâche d'un bateau, transie de froid et mourant de faim. Elle rentra à la maison le soir même, après s'être faufilée dans le jardin de sa copine Julie et l'avoir vue rire aux éclats avec sa mère par la fenêtre de la cuisine – un rire complice et spontané qui lui avait brisé le cœur. Elle aurait voulu tendre la main, taper son amie sur l'épaule et lui demander la permission d'échanger sa vie contre la sienne.

Sa deuxième fugue eut lieu deux semaines plus tard, quand elle refusa de rentrer à la maison après avoir passé la nuit chez Julie. Elles disputaient une partie de Monopoly lorsque son père vint la chercher. Annie répondit qu'elle ne voulait pas repartir avec lui. Elle resterait ici. C'était décidé, et tout ce qu'il pourrait dire n'y changerait rien. Il crut d'abord à une plaisanterie et éclata de rire, mais quand il comprit qu'elle était sérieuse, il se tourna vers la maman de Julie, rouge d'embarras.

— Voulez-vous que je raccompagne Annie chez vous un peu plus tard ? suggéra Mme Coyne.

Son visage se crispa, mais il hocha la tête et partit.

Mme Coyne informa alors Julie qu'elle allait discuter un peu avec Annie. Elle la prit par la main, l'emmena dans la cuisine et prépara du thé. Puis elle s'assit en face d'elle.

28

— Est-ce qu'il y a quelque chose dont tu souhaites me parler ?

Annie hocha brièvement la tête, le regard fixé sur sa tasse.

— Je me demandais...

Elle hésita, prit une grande respiration et reprit :

— Je me demandais si vous accepteriez de me donner asile.

Son cœur battait à se rompre et elle sentit le sang lui monter lentement au visage. Un chien aboya dehors, rendant le silence de la pièce encore plus pesant. Annie leva les yeux vers la maman de Julie. Elle avait l'air stupéfaite.

— Tu veux que je te donne... asile ?

— Oui.

Annie but une gorgée de thé et reposa sa tasse avec la sensation de n'avoir jamais été aussi adulte.

— La semaine dernière, j'ai lu un article de journal qui parlait d'un athlète russe venu aux États-Unis pour participer à des épreuves d'athlétisme. Une fois le championnat terminé, il a refusé de repartir dans son pays. Il a demandé l'asile politique.

Mme Coyne haussa les sourcils.

— J'ai cherché le mot dans le dictionnaire, poursuivit Annie et c'est à ce moment-là que le déclic s'est produit. Donner asile, ça veut dire « offrir un abri, une protection à des personnes en détresse, sans ressources ».

— Je sais ce que signifie cette expression, acquiesça Mme Coyne en posant doucement sa main sur celle de la petite fille. Mais pourquoi veux-tu qu'on te donne l'asile ?

— Je veux recommencer de zéro, expliqua Annie.

— Recommencer quoi ?

— Ma vie, chuchota-t-elle.

Mme Coyne l'observa pendant un moment puis dit :

— Tu sais, il y a des jours où j'aimerais monter dans ma voiture, traverser la ville et continuer de rouler sans m'arrêter jusqu'à ce que je trouve un endroit où je pourrais tout recommencer de zéro, moi aussi. Oui, ce serait formidable de pouvoir me prélasser dans un bain chaud sans personne pour tambouriner à la porte, de ne plus avoir à faire la lessive, la cuisine, le ménage, à aider les enfants à faire leurs devoirs... d'être libérée de... tout.

Annie remua sur sa chaise sans trop savoir ce qu'elle devait répondre.

Mme Coyne posa les mains à plat devant elle sur la table et soupira.

— Mais tu sais quoi, Annie ? Chaque fois que l'envie de partir me prend, j'essaie d'imaginer un monde sans mon mari, un monde sans Julie, Brent ou Dean, et j'ai l'impression de ne plus pouvoir respirer. Je me dis : « Un monde sans ceux que j'aime ? Oh, mon Dieu ! Je n'y survivrais pas... »

Annie baissa la tête.

— Vous ne voulez pas me donner asile, c'est ça ?

— Eh bien, cela dépend, temporisa la maman de Julie. Je dois d'abord m'assurer que tu connais bien les règles. Par exemple... tu as conscience que c'est un choix irréversible ? Quand on reçoit l'asile, on ne peut plus jamais revenir en arrière, tu le sais ?

Annie cilla, surprise.

— Jamais ?

— Jamais, répéta solennellement Mme Coyne. Tous les liens avec le passé sont rompus. Tu ne peux plus retourner voir ta famille, tes amis, ton ancienne maison... c'est fini.

— Je l'ignorais, murmura Annie en se mordillant la lèvre.

— La plupart des gens sont comme toi, assura Mme Coyne avec un sourire. C'est pour ça que je voulais te prévenir. Pourquoi ne prends-tu pas le temps de la réflexion ? Si dans quelques mois tu es toujours partante, viens me voir et nous en reparlerons.

Annie hocha la tête et glissa les mains sous ses cuisses, le regard pensif. Avant ce soir, elle n'avait pas imaginé ne *jamais* revenir. En fait, elle n'avait pas calculé si loin. Elle ressentait le besoin de partir *maintenant*, ça c'était sûr. Mais pour le reste... Elle finit de boire son thé, remercia Mme Coyne et lui dit qu'elle allait y réfléchir encore un peu avant de prendre une décision.

Quelques jours plus tard, quand la maman d'Annie descendit au sous-sol chercher un bocal de pickles dans la réserve, elle trouva Annie en train de fumer, assise sur une toile de sac à pommes de terre.

— Qu'est-ce que tu t'imagines être en train de faire ? siffla-t-elle, les mains sur les hanches.

Annie tira une bouffée de sa cigarette et expulsa un jet de fumée avec un sourire insolent, en songeant : *Cette fois, je vais y avoir droit.*

Erna l'attrapa par le poignet, la hissa debout, et l'entraîna dans l'escalier.

— Si tu voulais tester mes limites, tu les as trouvées. Tu es punie.

Bon. Mais être privée de sortie pendant une semaine, c'était quand même un peu beaucoup, estima Annie, même si elle ne manifesta aucune réaction lorsque sa mère lui annonça la sentence. De toute façon, elle s'en fichait : son père allait réduire sa peine ou même la suspendre complètement quand il rentrerait à la maison. Après tout ce qu'elle avait vécu ces derniers mois, elle méritait une indulgence particulière, non ?

Elle était assise sur son pneu-balançoire quand la voiture de son père remonta l'allée et se gara devant la maison.

— Bonsoir, poussin, ça va ? demanda-t-il en ouvrant la portière.

Elle haussa les épaules sans répondre, prit appui sur son pied et fit tournoyer le pneu. M. Fischer posa son attaché-case sur le sol, visiblement soucieux, et s'apprêtait à la rejoindre, mais Erna ouvrit la porte de derrière et lui demanda de venir. Annie garda la tête baissée et les observa du coin de l'œil, tendant l'oreille pour essayer d'entendre ce qu'ils disaient.

Quand son père lui annonça que non seulement il approuvait la décision de sa mère de la priver de sortie pendant une semaine, mais doublait la sentence, Annie resta sans voix. Le soir même, elle s'enfuyait à nouveau, cette fois par la porte de devant (la moustiquaire de la fenêtre de sa chambre avait été clouée après sa dernière fugue, et la porte de derrière grinçait d'une manière effroyable).

Parvenue au bout de l'allée, elle se retourna pour contempler une dernière fois le seul endroit qu'elle avait jamais considéré comme son foyer, en se disant qu'elle n'avait pas peur (même si aucun des réverbères de la rue ne fonctionnait) et que de toute façon ils ne remarqueraient même pas qu'elle était partie avant que Marina vende la mèche.

Elle réussit à tenir quatre jours avant de téléphoner à ses parents pour leur dire qu'elle se trouvait dans une station-service à la périphérie de Seattle. Une heure plus tard, ils se garaient à la diable sur le parking et se précipitaient vers le banc où elle s'était assise pour les attendre, les genoux repliés sous son menton. Elle était fatiguée, effrayée, et pressait une main sur son œil, poché par une fille plus grande qu'elle qui l'avait frappée pour lui voler son sac à dos.

Les jours qui suivirent, elle se montra d'une docilité exemplaire, à la maison comme à l'école. Mais en secret elle préparait une nouvelle fugue. Cette fois, elle avait décidé de s'enfuir au Canada, où vivait son oncle Max. Elle avait déjà acheté son ticket de car et planifié soigneusement son voyage afin de ne rien laisser au hasard. Le matin du grand jour, elle partit pour l'école un peu plus tard que d'habitude afin d'écrire le mot qu'elle laisserait sur son lit en quittant la maison la nuit venue. Elle avait déjà descellé la moustiquaire de la fenêtre de sa chambre à l'aide d'un levier, et caché sous son lit un sac à dos contenant tout l'équipement dont elle aurait besoin : des allumettes (enveloppées dans un sachet en plastique qui les protégerait de l'humidité), une bâche (pour le cas où il pleuvrait), son sac de couchage, une torche, des vêtements de rechange, des barres de céréales, et le portefeuille en similicuir que Marina lui avait offert pour son anniversaire, avec à l'intérieur les quatre-vingt-quatre dollars qu'elle avait économisés sou à sou pour repeindre son kayak.

Quand son père frappa à la porte de sa classe au beau milieu de la matinée, un sentiment de panique s'empara d'Annie. Que faisait-il ici ? Il ne venait jamais à l'école. Après avoir conversé avec le professeur pendant quelques instants, il fit signe à Annie d'approcher et lui dit d'aller chercher ses affaires : ils partaient pour la journée. Il était équipé de son sac à dos et de sa canne de randonnée. Une fois dehors, Annie lui demanda où ils allaient, mais il se contenta de sourire.

— Tu verras bien.

Dix minutes plus tard, ils empruntaient un sentier escarpé et sauvage qui longeait la côte, à la sortie de la ville. Tout autour d'eux, des arbres gigantesques s'élançaient jusqu'au ciel et d'énormes fougères formaient un rideau serré de chaque côté de la piste. Ils progressèrent en silence pendant un long moment, puis son père prit Annie par la main et quitta brusquement le chemin, coupant à travers la végétation luxuriante. Après avoir marché une dizaine de minutes au milieu du feuillage et des buissons, ils débouchèrent tout à coup sur une petite plate-forme rocheuse surplombant l'océan.

— Waouh...

Malgré sa détermination à ne pas paraître impressionnée, Annie en eut le souffle coupé. La vue était spectaculaire.

Son père s'assit sur la roche, sortit deux sandwichs de son sac à dos et en tendit un à Annie. Elle mordit dedans tout en le regardant déballer des nectarines et une thermos de café.

— J'ai découvert cet endroit il y a des années, lui expliqua-t-il. En fait, je viens ici chaque fois que je ressens le besoin d'être seul. Le matin, par temps clair, on aperçoit l'île de Vancouver mieux que de n'importe quel autre point de la côte, à des kilomètres à la ronde.

Ils mangèrent en silence. Annie gardait les yeux fixés sur la ligne d'horizon, au loin, pour éviter de croiser le regard de son père. Leur déjeuner terminé, il s'étendit sur la roche et lui montra la mer, à leurs pieds, en disant qu'ils passaient par ici tous les samedis quand ils faisaient du kayak.

— Pourquoi ne m'as-tu pas montré cet endroit plus tôt ? demanda-t-elle.

— Parce que cela ne me paraissait pas important avant aujourd'hui, répondit-il de manière sibylline.

Annie essaya de manger sa nectarine le plus lentement possible pour gagner du temps. Elle enveloppa ensuite le noyau dans le sachet en plastique qui avait contenu son sandwich et le glissa dans le sac à dos. Puis, comme son père se levait et époussetait son pantalon, elle l'imita, à nouveau gagnée par la nervosité.

— Annie ?

Elle traça un petit cercle sur la pierre avec le bout de son soulier, les yeux baissés.

— Mmm ?

— J'ai cinquante-huit ans, déclara-t-il d'un ton solennel. Et toi, tu en as douze. À nous deux, nous totalisons soixante-dix ans de présence sur cette Terre.

*Si ça t'amuse de voir les choses sous cet angle,* songea-t-elle en gardant la tête baissée.

— Nous allons donc faire soixante-dix pas en direction de la forêt à partir de ce rocher afin de trouver ce que nous cherchons.

Elle feignit l'indifférence.

— Qu'est-ce qu'on cherche ?

Il la prit par la main sans répondre et recula jusqu'à ce que leurs quatre talons soient très exactement alignés au bord du rocher. Puis il leva le menton vers la forêt, et dit :

— Commence à compter.

Ils effectuèrent ensemble soixante-dix pas et se retrouvèrent devant un sapin si énorme qu'Annie n'aurait même pas pu enserrer la moitié du tronc avec ses deux bras. Son père posa son sac à dos sur le sol et leva les yeux vers les branches qui semblaient monter jusqu'au ciel.

— Il fera parfaitement l'affaire, déclara-t-il avec un sourire – et Annie le regarda comme s'il n'avait plus toute sa tête.

Ouvrant son sac à dos, il en retira un marteau, puis se redressa et sortit un penny de sa poche, qu'il tendit à Annie.

— C'est pour quoi faire ? demanda-t-elle en prenant la pièce dans sa main.

— Ce penny date de 1969. Il m'a fallu deux jours pour en trouver un avec la bonne date gravée dessus, tu sais. Ensuite, je l'ai astiqué jusqu'à ce qu'il brille comme un sou neuf, et maintenant nous allons le clouer sur cet arbre.

La logique tenait une place importante dans la façon de

raisonner d'Annie, et ce que son père racontait là n'avait stric-tement aucun sens.

— Pourquoi ? demanda-t-elle.

Il lui caressa la joue et ses yeux se voilèrent d'émotion.

— Parce que 1969 est une année inoubliable, une année comme il n'en existe aucune autre. C'est celle où le monde entier a pu voir le premier homme marcher sur la Lune, celle où le Concorde a effectué son vol inaugural. L'un de mes films préférés, *Butch Cassidy et le Kid*, a remporté quatre oscars cette année-là. Je me rappelle aussi que c'est pendant l'hiver 1969 que ta maman a failli me rendre fou en passant *Sugar, Sugar*, du groupe des Archies, jusqu'à ce que l'électrophone rende l'âme. Mais tu sais quel événement en fait vraiment une année d'exception ?

Il lui toucha le bout du nez avec son index d'un geste plein de tendresse.

— En 1969, trois millions six cent mille deux cent six bébés sont nés aux États-Unis, et tu étais l'un d'eux. Sais-tu que la première fois que je t'ai tenue dans mes bras et que j'ai plongé mon regard au fond du tien, tu as pris mon cœur à tout jamais ? À cette seconde précise, j'ai su que tu m'étais destinée, que tu étais ma petite fille chérie. C'est ainsi, et le fait que tu aies été adoptée n'y change rien. Tu es ma fille, Annie. Je t'aime, je suis fier de toi, et ta maman et moi nous serons toujours là quand tu auras besoin de nous.

Les yeux d'Annie se remplirent de larmes, et la petite boule dure qui s'était logée au fond de son cœur durant ces derniers mois se désagrégea lentement.

Son papa posa sa paume sur l'écorce rugueuse de l'arbre.

— Mon père m'a donné un arbre quand j'avais à peu près le même âge que toi aujourd'hui. Ce jour-là, il m'a dit qu'on avait tous besoin d'un endroit à soi où l'on pouvait venir panser ses plaies et se ressourcer, un lieu où l'on se sentait en accord avec soi-même plus que n'importe où ailleurs dans le monde. C'est pour cette raison que nous sommes ici aujourd'hui.

Il posa la main sur l'épaule de sa fille, le visage solennel.

— Nous allons clouer ce penny sur cet arbre parce que je

veux que tu aies un endroit à toi, un axe autour duquel ton univers peut tourner, un lieu secret qui t'appartient, à toi et à personne d'autre – pour tous les moments où la vie te porte des coups que tu ne sais pas comment parer. Et il y *aura* des coups. Des épreuves auxquelles tu devras faire face seule. Des chagrins et des doutes, un peu comme ceux que tu traverses en ce moment. La différence, c'est qu'à partir de maintenant tu sauras où venir quand tu auras besoin de réfléchir avant de prendre une décision importante.

— Tu... tu me donnes un arbre ? demanda Annie en renversant la tête pour regarder la cime du sapin, ses cheveux blonds cascadant jusqu'au milieu de son dos.

— Oui.

Ses lèvres tremblèrent et ses yeux rayonnaient de gratitude quand elle se tourna vers son père. Ce qu'elle vivait était si fort qu'elle en oublia sa colère et sa rancœur. Le nœud qui lui comprimait la poitrine se défit lentement, cédant la place à une sensation d'apaisement qui portait un nom : le pardon.

— Qu'est-ce que tu en dis ? demanda-t-il. Ça te paraît un bon plan ?

Incapable de parler, Annie hocha la tête et positionna le penny sur le tronc, à l'emplacement qui lui parut le plus approprié, certaine de n'avoir jamais aimé son père aussi fort qu'en cet instant.

Elle comprit aussi à cette minute que si elle fuguait, c'était avant tout pour qu'on la cherche et qu'on la ramène à la maison. Elle voulait voir si ses parents tenaient vraiment à elle, s'ils étaient prêts à remuer ciel et terre pour la retrouver – et si elle valait la peine qu'on se batte pour la garder. Elle voulait une preuve d'amour. Et cette preuve, son père la lui avait donnée ce jour-là, de la manière la plus éclatante qui soit, lorsqu'il avait cloué un penny de 1969 sur le tronc d'un sapin, l'année de ses douze ans.

Annie souleva son kayak pour le dégager du support mural où elle l'accrochait, juste derrière Carby Sport & Détente. Elle était souvent retournée voir son arbre après cela. Son père avait raison : il l'aidait à se ressourcer. Il était son refuge, un lieu sur lequel le temps n'avait pas de prise alors que la vie laissait son empreinte sur elle. Les premières années, et jusqu'à ce qu'elle apprenne que cela ne servait à rien, elle creusait des petits trous dans la terre, autour de son tronc, et elle y glissait des pastilles d'engrais, comme elle l'avait vu faire à la télé. C'était **sa façon** à elle de le remercier d'être là ; de lui témoigner son respect. Le temps passant, ses visites à son arbre étaient devenues un rituel, une habitude aussi naturelle que se rendre à l'église le dimanche, et aujourd'hui encore, après toutes ces années, cela la réconfortait de savoir qu'il était toujours là.

## 3

Annie porta son kayak jusqu'à l'eau, embarqua et s'éloigna aussitôt de la rive à grands coups de pagaie. Malgré tous ses efforts pour le cacher, à elle-même et aux autres, elle n'était pas heureuse. Mais si elle se concentrait sur la routine de son quotidien, sur tous ces petits événements répétitifs et fiables qui remplissaient chacune de ses journées à ras bord, sa vie devenait supportable.

Comme elle pagayait vers le large, un nuage de mouettes tournoya au-dessus de sa tête en lâchant des cris rauques. Annie aperçut au loin la forme caractéristique du rocher de son père et sourit en se remémorant son éternel optimisme, la façon dont il était certain que tout finissait toujours par s'arranger si on laissait simplement un peu de temps au temps.

Tandis qu'elle progressait dans la brume qui épousait la surface de l'eau, Annie entendit quelqu'un l'appeler et tourna la tête. Chris Carby lui adressait de grands signes depuis le rivage. Elle agita la main en retour mais continua à pagayer, soulagée qu'il soit trop loin pour voir son visage en feu. Chris était resté le garçon adorable avec lequel elle avait grandi : gentil, patient, toujours prêt à lui tendre la main quand ça n'allait pas. Sauf qu'il était devenu immense, avec des cheveux noirs magnifiques et une musculature impressionnante. Il avait quitté Eagan's Point pour suivre des études commerciales, s'était marié avec une jeune femme rencontrée à Houston, avait divorcé, et, à la mort de son père, il était revenu prendre les rênes du magasin. C'était il y avait six ans. Depuis, Carby Sport et Détente était devenu l'un des plus grands fournisseurs de matériel de pêche de la région.

Annie avait dîné avec lui la veille. Chris avait insisté pour la recevoir chez lui : il avait envie de bavarder tranquillement avec elle, sans oreilles qui traînent à l'affût de leurs moindres paroles. Annie avait donc accepté, même si ce tête-à-tête la mettait un peu mal à l'aise. Après tout, ce n'était un secret pour personne que Chris avait le béguin pour elle depuis des années.

À peine était-elle arrivée que Chris leur avait servi du vin, puis elle l'avait aidé à préparer une salade. Elle avait surpris à plusieurs reprises son regard sur elle, comme s'il était sur le point de lui faire une déclaration, et ce manège avait encore accru sa nervosité. Quand il était finalement sorti faire griller les steaks sur le barbecue, une demi-heure plus tard, elle en était à son troisième verre de vin, et elle chercha une excuse plausible pour l'éconduire en douceur, sans briser leur amitié.

Elle essaya : « *Tu sais, je ne suis pas encore prête à sortir avec un autre homme...* », mais l'argument sonnait creux, même à ses propres oreilles. Après tout, son divorce était presque consommé, et Jack avait certainement déjà tourné la page de leur mariage, alors où était le problème ? Elle réfléchit à une autre approche : « *Comprends-moi : je dois me consacrer à mes enfants. Il n'y a pas de place dans ma vie pour qui que ce soit d'autre, actuellement...* » Mais il comprendrait d'instinct qu'elle lui mentait. Parce qu'en fait c'était tout le contraire : elle mourait d'envie d'avoir quelqu'un dans sa vie. Ça devenait même pathétique.

Chris réapparut tout à coup, une assiette vide à la main. À voir son regard interrogateur, Annie devina qu'il avait dû lui poser une question.

Elle se redressa sur sa chaise.

— Pardon ?

— Je te demandais si tu avais l'intention de rester. Je veux dire ici, à Eagan's Point.

— Je ne sais pas encore. Pourquoi pas, si les garçons s'adaptent bien et si je trouve un poste à l'hôpital ou à la clinique ?

Je n'ai pas l'intention de travailler toute ma vie aux pompes funèbres.

Il ouvrit le four et en sortit deux énormes pommes de terre en papillote.

— Bien sûr.

Annie finit le reste de son vin pendant que Chris retirait le papier d'aluminium. Ce fut en reposant son verre qu'elle remarqua la chemise tendue sur son dos musclé et les avant-bras puissants que les manches roulées jusqu'aux coudes mettaient en évidence.

— Ton travail actuel ne te plaît pas, alors ? demanda-t-il en se redressant.

Elle cilla et se sentit tout à coup étourdie, comme si la pièce flottait dans le brouillard, ce qui n'avait rien d'étonnant dans la mesure où elle n'avait pas bu d'alcool depuis des siècles.

— Euh... non. Pas vraiment.

Il sourit et montra la bouteille.

— Je te ressers ?

Elle secoua la tête. Elle n'avait pas envie d'un autre verre. Ce qu'elle voulait, c'était se blottir sur le canapé, que cet homme la rejoigne et la prenne dans ses bras. Elle voulait sentir son souffle sur sa nuque quand il lui demanderait comment s'était passée sa journée. Elle voulait de la tendresse. Rien d'autre. Elle se rendit compte tout à coup qu'elle était dans l'incohérence la plus totale – il y avait à peine cinq minutes elle cherchait des formules pour l'éconduire, et maintenant elle rêvait qu'il la serre dans ses bras –, et cette contradiction lui fit brusquement monter les larmes aux yeux. Très gênée, elle se leva et se rendit dans la salle de bains.

Quelques minutes plus tard, quand elle regagna la cuisine, après s'être aspergé le visage d'eau froide, Chris avait mis la table, posé un petit pain frais à côté de chaque assiette, et de la musique douce jouait en fond sonore.

Il lui lança un regard soucieux.

— Est-ce que tout va bien ?

Annie hésita. Une partie d'elle-même mourait d'envie de lui répondre la vérité. Non, elle n'allait pas bien. Elle donnait peut-être l'impression d'être satisfaite, de savoir où elle allait et pourquoi, mais en réalité elle ne s'était jamais sentie aussi seule de toute sa vie, et un sentiment de terreur l'envahissait. Elle avait peur pour l'avenir, s'inquiétait pour ses garçons, et se surprenait même à penser qu'elle était une aussi mauvaise mère qu'elle avait été une mauvaise épouse.

— Oui, oui, pas de problème, répondit-elle en se forçant à sourire. Le vin me rend émotive, c'est tout.

Visiblement soulagé, Chris lui avait avancé une chaise et Annie s'était dit qu'après tout ils pourraient devenir plus que des amis. C'était une option qu'elle serait folle de ne pas considérer. Puis il lui avait proposé un autre verre de vin, et elle avait commis la bêtise de dire oui.

Annie passa devant la dernière maison au bout de la jetée, et poussa plus fort que d'habitude sur sa pagaie dans l'espoir de chasser de son esprit cette soirée maudite. Elle ne s'était pas contentée de se ridiculiser en fondant en larmes devant Chris. Non, elle avait fait bien pire. Ce qui s'était passé pendant le dîner l'invitait à le fuir au moins le temps de ravaler sa honte.

Elle pagayait depuis quelques minutes seulement, mais déjà les muscles de ses épaules se dénouaient. Tout en continuant à progresser, Annie réfléchit à son emploi du temps de la journée et se promit d'appeler Marina pour lui proposer de déjeuner avec elle. La découverte de leur adoption les avait finalement rapprochées. Avec les années, Annie s'était adaptée au caractère fantasque de sa demi-sœur, même si elle s'était interrogée quand Marina avait appelé sa fille Sawyer, en hommage au héros de Mark Twain. Annie avait voulu savoir ce qu'en pensait le papa, mais Harrison avait haussé les épaules avec insouciance.

— C'est plus joli que Huckleberry Finn, non ?

Marina avait rencontré Harrison l'année qui avait suivi son bac. Elle manifestait pour sauver un monument historique de Seattle, il était agent de police : il l'avait arrêtée. Quand Annie était venue chercher sa sœur au commissariat, une heure plus tard, Harrison les avait accompagnées dans la rue et s'était excusé auprès de Marina. Il était désolé, il avait seulement suivi les consignes. Pouvait-il lui offrir un café pour se faire pardonner ? Marina avait accepté sans hésiter, laissant Annie en plan avec une brassée de pancartes sur lesquelles on pouvait lire : SAUVONS NOTRE PATRIMOINE et NON AU PROJET DE CENTRE COMMERCIAL.

Harrison était une véritable force de la nature : deux mètres dix de haut, une splendide moustache en guidon de vélo, le crâne à moitié chauve. Son physique imposait le respect, et cependant, sous cette enveloppe de colosse se cachait une âme tendre et délicate, qui couvrait Marina de fleurs et d'attentions et glissait des poèmes de sa composition sous son oreiller. Deux mois après leur rencontre, ils s'installaient ensemble. Sawyer naissait un an plus tard. Et après trois ans de vie commune, ils officialisaient leur union. Aujourd'hui, Marina s'occupait d'un refuge pour animaux, à Eagan's Point, et Harrison exerçait toujours le même métier.

Comme elle passait sous le promontoire rocheux de son père, Annie ne put s'empêcher de sourire. En dépit de sa relation très complice avec Marina et de tout ce qu'elles avaient partagé – joies et peines – au fil des années, Annie ne lui avait jamais parlé de son arbre. C'était *son* secret, et elle le gardait jalousement dans son cœur, de même que tout ce qui se rapportait à cette fameuse journée. Par exemple, comment, après avoir cloué le penny sur son arbre, ils s'étaient assis tous les deux pour discuter, adossés au tronc. Son père lui avait expliqué que le premier penny américain avait été dessiné par Benjamin Franklin (et frappé en 1787) ; ensuite, il y avait eu le penny Lincoln, en 1909. Une vraie petite révolution car c'était la toute première fois qu'un président apparaissait sur une pièce de monnaie américaine. Il lui avait montré qu'en regardant attentivement le côté pile de n'importe quel penny, on pouvait voir un Abraham Lincoln miniature assis à l'intérieur du Lincoln Memorial. Et juste au-dessus (en toutes petites lettres), les mots latins : *E pluribus unum*, ce qui signifiait « Tous ensemble, ne faire qu'un ».

Annie vira de bord pour reprendre le chemin de la maison. Son arbre l'avait vue grandir et avait recueilli tour à tour ses confidences d'enfant, d'adolescente et de jeune femme. Elle avait trouvé refuge auprès de lui quand Chris Carby lui avait dit que son appareil dentaire la faisait ressembler à un grille-pain, et aussi quand elle avait eu ses premières règles et qu'elle avait ressenti le besoin d'être seule. Elle avait marché rageusement autour de son tronc le jour où ses parents avaient refusé qu'elle se fasse percer les oreilles, et elle avait pleuré à chaudes larmes contre son écorce lorsqu'on n'avait pas voulu d'elle dans l'équipe de volley... Puis il s'était produit cette chose terrible, affreuse, qui l'avait laissée prostrée à son pied, secouée par les sanglots.

Elle venait d'avoir treize ans quand un automobiliste ivre grilla un feu rouge, perdit le contrôle de son véhicule et percuta de plein fouet la voiture de son père. L'hôpital téléphona alors que Marina et elle jouaient devant la maison avec le kart qu'il leur avait fabriqué. Annie vit sa maman décrocher dans la cuisine, puis devenir toute blanche. Le chauffard avait été tué sur le coup. Le choc avait été si violent que son père était passé à travers le pare-brise.

D'habitude, le moindre trajet en voiture faisait l'objet de discussions sans fin entre Marina et elle pour déterminer celle des deux qui s'assiérait à l'avant. Mais ce soir-là Annie s'installa à l'arrière sans un mot. Elle tremblait comme une feuille et crut plus d'une fois qu'elle allait vomir.

— Quel besoin avait-il de sortir ce soir ? souffla rageusement sa mère tout en conduisant.

— Il était obligé : il n'y avait plus de glace à la vanille au congélateur, expliqua Annie.

— Elle a bon dos, la glace, riposta Erna d'une voix sourde.

— Pourquoi elle a bon dos ? demanda Marina, perdue.

Leur mère fixa la route sans répondre, les mâchoires serrées.

Annie se pencha en avant pour défendre son papa.

— C'est vrai : on a de la glace au chocolat, de la glace à la fraise mais pas à la vanille. Et il faut des boules à la vanille pour faire des banana split.

Il y eut un long silence.

— Maman ? insista Annie.

— Je me fiche de ce qu'il y a ou pas dans le congélateur !

43

siffla-t-elle – et la colère qui grondait dans sa voix effraya Annie. Ça n'a *rien* à voir avec la glace !

Annie s'adossa à la banquette et croisa les bras, les lèvres tremblantes. De toute façon, depuis des mois, sa maman passait son temps à lire des magazines de santé et à crier après son papa. Quelques instants plus tard, elles atteignaient l'hôpital. Erna se gara devant les urgences et elles sautèrent toutes les trois de la voiture. Au moment où Annie allait franchir la porte derrière Marina, son gilet se prit dans la poignée et elle dut s'arrêter pour le dégager. Ce fut alors qu'elle vit la seule dépanneuse de la ville tirer ce qui restait de la voiture de son père. Le pare-brise avait volé en éclats et la portière côté conducteur était pliée comme un accordéon mais le pire... le pire, c'était le sang. On aurait dit qu'il s'en était répandu des litres et des litres sur le capot jaune et les sièges. Annie s'éloigna très vite, mais cette image devait rester gravée à jamais dans sa mémoire, déclenchant en elle une peur panique de conduire dont elle ne réussit jamais vraiment à guérir.

Elles restèrent à l'hôpital jusqu'à deux heures du matin, Marina et Annie blotties en chien de fusil sur la rangée de sièges du couloir pendant que leur maman marchait de long en large, croisant et décroisant les bras. Quand le chirurgien vint finalement leur annoncer que l'état de leur père était stabilisé mais qu'on allait l'emmener à Seattle en ambulance, les fillettes s'étaient endormies, à bout de fatigue.

On les autorisa à voir leur papa une semaine plus tard, alors qu'il était toujours en soins intensifs. Il avait de multiples blessures à la tête, un poumon perforé et une jambe cassée. Un tuyau sortait de sa gorge, relié à une machine. La moitié de son visage était paralysée. Un filet de bave s'écoulait de sa bouche et dégoulinait le long de son menton. En le voyant, Marina éclata en sanglots et sortit aussitôt. Annie, non. Elle regonfla ses oreillers, les yeux brillants de larmes, essuya son menton avec un linge. Elle acceptait les bons et les mauvais moments. Sa gorge se noua et elle appuya doucement la joue sur sa poitrine, le remerciant en silence de l'avoir choisie autrefois.

Il ne fut jamais capable de retourner travailler, et Erna dut quitter son emploi de secrétaire à temps partiel dans la clinique locale pour un poste à temps complet à l'hôpital. Souvent, en rentrant de l'école, Annie regardait son père faire ses exercices de rééducation avec Rosa, la kinésithérapeute qui vint chez eux deux fois par semaine jusqu'à sa mort pendant les cinq années suivantes. Au bout de quelque temps, Rosa autorisa Annie à l'aider, lui montrant les différents mouvements, l'importance des flexions et étirements dans le processus de guérison, la façon dont les muscles et les os devaient travailler en harmonie pour un résultat optimal. Les jours où Rosa ne venait pas, Annie massait les jambes de son père, et, à dix-sept ans, elle savait qu'elle serait kinésithérapeute.

Elle était en terminale quand, un jour, en rentrant chez elle après les cours, elle avait trouvé un courrier de l'université de l'Illinois sur la table de la salle à manger. Elle avait décacheté l'enveloppe avec des mains tremblantes, puis s'était précipitée dans la chambre de son père pour lui annoncer la nouvelle. Sa demande d'inscription était acceptée !

Il lui avait caressé tendrement les cheveux en disant :

— Je suis très fier de toi, Annie.

Pendant quelques minutes, elle avait eu l'impression de ne plus toucher le sol. C'était le plus beau jour de sa vie ! Puis, lentement, elle avait pris conscience de ce que cela impliquait pour elle, pour eux, et son visage avait reflété tout à coup une telle détresse que son père lui avait demandé ce qui n'allait pas.

— Tu vas me manquer, avait-elle chuchoté d'une voix étranglée.

— Je sais, chérie, avait-il acquiescé en la serrant contre lui. Mais où que tu ailles, je serai toujours près de toi. Et même dans des années, quand je ne serai plus là, tu sauras où me trouver chaque fois que tu auras besoin de moi.

Quelques mois plus tard, il était mort des suites d'une hémorragie cérébrale. Et depuis, Annie, chaque fois qu'elle rendait visite à son arbre, avait la sensation que son père était là, à côté d'elle.

# 4

Située à une heure de route de Seattle en remontant vers le nord, la petite ville d'Eagan's Point abritait quelque deux mille âmes. La plupart des habitants avaient grandi ici et, comme dans beaucoup de petites localités où il fait bon vivre, leur attachement à leur commune se doublait d'un sentiment de fierté.

La localité s'était édifiée sur une péninsule, face au détroit Juan de Fuca et à l'île de Vancouver, au Canada. Le centre administratif et les commerces occupaient deux rues parallèles, séparées par une coulée verte agrémentée d'une allée piétonnière. Elles se terminaient toutes les deux en cul-de-sac par un quai avec un ponton, baptisé pompeusement les docks, où une poignée d'entreprises faisaient vivre les pêcheurs locaux.

La partie résidentielle se divisait en deux zones distinctes. La première s'éparpillait sur une étendue assez vaste, à l'intérieur des terres, et accueillait, en plus des habitations proprement dites, l'hôpital, deux écoles, la mairie, la caserne des pompiers, trois églises, le cabinet vétérinaire, une déchetterie, et les pompes funèbres Kozak. L'autre, beaucoup plus modeste, était installée en bordure de mer, sur la péninsule elle-même.

Annie louait une petite maison à proximité des docks. C'était une bâtisse d'une soixantaine d'années, couverte de vigne vierge, un peu vétuste, un peu branlante, mais qui possédait un formidable atout : elle était située à deux pas de la mer. Annie sortait ainsi pagayer tous les matins, un luxe qu'elle ne pouvait pas se permettre quand elle habitait dans le centre de Seattle ou de Chicago.

Annie buta sur le sac à dos de Sawyer en ouvrant la porte. Elle l'écarta du pied et il bascula sur le journal. L'esprit ailleurs, elle appuya sa pagaie contre le mur puis passa dans la cuisine. Elle avait intérêt à se dépêcher si elle ne voulait pas arriver en retard à son travail.

Eric boudait devant son petit déjeuner, la casquette noire que Sawyer lui avait donnée la veille enfoncée sur son crâne.

— T'es rien qu'un menteur ! gronda-t-il en fusillant son frère du regard. Tu avais dit que tu le ferais si je le faisais !

— C'est pas vrai, protesta Luke, perché sur le comptoir.

— Si, c'est vrai !

Vendredi, en fin de journée, Marina avait apporté une tondeuse à cheveux pour les garçons. Le moyen idéal, selon elle, d'économiser l'argent du coiffeur. Annie n'avait pas osé lui avouer que sa dernière tentative pour leur couper les cheveux s'était soldée par un désastre. Elle l'avait remerciée, avait posé la tondeuse sur le réfrigérateur, et parlé d'autre chose.

Marina était repartie une heure plus tard. Après l'avoir raccompagnée à sa voiture, Annie avait regagné la cuisine juste à temps pour voir la dernière mèche de cheveux d'Eric tomber sous la lame d'un scalpeur prénommé Luke.

Le choc l'avait clouée sur place.

— Qu'est-ce que tu as fait ?

Eric avait pivoté vers elle, et elle avait senti tout son sang refluer dans ses veines à la vue de son crâne chauve.

— T'inquiète pas, m'man, avait-il déclaré avec un sourire forcé. On a décidé ensemble de se raser la tête. Luke va faire pareil, maintenant.

Annie avait croisé les bras sur sa poitrine, le regard rivé sur son aîné.

— C'est vrai ?

— Euh… pas tout à fait, avait répondu Luke.

Eric avait écarquillé les yeux comme s'il n'en croyait pas ses oreilles, tandis que son frère posait la tondeuse sur la table.

— On regardait un match de basket à la télé et j'ai seulement dit que ce serait classe de se raser le crâne, comme les pros, avait expliqué Luke en haussant les épaules. À ce moment-là,

47

Eric s'est souvenu de la tondeuse que tante Marina nous a apportée et il a insisté pour que je...

Annie allait lui intimer l'ordre de monter dans sa chambre quand Eric avait jailli de son tabouret tel un missile pour se jeter sur son frère félon. Bilan de l'empoignade : une lèvre fendue du côté de Luke, un T-shirt déchiré du côté d'Eric, et ce qui s'annonçait comme la migraine du siècle du côté d'Annie. Pendant tout le week-end, la maison avait ressemblé à un champ de bataille. Mais, en ce lundi matin, Annie était bien décidée à mettre un terme aux hostilités.

— Ça suffit, tous les deux ! Si vous n'êtes pas prêts pour l'école dans dix minutes, vous serez privés de sortie pendant huit jours, c'est clair ?

Le téléphone sonna. Luke bondit pour décrocher mais sa mère l'arrêta d'un geste.

— Ne réponds pas.

— Et si c'est papa ?

— Ouais, si c'est lui ? renchérit Eric.

Annie avait plutôt l'intuition qu'il s'agissait d'un créancier, mais elle ne le leur dit pas.

— Si c'est votre père, il rappellera. Allez vous préparer.

Ils obéirent en traînant les pieds et elle monta prendre sa douche.

Les deux frères partageaient la même chambre et les mêmes parents, mais c'était à peu près tout ce qu'ils avaient en commun. Eric était blond avec des yeux bleus et une longue silhouette efflanquée. Luke était châtain, assez costaud, avec des yeux verts et une fossette qui creusait sa joue quand il souriait. Eric ne vivait que pour et par le basket. Des posters de Shaq O'Neil tapissaient les murs de sa chambre et il conservait pieusement les cartes collector de ses joueurs fétiches dans un classeur spécial, à côté de son lit. Luke, lui, passait la moitié de son temps à écouter des CD et l'autre moitié à jouer avec la Xbox d'occasion que Jack leur avait offerte pour Noël. La décision de leur mère de partir s'installer à Eagan's Point ne les avait ravis ni l'un ni l'autre, mais au moins Eric se disait prêt à faire un essai. Le cas de Luke était beaucoup plus préoccupant, et Annie

48

se sentait démunie face aux problèmes qu'elle avait eus avec lui récemment.

Elle ouvrit les robinets et se glissa sous la douche, fermant étroitement le rideau derrière elle. Le téléphone sonna à nouveau, mais cette fois elle ne l'entendit pas : elle se shampooinait les cheveux sous le jet d'eau chaude.

Quelques secondes plus tard, Eric frappa à la porte.

— M'man ? Il y a un message pour toi.

Un morceau de papier fut glissé sous la porte et s'immobilisa à côté du siège des toilettes. Dessus, il avait écrit : « *Tante Marina a appelé. Tu dois regarder le journal d'aujourd'hui et la rappeler.* »

Annie entrouvrit le rideau et tâtonna pour mettre la main sur sa serviette. Il lui semblait avoir entendu l'un des garçons l'appeler. Elle tendit l'oreille, haussa les épaules et lança la serviette sur le siège des toilettes, d'où elle glissa et tomba sur le sol, recouvrant la feuille de papier. Refermant le rideau, elle se rinça les cheveux et essaya de penser à quelque chose de positif, par exemple le message que l'hôpital avait laissé sur son répondeur vendredi pour l'informer qu'ils auraient peut-être un poste de kinésithérapeute pour elle dans six mois. Si seulement cela pouvait être vrai !

C'était sa mère qui l'avait aidée à décrocher ce travail aux pompes funèbres. Annie revenait de la poste, d'où elle avait envoyé des CV à plusieurs cliniques des environs quand Erna avait débarqué chez elle avec Marina, au volant de sa petite Volkswagen. Après avoir sacrifié aux bises d'usage, elle avait agité un bout de papier sous le nez d'Annie.

— D'après mon voisin, ce monsieur cherche désespérément une réceptionniste. La sienne est partie il y a deux jours en claquant la porte. Bien sûr, ce serait juste un dépannage, le temps que tu trouves un vrai travail, mais il a absolument besoin de quelqu'un pour répondre au téléphone et toi, tu as besoin d'argent.

Elle lui avait tendu le bout de papier.

— Il s'appelle Rudy et il dirige l'entreprise de pompes funèbres Kozak. Je t'ai noté son numéro.

49

Annie lui avait adressé un sourire crispé.

— Tu voudrais que je téléphone à ce monsieur que je ne connais pas pour lui dire que je suis sans emploi et qu'il doit m'embaucher ?

— Et pourquoi pas ? avait dit Erna en croquant une pastille de vitamine C. Tu n'as rien à perdre. À moins, bien sûr, que tu ne sois trop fière pour répondre au téléphone dans une entreprise de pompes funèbres.

Annie sentit ses joues s'enflammer. Sa mère avait l'art de trouver les mots qui blessaient. Le téléphone sonna et Marina décrocha aussitôt.

— Allô ? Ne quittez pas.

Elle couvrit le récepteur de sa main.

— Ton propriétaire.

Annie souffla sur une mèche de cheveux qui lui tombait devant les yeux et prit le combiné.

— Allô ?... Oh, je suis désolée. J'ai complètement oublié. Oui, bien sûr. Je vous dépose un chèque demain, sans faute. Merci d'avoir téléphoné.

Elle raccrocha, lança un bref regard à sa mère et décida de lui prouver qu'elle avait tort. Elle déplia le morceau de papier qu'elle lui avait remis et composa le numéro.

— Allô ? Pourrais-je parler à monsieur... Rudy Kozak ? demanda-t-elle en plissant les paupières pour déchiffrer son nom. C'est vous-même ? Voilà, je m'appelle Annie Hillman et j'ai entendu dire que vous cherchiez une réceptionniste...

Erna, occupée à faire tomber des gouttes d'échinacée dans un verre d'eau, lui chuchota :

— Dis-lui que tu ne vois pas d'inconvénient à travailler les week-ends. Des tas de gens meurent les week-ends.

Annie lui fit les gros yeux pour qu'elle se taise.

— Eh bien... oui. Je pense que ce serait tout à fait envisageable.

Erna versa la moitié de l'eau dans un autre verre et le tendit à Marina.

— Bois, ordonna-t-elle. La grippe ne va pas tarder à frapper.

— Mmm..., murmura Annie en fronçant les sourcils.

Je vois... Non, ça m'étonnerait. Le salaire que me versait mon précédent employeur est certainement très au-dessus de ce que vous êtes prêt à payer, ce que je comprends très bien...

Sa voix mourut lentement.

— Vraiment ? C'est... c'est formidable. Entendu. Vous pouvez compter sur moi. Je serai là demain.

Erna sourit et ferma son sac à main.

Annie raccrocha lentement et s'éclaircit la voix.

— Eh bien... c'était un coup de téléphone intéressant, articula-t-elle.

Marina haussa les sourcils.

— Tu as eu le poste ?

— Euh... oui. C'est bizarre, non ? Il m'engage au téléphone, sans me demander de références ni rien, et il m'offre le même salaire que celui que je percevais à la clinique.

— Je ne vois pas ce que ça a de bizarre, décréta Erna. Il cherche une employée, tu cherches du travail : vous êtes gagnants tous les deux.

— C'est la solution idéale ! renchérit Marina. Ça te permettra de voir venir et de chercher tranquillement un poste dans tes cordes. À moins que ce type ne soit un psychopathe, qu'est-ce que tu risques ?

Cette scène s'était déroulée cinq mois plus tôt, et, alors qu'elle sortait de sa douche, Annie songeait qu'elle aurait pu tomber plus mal. Son travail n'avait rien de déplaisant. Simplement, elle n'avait pas envie de répondre au téléphone jusqu'à la fin de ses jours. En tout cas, elle savait maintenant pourquoi Rudy Kozak avait perdu quatre réceptionnistes en l'espace de deux ans : il avait cinquante-neuf ans, il était vieux garçon, limite obèse, et c'était tout simplement l'homme le plus grincheux qu'elle ait jamais rencontré.

Annie essora ses cheveux dans une serviette, y passa un coup de séchoir, enfila un chemisier et une jupe et se regarda dans la glace.

On frappa à la porte.

— M'man ? Où est mon short de gymnastique ? demanda Eric.

— Dans le sèche-linge.

Elle finit d'appliquer son mascara, ouvrit la porte et faillit percuter son fils.

— Il n'est pas sec, m'man. Et c'est aujourd'hui que je passe les qualifs pour intégrer l'équipe de basket.

Annie se dirigea vers la buanderie, les sourcils froncés.

— Je l'ai mis dans le sèche-linge hier soir, j'en suis sûre.

Mais quand elle ouvrit la porte de l'appareil, elle tomba nez à nez avec une montagne de vêtements trempés. Elle reprogramma la minuterie, appuya sur le bouton « marche » : rien.

— Je n'arrive pas à le croire, gronda-t-elle. Maintenant c'est le sèche-linge qui a rendu l'âme !

Le four était mort quinze jours plus tôt, et elle avait dû passer une demi-douzaine de coups de téléphone pour que son proprié-taire daigne la rappeler quarante-huit heures plus tard. Il s'était excusé du bout des lèvres, expliquant qu'il était parti pêcher. Une semaine s'était encore écoulée avant qu'il lui rapporte le four réparé. Pendant ce temps, elle avait dû improviser avec le micro-ondes.

— Pas de problème, la rassura Eric. Je vais en emprunter un à Luke.

Annie le regarda disparaître dans sa chambre avec son crâne fraîchement rasé et elle fut submergée par un désir brutal, farouche, de le protéger, de se dresser tel un bouclier entre le malheur et lui. Comme à l'époque où il était si malade et où elle n'osait pas le quitter une seule minute, de peur que la mort en profite pour venir le lui prendre. Comme aujourd'hui encore, quand elle se levait au milieu de la nuit pour vérifier qu'il allait bien, l'oreille tendue pour guetter sa respiration. Eric était atteint d'hystiocytose, une maladie au nom barbare et aux effets dévastateurs. Chaque fois qu'Annie devait en expliquer les symp-tômes, elle était épuisée avant même d'avoir commencé. Comment parler d'une maladie qui ne s'attaquait qu'aux enfants, qui n'avait pas de cause connue, et dont les conséquences pouvaient aller d'une douleur bénigne à la mort, par dysfonc-tionnement des poumons, du foie ou du cerveau ?

Eric venait tout juste d'avoir trois ans quand il avait

commencé à se plaindre d'avoir mal aux jambes. Les symptômes s'étaient rapidement aggravés, provoquant de violentes crises de larmes au milieu de la nuit, que ni Annie ni Jack ne parvenaient à apaiser. Le pédiatre avait imputé le phénomène à des douleurs de croissance, mais quelques jours plus tard Eric s'était effondré au milieu de la cuisine : ses jambes ne le portaient plus. Ses parents l'avaient aussitôt emmené aux urgences, où on l'avait hospitalisé afin de pratiquer une biopsie.

Si l'hystiocytose était une maladie rare, le diagnostic, lui, était parfaitement clair. Eric présentait une tumeur importante au niveau du pelvis et une autre sur sa jambe droite. Toutes deux étaient malignes et détruisaient sa moelle osseuse, rendant ses os poreux et dangereusement fragiles. Le traitement inclurait des séances de chimiothérapie et de rayons, ainsi que des médicaments comme la cortisone, mais Jack et Annie avaient été avertis : les cas de guérison étaient rares.

Cette fois-là, Eric séjourna un mois à l'hôpital et subit des séances de rayons et de chimio. Il perdit ses cheveux et reçut un traitement hormonal afin de l'aider à reprendre le poids qu'il avait perdu. Pendant un an, Annie resta presque constamment à son chevet, dormant près de lui pendant les périodes de traitement, installant un lit pliant à côté du leur quand il rentrait à la maison. Durant les six années qui suivirent, l'état de santé du garçon connut une succession de hauts et de bas qui le privèrent d'une bonne partie de son enfance et détruisirent de façon irrémédiable l'équilibre de leur famille.

— On y va ? demanda Eric en réapparaissant avec son sac de sport.

Annie hocha la tête.

— À quelle heure, les qualifs pour intégrer l'équipe de basket ?

— Cet aprèm, à trois heures et demie.

Elle le coiffa de sa casquette et le suivit dans la cuisine, une main sur son épaule.

— Tu es sûr que c'est ce que tu veux ?

— Le Dr Perrins a dit qu'il n'y avait pas de problème, lui rappela-t-il.

Sawyer les attendait à la porte.

— Téléphone-moi dès que tu auras les résultats, dit-elle en tapant dans la main de son cousin. Et n'oublie pas : si tes copains veulent une casquette comme la tienne, ils peuvent s'en procurer une chez Target.

Elle lui donna un petit coup de coude malicieux et il sourit.

— Je me sauve, reprit-elle en se tournant vers Annie. J'ai deux heures d'activités de loisir, ce matin, alors je vais aider maman au refuge. Le véto doit venir examiner un sphynx que quelqu'un est venu déposer la semaine dernière.

Annie allait lui demander ce que c'était qu'un sphynx quand Eric la tira par la manche.

— M'man, tes poissons n'ont pas l'air bien.

Elle ramassa machinalement le journal sur le sol, le glissa sous son bras puis se pencha vers l'aquarium et en tapota la vitre.

— Mais si, ça va. L'aquarium a juste besoin d'être nettoyé.

Cinq ans auparavant, Annie avait lu dans un magazine que les enfants avaient besoin *d'apprendre* le processus de deuil et que la plupart des parents ne les y préparaient pas. L'auteur conseillait d'acheter un poisson rouge : ce petit animal exigeait un minimum d'entretien et avait la particularité de ne vivre que quelques mois. Ainsi l'enfant apprendrait à s'occuper et à nourrir un être vivant, puis à en faire le deuil quand l'inéluctable se produirait et qu'il faudrait se débarrasser du corps en le jetant dans les toilettes. En maman responsable, soucieuse de l'équilibre psychologique de ses enfants, Annie avait aussitôt foncé dans une animalerie acheter l'aquarium, les poissons, et une boîte d'aliments en poudre. L'intérêt des garçons pour leurs nouveaux compagnons s'était évaporé au bout d'une semaine et c'était Annie qui avait fini par les nourrir et nettoyer leur bocal. L'histoire faisait la joie d'Annie, de sa mère et même de son futur ex-mari, Jack, parce que les fameux poissons censés préparer leurs enfants à l'inéluctabilité de la mort refusaient tout simplement de mourir.

Annie sortit sur le perron et ferma la porte derrière elle, les sacs contenant leur déjeuner serrés entre ses dents, le journal plaqué sous son bras. Elle ferma les verrous, récupéra les sacs de l'autre main et héla Sawyer, qui montait sur son scooter.

— Merci d'avoir gardé les garçons hier soir ! Si tu as besoin de moi pour quoi que ce soit, n'hésite pas.

Sawyer agita la main et démarra.

Annie se glissa derrière le volant, jeta le journal sur le siège passager et posa son sac à main par-dessus.

— Les garçons, attachez vos ceintures.

— Tu es vraiment obligée de nous le répéter *tous les jours* ? grommela Luke depuis la banquette arrière.

Annie mit le contact. Quinze secondes plus tard, elle remontait l'allée, évitant de justesse leur poubelle déjà toute cabossée.

Au même instant, le téléphone sonna dans la salle de séjour. Le répondeur se déclencha et la voix de Marina retentit, légèrement hystérique :

— Saperlipopette, Annie, où es-tu ? Tu as vu le journal ? Si tu ne m'as pas rappelée dans deux minutes, je te harcèlerai à ton travail, mais si tu es là... *décroche ce satané téléphone !*

# 5

Annie était une conductrice stressée. Elle détestait les auto-routes, redoutait les ronds-points, et évitait tout ce qui ressem-blait à une voie rapide. À l'époque où elle habitait Chicago et Seattle, elle avait trouvé la parade : elle prenait l'autobus. Malheureusement, il n'y avait pas de transports en commun à Eagan's Point. Le collège n'était qu'à un kilomètre de la maison, mais comme elle ne dépassait jamais trente à l'heure en ville, elle mettait huit bonnes minutes pour s'y rendre tous les matins. Après avoir déposé les garçons, il lui en fallait encore trois pour parcourir les cinq pâtés de maisons qui la séparaient des pompes funèbres Kozak. Elle comptait deux minutes de plus par temps de pluie – mais s'il neigeait, elle déclarait tout simplement forfait et téléphonait à Marina pour lui demander de leur servir de chauffeur.

— C'est surréaliste, grogna Luke depuis la banquette arrière. Tu ne peux pas accélérer *un tout petit peu* ?

Annie l'ignora. Elle était trop occupée à fixer la route, les deux mains crispées sur le volant.

— Fiche-lui la paix, intervint Eric, prenant la défense de sa maman. Elle se débrouille très bien.

Luke lui donna un coup sur le crâne avec une boîte de kleenex et lorsque Annie s'arrêta enfin devant l'école, la banquette arrière n'était qu'un fouillis de bras et de jambes qui s'agitaient dans tous les sens.

Elle se retourna, les yeux étincelants de colère.

— Assez ! Vous êtes frères, pour l'amour du ciel !

— Je ne l'ai pas choisi, rétorqua Luke en agrippant son sac.

— Moi non plus ! riposta Eric.

Quelqu'un klaxonna, derrière eux. Annie sursauta. Les garçons descendirent de voiture, claquèrent les portières. Avant de démarrer, Annie les regarda disparaître au milieu du flot d'élèves qui entraient dans la cour.

Elle arriva à son travail trois minutes plus tard, se gara et appuya son front sur le volant. Sa journée venait à peine de commencer et elle était déjà épuisée. *Ma vie s'effrite de tous côtés*, songea-t-elle avec amertume. Mon mariage est en ruine, il me faudrait un tube de Super Glu pour recoller les morceaux de ma famille, et je passe mes journées à compter des cercueils et à commander du liquide d'embaumement.

— Déprimant, marmonna-t-elle en sortant de la voiture.

L'entreprise de pompes funèbres était un bâtiment en stuc gris dénué d'attrait, avec des fenêtres munies de barreaux en fer forgé. Une pelouse impeccable, digne d'un terrain de golf, descendait en pente douce jusqu'à l'entrée.

Rudy Kozak l'attendait, adossé à son bureau, bras croisés sur son ventre énorme. Il portait un pantalon noir taille XXXXL, une chemise blanche, et il avait soigneusement rabattu ce qui lui restait de cheveux gris sur son grand front chauve dans le vain espoir de cacher l'évidence. Son visage arborait cette expression renfrognée qui ne le quittait jamais.

Il tapota le cadran de sa montre pour lui signaler qu'elle était en retard.

— Désolée, répondit Annie en lui tendant le journal en guise de calumet de la paix. Cela ne se reproduira plus.

La première fois qu'elle l'avait rencontré, Annie avait pensé qu'il était de mauvaise humeur parce qu'il n'avait plus de secrétaire pour répondre au téléphone. Mais très vite, elle s'était rendu compte que c'était son état normal. Rudy Kozak était fils unique et avait hérité de l'entreprise familiale à la mort de son père. Depuis cinq mois qu'elle travaillait pour lui, Annie l'avait peut-être vu partir trois fois déjeuner à l'extérieur avec un ami

– et encore, il s'agissait de Merv Singer, le propriétaire de la manufacture de cercueils de Seattle.

Rudy regagna son bureau tout en annonçant dans une même respiration :

— Une livraison doit arriver aujourd'hui, votre sœur a téléphoné et nous n'avons plus de café.

Annie ôta sa veste et régla la radio sur une autre station. Rudy avait la manie de choisir ce qui se faisait de pire en fond sonore. Une vraie musique d'enterrement...

« Nos clients sont peut-être morts, mais ce n'est pas encore notre cas », lui rappelait-elle souvent.

Rudy ne rétorquait rien. Mais quand elle revenait travailler le lendemain, la radio était à nouveau réglée sur la même musique déprimante.

Empoignant le téléphone, Annie appela Marina.

— L'Arche de Noé, refuge pour animaux, j'écoute ?

— C'est moi, annonça Annie en feuilletant le planning de Rudy. Quoi de neuf ?

La voix de Marina descendit de trois octaves.

— Eric ne t'a pas transmis mon message ?

— Quel message ?

— Laisse tomber. Tu as vu le journal d'aujourd'hui ?

Annie continua à tourner les pages de l'agenda.

— Non, pourquoi ?

— Regarde-le et rappelle-moi.

La communication fut coupée. Annie contempla le combiné muet avec stupéfaction, puis raccrocha à son tour. Zut ! elle venait de donner son journal à Rudy, et comme elle était arrivée en retard, il était hors de question qu'elle sorte en acheter un autre.

Après quelques secondes de réflexion, elle prit connaissance des messages téléphoniques de la veille et passa dans la cuisine. Elle ouvrit le placard au-dessus du réfrigérateur et en retira une petite boîte en fer sur laquelle elle avait collé une étiquette « Urgences ». À l'intérieur s'alignaient six dosettes de café, des sucres enveloppés et des sticks de lait en poudre. Elle regarda le café passer en se demandant pourquoi Marina avait paru si nerveuse, puis elle remplit une tasse et entra dans le bureau de Rudy. Il lisait le journal, installé dans son fauteuil pivotant.

Annie posa la tasse fumante devant lui.

— Je mets toujours quelques munitions de côté, au cas où.

Il cilla, surpris.

— Oh. Bien.

— Drew Williams a téléphoné hier, enchaîna-t-elle.

Drew était le président de la chambre de commerce et Rudy attendait comme un lion en cage qu'il l'invite au tournoi de golf qui avait lieu tous les ans à Eagan's Point.

Il reposa aussitôt le journal.

— Quand cela ?

— Après votre départ.

— A-t-il évoqué le tournoi ?

Tout en faisant mine de réfléchir, Annie remit de l'ordre dans ses stylos, puis s'empara du journal et le glissa sous son bras.

— Franchement, je ne m'en souviens pas.

— La prochaine fois, faites attention, grogna-t-il en empoignant le téléphone.

Annie, sourire aux lèvres, referma la porte derrière elle, regagna l'accueil et déploya le journal devant elle. Elle l'aplatit avec la main puis parcourut en zigzag la première page, passant d'un titre à l'autre jusqu'à ce que ses yeux écarquillés fixent un point précis, en bas à droite. Elle secoua la tête, persuadée d'être victime d'une hallucination. Là, en première page du *Peninsula Post*, il y avait... une photo d'elle, prise le jour de sa remise de diplôme à l'université de l'Illinois, quinze ans plus tôt. Elle portait d'affreuses lunettes à monture d'écaille, ses cheveux formaient une sorte de choucroute ridicule sur sa tête, et ses yeux brillaient de cette foi utopique en l'avenir qui fait battre le cœur de tous les jeunes diplômés avant que la vie ne se charge de détruire leurs illusions.

Ses mains devinrent moites tandis qu'elle lisait le texte de l'annonce imprimée en dessous :

**Reconnaissez-vous cette femme ?** *Au fil des années je me suis souvent posé cette question : comment ai-je pu perdre la seule* *femme que j'aie jamais aimée ? La réponse est loin d'être simple, mais il m'est apparu tout à coup que je devais tenter de réparer mon erreur, parce que si je ne le faisais pas, j'aurais sans doute des regrets jusqu'à la fin de mes jours. Reconnaissez-vous cette femme ? Elle s'appelle Annie Fischer. Nous nous sommes connus il y a des années mais, d'une certaine façon, la vie nous a éloignés l'un de l'autre. Elle est la première femme que j'ai aimée et je ne parviens pas à l'oublier. Si vous savez où je peux la trouver, s'il vous plaît appelez le (212) 555-1963.*

La voix de Rudy parut venir de très loin, alors même que sa masse volumineuse se dressait devant le bureau d'Annie.

— *Il y a quelqu'un ?* grogna-t-il en faisant claquer ses doigts devant le nez de la jeune femme. Annie, vous n'entendez pas le téléphone ? Votre sœur vous attend sur la ligne un !

Annie sursauta et replia précipitamment le journal.

— Désolée.

Rudy se dirigea vers la sortie, faisant tournoyer ses clés de voiture au bout de ses doigts.

— Je vais à la banque et ensuite j'ai rendez-vous avec mon comptable. J'ai laissé un message à Drew : s'il rappelle, dites-lui que je suis partant pour le tournoi de golf.

— Entendu, acquiesça Annie.

À peine la porte refermée sur son patron, elle décrocha le téléphone et appuya sur le bouton correspondant à la ligne où Marina attendait en trépignant d'excitation.

— Alors, tu as lu ?

— À l'instant.

— Tu crois que c'est qui ?

— Aucune idée.

Annie rouvrit le journal et relut l'annonce, abasourdie. Elle n'arrivait toujours pas à y croire.

— Et si c'était une plaisanterie ?

— Il a l'air sérieux. Il s'agit peut-être d'un garçon à qui tu as brisé le cœur, dans ta jeunesse. Votre rupture l'a tellement fait souffrir qu'il a travaillé comme une bête pour oublier, il a passé des années à monter sa société à la force du poignet, et maintenant qu'il est riche, beau et séduisant, il est déterminé à te reconquérir !

Annie leva les yeux au ciel.

— Où vas-tu pêcher toutes ces âneries ?

— J'habite avec une ado de dix-sept ans, je te rappelle.

— D'accord. S'il est si séduisant, pourquoi l'ai-je laissé tomber ?

— Parce qu'il ne l'était pas, à l'époque ! Mais maintenant qu'il est riche, il peut s'offrir un entraîneur sportif privé, un nouveau nez, des implants capillaires...

— Tu regardes trop de feuilletons débiles. Ces trucs-là n'existent pas dans la réalité.

— Bon, alors appelle le numéro pour qu'on soit fixées.

Annie reçut un appel sur une autre ligne, mit fin à sa conversation avec Marina et prit l'appel entrant.

— Pompes funèbres Kozak.

— Pourrais-je parler à Mme Hillman, je vous prie ?

— C'est elle-même.

— Je suis Joan Marsh, du collège Robertson. Je voulais juste m'assurer qu'il n'y a pas de problème avec Luke.

Annie ferma les yeux. Oh non.

— Pourquoi ?

— Luke n'est pas venu en classe aujourd'hui.

Annie prit une longue respiration et exhala lentement son souffle.

— Madame Hillman ?

— Oui, je... Merci de m'avoir prévenue. Je vais faire le nécessaire. Je vous rappellerai dans la matinée.

— Madame Hillman ?

— Oui ?

— Sécher les cours n'est pas un comportement habituel chez un garçon de son âge...

Annie se massa les tempes. Elle aurait pu lui rétorquer que dans l'état actuel des choses c'était une broutille, et que si elle voulait vraiment du sensationnel, elle aurait dû être là ce week-end, quand Luke avait scalpé son frère et qu'ils avaient ensuite entamé une guerre de tranchées à trois. Mais elle garda le silence.

— Merci de m'avoir alertée. Je vous tiens au courant.

Elle raccrocha, appuya son front sur le bureau et garda la pose pendant plusieurs secondes avant de rappeler Marina.

— L'Arche de Noé, refuge pour animaux, j'écoute ?

— Je dois partir à la recherche de Luke. Le collège vient de m'appeler : il a séché les cours.

— Encore ?

— Tu peux me rendre service et téléphoner au numéro de l'annonce, pour voir qui répond ?

— Pas de problème, répondit Marina avec enthousiasme. J'adore ce genre d'histoire !

— Ah bon ? Et quand as-tu vécu ce genre d'histoire ?

— Jamais, mais j'ai mes fantasmes.

— Contente-toi d'appeler le numéro et téléphone-moi pour me raconter. Je suis sûre que c'est un canular.

Annie avait découvert que Luke faisait l'école buissonnière quand le collège lui avait envoyé par e-mail l'emploi du temps de sa classe, et les cours où il avait été pointé absent. À l'évidence, il y avait un problème. Elle lui avait fait la leçon, une fois, dix fois, en pure perte. Non seulement il avait récidivé, mais le phénomène s'était aggravé. Maintenant, il ne se contentait plus de faire sauter quelques cours secondaires, il manquait des *journées entières*. Annie avait rencontré la principale du collège la semaine précédente et elles étaient convenues de faire preuve d'une plus grande sévérité. Mais elle n'avait encore jamais eu à gérer une crise pendant ses heures de travail, et elle s'en serait bien passée.

La mort dans l'âme, Annie se résigna à appeler sa mère. Elle ne pouvait pas se permettre de perdre son emploi.

— Tu veux que je me lance à sa recherche ? proposa Erna.

Annie fut tentée d'accepter, mais la laisser régler le problème à sa place ne réussirait qu'à élargir un peu plus le fossé qui ne cessait de se creuser entre Luke et elle.

— Merci, mais c'est à moi d'y aller. Tu veux bien me remplacer au téléphone ? Juste pour cette fois ?

Quinze minutes plus tard, Erna débarquait, ses cheveux noirs, à peine striés de quelques fils gris, rassemblés sur sa nuque en un chignon impeccable. Elle fit le tour de l'accueil, tâta les doubles rideaux en velours bordeaux qui tombaient en longs plis jusqu'au sol, et déclara :

— Cet endroit est tout simplement hideux. Je défie qui que ce soit de passer une heure dans ce trou à rat sans devenir claustrophobe.

Annie sourit, mais s'abstint de lui rappeler que c'était elle qui avait eu l'idée de la faire travailler dans ce trou à rat. Erna était une femme pugnace, dotée d'un solide sens pratique, qui avançait dans la vie avec détermination. Elle ne tergiversait pas avant de prendre une décision : elle faisait ce qu'il y avait à faire, puis passait à autre chose. Sa seule famille se résumant à son frère, Max, qui vivait au Canada, toute son énergie se focalisait sur ses deux filles et ses trois petits-enfants, qu'elle adorait sans réserve, même si elle mettait souvent leur patience à rude épreuve.

Erna était obsédée par la maladie. Mais, contrairement à la plupart des hypocondriaques, qui ne s'intéressent qu'à leur cas, elle donnait dans l'hypocondrie altruiste, s'inquiétant pour tout le monde. Ses amis, sa famille, d'illustres inconnus, personne n'échappait à sa sollicitude soucieuse – et aux conseils médicaux dont elle ne manquait pas d'accompagner chacun de ses diagnostics, à la consternation de ses proches.

Annie conservait quelques souvenirs cuisants de son adolescence, comme le jour où sa mère était allée rencontrer son professeur de mathématiques dans le cadre d'une réunion scolaire. Annie l'attendait dans le couloir et, ne la voyant pas revenir, elle avait fini par jeter un coup d'œil dans le bureau. Elle avait cru mourir de honte. Sa mère était penchée sur son professeur, une lampe de poche à la main.

— Bien sûr, il peut s'agir d'une simple fatigue oculaire, lui expliquait-elle. Mais mieux vaut être sûr que ça ne cache pas quelque chose de plus grave. Pour nous en assurer, je vais vous faire passer le test de Au-Henkind. Il est fiable presque à cent pour cent. Vous allez fermer un œil et je vais braquer le faisceau lumineux de la lampe sur celui que vous avez gardé ouvert. Si à ce moment-là vous ressentez une douleur dans l'œil fermé, c'est le signe irréfutable que vous êtes atteint d'une uvéite antérieure, autrement dit d'une inflammation de l'iris et des tissus périphériques...

Annie se rappelait un autre épisode, tout aussi mémorable, qui s'était produit une semaine avant son départ pour l'université de Chicago. Ce soir-là, elle avait participé à une petite fête entre anciens du lycée et elle était rentrée à la maison très tard, bien après le couvre-feu. Elle traversait l'entrée sur la pointe des pieds pour se faufiler dans sa chambre sans attirer l'attention, quand elle avait aperçu sa mère devant le miroir de la salle de bains, une lampe de poche dans une main, la bouche grande ouverte. En l'apercevant, Erna avait poussé un soupir de soulagement et l'avait agrippée par le coude.

— Dieu merci, tu es rentrée ! Prends la lampe et regarde ma luette.

Annie l'avait dévisagée fixement.

— Ta *quoi* ?

— La petite chose rose qui pend au fond de ma gorge. Je veux que tu la regardes attentivement et que tu me dises si tu la vois palpiter. J'ai l'impression que oui, et ça m'inquiète.

— Pourquoi ? avait demandé Annie, perdue.

— Parce que quand la luette palpite au même rythme que le cœur, c'est ce qu'on appelle le signe de Müller, et cela peut annoncer un problème cardiaque.

Annie avait cillé à deux reprises, puis s'était emparée de la lampe et avait fait ce que sa mère lui demandait. Mais, vu le nombre de bières qu'elle avait bues ce soir-là, elle avait l'impression que la bouche entière palpitait.

— Euh, tout a l'air normal, avait-elle décrété en s'éclaircissant la gorge.

— Tu es sûre ? avait insisté Erna en lui enjoignant d'un signe de regarder à nouveau.

Cette fois, Annie avait tenu la lampe avec ses deux mains pour la stabiliser.

— Pas l'ombre d'une palpitation, avait-elle affirmé au bout de quelques secondes. Tu es bonne pour le service.

Plusieurs jours plus tard, comme Annie préparait sa valise, sa mère était entrée dans sa chambre et lui avait expliqué gravement qu'elle pensait être atteinte de sclérose systématique parce qu'elle ne parvenait pas à enfoncer le bout de ses trois doigts du milieu dans sa bouche en position verticale sans toucher ses lèvres ni ses dents. Au bord des larmes, elle s'était assise sur le lit de sa fille, déchiquetant un kleenex.

— Annie, tu devrais peut-être rester un an de plus à la maison parce que, tu sais, c'est une maladie évolutive qui durcit les tissus et les contracte, et qui vous tue à petit feu...

Annie avait levé les yeux au ciel.

— Maman, tu n'es pas malade.

Erna avait fait des siennes de nouveau la veille du mariage d'Annie avec Jack. À la fin d'un dîner au restaurant réunissant les deux familles, Annie, impuissante, avait vu sa mère se pencher vers celle de Jack pour lui expliquer que le fait de bâiller comme elle le faisait depuis dix minutes pouvait être le signe d'une encéphalite ou d'une tumeur au cerveau – et qu'à sa place elle irait se faire examiner de toute urgence par un médecin. La mère de Jack avait commencé par la dévisager d'un air suffoqué. Puis elle avait empoigné son sac à main et quitté le restaurant comme une tornade. Le lendemain, elle déclarait à Jack que la mère d'Annie était la personne la plus abominable qu'elle ait jamais rencontrée !

Petite fille, Annie n'avait jamais trouvé les excentricités de sa mère amusantes. En grandissant, Marina et elle avaient essayé de l'ignorer quand elle s'adonnait à son numéro pendant leurs fêtes d'anniversaire, ou au pique-nique annuel organisé par l'entreprise de leur père, ou devant leurs copines venues dormir à la maison. Pour dédramatiser la situation, elles en plaisantaient et jouaient à celle des deux qui se rappellerait la pire humiliation que leur mère leur avait fait subir en public. Mais tout ça était loin. Elles n'en riaient plus depuis bien longtemps. En fait, Marina éludait désormais le sujet chaque fois qu'Annie l'abordait.

Annie regarda sa mère enfiler une paire de gants en latex et glisser un doigt soupçonneux sur l'écran de l'ordinateur pour vérifier qu'il ne s'y logeait pas de la poussière ou des microbes, puis elle saisit un stylo et lui nota son numéro de portable sur une feuille de papier.

— Surtout n'oublie pas : tu réponds au téléphone et tu prends les messages, mais tu ne touches à rien d'autre, d'accord ?

— File vite, dit Erna en agitant la main d'un geste insouciant. Tout se passera bien.

# 6

Jack Hillman glissa une pièce dans le distributeur de café tout en songeant à l'annonce parue ce matin en première page du *Peninsula Post*. C'était un homme séduisant – un mètre quatre-vingt-dix, de larges épaules, un beau visage anguleux, beaucoup de charme – qui avançait dans la vie avec une calme assurance. Il aurait pu être boxeur, il en avait le physique, jusqu'à cette petite cicatrice qui coupait son sourcil droit en deux... souvenir d'une raclée administrée par son père quand il avait huit ans pour une histoire d'assiette cassée.

Jason Hillman avait été un personnage violent et effrayant. Ses accès de rage, aussi soudain qu'imprévisibles, rappelaient ces tornades dont on surveille la formation avec angoisse, guettant le moment où elles toucheront le sol dans un tourbillon dévastateur, ravageant tout sur leur passage.

Lorsqu'il avait dix ans, Jack se disait parfois que sa vie serait plus facile s'il était sourd. Comme ça, au moins, il n'entendrait pas son père traverser la maison en hurlant son prénom, le ceinturon à la main. Avant la dernière seconde, il ne saurait pas qu'une volée de coups allait s'abattre sur lui. Et dès la première morsure du cuir sur son dos, ses bras ou ses jambes, il n'aurait qu'à fermer les yeux pour se déconnecter de la réalité. Il se réfugierait alors dans un lieu imaginaire où la douleur physique n'existerait plus, comme il avait appris à le faire depuis qu'il avait compris que résister ne servait à rien.

Bien sûr, s'il ne pouvait pas entendre son père venir, il n'aurait pas non plus le temps de se cacher en tremblant dans le placard de sa chambre. Souvent, son père commençait par frapper sa maman, hurlant et lançant des objets par terre, lui reprochant quelque chose qu'elle avait fait ou qu'elle n'avait pas fait. Puis il partait en claquant la porte, et il rentrait plusieurs heures plus tard, comme si rien ne s'était passé. Mais parfois, c'était encore pire à son retour. Les coups pleuvaient alors, et Jack devait manquer l'école pendant plusieurs jours, jusqu'à ce que les marques sur son visage s'effacent et ne risquent plus de trahir une vérité que son père ne voulait pas voir dévoiler.

Jack comprit très vite qu'il n'y avait pas d'échappatoire possible – contrairement à sa petite sœur de deux ans, encore trop jeune pour subir les foudres paternelles – et il trouva une forme de survie dans la musique. Peu lui importait le style, du moment que celui-ci lui permettait de s'évader. CCR, John Cougar, les Beatles, Kiss, Bryan Adams, AC/DC, Rod Stewart, tous lui offraient cette liberté de partir, loin. Sa vieille radio maintenue fermée avec du ruban adhésif était son refuge et son réconfort.

L'année de ses quinze ans, Jack était descendu un matin prendre son petit déjeuner avec un cadeau pour son père : un cendrier en argile qu'il avait modelé lui-même au lycée, en travaux manuels, et qu'il avait enveloppé dans du papier. La démarche n'était pas innocente : il espérait qu'en retour son père l'autoriserait à se rendre à Seattle, le soir même, après ses cours. Il pensait à cette sortie depuis des semaines.

— Qu'est-ce que c'est ? demanda Jason Hillman quand Jack posa le paquet à côté de lui.

Jack se glissa sur sa chaise, les yeux baissés.

— On nous a demandé de créer quelque chose, et j'ai pensé à toi.

Son père ouvrit le papier, tandis que la mère de Jack faisait glisser un pancake dans son assiette.

— Quelle gentille attention, déclara-t-elle tout en adressant un clin d'œil d'encouragement à son fils.

— Surtout pour quelqu'un qui vient d'arrêter de fumer, rétorqua Jason Hillman d'une voix grinçante.

Ses yeux étaient deux billes noires luisantes de colère. Repoussant sa chaise, il se leva et lâcha le cendrier dans la poubelle.

— À ce soir, grogna-t-il.

La porte claqua derrière lui. Jack revoyait encore sa mère, sa spatule dans une main, tandis que de l'autre elle fouillait dans la poubelle.

— Tu aurais pu demander à ton professeur la permission de fabriquer autre chose, murmura-t-elle d'une voix embarrassée. Des crochets au mur pour les clés, par exemple.

— J'ai une meilleure idée, articula Jack.

— Oui ?

— Un ceinturon en cuir tout neuf.

Elle pâlit, mais Jack poursuivit impitoyablement, les mâchoires serrées :

— Avec une grosse boucle en métal bien tranchant. Comme ça il serait sûr de faire un maximum de dégâts quand il me frapperait. Oui, je suis sûr que ça lui plairait !

— Je t'interdis de parler de ton père de cette façon, souffla sa mère sans conviction.

— Ah oui ? Qui va m'en empêcher ? Toi ? Ce serait bien la première fois que tu empêcherais quelque chose dans cette maison.

Cet après-midi-là, après les cours, Jack et son copain Howie prirent le bus pour Seattle où une station de radio locale assurait la promotion du dernier disque des Guess Who. Le chanteur du groupe, Burton Cummings, tirerait un bulletin au sort dans une urne et le gagnant annoncerait les chansons avec lui à la radio pendant une heure. La mère de Howie avait posté une dizaine de bulletins au nom de Howie et de Jack, et quand son nom retentit au milieu du chahut, l'adolescent resta rivé à sa place, hébété.

— Ils ont dit qui ? demanda-t-il à Howie.

— C'est toi ! s'écria Howie en lui donnant une claque dans le dos. Oh, bon sang, c'est ton nom qu'il a tiré !

Comme dans un rêve, Jack traversa la foule jusqu'à l'estrade. Et pendant une heure – les soixante minutes les plus fabuleuses de toute sa vie –, il prit place à côté de Burton Cummings et l'aida à collecter des fonds pour une œuvre locale.

À la fin de la séance, Howie et Jack repartirent avec des T-shirts dédicacés par les Guess Who, attrapant de justesse le dernier car. Enfoncé dans son siège, Jack se dit que ce qu'il venait de vivre compensait largement ce qui l'attendait à la maison. Les applaudissements du public, la musique, Burton Cummings assis à côté de lui, plaisantant avec lui, lui serrant la main pour le remercier – comme s'il s'intéressait vraiment à quelqu'un d'aussi insignifiant que lui, comme si Jack avait réellement fait du bon boulot. *Ça valait la peine*, se répéta-t-il en lui-même, les yeux brillants de larmes. *Chaque seconde en valait la peine, quoi qu'il arrive maintenant.*

Il était presque minuit quand il dit au revoir à Howie devant la station de bus. Il courut jusqu'à chez lui, mais en arrivant devant le portillon il vit les lumières allumées dans la cuisine, et ses mains se mirent à trembler. Son père l'attendait. Probable qu'il allait l'empoigner à la seconde même où il franchirait la porte. Et cependant, comme il traversait la petite cour et gravissait lentement les marches, il eut une impression étrange. Une sensation de calme, à laquelle il n'était pas habitué. Il ouvrit la porte, le cœur battant à se rompre, mais la cuisine était déserte. Étonné, il entra dans la salle de séjour et s'immobilisa sur le seuil, stupéfait. Sa mère était effondrée sur le canapé, le visage ravagé de larmes.

— Ton père est parti, lui lança-t-elle d'une voix rauque.

Jack songea : Si seulement il pouvait ne jamais revenir ! Mais il garda ses réflexions pour lui. Ce n'était pas le moment de faire le malin. Il était minuit passé et il avait filé sans demander la permission à qui que ce soit. Il s'assit lentement sur une chaise, dans l'attente d'une explication.

— Il sera enterré lundi, chuchota-t-elle.

Jack la regarda fixement. Un bourdonnement lui remplit les oreilles et sa gorge se dessécha.

— Que... quoi ?

Plus tard, avec le recul, il mit un mot sur ce qu'il avait ressenti à cet instant précis : du soulagement. Oui, une joie fulgurante qui l'avait transpercé comme une flèche, avant même qu'il ait eu le temps d'éprouver de la honte ou du remords.

— Il y a eu un accident au travail...

Essuyant ses larmes, sa mère lui expliqua ce qui s'était passé tandis que Jack restait figé sur sa chaise dans un silence pétrifié.

Il ne dit rien quand des gens vinrent leur présenter leurs condoléances après l'enterrement. Il garda les yeux rivés sur le sol, indifférent à leurs paroles de réconfort et de compassion. Ils n'avaient pas connu son père comme lui. Ils ne savaient pas de quoi il était capable. Ils n'avaient pas été témoins de la violence qui s'était déchaînée en toute impunité derrière les murs de cette maison. Alors non, il n'était pas triste qu'il soit mort, au contraire. Il était libéré. Et comme un signe du destin, le hasard avait voulu qu'il parle à Burton Cummings ce jour-là, une rencontre inespérée qui lui avait ouvert la voie en lui montrant ce qu'il voulait faire de sa vie.

Aujourd'hui, à trente-huit ans, Jack était encore marqué par ses souvenirs d'enfant battu. Voilà pourquoi il redoublait de tendresse et d'affection pour ses deux fils. Annie et lui partageaient d'autres blessures qui ne cicatriseraient jamais. Perdre un enfant était sans nul doute la plus grande tragédie que puissent vivre des parents. Mais rester sous cette menace permanente et ne pouvoir rien faire était tout aussi destructeur.

Jack s'empara du *Peninsula Post* et contempla la photo d'Annie en songeant à leur rencontre. Du jour où il l'avait vue, il était tombé sous son charme. Le terme *obsession* était sans nul doute celui qui résumait le mieux son état d'esprit d'alors. Il était incapable de se concentrer en sa présence et, bien qu'elle semblât ne faire aucun cas de lui, il avait constamment l'impression qu'elle le fixait du regard. Il avait entendu dire un jour que la plupart des hommes cherchaient une femme qui ressemble à leur mère. Cela n'avait pas été son cas. Autant sa mère était effacée et introvertie, autant Annie laissait éclater ses émotions au grand jour. Elle décidait, planifiait, et ne laissait personne lui dire ce qu'elle avait à faire. Sa mère, elle, avait été perdue à la mort de son mari, incapable de se prendre en main.

Jack exhala un long soupir. Avant qu'Annie et lui ne se

séparent, il considérait sa vie comme une succession de victoires : il avait survécu aux coups de son père, réussi sa vie professionnelle, rencontré Annie, fondé une famille. Mais depuis leur rupture, il ne voyait plus que l'envers du décor : ses échecs, ses manquements… Il jeta un coup d'œil à la pendule et replia le journal, bien décidé à chasser de son esprit Annie et cette annonce.

# 7

Tandis qu'elle traversait la ville sur les traces de Luke, Annie veilla à bien respecter chaque panneau de stop, regardant soigneusement à gauche, puis à droite, plutôt deux fois qu'une, avant de poursuivre sa route. La conduite était une affaire très sérieuse à ses yeux, et, même si elle ne maîtrisait pas totalement l'art du créneau et qu'elle avait tendance à perdre ses repères dans l'espace quand elle effectuait une marche arrière, elle tirait une certaine fierté de n'avoir jamais eu un accident impliquant un autre véhicule. Pas même un petit accrochage.

« Tu m'étonnes : les automobilistes se planquent quand ils te voient arriver ! » affirmait Luke quand elle évoquait le sujet.

Annie pilotait une Yugo de 1986, une voiture d'importation yougoslave que son père avait achetée quelques années avant sa mort, très fier de pouvoir offrir un véhicule neuf à sa femme et à ses enfants. Elle avait l'aspect d'un cube vert olive et le moteur faisait un bruit d'enfer, mais elle roulait. Quand Annie était venue s'installer avec les garçons à Eagan's Point, sa mère la lui avait donnée. Aussi loin qu'Annie s'en souvienne, la Yugo n'avait effectué que deux voyages : le premier quand son père les avait emmenées à Athabasca, dans la province d'Alberta, au Canada, où vivait leur oncle Max, et le deuxième quand elle était partie à Portland avec les garçons pour les obsèques de sa belle-mère, trois mois après leur emménagement à Eagan's Point.

Deux jours avant l'enterrement, Annie avait déployé une carte routière sur la table de la cuisine et, à l'aide d'un surligneur jaune, avait tracé leur itinéraire, évitant l'autoroute chaque fois que c'était possible, planifiant des pauses toutes les heures pour qu'ils puissent se dégourdir les jambes. Elle avait noté le lieu où ils s'arrêteraient pour prendre de l'essence, celui où ils déjeuneraient à midi, et l'hôtel dans lequel ils dormiraient une fois sur place. L'idée de se lancer dans un aussi long voyage en voiture la terrifiait, mais la mère de Jack s'était toujours montrée très gentille avec elle, et ne pas se rendre à son enterrement aurait été lui manquer de respect. La famille restait la famille, quoi qu'il arrive, et elle était déterminée à inculquer le sens de ces valeurs à ses enfants.

Le lendemain matin, très tôt, elle avait collé toute une série de réflecteurs de bicyclette orange sur le pare-chocs arrière de la Yugo. Les garçons l'avaient rejointe, en pyjama, à moitié endormis, au moment où elle fixait un drapeau blanc sur les deux rétroviseurs extérieurs.

— Qu'est-ce qu'elle fait ? avait demandé Eric à son frère dans un bâillement.

Luke avait secoué la tête.

— Cherche pas à comprendre.

Ils avaient mis sept heures – presque le double du temps normal – pour atteindre Portland, mais le trajet s'était déroulé exactement comme elle l'avait planifié, sauf qu'Eric avait eu mal au cœur et que la conductrice avait dû s'arrêter pour reprendre ses esprits chaque fois qu'un semi-remorque les avait doublés. À leur arrivée, Annie souffrait d'un atroce mal de tête, mais la stupéfaction qui s'était peinte sur le visage de Jack et la façon dont il avait dit : « Tu es venue » sur un ton montrant qu'il avait conscience de l'exploit, l'avaient récompensée au centuple. *Parfaitement, je suis venue*, avait-elle songé en s'adossant à la portière de sa Yugo (et en espérant qu'il ne remarquerait ni les réflecteurs ni les drapeaux blancs). *Qu'est-ce que tu croyais ? Je poursuis mon petit bonhomme de chemin toute seule, comme une grande !*

Une fois chez elle, Annie tourna la clé dans la serrure et franchit la porte.

— Luke ?

Pas de réponse. Par acquit de conscience, elle fit rapidement le tour de la maison, puis jeta un coup d'œil dans la cour : la chienne avait également disparu. Elle remonta dans sa voiture, prit la direction des docks, et repéra presque immédiatement Luke, assis en tailleur sur la plage. Leur chienne, Montana, batifolait dans les vagues.

Quelques mois plus tôt, Marina avait demandé à Annie si elle pouvait lui rendre service en hébergeant une chienne pendant quelques semaines, juste le temps de lui trouver un nouveau foyer.

— C'est un terre-neuve, lui avait-elle expliqué. Tu sais, ces chiens qu'on utilise pour le sauvetage en mer. Elle s'appelle Montana et elle pèse soixante-quinze kilos, mais c'est une vraie crème.

Comme Annie protestait qu'il n'en était pas question, Marina avait insisté, promettant que ce ne serait que pour quelques semaines.

— Je te fournirai les croquettes et une niche. Harrison te l'amènera. Tu verras, tu ne te rendras même pas compte de sa présence.

— Bon, avait grommelé Annie en espérant qu'elle n'aurait pas à le regretter. Mais seulement deux semaines, pas un jour de plus, et il est *hors de question* qu'elle mette une patte à l'intérieur la maison !

Quelques heures plus tard, Harrison leur livrait Montana (une sorte de gros ours noir croisé avec un veau) ainsi qu'une énorme niche, dans laquelle elle refusa catégoriquement d'entrer. Le premier soir, quand Annie et les garçons montèrent se coucher, elle s'assit devant la porte de la cuisine et resta là toute la nuit, sans un aboiement, sans un gémissement, rien. Lorsqu'ils se levèrent au matin, elle n'avait pas bougé. Le même scénario se reproduisit le lendemain, puis le surlendemain, alors qu'il pleuvait à verse. La quatrième nuit, Annie attrapa une serviette de toilette et la fit entrer dans la cuisine. Après l'avoir séchée, elle lui montra le vieux tapis élimé près de la porte et dit :

— D'accord. Tu peux rester *là*.

Et Montana se coucha à l'endroit indiqué. Annie retourna dans son lit en se promettant que c'était juste pour une nuit parce qu'il pleuvait vraiment trop fort pour laisser un animal dehors.

Le lendemain, la chienne n'était plus sur le tapis. Furieuse, Annie parcourut la maison au pas de charge, bien décidée à la traîner dehors quand elle lui mettrait la main dessus, qu'il tombe des cordes ou non. Elle avait suffisamment de problèmes comme ça, pas question d'ajouter un chien géant à la liste.

Quelques minutes plus tard, elle trouvait Montana sur le lit de Luke, profondément endormie. Mais lorsque son fils se redressa sur un coude et lui adressa un sourire, le premier depuis des mois, sa gorge se serra et ses belles résolutions tombèrent en poussière. Elle avait l'impression de le revoir à l'âge de six ans, quand il rentrait de l'école, tout fier, en s'écriant : « Tu sais quoi ? Je me suis *encore* fait un copain aujourd'hui ! » Il lui semblait le retrouver tel qu'il était avant la maladie d'Eric, avant qu'il n'ait plus qu'une demi-maman, trop angoissée et absente pour s'occuper de lui.

— Merci de lui avoir permis d'entrer, avait-il chuchoté en enfouissant son visage dans la fourrure de la chienne.

Incapable de parler, Annie avait simplement hoché la tête.

Et aujourd'hui, quatre mois après avoir accepté de garder Montana deux semaines, pas un jour de plus, la seule idée de séparer ces deux-là la faisait frémir.

À voir son fils assis sur la plage comme s'il portait toute la misère du monde sur ses épaules, Annie fut partagée entre l'envie de le secouer comme un prunier et celle de passer le reste de la journée avec lui. Si seulement il pouvait se confier ! Ils n'avaient pas eu une vraie conversation depuis des mois, et elle ne savait plus comment faire face à ses bêtises. Quelques semaines plus tôt, Jack l'avait surpris en train de voler de l'argent chez lui, dans la boîte qu'il réservait aux urgences. Annie avait demandé à Harrison de lui faire la leçon. En tant qu'agent de police, c'était lui le mieux placé pour lui expliquer ce qui l'attendait s'il continuait sur cette pente dangereuse. Apparemment, le dialogue avait été positif et Harrison avait rassuré Annie. Selon lui, il s'agissait simplement d'une crise d'adolescence.

Laisse-lui quelques mois. « C'est provisoire. »

Annie descendit lentement de voiture, passa devant Luke et s'engagea sur un ponton qui s'avançait au-dessus de la mer. Une fois au bout, elle s'immobilisa et regarda le soleil, les yeux plissés. Quand elle l'entendit s'approcher derrière elle, elle dit calmement :

— Je pensais que nous avions un accord, toi et moi.

— Quel accord ?

Sur le chapitre de l'insolence, Luke et Eric avaient des styles complètement différents. Eric répliquait rarement, ce qui le rendait plus facile à raisonner. Luke, en revanche, adorait croiser le fer. Et il avait la particularité de dénaturer ses propos jusqu'à ce que sa mère perde le fil de ce qu'elle voulait lui dire. *Mais pas aujourd'hui*, décida-t-elle en se retournant pour lui faire face. *Trop c'est trop.*

— Tu le sais très bien. Nous en avons discuté la semaine dernière et tu m'as promis de ne plus sécher les cours.

Il regarda les planches du ponton.

— C'était mercredi, exact ?

Annie cilla, déroutée.

— Comment ?

— Le jour où on a parlé, c'était mercredi ?

— Je ne m'en souviens pas, éluda-t-elle d'un ton irrité. Quelle importance, de toute façon ?

Luke lança une balle de base-ball en l'air et la rattrapa dans son gant.

— Parce que si c'était mercredi, ça ne compte pas, et il n'y a pas eu de promesse.

Annie ressentit tout à coup le besoin si féroce d'une cigarette qu'elle faillit céder à l'impulsion de foncer prendre son paquet dans la boîte à gants de la voiture. Au lieu de ça, elle ferma les yeux et s'exhorta au calme.

— Tu peux m'expliquer ?

— Le mercredi est mon jour de liberté.

— Ton jour de liberté ?

— Ouais.

Elle le regarda fixement.

— Et ça veut dire que... ?

Luke s'adossa à la rambarde en bois et haussa les épaules.

— Tout ce qui se passe le mercredi ne compte pas. Ni à l'école ni à la maison. Par exemple, si je t'ai promis de ne plus sécher les cours un mercredi, ça ne vaut rien, parce que...

— ... c'est ton jour de liberté, finit Annie à sa place.

Il baissa les yeux et hocha la tête, paraissant tout à coup plus malheureux qu'insolent, même si elle avait le sentiment qu'il faisait tout son possible pour se rendre insupportable. Prenant sur elle pour s'exprimer posément, Annie lui demanda depuis quand il avait instauré cette règle.

— Depuis environ un mois, quand j'ai passé le week-end chez papa.

— Je vois.

Annie contempla les reflets du soleil sur l'eau.

— Et tu lui as parlé de ce fameux jour de liberté ?

— C'est son idée, en fait. Il m'a conseillé de choisir un jour de la semaine, toujours le même, et de décréter que ce jour-là, j'aurais le droit de m'amuser et de profiter de chaque minute, sans penser à tous ces trucs qui me prennent sans arrêt la tête.

Annie resta sans voix. Son fils était en train de lui dire qu'il avait des soucis qui l'empêchaient de profiter pleinement de sa vie d'adolescent. Des larmes lui montèrent aux yeux avant qu'elle parvienne à se contrôler. Luke avait treize ans, et pendant la moitié de sa jeune existence il avait vu son frère faire l'aller et retour entre l'hôpital et la maison à de multiples reprises (dont deux dans un état critique). Et même si Eric semblait tiré d'affaire aujourd'hui, ils avaient été trop souvent leurrés par un faux sentiment de sécurité pour oser faire des projets à long terme. Comme si cela ne suffisait pas, Jack et elle étaient en train de divorcer, elle venait de perdre son travail, et ils avaient emménagé à une heure de route du seul foyer que Luke ait jamais connu. Comment ce gamin pourrait-il ne pas être perturbé ?

Une soudaine amertume lui noua la gorge. Elle respira profondément et se tourna vers lui.

— Et ça se passe bien ? Je veux parler de ton jour de liberté ?

— Ça va.

Annie posa les mains sur ses épaules et l'embrassa sur le front avec force.

— Je t'aime, tu sais, même si je ne te le dis pas assez souvent. Et j'en suis désolée. Je ne m'étais pas rendu compte que tu te tracassais à ce point.

Il haussa les épaules comme si ça n'avait pas vraiment d'importance.

— Mais je ne veux plus te voir sécher les cours. Alors je te préviens : la prochaine fois que tu manques le collège, je demande une semaine de congé et je t'accompagne tous les jours en classe. Je m'assiérai à côté de toi à chaque cours et je te mettrai la honte jusqu'à ce que tu arrêtes.

— Si ça t'amuse, grommela-t-il en lançant un galet dans l'eau avec une indifférence affichée.

Ce gosse buté aux yeux tristes rendait Annie nerveuse.

— C'est donc si terrible de vivre ici ? demanda-t-elle en lui entourant les épaules de son bras.

— C'est nul, lâcha-t-il en se dégageant.

— Mais tu n'as même pas encore essayé de te faire des amis !

— Pour quoi faire ? Ce sont tous des minables.

Annie tourna les yeux vers l'eau et écouta le ressac contre les pilotis.

— Nous ne sommes là que depuis six mois, et je fais tout ce que je peux pour que nous formions une famille soudée et...

— Une famille ?

Il la foudroya du regard, les mâchoires serrées.

— Papa n'habite même pas ici ! À Seattle, au moins, on était dans la même ville !

— Tu vois ton père aussi souvent que tu le veux.

— Je peux aller vivre avec lui ?

Annie croisa les bras sur sa poitrine.

— Non, tu ne peux pas. Ses horaires sont irréguliers, il lui arrive de travailler la nuit, il ne pourrait pas s'occuper de toi.

— J'ai treize ans ! Je n'ai besoin de personne pour s'occuper de moi. Et je pourrais l'accompagner au studio quand il travaille de nuit.

— Ce n'est pas aussi simple.

— Et vivre ici, ça l'est, peut-être ?

Il donna un coup de pied dans l'un des poteaux de la rambarde.

— Je déteste cet endroit, alors pourquoi ne pas me laisser partir, tout simplement ?

Les yeux d'Annie se mouillèrent de larmes.

— Parce que si tu me quittais j'en aurais le cœur brisé.

— Tu as ton Eric chéri, répondit-il d'un ton neutre. Où est le problème ?

Elle ouvrit la bouche et la referma sans un mot. Ce qu'il venait de dire était très dur à entendre, mais ce n'était pas vraiment une surprise. La maladie de son frère lui avait volé sa maman pendant des jours, des semaines, des mois, et rien, jamais, ne pourrait lui rendre ces moments perdus. Des moments où elle était tellement terrifiée à l'idée de perdre Eric qu'elle était devenue sourde au monde extérieur et s'était aliéné Luke sans même s'en rendre compte.

Annie secoua la tête, stupéfaite d'avoir donné naissance à deux enfants si différents. L'un si pondéré, si naïvement optimiste ; et l'autre un Monsieur Je-sais-tout insolent qui s'imaginait pouvoir conquérir le monde d'un simple claquement de doigts, sans rien devoir à personne.

Elle enfonça les mains dans ses poches tout en observant son fils du coin de l'œil. Cette volonté affichée d'aller habiter avec son père était une manière de la tester, elle en était sûre. Une façon de lui signifier qu'elle ne lui accordait pas assez d'attention.

— D'accord, acquiesça-t-elle avec un entrain forcé.

— D'accord quoi ? demanda-t-il d'un air méfiant.

Elle haussa les épaules, comme si sa revendication n'avait rien d'extraordinaire.

— Tu as presque treize ans, tu es assez grand pour faire tes propres choix. Si tu veux vraiment aller vivre à Seattle avec ton père, je ne m'y opposerai pas. À condition qu'il soit d'accord, bien sûr.

Elle garda les yeux rivés sur l'eau, consciente que si elle

décelait ne serait-ce qu'une lueur de soulagement dans son regard, elle fondrait en larmes.

— À mon avis, ce n'est pas bon pour Eric et toi d'être séparés de cette façon, mais c'est ta décision.

— Bien, dit-il en époussetant le sable de son jean.

Annie perçut dans sa voix une note de gratitude qui la surprit et la rendit soudain beaucoup moins sûre d'elle-même.

— Naturellement, tu sais que tu ne pourras pas emmener Montana ?

Au regard troublé de l'adolescent, elle sentit qu'il n'avait pas pensé à cette éventualité.

Annie désigna d'un signe du menton l'énorme chienne qui se roulait voluptueusement dans le sable.

— Les animaux ne sont pas autorisés dans l'appartement de ton père, et celui-ci ne serait pas vraiment facile à cacher.

Annie s'appliqua à dissimuler son chagrin tandis qu'elle faisait monter Montana sur la banquette arrière de la voiture. Les larmes seraient pour plus tard, quand elle aurait déposé Luke au collège. Malgré ses bonnes résolutions, elle sentit sa gorge se nouer pendant qu'ils traversaient la ville. Elle aurait aimé poser la main sur l'épaule de Luke, lui dire qu'elle ne voulait pas le perdre, qu'elle regrettait d'avoir gâché leurs vies... Mais avant qu'elle ait pu émettre le moindre mot, il alluma l'autoradio et le régla sur WSMB, la station où Jack travaillait comme animateur.

— Papa t'a dit que la radio allait lui prêter un bateau pendant tout un week-end ?

— Il m'en a parlé, oui, acquiesça Annie en feignant l'enthousiasme. C'est chouette !

— Il paraît qu'à l'intérieur il y a une chambre, une salle de bains, un frigo...

La voix de Jack retentit dans le haut-parleur, les interrompant.

« C'était Phil Collins qui chantait *Superman, Where Are You Now* ? Il fait 23 degrés dans le centre de Seattle, et c'est Jack Hillman qui vous tient compagnie pendant encore une heure. »

Annie se gara devant le collège, et se mordilla la lèvre.

— Luke ? J'espère que tu as bien conscience que si jamais tu sèches à nouveau les cours, il n'y aura pas de week-end en bateau ?

— Ouais, grogna-t-il en descendant de voiture.

— À plus tard, chéri.

Tout en le regardant disparaître à l'intérieur de l'établissement, Annie essaya de comprendre comment leur relation avait pu se dégrader à ce point. Comment ses doutes, ses certitudes et ses interrogations sur son aptitude à être une bonne mère avaient pu la conduire à cette extrémité. Son fils venait de lui annoncer qu'il ne voulait plus vivre avec elle, et en l'entendant prononcer ces mots terribles, un morceau de son cœur s'était brisé de façon irréparable. Ses yeux se remplirent de larmes et elle toucha la boule en plastique transparent qui pendait à son rétroviseur. Un petit dinosaure bleu, d'à peine deux centimètres de haut, était enfermé à l'intérieur – souvenir d'un jour lointain où elle s'interrogeait sur la pertinence de rester encore quelques mois à la maison pour s'occuper des garçons au lieu de reprendre son métier. Luke avait alors trois ans, Eric venait de souffler sa première bougie, et elle et Jack louaient une vieille maison à la périphérie de Seattle.

Ce jour-là, Jack était parti en région pour son travail, Luke avait perdu son dinosaure fétiche, et Annie mettait la maison sens dessus dessous pour le retrouver. Le téléphone avait sonné alors qu'elle était à plat ventre dans la salle de séjour, à moitié dissimulée sous le canapé. Elle savait qu'elle n'aurait pas dû décrocher, mais elle l'avait fait quand même.

— Allô ?

C'était Jack, lui signalant qu'il était sur le chemin du retour.

— Oh, bien, commenta Annie.

Elle était contente qu'il revienne. Le téléphone coincé contre son épaule, elle avait fermé la porte d'un placard juste avant qu'Eric pique une tête à l'intérieur, puis elle s'était retournée et avait croisé le regard blessé de Luke, tout dépité qu'elle ait abandonné ses recherches. Afin d'éviter un drame, elle avait enfoui le récepteur dans sa paume et avait assuré à son fils qu'elle en avait juste pour deux petites minutes. Il s'était éloigné d'un air sceptique pour continuer à chercher de son côté.

Jack l'informa qu'il serait à la maison vers minuit, puis commença à lui raconter son voyage.

— Ah oui ? Formidable, commenta Annie en soulevant Eric pour le faire descendre de la table basse et en le déposant fermement sur la moquette.

Elle pressa le combiné contre sa poitrine et cria à Luke de faire plus attention : il avait oublié de fermer la barrière de protection en haut de l'escalier.

— Désolée, marmonna-t-elle en collant à nouveau le combiné contre son oreille pour se concentrer sur ce que disait Jack. Tu disais ?

Tout en sortant un biberon du frigo, elle lui demanda s'il avait eu beau temps.

Jack répondit que oui.

— Génial, approuva-t-elle, mais elle avait si peu dormi la nuit précédente qu'elle avait à peine la force de manifester de l'enthousiasme.

Visiblement très en forme, Jack commença à lui raconter par le menu une émission qu'ils avaient réalisée en direct dans la rue.

Annie glissa le biberon dans le micro-ondes, mit l'appareil en marche puis prit la direction de la salle de bains où son bébé avait disparu quelques secondes plus tôt. Arrivée à l'angle du couloir, elle pila net : Eric était debout à côté de sa couche défaite, les deux pieds dans un monticule de diarrhée toute fraîche. En voyant sa maman, il fit la grimace et pointa un doigt vers le sol comme s'il était, lui aussi, écœuré par ce désastre.

— Tout va bien ? demanda Jack au bout du fil.

— Comment ? Euh… oui. Pas de problème, répondit Annie.

Elle attrapa Eric, le cala à l'horizontale contre sa hanche, puis chercha du regard son paquet de lingettes nettoyantes. Elle était sur le point de demander à Jack de la rappeler un peu plus tard quand leur chat entra en trombe dans la salle de bains, pourchassant une boulette de papier. La collision avec la flaque de diarrhée était inévitable, il fit un bond sur le côté, tourna sur lui-même d'un air paniqué, puis chercha un refuge en hauteur, sur la cuvette des toilettes. Malheureusement, l'abattant était levé et il atterrit *dans* la cuvette. Il en jaillit comme une fusée et se rua dans le couloir, tout dégoulinant.

— Tu es *sûre* que ça va ?

Annie tenait toujours le combiné coincé entre son oreille et son épaule, et sa nuque commençait à être douloureuse. Elle ferma les yeux et prit une profonde respiration. Non, ça n'allait pas, mais avant qu'elle ait pu en informer son mari, on sonna à la porte. Quelques secondes plus tard, la petite voix de Luke résonnait dans l'entrée :

— Maman ? Il y a un monsieur.

Eric se tortilla comme une anguille pour lui échapper tandis qu'elle se précipitait dans le couloir. À la seconde où elle déboula dans l'entrée, elle se rappela qu'elle ne portait pas de soutien-gorge sous son haut de pyjama en flanelle imprimé de zèbres… Puis, comme elle remontait Eric sur sa hanche, le téléphone glissa de son épaule, tomba par terre et dérapa sur deux mètres.

Son dinosaure bleu momentanément oublié, Luke campait fièrement devant la porte, vêtu du masque et de la cape de Batman. Il souriait à l'électricien venu réparer leur ventilateur de plafond.

Annie ramassa le téléphone et la voix de Jack retentit au milieu de cette déroute :

— Bon sang, mais qu'est-ce qui se passe ?

L'électricien n'avait pas d'enfants. Annie aurait pu le jurer rien qu'en entendant ses réponses laconiques et contraintes quand Luke lui demanda s'il pouvait voir ses outils.

— Visiblement, je n'appelle pas au bon moment, grommela Jack d'un ton frustré.

*Le bon moment ? C'est quoi le bon moment ?* ragea mentalement Annie en remontant pour la troisième fois son bébé sur sa hanche. Elle invita l'électricien à entrer, celui-ci retira ses chaussures et, muni de son échelle, se dirigea vers la salle de séjour.

— Tu fais quoi ? demanda l'enfant à l'électricien, obtenant une réponse inintelligible, que même Annie ne comprit pas.

— Bon, je te rappellerai plus tard, grommela Jack, manifestement vexé.

Ce fut à cet instant que l'électricien vit surgir du couloir le grand danois qu'Annie et Jack gardaient pour rendre service à un ami. Annie, devant le visage blême de l'homme, posa précipitamment Eric par terre pour agripper le collier du chien. Malheureusement, elle ne faisait pas le poids face à une telle montagne de muscles et ne réussit pas à le retenir plus de deux secondes. Le colosse fonça sur l'électricien avant qu'elle ait eu le temps de dire ouf.

Les yeux exorbités, l'homme replia son échelle, récupéra ses chaussures, bafouilla qu'il lui manquait une pièce, qu'il rappellerait plus tard et fila sans demander son reste, les babines du chien collée à ses mollets.

À peine la porte refermée, les nerfs d'Annie lâchèrent. Elle appuya son front contre le battant et se mit à sangloter en songeant : *Je n'ai pas mérité ça.*

Une petite main se glissa tout à coup dans la sienne, la ramenant brusquement dans la réalité.

Annie baissa les yeux et Luke était là, le regard levé vers elle avec angoisse, les lèvres tremblantes.

— Bobo, maman ?

Puis Eric se mit à pleurer lui aussi, vacillant sur ses petites jambes mal assurées, désespérément en manque d'une couche propre. Annie se laissa glisser sur le sol et les serra tous les deux dans ses bras.

— Désolée, les garçons, balbutia-t-elle en reniflant. Maman a eu une journée difficile.

Luke pencha la tête sur le côté et la regarda longuement, comme s'il réfléchissait à ce qu'elle venait de dire. Puis il lui demanda de fermer les yeux.

Elle prit une respiration saccadée et obéit.

Il déposa tout doucement quelque chose dans sa main et, lorsqu'elle souleva les paupières, un petit dinosaure bleu oscillait au milieu de sa paume.

— Je t'aime fort, lui dit Luke d'un air timide. Tu peux garder mon dinezor pour toujours.

Le cœur d'Annie se gonfla d'amour, et elle sut alors qu'elle n'échangerait pas cette minute contre tout l'or du monde. Sa carrière attendrait encore quelques années. L'électricien pouvait courir jusqu'à l'hémisphère Sud avec son échelle. Le soleil se levait sur l'aube d'un jour nouveau, ses enfants l'aimaient, et elle était l'heureuse propriétaire d'un dinosaure bleu.

## 8

De retour aux pompes funèbres Kozak, Annie fut accueillie non pas par l'affreuse odeur d'antiseptique à laquelle elle avait fini par s'habituer, mais par un délicat parfum de pêche. Elle s'immobilisa en découvrant les rideaux en velours bordeaux soigneusement pliés à côté de son bureau, puis laissa tomber son sac à main en voyant sa mère surgir du couloir, une pile de magazines dans les bras.

— Maman ! Mais qu'est-ce que tu as fait ?

Erna lui adressa un geste insouciant de la main.

— Oh, pour l'amour du ciel, détends-toi un peu.

— Me détendre ? Rudy va piquer une vraie crise s'il voit ça !

— Tout va bien. Rudy était ici il y a une demi-heure et nous avons eu une délicieuse conversation lui et moi. Je l'ai envoyé acheter de l'ammoniaque et quelques bricoles.

— Tu as *quoi* ?

Erna glissa son bras sous celui de sa fille et l'entraîna dans la cuisine, où elle avait entièrement réorganisé les rangements.

— Qu'est-ce que tu en penses ? Ça te plaît ? demanda-t-elle.

Annie regarda autour d'elle, bouche bée.

— Non ?

Erna fronça les sourcils.

— Eh bien, moi, je préfère. C'est beaucoup plus fonctionnel comme ça.

Le téléphone mural sonna. Erna décrocha avant même qu'Annie ait eu le temps de réagir.

— Pompes funèbres Kozak... Oh, bonjour, Marina. Oui, elle est ici.

Erna baissa la voix.

— Je l'ai remplacée au téléphone pendant une heure... Le journal d'aujourd'hui ? Non, elle ne m'en a rien dit. Pourquoi, il...

Annie lui arracha le combiné des mains.

— Je te rappelle dans dix minutes, dit-elle à sa sœur avant de raccrocher.

On sonna à la porte d'entrée et Erna s'y précipita. Annie la suivit d'un pas plus modéré et vit Rudy poser un carton de produits d'entretien sur son bureau.

— Voilà, annonça-t-il à Erna avec un grand sourire. J'apporte tout ce que vous avez demandé.

La scène qui suivit laissa Annie sans voix. Sa mère baissa timidement les yeux en rougissant comme une collégienne, tandis que Rudy lissait sa calvitie d'un geste nerveux et passait d'un pied sur l'autre en souriant d'un air idiot. Annie écarquilla les yeux. Elle ne parvenait pas à croire l'évidence qui se présentait à elle : sa mère et Rudy flirtaient !

Finalement Rudy découvrit Annie plantée dans le couloir, bouche bée.

— Oh... vous êtes de retour.

Elle réussit à opiner de la tête.

Il toussota et désigna Erna.

— Je ne savais pas que votre maman habitait en ville.

Puis il fit une grande démonstration de force en transportant le carton dans la cuisine tandis qu'Erna trottinait derrière lui en lui demandant s'il n'avait jamais envisagé de repeindre cet endroit dans un coloris moins sinistre que ce gris déprimant.

Le téléphone sonna et Annie s'arracha à son ébahissement pour décrocher.

— Pompes funèbres Kozak.

— Arrête de me raccrocher au nez ! se plaignit Marina.

— Désolée.

— Luke va bien ?

— Euh, oui, répondit Annie en s'asseyant derrière son bureau. Il va bien.

— Je n'arrive pas à croire que maman ait joué les standardistes. C'est hilarant.

— Si elle n'avait fait que ça ! soupira Annie tout bas.

— Quoi ?

— Je te raconterai plus tard. Tu as appelé le numéro de l'annonce ?

— Mmm, mais un répondeur m'a demandé de laisser un message.

— Qu'est-ce que tu as fait ?

— J'ai laissé un message.

— Oh non ! gémit Annie. Pourquoi as-tu fait ça ?

— Tu veux savoir qui est ce type, non ?

— Bien sûr, mais je ne veux pas que ce type, comme tu dis, me trouve avant que je sache qui il est. C'est peut-être un psychopathe !

— Du calme, répondit Marina d'un ton badin. J'ai laissé uniquement *mon* nom et *mon* numéro. J'ai dit que j'étais ta sœur, et que si quelqu'un voulait te contacter il fallait passer par moi. Ensuite, j'ai téléphoné au *Peninsula Post* et je leur ai demandé qui avait posé l'annonce.

— Tu sais qui c'est ? demanda Annie avec espoir.

— Non. Ils ont répondu que le contrat signé entre eux et l'annonceur stipulait qu'ils ne pouvaient pas mentionner son nom. C'est bizarre, tu ne trouves pas ? Comme j'insistais, il m'ont passé une bonne femme du service. Elle m'a bafouillé des explications bidon et a fini par me passer l'assistant du rédacteur en chef.

Annie s'adossa à sa chaise, le visage épanoui.

— Excellent !

— Pas exactement, non. Il a noté mon nom et mon numéro, ensuite il m'a dit qu'il ne pouvait pas prendre cette décision sous son bonnet, qu'il allait consulter qui de droit et qu'on me rappellerait.

— C'est une histoire de fous ! geignit Annie.

— Pas forcément. Si ton mystérieux admirateur est un adonis, ça pourrait être très romantique.

Annie ferma les yeux.

— Marina... Je figure en première page du journal local avec des lunettes en écaille et une choucroute sur la tête. Ça n'a rien de romantique !

— Exact. Désolée.

Il y eut un flottement. Annie enroula le fil du téléphone autour de son doigt en souhaitant que cette histoire ne soit jamais arrivée. Pas parce qu'elle ne voulait pas d'une jolie romance dans sa vie, mais parce qu'elle était convaincue que quelqu'un cherchait à la rendre ridicule, et ce n'était pas drôle.

— Attends une minute, murmura-t-elle tout à coup en se figeant. Je crois savoir qui c'est.

— Qui ? demanda Marina d'une voix vibrante de curiosité.

— Chris. Il a toujours eu le béguin pour moi et maintenant que nous vivons tous les deux à Eagan's Point, célibataires, disponibles...

— C'était il y a vingt ans, lui rappela Marina.

Annie hocha la tête.

— Oui, mais l'annonce dit que je suis la *première* femme qu'il ait jamais aimée, il faut donc chercher dans le passé.

— Possible, admit Marina d'un air sceptique.

Annie sortit le journal de son sac, l'étala sur son bureau, le lissa avant de relire posément l'annonce.

— C'est peut-être Julie, suggéra-t-elle avec espoir.

— Julie Coyne ? Pourquoi ferait-elle une chose pareille ?

— À cause d'une discussion que nous avons eue, elle et moi, il y a quelques semaines, répondit Annie en fronçant les sourcils.

— À propos de quoi ?

— Eh bien, je l'ai accusée d'être trop naïve en amour et elle m'a rétorqué qu'il n'y avait rien de plus séduisant pour une femme qu'un homme amoureux, prêt à toutes les folies pour lui plaire.

Elle esquissa une petite grimace à ce souvenir.

— Je me suis moquée d'elle et je lui ai déclaré qu'en ce qui me concernait, les poules auraient des dents avant qu'un homme réussisse à me charmer en paradant pour attirer mon attention.

— Quel rapport ? demanda Marina, perplexe.

— Elle espère peut-être que je vais m'extasier devant une initiative aussi romantique. Et quand je me serai bien ridiculisée elle se démasquera dans un grand coup de cymbales. Le genre : « Je t'ai eue ! »

— Elle monterait une histoire aussi tordue, tu crois ?

— Pourquoi pas ? dit Annie, prête à se raccrocher à n'importe quelle solution pour éclaircir cette énigme.

Un silence envahit la ligne.

— Je l'appelle, décida Annie. Je te téléphone plus tard, d'accord ?

Du plus loin qu'Annie s'en souvienne, Julie Coyne avait toujours été obsédée par son futur mariage. Au lycée, déjà, elle n'arrêtait pas de gribouiller son futur nom de femme mariée sur son cahier : *Mme Julie Block. Julie Block. Julie et Brent Block.* Puis, le jour où l'heureux élu passait à la trappe, elle recommençait avec son nouveau prétendant : *Mme Julie Norden* ou *M. et Mme Norden...*

L'été de leurs quinze ans, Annie et elle avaient passé presque tous leurs samedis devant l'église d'Eagan's Point, à attendre la sortie des mariés. Quand enfin ils apparaissaient sous un déluge de riz et de confettis, Julie y allait de ses commentaires : « Sa veste le grossit. Il aurait été plus à son avantage en smoking », ou : « On évite les robes-bustiers quand on a les épaules tombantes ! » Aujourd'hui, Julie menait une vie sociale totalement trépidante, mais elle n'avait toujours pas de mari.

Peu après sa séparation d'avec Jack, Annie avait reçu la visite d'une Julie déterminée à l'arracher à ses idées noires.

— Allez, secoue-toi. Demande à quelqu'un de venir garder les garçons, ce soir je t'emmène.

Julie s'était inscrite dans un organisme de rencontres sur internet baptisé AventurA2.com, et voulait à toute force qu'Annie se joigne à elle. Les membres du club recevaient tous les mois un calendrier de sorties organisées au Canada, aux

États-Unis et même en Europe. Ils pouvaient ainsi choisir entre une multitude d'activités, toutes plus farfelues les unes que les autres, comme effectuer une randonnée à dos de lama, passer une journée dans un ranch du Yukon tel un authentique chercheur d'or, pratiquer le kick boxing, le rafting en eaux vives ou le tir à l'arc... Ils pouvaient même effectuer un stage de quarante-huit heures dans une école de cirque et apprendre le trapèze volant.

Annie avait feuilleté en riant la brochure que lui avait apportée Julie.

— Quel genre d'âme sœur veux-tu que je rencontre pendant une excursion à dos de lama ?

— J'ai fait la connaissance de Gary pendant une séance de deltaplane, je te signale.

— Et vous avez rompu trois mois plus tard, lui avait rappelé Annie.

Julie avait haussé un sourcil.

— Possible, mais si je n'étais pas partie faire du deltaplane, je n'aurais pas rencontré Gary, et si je n'avais pas rencontré Gary, je n'aurais jamais fait la connaissance du propriétaire de son appartement, Jonah.

Elle avait lâché cette information avec une telle désinvolture qu'Annie avait mis deux secondes à réagir.

— Jonah ?

Julie lui avait adressé un sourire conspirateur.

— Oui, Jonah. Il gère un immeuble d'appartements, une entreprise de vente par correspondance, et nous sortons ensemble depuis deux mois.

Julie était ainsi : d'un optimisme à toute épreuve dans sa quête du mari idéal. Elle ne jugeait pas les gens en fonction de leur métier ou de leur statut social, et il lui arrivait de fréquenter des hommes avec lesquels Annie n'aurait pas déjeuné pour un empire, mais elle croyait à sa bonne étoile et aux vertus de la patience et de la ténacité.

— Je veux que tu me consacres trois samedis, insista Julie en croisant les bras d'un air déterminé.

Annie lui lança un long regard puis secoua la tête avec une moue qui disait : « Non, merci, sans façon. »

— Pourquoi ?

— Je n'ai pas eu de rancard depuis des lustres. J'aurais l'air d'une potiche.

— Mais non ! Je te donnerai des conseils.

Annie n'eut pas le cœur de lui signaler que sa technique ne devait pas être très au point puisqu'elle était toujours célibataire.

— C'est toi qui choisis le thème de notre première sortie, décréta Julie. La semaine suivante, ce sera moi, et ainsi de suite. On commence ce week-end.

Et elle lui décrivit par le menu le programme qu'elle avait planifié :

— Mercredi, en sortant de mon travail, je garderai les garçons pendant que tu iras chez le coiffeur – j'ai déjà pris rendez-vous pour toi. Jeudi, j'irai te chercher pendant ta pause-déjeuner et on s'offrira une séance de manucure. C'est moi qui régale. Et vendredi je passerai te prendre vers vingt heures…

Annie n'écoutait plus. D'accord, elle accepterait. Car elle n'en pouvait plus de ce silence qui envahissait sa maison et sa vie chaque soir, quand les garçons étaient couchés. Un silence aussi épais et lourd qu'une dalle de ciment frais. Et la seule idée que ce silence puisse devenir permanent la terrifiait.

Julie la dévisagea en souriant.

— Alors, qu'est-ce que tu en dis ?

— Entendu. Mais j'exige qu'il soit écrit devant notaire que j'ai agi sous la contrainte.

Pour sa première sortie à thème, Annie avait choisi la visite d'un salon de tatouage. Elle était horriblement nerveuse en arrivant, puis, lorsqu'elle se rendit compte qu'aucun des hommes présents dans le groupe ne l'intéressait, elle se sentit beaucoup plus détendue, à tel point qu'elle se porta volontaire pour se faire tatouer un petit hippocampe sur la cheville. Après tout, on ne vivait qu'une fois et il était grand temps qu'elle goûte à des expériences nouvelles !

Quand elle reprit connaissance, elle était étendue par terre de tout son long et une dizaine de personnes la regardaient bizarrement. Elle s'était évanouie moins de trois minutes après le début de sa nouvelle expérience et elle était tombée comme une masse du fauteuil du tatoueur.

— Tu auras peut-être plus de chance le week-end prochain, l'avait consolée Julie en la déposant chez elle un peu plus tard, ce soir-là.

Annie n'avait rien répondu, attentive à ne pas cogner sa cheville douloureuse en descendant de la voiture.

Elles continuèrent à sortir régulièrement jusqu'à ce que Julie se fiance avec Jonah. Leur vie sociale connut alors un coup d'arrêt. Les préparatifs du mariage engloutirent chaque minute de la vie de Julie. Elle s'occupa de tout, depuis les robes des demoiselles d'honneur jusqu'au gâteau à trois étages, en passant par l'orchestre et les fleurs (des gerberas jaunes et des roses ivoire). Elle réalisa elle-même le faire-part, sur lequel étaient imprimées en relief les empreintes des fiancés, recouvertes d'une pellicule de tissu transparent imprégné au dernier moment de parfum. Annie rentra chez elle trois soirs de suite en empestant *Giorgio* et en songeant : *Dieu merci, c'est presque terminé !*

Puis l'impensable arriva.

Deux semaines avant le mariage, Julie lui téléphona, en larmes. Tous les dimanches, le *Seattle Times* publiait une photo prise au hasard la veille dans les tribunes du match de basket des Sonics. La légende disait : « *Bravo ! Si c'est vous qui avez été photographié pendant le match d'hier, appelez-nous pour réclamer votre prix.* » Manque de chance, la photo de la semaine immortalisait Jonah en train d'embrasser à pleine bouche une blonde en minijupe.

— Tu te rends compte ? sanglota Julie. Quinze jours avant notre mariage !

— Je sais, ma pauvre chérie, soupira Annie d'un ton compatissant. Mais, tant qu'à faire, il vaut mieux que ça arrive *avant* qu'*après*.

Après cette terrible désillusion, elles reprirent leurs sorties avec AventurA2 et Annie se força à accepter quelques invitations. Mal lui en prit. Son premier cavalier l'invita dans un restaurant avec buffet à volonté et lui parla de son ex-femme pendant deux heures tout en retournant se servir toutes les dix minutes. Le deuxième l'emmena assister à un match de boxe, et se fit expulser manu militari alors qu'il tentait de monter sur le ring après que le champion qu'il soutenait eut été mis K-O au deuxième round. Le troisième était un petit homme chauve et doux qui paraissait poli et prévenant, mais qui se transforma en fou furieux dès qu'il prit le volant, jurant comme un charretier à chaque feu rouge, menaçant du poing les autres conducteurs, et manquant finalement d'emboutir une voiture dans sa hâte à s'emparer de la place de parking *parfaite*.

Découragée, Annie informa Julie que c'était terminé. Elle était dégoûtée à vie des rencontres organisées. Puis, quelques jours plus tard, un homme croisé dans le cadre de son travail lui proposa de venir prendre un café, et elle ne dit pas non. Il s'appelait Greg Atwood. Il était divorcé, il avait une fille qui vivait avec son ex-femme, et semblait incroyablement normal. Annie apprécia sa compagnie l'espace d'un café puis d'un déjeuner. Quand il l'invita à dîner, elle accepta, mais une heure avant qu'il passe la chercher, sa baby-sitter, malade, se décommanda. Sa soirée était à l'eau.

Lorsque Jack ramena les garçons après le match des Sonics, Annie arpentait sa cuisine, cherchant désespérément une solution de remplacement. Elle était habillée avec un soin inhabituel et Jack lui demanda si elle avait un rendez-vous.

— Plus maintenant, avoua-t-elle en rougissant. Ma baby-sitter vient de me faire faux bond.

Un silence inconfortable plana entre eux.

— Vas-y, déclara finalement Jack en retirant son blouson. Je resterai avec les garçons.

Annie cilla, surprise.

— Tu es sûr ?

Il hocha la tête.

— On commandera des pizzas et on regardera un film.

Il y avait déjà beaucoup de monde quand Annie et Greg arrivèrent au restaurant. De la musique douce jouait en fond sonore. Les tables étaient presque toutes occupées par des couples habillés comme pour un mariage. Annie n'était encore jamais venue ici. C'était un établissement très chic, très snob, et vraisemblablement hors de prix.

Le maître d'hôtel se matérialisa devant eux.

— Ah, monsieur Atwood. Nous vous attendions. Par ici, je vous prie.

Annie le suivit jusqu'à leur table, Greg sur ses talons. Lorsqu'il lui recula une chaise en s'inclinant, elle s'assit avec la sensation d'être un poisson hors de l'eau. Elle aurait cent fois préféré qu'il l'emmène manger une pizza quelque part.

— Madame désire-t-elle un apéritif ? demanda le serveur.

— Un verre de vin blanc, s'il vous plaît. Sec.

Il enregistra la commande d'un signe de tête distant, puis se tourna vers Greg.

— Un scotch avec de l'eau et des glaçons.

— Parfait, monsieur.

Annie regarda autour d'elle tout en regrettant de ne pas avoir mis une robe plus chic. Ses cheveux étaient tirés en arrière et elle portait les boucles d'oreilles en fausses perles que les garçons lui avaient offertes à Noël, un chemisier vert bouteille et une jupe noire en stretch qui lui arrivait au-dessus du genou. Lorsqu'elle leva les yeux, le regard de Greg était fixé sur elle.

— Je ne suis pas assez habillée ? demanda-t-elle nerveusement.

— Pas du tout. Vous êtes fantastique.

Annie rougit.

Il couvrit sa main de la sienne.

— Comment se passe votre divorce ?

— Bien, répondit-elle, quoiqu'elle n'ait aucune envie d'aborder le sujet.

Quand le serveur revint, Greg commanda à sa place, sans même s'informer de ses goûts. Annie fronça les sourcils. La croyait-il incapable de choisir son menu ? Tout en attendant qu'on les serve, il parla sans interruption et elle joua avec ses boucles d'oreilles. Il déclara avoir réalisé un bénéfice fantastique sur une vente, la veille. Pour se récompenser, il s'était offert un massage d'une heure dans un institut. Dans la même respiration, il se plaignit de n'avoir jamais une minute à lui, puis se vanta de courir dix kilomètres toutes les semaines et de ne jamais commencer une journée sans faire deux cents pompes – le minimum pour conserver une silhouette digne de ce nom.

Annie regarda son assiette, embarrassée. Elle ne parvenait pas à se rappeler la dernière fois qu'elle avait fait des pompes.

— Comment va votre fille ? lança-t-elle, dans l'espoir de changer de sujet.

— Bien. Elle part suivre un stage musical, cet été.

— Quel genre de musique l'intéresse ? demanda-t-elle en buvant une gorgée de vin.

— Je ne sais pas trop, répondit-il en fronçant les sourcils. Le piano, je pense.

Quand on les servit, Annie était déjà épuisée d'écouter Greg s'extasier sur lui-même. Pour couronner le tout, il lui commanda un dessert qu'elle détestait. Lorsque enfin il fit signe au serveur d'emporter l'addition, Annie repoussa sa chaise, soulagée de partir. Elle glissa les pieds dans ses escarpins et se dirigea vers la sortie en regrettant de ne pas porter des chaussures plus confortables.

Greg ouvrit la porte et s'effaça devant Annie. Une fois dehors, il posa la main sur son coude et l'escorta jusqu'à sa Mercedes.

— On va boire un dernier verre chez moi ?

Annie dégagea doucement son bras et retira ses souliers.

— J'ai une meilleure idée : si on allait marcher un peu sur la plage ?

Il haussa les sourcils mais acquiesça, même si à l'évidence il avait eu d'autres projets pour finir la soirée.

Quelques instants plus tard, ils longeaient la jetée, les lumières du port dansant sur l'eau. Greg s'arrêta, prit le visage d'Annie dans ses mains et l'embrassa. C'était un baiser délicieux et, comme il abandonnait sa bouche pour effleurer sa nuque, Annie fut certaine de ne pas avoir été embrassée ainsi depuis des années. Les yeux mi-clos, elle voulut parler mais il posa un doigt sur ses lèvres.

— Chuut, plus tard, murmura-t-il en l'entraînant dans l'ombre d'une rangée d'arbres.

Annie jeta un regard par-dessus son épaule en direction de la portion de plage éclairée vers laquelle ils se dirigeaient quelques instants plus tôt, et, avant qu'elle ait eu le temps d'exprimer son étonnement, Greg glissait une main sur ses hanches pendant que, de l'autre, il entreprenait de déboutonner son chemisier.

Stupéfaite, Annie essaya d'en rire.

— Greg, je ne pense pas...

— Parfait, chuchota-t-il, lui coupant la parole. Ne pensez pas. Détendez-vous, et laissez-moi faire.

Sans tenir compte de ses murmures de protestation, il fit courir sa main le long de sa cuisse.

Annie recula.

— Non.

Mais Greg fit comme s'il n'avait pas entendu. Il la plaqua contre lui et l'embrassa avec voracité pendant qu'il tirait sur le tissu de sa jupe pour la retrousser. Annie s'arracha à son étreinte et le repoussa de toutes ses forces.

— J'ai dit non !

Il la foudroya du regard, haletant.

— Vous jouez à quoi ? Vous en avez envie autant que moi.

Elle le regarda fixement et secoua la tête avec amertume.

— Non, Greg. Ce n'est pas le cas.

Il lâcha un ricanement incrédule, puis pivota sur ses talons et se dirigea vers l'eau d'un pas rageur.

Annie tira sur sa jupe et reboutonna son chemisier, choquée. Elle ne parvenait pas à croire qu'elle ait pu se tromper à ce point sur son compte. Et elle était abasourdie qu'il se soit jeté sur elle comme un adolescent de seize ans, sans aucune considération pour ses sentiments. Quand elle eut fini de remettre de l'ordre dans sa tenue, son taux d'adrénaline était redescendu et elle se sentait plus calme.

Elle ramassa ses souliers, regarda la silhouette de Greg, immobile face à la mer, puis elle se détourna et marcha en direction de la jetée.

— Vous allez où comme ça ? lança-t-il de loin.

— Je rentre chez moi.

— Je vous reconduis, dit-il, une note d'impatience dans la voix.

Annie secoua la tête et continua à avancer, sans un regard en arrière.

Elle en avait pour quarante minutes à pied, ce qui n'était pas si terrible, finalement, sauf qu'il se mit à pleuvoir. Ravalant des larmes de rage et de frustration, elle longea les rues plongées dans l'obscurité, en se demandant si derrière chaque fenêtre allumée vivait quelqu'un dont l'existence était aussi calamiteuse que la sienne. À mi-chemin de chez elle, son collant trempé commença à suivre la loi de la gravité et glissa le long de ses hanches, entraînant sa petite culotte avec lui. Annie entra dans un Starbucks pour utiliser les toilettes, retira ses collants et les flanqua à la poubelle. Puis elle s'acheta un café pour la route.

Annie était épuisée quand elle arriva enfin chez elle. Comme elle poussait le portillon, un éclat de rire jaillit de la fenêtre ouverte de la cuisine, la faisant tressaillir. Saisissant sans bruit une chaise de jardin, Annie l'appuya contre la façade et monta dessus pour jeter un coup d'œil dans la pièce. La scène resta gravée dans sa mémoire bien après qu'elle fut redescendue de son perchoir. De l'autre côté de la vitre mouchetée par la pluie, les garçons jouaient aux cartes avec leur papa. Eric riait si fort que ses épaules étaient secouées de soubresauts et Luke étalait son jeu sur la table, le visage rayonnant.

Plus tard, tandis qu'elle ôtait ses vêtements trempés et les déposait dans la baignoire, Annie ne put s'empêcher de songer à la façon dont leur vie avait changé, de constater à quel point Jack et elle avaient changé. Au début de leur mariage, ils adoraient s'asseoir l'un en face de l'autre à leur minuscule table de cuisine, leurs genoux se touchant tandis qu'ils se partageaient les pages du journal du matin. Ils étaient fauchés mais heureux. L'hiver où Luke était né, ils n'avaient même pas de quoi s'offrir une place de cinéma, mais ça leur était égal. Jack allumait la chaîne stéréo et ils dansaient joue contre joue sur leur patio, emmitouflés dans leur parka, des gants de laine aux mains. Les voisins les regardaient comme s'ils étaient fous. Une année, pour Noël, Annie avait acheté à Jack une plaque sur laquelle était gravé :

*Après le silence, la musique est ce qui parvient le mieux à exprimer l'inexprimable.*

*Aldous Huxley*

Pendant des années, ils avaient vécu ainsi – amis, amants, partenaires d'un voyage extraordinaire.

Puis Eric était tombé malade et tout avait commencé à vaciller.

## 9

Annie venait de laisser un message sur la boîte vocale de Julie, à son travail, quand Erna et Rudy surgirent dans le hall d'accueil, parlant peinture et décoration d'intérieur.

— Ce qu'il vous faut, ce sont des teintes automnales, chaudes et apaisantes, expliquait Erna. Et ici, ajouta-t-elle en ouvrant largement les bras, des canapés confortables, pas ces horribles chaises en plastique.

Rudy hocha la tête tout en se frottant les yeux.

— J'imagine mal un canapé ici.

— Et pourquoi ? demanda Erna.

— Manque de place, déclara-t-il en regardant autour de lui.

Erna claqua des doigts.

— Vous savez ce qui serait parfait ? Un canapé modulable ! On en vend en ce moment aux Meubles Lipton. Vous devriez aller voir, mais surtout, ne choisissez pas du marron ou du gris. Prenez une couleur plus chaude, dans les orangés.

Rudy noua ses mains sur son large estomac.

— Vous m'accompagneriez pour me conseiller ?

Erna lui sourit avec coquetterie.

— Entendu, mais vous devrez ensuite me déposer à la clinique pour mon vaccin antigrippe.

Rudy accepta avec empressement et ils regagnèrent son bureau pour prendre les clés de sa voiture. Lorsqu'ils réapparurent, Erna avait son sac à main au creux de son bras et Rudy se frottait à nouveau les yeux.

— Vous croyez ? demandait-il, visiblement inquiet.

— Absolument. Cette irritation peut très bien être due à une inflammation bénigne, de type conjonctivite, mais il peut aussi s'agir des premiers signes du syndrome de Reiter, une affection très grave qui peut provoquer des problèmes rénaux ou de l'arthrite invalidante.

Rudy demanda à Annie de lui prendre immédiatement rendez-vous chez son médecin.

— Embrasse les garçons pour moi, lança Erna en sortant à ses côtés.

Annie les regarda disparaître, incrédule. Elle avait l'habitude des diagnostics éclairs de sa mère, mais que Rudy se prête au jeu en ronronnant, alors ça ! Elle réfléchit puis un petit sourire effleura ses lèvres. Et pourquoi pas, après tout ? Sa mère avait soixante-cinq ans, elle était veuve depuis des années et elle était fascinée par la médecine préventive. Rudy, de son côté, avait cinquante-neuf ans, il était célibataire, et il s'occupait des gens pour qui ladite médecine avait échoué. Ils étaient faits pour s'entendre.

Elle souriait encore quand le téléphone sonna.

— Pompes funèbres Kozak.

C'était Marina, qui voulait savoir si elle avait appelé Julie.

— Je suis tombée sur sa boîte vocale, mais je lui ai laissé un message, lui expliqua Annie.

Avant de raccrocher, elle raconta à sœur ce dont elle avait été témoin entre Rudy et leur mère, puis elle téléphona à son propriétaire pour l'informer que le sèche-linge était en panne. Dans la foulée, elle appela Jack et laissa un message sur son répondeur pour lui demander de la contacter : elle voulait lui parler de Luke.

Quand des livreurs apportèrent une commande de cercueils impériaux, une heure plus tard, Annie leur ouvrit l'accès à l'entrepôt, puis se glissa dehors pour fumer une cigarette en douce pendant qu'ils déchargeaient. Elle en profita pour relire une fois encore l'annonce du journal :

**Reconnaissez-vous cette femme ?**... *Comment ai-je pu perdre la seule femme que j'aie jamais aimée ? La réponse est loin*

*d'être simple... Nous nous sommes connus il y a des années...
Elle est la première femme que j'aie jamais aimé...*

*C'est peut-être Chris*, songea-t-elle en se remémorant ce qui s'était passé la veille au soir, quand il l'avait invitée à dîner chez lui.

Chris avait fait quasiment toute la conversation pendant qu'elle mangeait du bout des lèvres, l'esprit embrumé tout autant par l'alcool que par la confusion de ses sentiments pour lui. Il avait beaucoup appris sur lui-même durant ces dernières années, expliquait-il. Il détestait les mégalopoles et adorait les petites villes. En fait, il pourrait parfaitement vivre sur une île déserte ; il adorait les chiens ; son père lui avait laissé plus d'argent qu'il ne lui en faudrait jamais ; même si son mariage avait été un échec, il continuait à croire qu'il avait une âme sœur, quelque part, qui l'attendait.

Annie hocha la tête avec attendrissement. Elle aurait voulu lui dire que c'était évident, que tôt ou tard il finirait par rencontrer la femme de sa vie, mais elle en était à son troisième verre de vin et elle avait peur que sa diction soit pâteuse si jamais elle ouvrait la bouche.

— La vie est trop courte pour passer à côté du bonheur, poursuivait Chris. C'est pour ça que, selon moi, nous nous devons à nous-mêmes d'être honnêtes vis-à-vis de nos sentiments.

Il lui tendit le saladier pour qu'elle se resserve, mais elle refusa d'un signe de tête.

— Et tu sais quoi ? En vieillissant, je me rends compte qu'il ne faut pas hésiter à prendre des risques pour mériter la personne qu'on aime.

Tout en prononçant ces mots, il la regardait droit dans les yeux, comme pour s'assurer qu'elle l'écoutait avec attention.

Annie sourit. Elle le recevait cinq sur cinq.

Elle hocha la tête et se servit un autre verre de vin. Baissant les yeux sur son assiette, Chris continua à parler, expliquant combien il lui avait été douloureux de mettre un terme à son mariage. Son désarroi quand il s'était rendu compte qu'il n'éprouvait plus rien pour sa femme, son sentiment d'échec et de culpabilité quand il était revenu à Eagan's Point. Il s'était jeté à corps perdu dans le travail pour ne pas sombrer dans la dépression.

Annie inclina la tête sur le côté, remplie de respect pour sa force de caractère. Chris avait su regarder vers l'avenir et reprendre sa vie en main, au lieu d'accepter passivement son sort comme elle-même l'avait fait ces dernières années. Elle piqua sans enthousiasme une feuille de salade avec sa fourchette et fut tentée tout à coup de lui parler de la maladie d'Eric, de cette peur de le perdre qui continuait à la hanter jour et nuit, de son refus d'avouer à qui que ce soit que le départ de Jack l'avait anéantie. Que depuis ce jour-là elle ne cessait de repasser dans sa tête tout ce qu'ils avaient vécu ensemble, et de chercher à quel moment tout avait basculé, et pourquoi. Mais sa langue était comme collée à son palais. Et ce qu'elle ressentait était si compliqué. Si épuisant à raconter. Elle se rendit compte à cette seconde qu'aucun comprimé au monde n'aurait le pouvoir d'arranger ce qui n'allait pas dans sa vie. Ni aujourd'hui ni jamais.

— Je n'ai pas été un mari modèle, admit Chris, en coupant un morceau de steak.

Annie secoua la tête, comme pour signifier qu'elle était certaine du contraire.

Il s'arrêta de manger et lui sourit.

— C'est bon de te voir, Annie.

Une douce chaleur se répandit dans ses veines, aussitôt engloutie par une profonde tristesse. Elle serra les lèvres pour ne pas pleurer. Comment lui expliquer combien elle lui était reconnaissante d'avoir préparé ce dîner pour elle ? Combien elle était heureuse d'être de retour chez elle, à Eagan's Point ? Combien c'était formidable de partager un moment comme celui-là avec lui ?

— Tu sais, Annie, reprit-il. Je pense qu'il n'y a qu'une seule personne sur terre qui m'ait jamais compris.

Elle haussa un sourcil.

Il hocha la tête, comme pour dire : *Oui, toi.*

Annie retint son souffle Voilà, ils y étaient. C'était le moment où il allait laisser tomber le masque et lui avouer ce qu'il ressentait et avait toujours ressenti pour elle.

Nerveuse, elle s'agita sur sa chaise. Elle ne voulait pas aborder ce sujet maintenant, elle n'était pas prête psychologiquement. Son esprit n'avait pas encore opéré le glissement qui pourrait transformer son ami d'enfance en amant potentiel. Elle avait besoin de temps pour réfléchir. De beaucoup plus de temps...

C'est alors qu'une petite phrase que Marina lui serinait sans cesse lui trotta dans la tête.

*Il ne t'arrive jamais de céder à une impulsion ?*

Annie ferma les yeux. La pièce tournait comme un manège. Quand elle les rouvrit, elle se surprit à regarder Chris fixement. Il dégageait une formidable impression de force et de stabilité. De sécurité. Il avait un sourire magnifique, et il était trop craquant, avec cette mèche de cheveux qui lui tombait dans les yeux.

*Il ne t'arrive jamais de céder à une impulsion ?*

Lâchant sa serviette sur la table, Annie repoussa sa chaise et se leva en vacillant, les jambes aussi molles que de la gelée. Elle se redressa, s'appuya des deux mains sur la table pour conserver son équilibre, et essaya de ne pas voir double. Ce n'était pas le moment de faillir. Il lui fallait impérativement paraître sexy et sûre d'elle, même si c'était loin d'être la réalité. *C'est très important*, se répéta-t-elle en titubant un peu. *Je dois découvrir si notre amitié ne cache pas des sentiments plus profonds. Tester le niveau d'attirance entre nous et la présence éventuelle d'étincelles au contact l'un de l'autre.*

Chris reposa sa fourchette, les sourcils froncés.

— Annie ? Tout va bien ?

Elle hocha la tête et lui adressa ce qu'elle espérait être un sourire charmeur. Puis, avant de perdre tout courage, elle contourna la table et vint s'asseoir sur ses genoux en s'arrangeant pour effleurer accidentellement ses lèvres avec les siennes.

Plus tard, en y repensant, elle se rappela l'avoir embrassé avec fougue, les deux bras autour de son cou, puis lui avoir adressé un sourire qui se voulait langoureux, attendant qu'il lui rende son baiser – curieuse de découvrir l'effet qu'elle lui faisait.

Au lieu de ça, il prit tendrement son visage en coupe dans ses mains, et plongea son regard au fond du sien.

— Oh, Annie. Tu es complètement partie.

Pendant un moment, le temps parut s'arrêter et Annie se sentit stupide. Puis, très vite, son hébétude céda la place à une humiliation cuisante. Elle baissa les yeux, gênée comme elle ne l'avait pas été depuis des années. Chris lui entoura la taille de son bras, l'attirant plus près de lui, expliquant qu'il avait quelque chose d'important à lui dire, mais que ce n'était pas le bon moment. Il lui parlerait plus tard. Quand elle aurait dormi. Annie contempla la nuit noire, derrière la fenêtre, avec l'envie de s'y fondre et d'y cacher sa honte. Quelle genre d'idiote s'enivrait puis faisait des avances à un ami qu'elle n'avait pas vu depuis des années ?

— Sincèrement, Annie, insista-t-il en l'étreignant gentiment. J'ai un aveu à te faire, mais seulement quand tu seras sobre.

Elle se leva et repoussa ses cheveux en arrière d'une main mal assurée.

— D'accord, articula-t-elle en s'éclaircissant la gorge. Nous parlerons demain. Ou dans une semaine. Ou dans un an. Ou mieux encore : dans un siècle...

Elle avait mal à la tête et son humiliation grandissait de seconde en seconde, annihilant le pouvoir anesthésiant de l'alcool. Elle fit appel à toute sa volonté pour marcher jusqu'à la porte.

— Annie ?

Chris attendit jusqu'à ce qu'elle se retourne.

— Il faut vraiment que nous parlions, répéta-t-il en détachant bien ses mots. Mais pas maintenant.

Faisant appel à tout ce qui lui restait de dignité, Annie lui adressa un petit sourire crispé. Une chance qu'elle n'ait que trois rues à traverser pour rentrer chez elle.

Comme s'il avait lu dans ses pensées, Chris se leva :

— Pas question de te laisser rentrer seule.

Il enfila une veste puis, sans lui laisser la possibilité de protester, il la suivit dehors. Ils progressèrent côte à côte en silence, lui, les mains dans ses poches, elle, le menton baissé, soucieuse de ne pas zigzaguer sur un trottoir qui lui paraissait tout à coup tellement étroit.

— Je ne bois presque jamais, déclara-t-elle, dans l'espoir de justifier son comportement.

— Je n'en doute pas, répondit Chris en réprimant un sourire.

Elle garda les yeux au sol, jouant avec les franges de son écharpe.

— Ma vie n'a pas été facile ces dernières années, et je...

Il s'arrêta et posa doucement un doigt sur ses lèvres.

— Tu n'as pas à t'excuser, murmura-t-il. Tu as le droit de t'enivrer. De t'amuser. Nous ne nous sommes pas vus depuis des années et tu m'as manqué. Plus que tu ne l'imagines.

Elle se mordit la lèvre, trop embarrassée pour dire quoi que ce soit.

Une fois devant chez elle, il l'aida à gravir les marches du perron, et quand il lui demanda s'il pouvait la laisser elle hocha la tête en lui disant de ne pas s'inquiéter.

En se réveillant, le lendemain matin, sa tête sonnerait probablement le tocsin et ses yeux seraient injectés de sang, mais au moins, maintenant, elle savait ce qu'elle répondrait à Marina la prochaine fois qu'elle aurait le malheur de lui conseiller de céder à une impulsion.

# 10

Chris Carby plia le *Peninsula Post* et le fourra dans sa poubelle de recyclage. Annie et lui se connaissaient depuis toujours. Ils jouaient ensemble au hockey quand ils étaient en CE2. Elle lui avait appris à se servir d'un lance-pierres en CM1, et c'était elle qui avait convaincu ses parents de lui acheter des lentilles de contact pour qu'il puisse flanquer ses affreux culs de bouteille à la poubelle. C'était aussi Annie qui avait pris sa défense quand il s'était fait virer du bahut en seconde après la découverte d'un litre de vodka dans le bureau des élèves. (Elle lui avait avoué plus tard que c'était Julie Coyne et elle qui l'avaient planquée là.) Il avait vu la petite fille à couettes se métamorphoser en une sirène qui avait mis tous les garçons du lycée en transe en terminale lorsqu'elle avait dansé sur *I'm Your Private Dancer* de Tina Turner, lors de la fête de fin d'année. Enfants, Annie et lui s'étaient chamaillés comme chien et chat. Ils étaient devenus inséparables à huit ans, et complices l'année de leurs douze ans, quand elle avait découvert qu'elle était une enfant adoptée.

Annie avait fugué à plusieurs reprises cette année-là, le suppliant de ne rien dire si on venait lui poser des questions. Chris n'aimait pas trop ça, mais comment la trahir ? Alors, quand le père d'Annie avait appelé un soir pour lui demander s'il savait quelque chose, il avait répondu que non, alors qu'il venait de préparer une thermos de soupe instantanée et qu'il s'apprêtait à la lui apporter. Cette fois-là, elle était installée en chien de fusil sur un vieux lit de camp qu'ils avaient placé au fond du hangar destiné à entreposer les tôles ondulées, derrière le magasin de matériel de pêche de son père. Chris avait accepté de la cacher pendant trois jours, mais quand la police municipale avait signifié son intention de lancer un avis de recherche le lendemain, il avait menacé Annie de la dénoncer si elle ne rentrait pas chez elle. Malheureusement, elle l'avait pris de vitesse en filant pendant la nuit. Il avait passé la journée du lendemain à se ronger les sangs, jusqu'à ce qu'elle téléphone à ses parents depuis une station-service à la périphérie de Seattle.

Il avait vu Annie abandonner les mini-shorts pour les pantalons à pattes d'éléphant et les chaussures à semelles compensées ; il l'avait regardée passer des semaines à tresser un cache-pot en macramé pour l'anniversaire de sa mère, et il l'avait aidée à choisir une cravate pour la fête des Pères. Ils avaient fait l'école buissonnière ensemble, pris une cuite sur la plage, et peint un gros œuf jaune sur le plafond de sa chambre – un acte dont Annie disait avoir toujours rêvé et que Chris n'avait jamais eu le courage de faire disparaître sous une couche de peinture. Au centre de l'œuf, elle avait écrit une phrase que son père lui avait dite un jour : « *Ce que nous sommes commence là d'où nous venons, mais s'enrichit de tous ceux qui font le voyage à nos côtés.* » Son ancienne chambre d'adolescent était devenue aujourd'hui son bureau : chaque fois que Chris s'allongeait sur le canapé, il apercevait l'œuf d'Annie au plafond et il riait en songeant qu'elle était vraiment la femme la plus extraordinaire qu'il ait jamais rencontrée.

Quand ils avaient seize ans, leur amitié avait connu un petit incident de parcours. Chris se souvenait de la scène comme si c'était la veille. Ce jour-là, Annie portait une salopette en jean, un T-shirt rouge, et ses cheveux blonds étaient relevés sur sa tête avec une grosse pince en plastique. Il faisait horriblement chaud dans le bureau des élèves parce que c'était un ancien local utilisé pour entreposer des fournitures scolaires et qu'il n'y avait pas de ventilation. La pièce était minuscule, à peine quatre mètres sur trois, mais Annie insistait quand même pour que la porte reste fermée.

« À quoi ça sert d'avoir un bureau si on n'y est pas chez soi ? » répétait-elle constamment.

Ce jour-là, elle n'était pas venue en cours de toute la matinée. Comme elle n'était toujours pas apparue à l'heure du déjeuner, Chris était monté voir si par hasard elle n'était pas dans le bureau. La porte était fermée de l'intérieur. Il frappa puis attendit. Au bout d'une éternité, le battant s'entrouvrit de quelques centimètres et Annie glissa un œil dans le couloir, chuchotant :

— Je suis au téléphone.

— Tu es perpétuellement au téléphone, rétorqua-t-il en poussant la porte. Laisse-moi entrer.

— C'est un appel privé, protesta-t-elle en résistant.

— J'attendrai.

Elle le foudroya du regard.

— Tu ne peux pas revenir un peu plus tard ?

Il secoua la tête.

— Non.

La porte se ferma, puis se rouvrit, et Annie le happa à l'intérieur, un doigt sur ses lèvres pour qu'il garde le silence. Il se laissa tomber dans un vieux fauteuil à oreilles que le concierge leur avait donné et regarda le plafond, attendant qu'elle finisse. Elle était assise sur le vieux bureau bancal qu'on leur avait attribué et gesticulait tout en chuchotant dans le combiné.

Quand elle lui lança un bref regard, il mima un revolver avec ses doigts, la visa et fit semblant de tirer.

— Ton châtiment pour avoir sauté les cours ce matin, chuchota-t-il.

Elle haussa les épaules.

— M'en fiche.

Et elle retourna à sa conversation.

Bien sûr, s'ils disposaient d'un téléphone dans le bureau des élèves, c'était uniquement grâce à Annie. Chris était présent lorsqu'elle avait persuadé le concierge de les laisser utiliser une fiche murale dont personne ne se servait jamais, dans la salle de musique, tout à côté. La prise était dissimulée derrière une armoire de rangement, si bien qu'un soir, après les cours, Annie avait foré discrètement un trou dans la cloison, avait fait passer un fil de l'autre côté, et l'avait relié à un vieux téléphone apporté de chez elle.

Annie finit par raccrocher et poussa un soupir.

— Il faut que je te demande un truc, mais c'est un peu spécial, d'accord ?

— Dis toujours.

— Est-ce que tu sais embrasser une fille ?

Il cilla plusieurs fois, puis esquissa un petit mouvement hésitant de la tête.

— Bien sûr.

— Bon. Parce que j'ai besoin que tu m'aides.

Elle se laissa glisser du bureau et lui tendit un tract annonçant le bal de vendredi.

— Voilà le problème. Rob Simmons m'a invitée au bal du lycée, hier soir et, naturellement, j'ai accepté – j'ai un faible pour lui, tu sais ? Mais ce matin, Julie m'a dit qu'une copine à elle lui avait dit qu'il embrassait génialement. Alors, si je ne suis pas devenue une experte d'ici à vendredi, il ne m'invitera plus jamais...

Sa voix mourut. Chris cilla et retint son souffle, dans l'attente de ce qu'il sentait arriver gros comme une maison. Visiblement embarrassée, Annie dansait d'un pied sur l'autre.

— Bref, je me demandais si... si tu pourrais m'aider à m'exercer ?

Il déglutit, puis estima qu'avaler une grande goulée d'air pourrait être utile.

— Pas de problème.

— Oh, merci ! s'écria-t-elle en se jetant à son cou avec un tel enthousiasme qu'elle faillit le renverser.

Il haussa les épaules d'un air blasé, comme s'il rendait ce genre de service tous les jours. Ça ne devait pas être si compliqué, estima-t-il en essuyant discrètement ses paumes moites sur son pantalon. Après tout, il avait vu des tas de gens s'embrasser dans des films, et il avait pensé au jour où ça lui arriverait au moins un million de fois, non ?

Annie le saisit par les mains et le tira debout. Puis elle lui

111

enleva ses lunettes, les posa sur le bureau derrière elle, et demanda :

— Prêt ?

Il hocha la tête.

— Bon. Alors, je vais poser ma bouche sur la tienne. Tout doucement. Attention : j'y vais.

Elle fit ce qu'elle avait annoncé, mais pas lui. Le temps qu'il réagisse, c'était déjà fini.

Annie fronça les sourcils.

— D'accord. Euh… on recommence, mais maintenant tu… tu me rends mon baiser, OK ?

Il se concentra et, cette fois, ils furent synchronisés. Il l'embrassa, elle l'embrassa en retour, et, quand ils s'éloignèrent l'un de l'autre, elle ne fronça pas les sourcils, elle ne sourit pas, mais il aurait pu jurer qu'elle était déçue. Il la regarda, ennuyé. Puis il l'attrapa par le bras, l'attira à lui et l'embrassa de nouveau, mais plus lentement, cette fois. Lorsqu'ils se séparèrent, Annie avait les deux mains en l'air, comme si elle ne savait pas très bien quoi en faire. Elle finit par les enfouir dans les poches de sa salopette, les yeux baissés.

— Qu'est-ce qu'il y a ? demanda-t-il.

Elle mit un peu de temps à répondre.

— Rien. Je me disais seulement que… que je ne devrais peut-être pas m'en faire pour si peu. Je veux dire, si Rob veut une experte en baisers, il n'a qu'à sortir avec une fille qui a le *temps* de s'entraîner. C'est vrai, qui a du temps à perdre à ça ?

Il perçut une gêne dans sa voix, comme si elle prenait tout à coup conscience que ce baiser risquait d'avoir des conséquences sur leur relation. Lui-même ne savait plus très bien où il en était, et il avait peur que leur amitié en souffre.

Après cet épisode, Annie fit en sorte de l'éviter, et il sombra dans une dépression qu'il s'efforça de cacher à son entourage. Annie ne ressemblait pas aux autres filles qu'il connaissait ; elle ne passait pas des heures devant son miroir tous les matins ; elle ne gloussait pas bêtement quand elle croisait un groupe de garçons. Ainsi que le disait si bien sa mère, ils étaient comme deux pois dans une cosse. Ils partageaient la même passion pour

112

le kayak, la même fascination pour les émissions de téléachat, et travaillaient ensemble à la conception de l'annuaire des anciens élèves. Annie en était la rédactrice et lui le photographe. C'était elle qui lui rendait le lycée supportable. Il ne voulait surtout pas la perdre. Il tenait à elle plus qu'à tout au monde !

Quelques semaines plus tard, au dîner, quand son père lui demanda si tout allait bien, il haussa les épaules et répondit oui. Puis, comme sa mère se levait pour débarrasser la table, son père se pencha vers lui et chuchota :

— Le temps guérit tout.

Il pensait qu'il souffrait d'un chagrin d'amour.

Après l'incident du baiser, Annie passa plus de temps avec Julie Coyne, beaucoup moins avec Chris, au grand dam de la mère de celui-ci.

« Je me fais du souci, Chris. Tu restes beaucoup trop tout seul, se plaignait-elle. Pourquoi n'invites-tu pas une copine à sortir au lieu de passer tout ton temps à traîner dans le magasin de ton père ? »

Plus elle insistait, plus il se repliait sur lui-même, conscient de la décevoir et de n'y pouvoir rien faire.

Après des semaine de harcèlement, Chris trouva finalement en lui-même le courage d'inviter Annie, espérant en finir une fois pour toutes avec cette paranoïa ridicule que lui inspiraient les filles.

*Le pire qui puisse arriver, c'est qu'elle te dise non*, se répéta-t-il à lui-même tout en garant la voiture de son père près de la plage où les lycéens avaient l'habitude de se retrouver le soir devant un feu de camp. Il repéra assez rapidement Annie, de l'autre côté du feu, et la rejoignit après avoir avalé quelques gorgées de bière pour se donner du courage.

Elle sourit en le voyant.

— Hé, c'est chouette que tu sois là !

— J'avais envie de prendre l'air, répondit-il en haussant les épaules.

Julie le croisa et lui donna une petite bourrade au passage.

— C'est une première : Chris Carby à une soirée feu de camp ! Qu'est-ce que tu as apporté à boire ?

Comme il ne répondait pas, elle se désintéressa de lui et s'éloigna en faisant claquer ses doigts en rythme avec la musique qui s'échappait d'une radio, un peu plus loin.

Chris garda les yeux rivés sur le feu. Comment s'y prendre sans se rendre ridicule ? Il n'était pas le genre de garçon qui fait fantasmer les filles. Il était plutôt le genre de garçon qui reconduit tout le monde à la maison après une soirée trop arrosée. Il entendit quelque part derrière lui le chuintement d'une cannette de bière qu'on dégoupille, puis le rire de deux filles assises sur le capot d'une voiture.

Annie lui donna un petit coup de coude.

— Tu ne dis rien. Ça va ?

— Oui, oui, articula-t-il. Je me demandais juste...

— Tu te demandais quoi ?

Il avala une autre gorgée de bière. Puis il essaya de prendre l'air détaché et dit :

— Je... je me demandais si ça te dirait d'aller au cinéma avec moi le week-end prochain ?

Le temps parut s'arrêter tandis qu'il la regardait souffler dans ses mains pour les réchauffer. Il n'arrivait pas à parler, il n'arrivait même pas à déglutir. Une seule pensée tournoyait dans sa tête : si elle l'envoyait promener, il éclaterait de rire et lui ferait croire que c'était une blague.

Puis, après ce qui lui parut être une éternité, son expression s'adoucit et elle répondit :

— D'accord, mais c'est moi qui choisis le film.

Son soulagement fut tel qu'il en resta coi. Il avala une gorgée de bière d'un air qui se voulait décontracté. Par chance, Julie réapparut, interrompant leur tête-à-tête : il en profita pour s'éclipser et alla s'asseoir plus loin, sur un rocher, hors du cercle de lumière, en se demandant ce qu'il était censé faire désormais.

Leur premier rendez-vous officiel fut suivi d'un deuxième, puis d'un troisième. Ils allèrent faire du patin à roulettes, jouer au bowling et retournèrent au cinéma. Mais quand Annie suggéra quelques semaines plus tard qu'ils redeviennent simplement amis, il répondit qu'il n'y avait aucun problème. Leur relation reprit exactement comme avant. Annie recommença à lui emprunter ses pulls, et il recommença à faire semblant de râler alors qu'il était secrètement ravi – et soulagé que tout soit rentré dans l'ordre.

Chris poussa un soupir et regarda ses mains d'un air absent. Quand Annie était partie de chez lui, hier soir, elle avait eu l'air anéantie. Envolée, la jeune femme indépendante et sûre d'elle qu'il avait connue. À sa place, il avait découvert un être blessé, maltraité par la vie. Il souhaitait avoir un entretien sérieux avec elle, mais pas maintenant : il partait jeudi avec un groupe de touristes pour une partie de pêche de trois semaines dans les eaux canadiennes. La discussion devrait attendre son retour.

## 11

Annie dégustait en tête-à-tête avec elle-même le déjeuner que lui avait préparé Sawyer quand Jack la rappela.

— J'ai trouvé ton message, dit-il. Je tombe mal ?

— Non, non, pas du tout.

En fait, elle était très contente qu'il l'appelle maintenant. Elle ne voulait pas que les garçons entendent leur conversation.

— Tant mieux. Avant qu'on discute, tu as lu le *Peninsula Post*, aujourd'hui ? Il y a ta photo en première page avec...

— Je sais, le coupa-t-elle en rougissant.

Un temps.

— Qui est-ce ?

— Je l'ignore. Marina a appelé le numéro mentionné dans l'annonce, mais elle est tombée sur une boîte vocale. Il s'agit certainement d'une plaisanterie.

— Plutôt gonflé, comme blague. Les garçons l'ont vue ?

— Pas encore, murmura-t-elle en tendant la main vers son café. Ils étaient trop occupés à affûter leurs coutelas après un week-end épique.

Cette information capta l'attention de Jack.

— Qu'est-ce qui s'est passé ce week-end ?

— Luke a scalpé Eric avec une tondeuse.

— *Quoi ?*

— Il a tondu Eric comme un œuf.

— Et Eric était d'accord ?

— Uniquement parce que Luke était censé se raser aussi. Mais il s'est ravisé après coup.

— Je n'arrive pas à le croire, murmura Jack, stupéfait.

Annie soupira et repoussa une mèche de cheveux derrière son oreille.

— Bref, ce n'est pas pour ça que je t'ai appelé. Luke a encore séché ses cours aujourd'hui et j'ai dû demander à ma mère de me remplacer au travail pour partir à sa recherche. Il était sur la plage, avec Montana. Il m'a dit qu'il détestait vivre ici, Jack. Il veut habiter avec toi.

Jack s'éclaircit la gorge.

— Avec moi ?

Annie perçut dans la voix de son ex-mari une note d'espoir qui l'inquiéta.

— Oui. Je lui ai dit que je respectais son choix mais que tu devais donner ton accord, sachant, bien sûr, que tu refuserais.

Elle connaissait Jack, elle savait que la dernière chose qu'il souhaitait, c'était que leur séparation entraîne une cassure entre les deux frères. Elle attendit son : Bien sûr, mais il garda le silence.

— Jack ?

— Oui, je suis là.

— Je m'inquiète pour lui. On dirait qu'il en veut au monde entier.

— Il a treize ans, Annie.

— Je te remercie, j'ai remarqué.

Nouveau silence.

— Tu veux bien lui parler, Jack ? Il est tellement replié sur lui-même ces derniers temps que je ne sais plus comment m'y prendre avec lui. Et il ne m'adresse quasiment pas la parole...

— À moi, il se confie.

Annie ferma les yeux. Cette révélation n'était pas vraiment une surprise mais elle n'en n'était pas pour autant moins douloureuse à entendre.

— Génial, alors raconte-moi. Qu'est-ce qui se passe dans sa vie ? Il a une petite amie ? Il boit ? Il se drogue ?

— Annie, pour l'amour du ciel !

Elle se leva et marcha de long en large.

— Mets-toi deux secondes à ma place. Mon fils vient de

m'annoncer qu'il préférait vivre avec toi, et j'ai dû le menacer de lui faire honte devant toute sa classe juste pour l'empêcher de sécher les cours !

Jack resta silencieux pendant un long moment. Annie l'entendit changer le combiné de main et, quand il reprit la parole, sa voix s'était radoucie.

— Apparemment, il va bien. Il s'intéresse à mon travail, il me pose des questions sur certains artistes, comment ils composent leurs chansons, ce genre de choses. Et même s'il sèche souvent les cours ces derniers temps, il se passionne pour une enquête qu'il réalise avec sa classe. Il m'a posé toutes sortes de questions sur ses grands-parents, la famille, l'hérédité.

Annie se mordilla la lèvre, partagée entre le désir de savoir et celui de se boucher les oreilles ; déchirée entre l'amertume et la jalousie de voir combien Luke était différent avec son père.

— C'est bien, articula-t-elle enfin.

— Et tu sais que depuis cette histoire de vol, le mois dernier, Harrison a été vraiment formidable avec lui ? Il a appelé Luke à plusieurs reprises pour lui demander de ses nouvelles et bavarder avec lui.

— Oui, Marina me l'a dit. Luke l'adore.

Annie hésita.

— Quoi qu'il en soit, quand tu en auras l'occasion…

— Bien sûr, acquiesça Jack. Je lui parlerai.


L'existence d'Annie pouvait se résumer en trois époques : sa vie avant Jack, sa vie avec Jack, et sa vie après Jack.

Avant de le rencontrer, elle savait exactement où elle allait, comment elle y parviendrait et combien de temps cela lui pren-drait – à peu de chose près. Son emploi du temps était réglé comme du papier à musique : tous les jours de la semaine, elle déjeunait d'un sandwich sur les bancs de l'université ; le vendredi, elle partageait un plat chinois avec Julie ; le dimanche matin, elle portait son linge à la laverie automatique. Elle avait une vie sociale réduite. Puis Jack était arrivé et, tel un raz de marée, il avait tout balayé sur son passage, abattant les cloisons de son univers si soigneusement compartimenté.

L'histoire de leur rencontre était entrée dans la légende à force d'avoir été racontée aux mariages, aux baptêmes, et aux fêtes familiales. À chaque fois, Jack évoquait le nombre d'heures hallucinant qu'il avait passées à essayer de lui apprendre à conduire, et Annie expliquait comment ils étaient tombés amoureux l'un de l'autre, presque malgré eux.

« Je vous jure que je n'avais pas la tête à lui conter fleurette quand elle était au volant d'une voiture, expliquait Jack avec une grimace amusée.

— Je représentais à ses yeux un défi bien plus grand que la plupart de ses autres élèves, ajoutait-elle avec un sourire teinté de fierté.

— Plus grand que n'importe quel élève, rectifiait-il.

— Je reconnais que j'ai dû prendre un peu plus de leçons que la moyenne.

— Un million de plus », acquiesçait-il.

Bien qu'Annie ait toujours été une incorrigible perfectionniste – doublée d'une travailleuse insatiable –, son inaptitude à réussir un examen aussi simple que le permis de conduire avait fini par devenir sa croix. Elle connaissait son livre de code sur le bout des doigts et elle était toujours la première à crier la réponse pendant les cours : « Cédez le passage ! » Ou : « Attention ! Ce couloir est réservé aux bus ! » Elle savait comment circuler sur un rond-point, comment changer une roue en cas de crevaison, remplacer une bougie ou conduire dans des conditions difficiles, comme sur du verglas, par temps de neige ou sous la pluie. Oui, sur le plan théorique, elle était imbattable. Mais dès qu'il s'agissait de passer à la pratique, c'était un désastre.

La première fois qu'Annie avait échoué à son permis, elle avait seize ans. Au bout de dix minutes, l'examinateur lui avait demandé de se ranger sur le côté et de se représenter quand elle serait capable de contrôler son anxiété. Un an plus tard, elle avait tenté à nouveau sa chance. Cette fois, elle était allée presque au bout de son parcours avant d'escalader le trottoir et d'emboutir une grille en fer forgé pour éviter une cannette de soda. L'été de ses dix-huit ans, elle avait réussi à terminer l'itinéraire, mais quand l'examinateur lui avait demandé de faire un créneau, elle avait défoncé la portière du véhicule garé derrière elle et arraché le rétroviseur extérieur. Après cette troisième tentative malheureuse, Annie avait cessé toute relation avec les voitures jusqu'à l'année de ses vingt-deux ans – et encore, uniquement parce que Peter, son petit ami de l'époque, lui avait offert des leçons comme cadeau d'anniversaire.

Peter était une sorte de grande perche d'un mètre quatre-vingts, avec de longues jambes, une bonne humeur quasi permanente et un faible pour les polos noirs à col roulé. Bien qu'il ait presque toujours un verre à la main – une bière après les cours, un martini avant le dîner, et une vodka tonic le soir –. c'était un garçon charmant et débordant d'attentions.

— Il est un peu gnangnan, non ? avait commenté Julie un jour.

Annie avait haussé les épaules.

— Les gros biceps ne m'intéressent pas.

Peter avait une autre qualité : il était quasiment toujours de son avis. Si elle avait envie d'aller au bowling, ils allaient au bowling. Si elle voulait aller au cinéma, pareil, et en plus il lui laissait choisir le film. Tout ce qu'il voulait, c'était être avec elle. Le reste n'avait aucune importance.

Peter était sécurisant et sûr, et Annie se sentait bien avec lui.

Un week-end, ils étaient invités au mariage d'un ami quand elle lui avait demandé d'aller lui chercher une vodka orange. Il était revenu par erreur avec de la vodka et du seven-up, et elle avait repoussé le verre avec agacement.

— J'avais dit une vodka *orange*.

— Désolé. J'y retourne.

— Laisse tomber. J'ai mal à la tête, de toute façon, et j'ai froid. Pourquoi ne vas-tu pas plutôt chercher la voiture qu'on puisse rentrer ?

Peter enfila son manteau.

— OK. Donne-moi quelques minutes, le temps qu'elle chauffe.

— D'accord, acquiesça-t-elle distraitement.

Il venait de partir quand Julie se glissa sur la chaise qu'il avait quittée.

— Tu pourrais quand même te montrer un peu plus gentille avec lui.

Annie fronça les sourcils.

— Je suis gentille.

— Tu plaisantes ? Tu le traites comme ton larbin.

— Ce n'est pas vrai.

— Oh si, c'est vrai. Tu ne te rends pas compte à quel point tu peux être désagréable quand tu veux.

Annie haussa les épaules.

— Je suis fatiguée, c'est tout.

Julie se pencha pour lui susurrer à l'oreille :

— Je t'adore, mais si tu me parlais comme tu lui parles à lui, je te renverserais ta vodka seven-up sur la tête.

Annie prit le verre que Julie agitait en l'air et le posa sur la table.

— Tu as trop bu.

— Possible. N'empêche que si tu lui demandais de se raser le crâne, il le ferait. Il n'a pas de substance.

— Ce n'est pas vrai. Il est solide et... fiable, répondit Annie, sur la défensive.

— Ma Volvo aussi. Mais ça ne veut pas dire pour autant que je n'achèterai pas un jour une Corvette.

Sur quoi Julie se leva et se fraya un passage sur la piste de danse, adressant des signes à quelqu'un.

Annie but la vodka que Peter lui avait apportée, le visage pensif. Quand il revint, elle le fit asseoir à côté d'elle et se jeta à l'eau avant de changer d'avis :

— J'ai quelque chose à t'avouer.

— Ah bon ? Quoi ?

Elle baissa les yeux.

— J'ai une peur panique de conduire. C'est pour ça que je n'ai pas mon permis.

— C'est vrai ? demanda-t-il, visiblement surpris.

— Chaque fois que je me retrouve au volant, je ne suis plus moi-même. J'appuie sur l'accélérateur au lieu du frein, et mes paupières se mettent à tressauter comme si j'avais des tics. Mon cerveau sait ce que je dois faire, mais mes bras fonctionnent au ralenti ou alors ils s'agitent dans tous les sens comme si j'avais des spasmes.

Elle se tut et attendit son verdict : elle était cinglée, mais son regard s'adoucit et il déclara simplement :

— Il va falloir te guérir de ça, alors.

— Non, non, non, pas besoin. Tu es un excellent conducteur et je suis une passagère épanouie, pourquoi changer une formule qui marche ?

Et elle l'embrassa, un peu plus longuement que la bienséance ne l'y autorisait dans une pièce remplie de monde, convaincue que le sujet était clos.

Elle se trompait. Un mois plus tard, Peter l'emmena dîner au restaurant et lui remit au dessert un chèque-cadeau pour un stage de conduite dans une auto-école de Chicago. Annie feuilleta sans conviction la brochure explicative, puis le remercia, même si elle était secrètement consternée qu'il ait pris une telle initiative.

### AUTO-ÉCOLE DELUCA

*Grâce à un enseignement sur mesure, adapté aux besoins de chacun, nos élèves se familiarisent en douceur avec la conduite en s'entraînant d'abord sur des simulateurs puis sur des véhicules école spécialement conçus pour des circuits d'apprentissage. Réussite garantie. Si au terme des dix semaines de notre programme vous n'obtenez pas votre permis, nous prolongeons votre stage gratuitement. Essayez notre formule. Vous ne serez pas déçus.*

Annie se sentit obligée de prendre rendez-vous le lendemain et, le samedi suivant, Peter la déposait pour sa première leçon. Elle patientait nerveusement dans la salle d'attente quand une dame appela son nom.

— Bienvenue chez nous, dit-elle en faisant entrer Annie dans un bureau. Je suis Carol.

Elle tendit à Annie des papiers à remplir et lui demanda de s'asseoir.

Annie s'éclaircit la gorge.

— Je me demandais si vous pourriez me choisir un instructeur particulièrement patient. Je ne doute pas qu'ils le sont tous, mais il se trouve que j'ai déjà pris des leçons de conduite et… je pense que ça se passerait mieux avec un moniteur qui me parlerait gentiment, qui ne s'énerverait pas quand je fais une bêtise ou qui aurait le sens de l'humour, parce que je suis terriblement crispée au volant, et si on commence à me crier dessus…

Carol sortit une chemise en carton d'un tiroir de son bureau et l'ouvrit.

— Aucun problème. Nous allons vous confier à l'un de nos plus anciens moniteurs. Il travaille ici depuis plus de trente ans et il est très gentil.

Annie s'enfonça avec soulagement dans son siège. Bien. Ça lui était parfaitement égal qu'on lui colle un vieux bonhomme déplumé et équipé d'un sonotone, du moment qu'il était compréhensif et qu'il ne soupirait pas toutes les cinq secondes pour lui faire comprendre que son cas était désespéré.

Trois semaines plus tard, elle se retrouvait dans le bureau de Carol, aussi déprimée que les deux moniteurs qui avaient vainement essayé de lui apprendre à conduire. Carol lui tapota l'épaule d'un geste encourageant tout en l'invitant à s'asseoir.

— J'ai cru comprendre qu'il y avait eu un petit souci, dit-elle en se perchant sur un coin du bureau.

Annie hocha la tête en silence.

— Ne vous en faites pas, cette fois j'ai la personne qu'il vous faut.

— Je l'espère, sinon je vais être obligée d'investir dans des tickets de bus jusqu'à la fin de mes jours.

M. Hillman travaillait à temps partiel pour Deluca depuis deux ans, expliqua Carol. Ses méthodes d'enseignement étaient peu banales mais faisaient des miracles : grâce à lui, certains de leurs clients les plus désespérés avaient décroché leur permis.

Le premier cours d'Annie fut planifié pour le lendemain et elle s'y présenta avec cinq minutes d'avance. Elle s'attendait à trouver un homme d'un certain âge, avec une petite moustache grise et un nœud papillon étriqué, certainement pas l'apollon qu'elle aperçut devant l'auto-école. Dans les vingt-cinq ans, une silhouette de mannequin et un sourire à la George Clooney. Annie fit de son mieux pour ne pas le dévisager, sans grand succès. Il était accompagné de deux autres personnes : un monsieur sans cheveux et une dame avec une permanente ratée. Annie les observa avec stupeur : ils étaient juchés sur des échasses en bois et se déplaçaient en décrivant des cercles. Manifestement, elle n'était pas au bon endroit.

Elle pivotait sur ses talons quand l'apollon l'interpella :

— Puis-je vous aider ?

— Désolée, répondit-elle en lui lançant un regard par-dessus son épaule. Je me suis trompée de lieu de rendez-vous.

Il jeta un coup d'œil sur sa feuille.

— Êtes-vous... Annie Fischer ?

— Euh... oui.

— Alors vous êtes au bon endroit, dit-il. Je suis Jack. Enchanté de vous rencontrer.

— Moi aussi, parvint-elle à articuler.

Il pencha la tête et lui adressa un sourire qui lui coupa le souffle.

— Si j'ai bien compris, vous avez mis tous mes collègues K-O et maintenant c'est mon tour ?

Annie écarquilla les yeux.

— Vous êtes... mon moniteur ?

— Jack Hillman, à votre service.

— Et... vous allez m'apprendre à conduire ?

Une lueur amusée pétilla dans les yeux de Jack.

— C'est le principe.

— Je vois. Et... je peux savoir ce qu'ils font ?

Elle lui désigna l'homme et la femme qui montaient à tour de rôle sur une longue boîte en bois avec leurs échasses, puis en redescendaient.

— Je vous l'expliquerai en temps voulu.

Il la prit doucement par le coude.

— Permettez-moi de vous présenter Della Williams et Sol McNabb.

— Hello, dit Della, du haut de ses échasses.

— Enchanté, renchérit Sol.

Annie leur adressa un sourire crispé.

— Salut.

Jack regarda sa montre.

— Bon. Vous continuez vos exercices pendant encore cinq minutes et après vous pourrez passer aux simulateurs de conduite. Ça vous va ?

Les yeux de Sol se mirent à briller.

— Et comment !

Jack se tourna vers Annie.

— Si vous voulez bien venir avec moi, je vais vous poser quelques questions avant de passer à la phase de préparation.

Elle cilla.

— De préparation à quoi ?

— À la conduite.

Sceptique, elle le suivit jusqu'à une petite table installée sur le trottoir, devant l'auto-école. Elle prit place en face de lui et posa son sac à ses pieds, prête à en finir avec cette corvée. Quand elle leva les yeux, elle fut à nouveau subjuguée par son sourire – un sourire qui lui ferait dire ce soir-là à Julie au téléphone : « À chaque fois, mon cerveau se met en pause. J'ai les jambes en coton et je n'arrive plus à poser un pied devant l'autre. »

— Bien, commençons, dit Jack. Jouez-vous au tennis, au squash, au badminton ?

Annie fronça les sourcils.

— Quel rapport avec mon permis de conduire ?

— Contentez-vous de répondre par oui ou par non, s'il vous plaît.

— Non. Ni au tennis, ni au squash, ni au badminton.

— Vous arrive-t-il de jouer à des jeux vidéo ?

— Jamais.

Il fit trois petites marques au stylo sur sa feuille.

— Vous dansez ?

— Pardon ?

— Vous savez : ballet classique, claquettes, jazz. Si oui, vous êtes bonne ?

Annie recula sur son siège, visiblement excédée.

— Je n'arrive pas à le croire. Vous êtes en train de me draguer ?

— Absolument pas, répondit-il tranquillement. Pouvons-nous poursuivre ?

Elle baissa les yeux, embarrassée.

— Si vous voulez.

— Êtes-vous du genre perfectionniste ou décontractée ?

— Je peux être perfectionniste, marmonna-t-elle en haussant les épaules. Ça dépend.

— Non, ça ne dépend pas. Soit vous l'êtes, soit vous ne l'êtes pas.

Elle le fusilla du regard.

— Je roule toujours mes collants avant de les ranger dans le tiroir de ma commode. Je ne supporte pas qu'on laisse traîner un journal en vrac sur le sol, et je dors sans chemise de nuit, même au cœur de l'hiver, parce que ça permet à ma peau de respirer. À vous de choisir à quelle catégorie j'appartiens.

Jack prit des notes, murmurant :

— Maniaque par intermittence.... Ordonnée... Aime dormir dans le plus simple appareil. Parfait. Pratiquez-vous le patinage ou le roller ?

— Ni l'un ni l'autre.

— Jouez-vous d'un instrument ?

Elle lâcha un « non » cassant. *À la seconde où j'aurai terminé avec ce questionnaire débile, je foncerai dans le bureau de Carol exiger qu'on me rende mon argent*, se promit-elle. *Ce type n'a pas des méthodes peu banales, il est cinglé !*

— Des peurs ou des phobies ?

Annie le regarda fixement, et il répondit en même temps qu'elle, avec un large sourire :

— Conduire.

Il inscrivit sa réponse puis repoussa sa chaise et se leva.

— Bien. Maintenant, passons aux choses sérieuses.

Annie écarquilla les yeux en le voyant choisir des échasses parmi plusieurs paires alignées sur le trottoir.

— Une dernière question, demanda-t-il. Avez-vous l'esprit de compétition ?

126

Elle lui lança un regard lugubre.

— Dans certaines circonstances, oui. Pourquoi ?

— Parce que j'ai un marché à vous proposer. Suivez mes instructions pendant les dix semaines qui viennent. Pliez-vous à toutes mes directives, quelles que soient vos réserves, et si, au terme du stage, vous ne décrochez pas votre permis, je vous offre un dîner pour deux dans le restaurant de votre choix à Chicago.

Annie sourit. L'idée de lui faire perdre son pari était intéressante, irrésistible, même. Au point de lui faire oublier qu'elle voulait réellement obtenir son permis. Jack lui tendit une paire d'échasses, et elle agrippa les montants avec défi. Au moins, on ne pourrait pas dire qu'elle n'avait pas essayé.

Sa première leçon fut rapidement suivie d'une deuxième, puis d'une troisième. À chacune de leurs rencontres, Annie percevait une tension dans l'air, feutrée mais permanente. Des étincelles semblaient crépiter entre eux dès qu'ils étaient ensemble. Et ce n'était pas le fruit de son imagination : même si le charme de Jack opérait sur tout le monde, Annie était bien forcée de remarquer qu'une petite flamme s'allumait dans son regard quand elle poussait la porte de l'auto-école. Ses émotions étaient constamment sur le fil. Dans la même heure de cours, elle passait de l'euphorie la plus totale (quand il lui souriait) à la rage la plus noire (quand il lui faisait une critique). Elle ressortait de chaque séance les joues en feu et passait tout le trajet du retour à se plaindre à Peter : « Jack Hillman est dingue ; il ne se rend absolument pas compte des efforts que je m'impose ; je déteste qu'il prenne mes erreurs en exemple pour montrer aux autres ce qu'il ne faut pas faire. »

— Tu veux laisser tomber ? lui demanda un jour Peter.

Elle roula des yeux. Pas question ! Elle n'était pas une dégonflée !

Puis, comme elle entamait sa dixième semaine de stage et qu'elle venait une fois de plus de vitupérer Jack, Peter lui fit une remarque qui la foudroya :

— Courage, encore cinq leçons et tu ne le reverras plus jamais.

Ce fut à cet instant précis, alors qu'elle restait pétrifiée sur le siège de la voiture, que l'évidence lui sauta brusquement aux yeux. Elle était honteusement, irrésistiblement attirée par Jack.

Peter posa la main sur la sienne.

— Est-ce que ça va ?

— Quoi ? Euh, oui, oui.

Mais en réalité, elle pensait à Jack, au frisson de bonheur qui la parcourait chaque fois qu'il la taquinait, à l'impatience avec laquelle elle attendait toutes les semaines de le revoir.

— Je me sens mal chaque fois que Peter vient me chercher, se plaignit-elle à Julie, ce soir-là. J'ai l'impression d'être un monstre.

— Mon cœur saigne pour toi, ironisa Julie.

— Mais qu'est-ce que je vais faire ?

— À propos de... ?

— De Peter !

— Laisse-moi réfléchir... Tu es attirée par un type sexy en diable, le jumeau de George Clooney, tu le vois deux fois par semaine, et tu n'es pas mariée. Où est le problème ?

Lors du cours suivant, Annie réussit à boucler son parcours d'entraînement à bord de la voiture électrique spécialement conçue pour les débutants. Très fière, elle rejoignit Jack, souriant jusqu'aux oreilles.

— Qu'est-ce que vous dites de ça ? Je n'ai pas heurté une seule balise, j'ai évité le type en carton sur le banc *et* le faux écolier sur le passage piéton !

Jack était assis sur une chaise dans la cour de l'auto-école Deluca, ses bras musclés appuyés sur ses cuisses.

— Pas mal, admit-il. Dommage que vous ayez renversé la femme avec la poussette...

Peu avant que son stage prenne fin, Annie interrogea Jack sur l'étrange questionnaire qu'il lui avait fait remplir le jour où ils s'étaient rencontrés. Il lui raconta alors une scène à laquelle il avait assisté quelques années plus tôt – et qui lui avait donné l'idée de ce qu'il appelait la « théorie du ruban adhésif ».

Il croisa le regard stupéfait d'Annie et se mit à rire.

— Vous allez comprendre. J'étais attablé dans un bar, un soir, quand j'ai vu un couple improbable sur la piste de danse. La femme était incapable de se mouvoir. Il suffisait de l'observer deux minutes pour comprendre qu'elle n'y serait pas parvenue même si sa vie en avait dépendu : elle n'avait aucun sens du rythme.

Annie haussa les sourcils. Elle ne saisissait toujours pas le rapport.

— J'ai assisté alors à quelque chose d'incroyable, reprit Jack sans se démonter. Son partenaire lui a dit de poser ses pieds sur les siens, vous savez, comme le font parfois les enfants, dans les mariages ou les fêtes de famille. Ensuite, il a demandé un rouleau de ruban adhésif au barman, et il a lié les mains et les pieds de sa cavalière aux siens.

Jack secoua la tête en souriant.

— C'était incroyable. Ils ont dansé ainsi une bonne demi-heure, la femme juchée sur les pieds de cet homme, leurs poignets attachés, et, petit à petit, elle est devenue une sorte d'extension de ses bras et de ses jambes. Il transpirait à grosses gouttes tout en répétant les mêmes pas, encore et encore, l'encourageant sans cesse, et, progressivement, elle a pris confiance en elle et elle s'est laissé porter par la musique. Et quand finalement il a retiré le ruban adhésif qui les liait l'un à l'autre...

— Elle savait conduire une voiture ? ironisa Annie.

Jack lui adressa un sourire.

— Non. Mais ils ont dansé un paso doble presque parfait, comme s'ils ne faisaient qu'un. Et pendant qu'elle évoluait, son visage rayonnait de bonheur, et son compagnon souriait aussi parce qu'il venait de lui donner une clé qui lui servirait toute sa vie. J'ai pensé alors au travail que j'effectuais à mi-temps chez Deluca, et je me suis dit que je pourrais recourir à cette forme de logique.

Il leva les mains.

— Vous savez, pour certaines personnes, danser, jouer au tennis, marcher avec des échasses ou conduire une voiture n'est pas une activité cérébrale. C'est juste une extension de leurs membres. Pour d'autres, en revanche, c'est comme une forme de dyslexie physique qui peut devenir presque débilitante...

Un sourire étonné entrouvrait les lèvres d'Annie, mais elle ne prêtait plus vraiment attention aux mots. Elle contemplait rêveusement sa bouche, tandis que son esprit l'emportait vers un lieu imaginaire où Jack et elle dansaient langoureusement, liés l'un à l'autre par du ruban adhésif.

Jack s'éclaircit la voix.

— L'idée forte de cet homme, c'est d'avoir convaincu cette femme de tenter une expérience nouvelle, de sortir des limites de sa normalité.

— Et l'expérience lui a plu ? demanda Annie en appuyant le menton dans sa main.

Jack plongea le regard au fond du sien.

— Elle a adoré.

## 12

Il était presque dix-sept heures quand Annie finit d'enregistrer la livraison de cercueils et d'urnes funéraires arrivée dans l'après-midi. Elle aurait pu terminer plus tôt, mais sa mère lui avait téléphoné dès qu'elle avait vu la une du *Peninsula Post* en rentrant chez elle.

— Pourquoi ne m'en as-tu pas parlé tout à l'heure ? s'était-elle indignée à l'instant où Annie avait décroché. Tu as eu peur que j'appelle le numéro mentionné au bas de l'annonce ?

— Pas du tout, avait menti Annie.

— Eh bien, j'ai appelé, figure-toi. Et je suis tombée sur une de ces voix enregistrées demandant de laisser un message. Mais je ne l'ai pas fait parce que je voulais te parler d'abord.

Annie lui avait expliqué qu'elle avait du travail, suggérant de poursuivre cette conversation plus tard, quand elle serait à la maison. Erna avait accepté de mauvaise grâce, certaine que Rudy n'aurait vu aucune objection à ce qu'elles poursuivent leur discussion.

Vingt minutes plus tard, Annie se garait devant chez elle, soulagée que la journée soit finie. Eric s'entraînait à marquer des paniers au panneau de basket fixé sur le mur du garage.

— Comment se sont passées les qualifs ? demanda-t-elle en descendant de voiture.

— On connaîtra les résultats dans deux semaines seulement.

— Je compte sur toi pour m'appeler au boulot dès que tu sauras, hein ?

Elle prit au passage le courrier dans la boîte, ôta ses souliers dans l'entrée et referma la porte derrière elle. Luke regardait la télé au salon, affalé sur le canapé.

— Alors ? Ç'a été, ton après-midi ? lui demanda Annie.

Il haussa les épaules, marmonnant une réponse inintelligible. Annie parcourut le courrier. Le cortège habituel de factures, plus le détail des sommes encore dues à une clinique de Seattle pour les frais d'hospitalisation, de traitement et de soins d'Eric au cours des six dernières années – moins la somme dérisoire que Jack et elle remboursaient tous les mois. Comme toujours, ce rappel la déprima : elle déposa le tout sur le micro-ondes et monta se changer.

Il était vingt-deux heures trente quand elle ferma la maison avant d'aller se coucher. Eric dormait sur le dos, la bouche ouverte, un bras en travers du matelas. Luke, lui, était à plat ventre, une main sur la fourrure de Montana, étendue de tout son long à côté de lui. Quand Annie se pencha, la chienne agita la queue.

— Bonne nuit, gros nounours, chuchota-t-elle en lui caressant la tête.

Elle tira doucement la porte derrière elle sans la fermer tout à fait, ouvrit la fenêtre à vasistas au bout du couloir et passa la tête dehors, respirant l'air frais. Elle la maintint ouverte à l'aide de la cuillère en bois qu'elle laissait tout exprès sur le rebord, puis se hissa sur la portion de toit située entre sa chambre et celle des garçons. Elle venait de s'installer en tailleur et de plonger la main dans la poche de son gilet pour y prendre ses cigarettes quand elle remarqua que Luke l'observait depuis le couloir, les sourcils froncés.

— M'man ? Qu'est-ce que tu fais ?

Elle hésita, puis sourit et lui tendit la main.

— Tu veux te joindre à moi ?

Il la regarda comme si elle n'allait pas bien.

— Tu es sérieuse ?

— Absolument. Monte.

Saisissant sa main, il se hissa sur le rebord de la fenêtre et regarda les maisons des voisins, à leurs pieds.

— Qu'est-ce que tu fais là ? répéta-t-il.

— Je prends l'air.

Annie sortit une barre aux céréales de sa poche, la coupa en deux et en tendit une moitié à son fils. Luke la prit mais il n'avait pas l'air très à l'aise, probablement gêné par la conversation qu'ils avaient eue sur la plage.

De l'autre côté de l'allée, la lumière du porche de M. Kale s'alluma et Annie désigna la maison en chuchotant :

— Regarde.

La porte de derrière s'ouvrit et le basset de M. Kale sortit en trottinant. Il descendit tranquillement les marches et renifla le jardin avant de faire sa petite affaire au milieu de la pelouse. Quand ce fut terminé, il leva la tête et lâcha un hurlement prolongé qui intrigua particulièrement Luke.

— Maintenant, regarde par là, souffla Annie en lui montrant la maison voisine de celle de M. Kale.

Quelques secondes plus tard, la porte s'ouvrit à la volée et Libby Johnson apparut sur le perron, en robe de chambre à fleurs, une forêt de bigoudis roses sur la tête.

— Dites à ce maudit animal de se taire ! cria-t-elle en tapant avec une cuillère sur un moule à gâteau en métal.

M. Kale agita vers elle un poing menaçant.

— Allez au diable, Libby ! Il fait son petit tour du soir, il ne dérange personne !

Annie et Luke purent voir l'expression indignée de Libby dans la lumière du porche.

— Il *me* dérange ! Si je l'entends encore une fois, j'appelle la police !

— C'est pour vous qu'il faudrait appeler la police. On devrait vous enfermer, ma pauvre !

Visiblement dégoûté, M. Kale prit son chien dans ses bras et rentra chez lui en claquant la porte. Libby en fit autant quelques secondes plus tard.

— Et c'est comme ça tous les soirs, s'esclaffa Annie.

Les sourcils de Luke montèrent de deux crans.

— Tu viens ici pour les regarder ?

— Non. Je viens ici pour cogiter. Ils font juste partie du décor.

Il réfléchit quelques instants.

— C'est quoi, cogiter ?

— Eh bien...

Elle leva son regard vers le ciel.

— C'est quand on analyse sa vie, quand on se demande si on est heureux ou pas, et s'il y a quelque chose qu'on aimerait changer.

— Et tu viens cogiter ici tous les soirs ?

— Non. Seulement de temps à autre, quand j'ai eu une mauvaise journée.

Il lui lança un regard en coin.

— Comme aujourd'hui ?

Elle se mordilla la lèvre, songeant à leur conversation sur la plage.

— Oui, comme aujourd'hui.

Il enroula les bras autour de ses genoux et ils restèrent silencieux pendant un moment, Luke perdu dans ses pensées et Annie trop heureuse de partager ces quelques instants avec lui pour risquer de tout gâcher. Quand finalement ils se laissèrent glisser à nouveau dans le couloir, Montana les attendait devant la fenêtre, aussi perplexe que Luke l'avait été un peu plus tôt.

— Ça va, ma vieille, ne t'inquiète pas, la rassura le garçon en la ramenant dans sa chambre.

Annie ferma doucement la fenêtre et les suivit.

— J'irai faire un tour en kayak, demain matin, chuchota-t-elle en s'adossant à la porte. Si tu te réveilles avant mon retour, garde un œil sur Eric, d'accord ?

— Ouais, grommela Luke en se faufilant sous sa couette.

— Ne l'enferme pas dans un placard. Ne le ligote pas sur une chaise de cuisine. Ne le mets pas au défi de manger les croquettes de Montana...

Luke lui tourna le dos.

— Ça va, ça va, j'ai compris, grommela-t-il en bâillant.

Le lendemain, Annie sortit plus tôt que d'habitude et pagaya avec une énergie particulière afin de dénouer la tension accumulée la veille. Cinq minutes après avoir quitté le rivage, elle vira de bord et mit le cap sur la baie. Puis elle ferma les yeux et pagaya de nouveau, plus lentement cette fois, en s'appliquant à effectuer des mouvements fluides et réguliers. Certaines personnes méditaient ou effectuaient des exercices de yoga avant de commencer leur journée. D'autres faisaient du jogging. Annie, elle, pagayait les yeux fermés. Jadis, son père lui avait appris à s'imprégner du silence qui régnait sur l'eau aux petites heures de l'aube, à le laisser envahir peu à peu son esprit et lui apporter l'apaisement. Ici, il n'y avait ni circulation, ni feux rouges, ni sens uniques. Plus d'inquiétude non plus au sujet d'Eric et de Luke, ou de ce que l'avenir lui réservait. Pendant quelques minutes chaque matin, c'était juste elle et la magie de l'eau.

— Pourquoi fais-tu ça ? avait-elle demandé un jour à son père.

— Ça me prépare à affronter la journée.

— Ça te rend plus fort ?

— Non. Plus tolérant.

Annie aurait voulu lui demander ce qu'il entendait par là, mais il avait fermé les yeux et son visage avait exprimé un tel recueillement qu'elle n'avait pas voulu le déranger. Sa réponse continuait cependant à lui trotter dans la tête, au point qu'elle avait fini par regarder dans le dictionnaire. Un réflexe dont elle avait fait une habitude chaque fois qu'un mot la chiffonnait. « *Tolérant : qui a de la patience ou de l'indulgence pour quelque chose ou quelqu'un.* » Mais oui, bien sûr, avait-elle songé. Il parlait de maman.

C'était la logique d'une petite fille de douze ans, forgée par l'observation et quelques bribes de conversations surprises çà et là. Par exemple, le dimanche, quand ils allaient se promener après l'église, Marina et elle s'installaient sur la banquette arrière, un peu engoncées dans leurs robes tout empesées. Leurs parents étaient assis devant. En général, ils suivaient la route côtière, et Annie collait son visage à la vitre, regardant les maisons et les arbres défiler jusqu'à ce qu'ils ne forment plus qu'un brouillard qui la plongeait dans une semi-somnolence. Mais certains dimanches, ce n'était pas possible. Certains dimanches, une tension lourde et suffocante envahissait la voiture et Annie avait envie d'entrouvrir sa fenêtre pour faire entrer un peu d'air.

En général, son père avait l'air malade ces dimanches-là. Ses yeux étaient cernés et ses joues mal rasées le faisaient paraître plus vieux que d'habitude. Sa mère se tenait toute raide sur son siège, le visage fermé, et s'il suggérait tout bas de rentrer directement à la maison, elle regardait droit devant elle, le menton têtu, et répondait : « Pas question. Ce sera ta pénitence. » Ou : « Ce n'est pas parce que tu as fait la bamboula toute la nuit que les filles et moi allons changer nos plans aujourd'hui. »

Marina était généralement occupée à jouer de sa harpe électronique (une sorte de cithare dont Annie ne supportait pas les grincements stridents). Alors la fillette s'enfonçait dans son siège et cherchait dans son petit dictionnaire de poche les mots qu'elle ne comprenait pas. *« Pénitence : punition pour avoir mal agi. »* Les sourcils froncés, elle avait fait la même chose avec « bamboula », bien qu'elle ne soit pas très sûre de l'orthographe. En lisant la définition, il lui avait paru évident qu'elle avait compris de travers. *« Faire la bamboula : faire la noce. »*

Elle aurait voulu se pencher en avant, taper sur l'épaule de sa maman et lui dire : « Ce n'est quand même pas sa faute s'il a travaillé tard ! » Et cependant, elle sentait intuitivement que son intervention serait mal accueillie. Oui, elle était certaine que si elle disait quoi que ce soit elle se ferait gronder d'avoir écouté la conversation alors qu'elle était censée jouer avec la harpe électronique de Marina.

Annie effectua un demi-tour et pagaya en direction du rivage tout en songeant au mariage de ses parents. Contrairement à Jack et elle, ils avaient réussi à préserver leur couple. Certes, il leur arrivait de se disputer, mais leur amour finissait toujours par triompher. S'ils étaient en colère, l'instant d'après ils dansaient joue contre joue, tendrement enlacés. Annie se remémora un soir en particulier où son père était resté travailler tard à son bureau. Sa mère avait sorti des plats à tarte de toutes les dimensions qu'elle avait éparpillés sur le plan de travail, et hachait des noix de pécan avec un couteau.

Ses devoirs terminés, Annie avait refermé ses cahiers et lui avait souhaité bonne nuit.

— Bonne nuit, avait marmonné Erna, une mèche de cheveux noirs barrant sa joue.

Ses lèvres étaient serrées et ses pommettes empourprées tandis que le couteau continuait à marteler la planche à découper.

Le père d'Annie était rentré quelques minutes plus tard. La fillette l'avait entendu se garer dans l'allée, puis la porte d'entrée s'était refermée et les voix de ses parents s'étaient élevées, rageuses, assourdies mais parfaitement identifiables, suivies par de longues pauses et des murmures étouffés. Annie s'était alors faufilée dans le couloir sur la pointe des pieds et avait vu sa mère, les poings sur les hanches, faisant face à son père, exigeant de savoir pourquoi il arrivait si tard. Sans répondre, il avait souri et posé un doigt sur les lèvres d'Erna, chuchotant avec une indubitable sincérité :

— Comment réussis-tu à être aussi belle avec de la farine plein le visage ?

Sa mère, les yeux fixés sur le réfrigérateur, semblait lutter pour ne pas se laisser attendrir. Puis il l'avait prise dans ses bras et elle n'avait pas pu résister. Ils s'étaient enlacés et peu après ils s'étaient mis à danser, les yeux clos, le père d'Anna fredonnant en même temps que la radio *Day by Day* de Frank Sinatra.

Aujourd'hui, quand Annie parlait de son père avec sa mère, celle-ci secouait la tête et soupirait :

— Que veux-tu, tout le monde l'adorait. Il n'avait même pas besoin de dire un mot. Il suffisait qu'il entre quelque part pour que la magie opère. Ton père était un charmeur-né. Je ne crois pas avoir rencontré une seule personne qui ne l'aimait pas.

Il y avait de la fierté dans son sourire, et, en la regardant, Annie ne pouvait s'empêcher d'être admirative. Trente ans de vie commune, et toujours la même tendresse, la même émotion. Comment était-ce possible ? se demandait-elle avec envie.

## 13

Bien décidée cette fois à arriver à l'heure à son travail, Annie déposa les garçons devant leur école cinq minutes plus tôt que d'habitude. Une fois chez Kozak, elle eut juste le temps de glisser son sac à main sous son bureau et de changer la musique avant que Rudy passe la tête dans le couloir pour l'informer que Marina était en attente sur la ligne un.

— Le rédacteur en chef du *Peninsula Post* vient de me rappeler au sujet de l'annonce d'hier ! annonça-t-elle tout de go.

Annie haussa les sourcils.

— Et... ?

— Selon lui, le journal ne peut pas divulguer l'identité de ton mystérieux admirateur avant encore un mois.

Persuadée d'avoir mal entendu, Annie marqua un temps d'arrêt.

— Attends, attends. Tu as dit *un mois* ?

— Apparemment, il n'y a pas une, mais cinq annonces en tout. Elles vont paraître en première page du *Peninsula Post* – comme celle d'hier – chaque lundi pendant encore quatre semaines.

— Quoi ?

— Je ne plaisante pas.

Annie chercha fébrilement un stylo dans son tiroir.

— Donne-moi le nom de ce type et son numéro.

Liberté de la presse ou non, elle était résolue à découvrir qui se cachait derrière ce complot. Le coup de téléphone fut bref : Stan Turner, le rédacteur en chef du *Peninsula Post*, ne pouvait pas prendre l'appel d'Anna pour le moment, mais son assistant lui promit qu'il la rappellerait dès que possible.

Annie essaya de contacter une nouvelle fois Julie à son travail, mais sa boîte vocale était saturée et il lui fut impossible de laisser un message. Lorsqu'elle refit une tentative en passant par le standard, la réceptionniste l'informa que Julie était en congé.

Annie jeta un coup d'œil sur son calendrier. Mais oui : Julie l'avait avertie qu'elle partait trois jours à San Francisco avec AventurA2.com. tenter un saut à l'élastique depuis un pont désaffecté. Annie remercia la standardiste, essaya d'appeler Julie sur son portable et tomba sur son répondeur.

— C'est Annie. Rappelle-moi dès que tu trouveras ce message, c'est urgent.

L'après-midi était bien entamé quand Julie la contacta enfin. Annie ne prit même pas le temps de lui dire bonjour : elle lui demanda de but en blanc si elle était l'auteur de l'annonce parue la veille.

— Parce que si c'est toi, ce n'est pas drôle, ajouta-t-elle dans la foulée.

Il y eut un petit silence, ponctué par un lointain brouhaha, puis :

— Je ne comprends pas un mot de ce que tu racontes, répondit Julie.

Annie prit une profonde respiration.

— Une annonce est parue en première page du *Peninsula Post*, hier. Elle dit : « Reconnaissez-vous cette femme ? » et on voit une photo de moi à ma remise de diplôme à l'université, résuma-t-elle en pianotant sur son bureau. Son auteur explique qu'il m'a connue il y a de cela des années, que je suis la première femme qu'il ait jamais aimée et qu'il voudrait me retrouver. Il donne un numéro de téléphone, mais quand on appelle on tombe sur une boîte vocale électronique. Marina a contacté le rédacteur en chef du journal ; il refuse de livrer l'identité de la personne qui a fait passer cette annonce. Et tiens-toi bien : il paraît qu'il y en a encore quatre à venir, une chaque lundi du mois qui vient !

— Sans blague ! commenta Julie d'une voix effarée. C'est dingue ! Tu es sérieuse ou tu dis ça pour me faire marcher ?

Annie s'enfonça dans sa chaise, le moral à zéro. Elle devait se rendre à l'évidence, sa dernière lueur d'espoir venait de disparaître : Julie n'était pas dans le coup.

— Je n'ai jamais été aussi sérieuse.

Elle réfléchit, les yeux au plafond, et se demanda si elle n'avait pas perçu une touche de nervosité dans la voix de Jack, la veille, quand il l'avait appelée après avoir vu l'annonce.

— Attends une minute, reprit Julie. Tu as cru que c'était moi ?

Annie recommença à pianoter sur son bureau.

— Ça m'aurait arrangée que ce soit toi. Au moins, j'aurais pu étrangler quelqu'un que je connais au lieu de naviguer dans le brouillard.

— Je ne ferais jamais une chose pareille, protesta Julie, visiblement vexée.

Les bruits familiers d'un aéroport vinrent parasiter la ligne : l'annonce monocorde d'un vol suivie par le long bourdonnement d'un appareil décollant dans le lointain.

— Écoute, je ne peux pas te parler plus longtemps, il faut que j'embarque. Mais je serai de retour à Seattle dans quelques heures. Tu peux me faxer une copie de l'annonce d'hier ?

Annie lâcha un soupir.

— Bien sûr.

— Je crois savoir qui c'est.

— Qui ?

— Peter Dawson. Il a toujours été en adoration devant toi, même quand tu l'as plaqué pour Jack.

Annie gémit intérieurement. Elle avait pensé à Peter, bien sûr, mais cette seule idée l'avait poussée à chercher fébrilement une autre piste. N'importe qui mais pas lui.

Julie se prenait au jeu des devinettes.

— Ou alors c'est Jack.

— Impossible. D'abord, il est aussi fauché que moi, et puis ce n'est pas du tout son style. En plus, notre mariage est en phase terminale, au cas où tu l'aurais oublié.

— Exact, acquiesça pensivement Julie.

— File prendre ton avion. On en reparlera quand tu seras rentrée.

Julie allait essayer de retrouver le numéro de son cousin germain. Il avait suivi le même cursus universitaire que Peter, peut-être saurait-il où le joindre ? Annie la remercia puis raccrocha, les yeux perdus dans le vague. Elle songeait à Peter, à la façon dont leur relation s'était terminée, et un sentiment de culpabilité l'envahit. Bien des années avaient passé et, cependant, les événements de cette journée étaient gravés dans sa mémoire.

Ce jour-là, elle poursuivait son stage avec Jack quand elle avait quitté rageusement la salle, ulcérée par son incapacité à réussir son créneau sur le simulateur de conduite. Sa frustration l'avait conduite dans la cuisine réservée au personnel de chez Deluca, où quelqu'un avait dessiné sur le mur un cercle de la taille d'une balle de base-ball avec, au centre, ce message : « *Pour évacuer votre stress, projetez violemment votre crâne ici. Renouveler l'opération si nécessaire jusqu'à disparition complète des symptômes.* » C'était là que Jack l'avait retrouvée, le front pressé sur le cercle antistress. Elle était tellement craquante, lui avoua-t-il par la suite, qu'il n'avait pas pu s'empêcher de sourire. Ils ne se connaissaient que depuis six semaines, mais l'attirance qu'ils éprouvaient l'un pour l'autre ne faisait aucun doute : chacune de leurs conversations se transformait en passe d'armes, et l'air se chargeait d'électricité dès qu'ils s'approchaient l'un de l'autre.

Quand Jack entrebâilla la porte de la cuisine et lui demanda si tout allait bien, Annie chercha du regard un projectile. Il fit un pas de côté pour éviter l'éponge qu'elle lui lançait à la figure. Elle frappa le mur avec un bruit flasque avant d'atterrir sur le sol.

— C'est grotesque ! s'écria-t-elle. Vous pouvez me dire à quoi ça rime que je passe des heures ici, les mains attachées avec du ruban adhésif sur le volant d'un simulateur de conduite ?

— Vous avez fait d'énormes progrès, lui rappela-t-il d'un ton neutre.

— Je viens de rater trois fois mon créneau, grommela-t-elle en frottant rageusement la colle que le ruban adhésif avait laissée sur ses mains.

Jack s'avança d'un pas.

— D'accord, vous n'êtes pas tout à fait au point. Mais il y a bien deux semaines que vous n'avez pas renversé un seul piéton sur le parcours d'entraînement et ça, c'est grand, Annie. C'est immense !

Elle croisa les bras, mâchoires serrées, comme si elle mourait d'envie de le planter là mais que ses jambes refusaient de coopérer.

— Et je ne dis pas ça uniquement pour vous revoir, reprit Jack.

Après quelques secondes de silence, leurs yeux se rencontrèrent et ils se sourirent. Annie d'un air hésitant, et lui avec son charme désarmant.

— Même si j'apprécie au plus haut point votre présence et votre sens de la repartie.

Annie se mordilla la lèvre et baissa les yeux. Le tic-tac de la pendule remplit le silence. Une porte claqua au loin.

— Et si vous me disiez sincèrement ce qui ne va pas ? demanda-t-il enfin.

Elle secoua la tête d'un air malheureux sans répondre.

— D'accord. Passons à un autre sujet de conversation. Qu'est-ce que vous faites ce week-end ?

— Pas grand-chose.

— Vous sortez toujours avec ce garçon ? demanda-t-il en se servant un café.

Il y eut un silence puis Annie répondit que, techniquement parlant, ils sortaient toujours ensemble, oui.

— Soit vous êtes avec lui, soit vous ne l'êtes pas, dit-il en souriant de nouveau.

Elle rougit.

— Je ne lui ai pas encore dit que c'était fini.

Jack reposa sa tasse et croisa les bras.

— Pourquoi ?

— Je ne veux pas lui faire de peine.

Il hocha la tête puis s'approcha pour lui murmurer à l'oreille :

— Mais plus vous attendez, plus c'est difficile, non ?

Elle acquiesça. Oui. Plus elle faisait traîner les choses, plus c'était terrible.

Jack la saisit alors doucement par la nuque et l'embrassa. Tout son corps s'embrasa, et elle lui rendit son baiser. Il ferma la porte d'un coup de talon et donna un tour de clé avant d'incliner à nouveau son visage vers le sien. Ses lèvres butinèrent sa joue, puis sa nuque, tandis que ses mains parcouraient ses épaules, son dos. Il tira sur son sweater et le fit passer par-dessus sa tête sans qu'elle oppose de résistance. Elle se mit à trembler tandis qu'il caressait la peau soyeuse de ses bras et pressait ses lèvres sur sa gorge.

Il s'interrompit brusquement, haletant, et effleura les lèvres d'Annie de son pouce.

— Je dois être devenu fou, articula-t-il d'une voix rauque. J'ai des élèves qui m'attendent dans la pièce d'à côté.

— Oui, acquiesça Annie, mais sa voix ressemblait à un croassement.

Elle passa une main tremblante dans ses cheveux, puis ramassa son sweater sur le sol et l'enfila maladroitement. Un silence gêné tomba entre eux.

— Écoutez, commença Jack. Pourquoi ne...

Au même instant, quelqu'un essaya d'ouvrir la porte de l'extérieur, agitant la poignée dans tous les sens.

Annie tira sur son sweater et Jack tourna la clé dans la serrure. La réceptionniste de l'auto-école entra aussitôt, les sourcils froncés. Elle paraissait inquiète. Elle demanda à Jack s'il y avait un problème, puis elle rougit d'embarras en scrutant le visage d'Annie.

Les yeux de Jack croisèrent ceux de la jeune femme tandis qu'elle glissait la bandoulière de son sac sur son épaule, balbutiait un au revoir et sortait. Il s'écoula toute une semaine avant qu'elle le revoie, mais chaque fois qu'elle fermait les yeux, elle ressentait de nouveau l'émotion de ce premier baiser. Comme s'ils se connaissaient depuis toujours. Comme deux pièces d'un puzzle qui s'ajustent parfaitement.

*Non*, songea-t-elle. *Comme un éclair à l'intérieur d'une bouteille.*

Décidée à sauter dans le premier bus pour rentrer chez elle, Annie s'était précipitée dehors. Peter était là. Il l'attendait, adossé à sa voiture. Son visage s'éclaira quand il la vit. Il s'était montré d'un tel soutien depuis qu'elle avait commencé ses cours qu'elle se sentit malade à l'idée de lui dire que tout était fini.

— Ça s'est bien passé ? demanda-t-il.

Incapable de croiser son regard, elle murmura :

— Mmm.

Et il lui tendit un bouquet de marguerites.

— Oh, merci, souffla-t-elle en y enfouissant son nez.

Il lui ouvrit la portière de sa voiture et elle lui sourit en s'installant, mais comme il se glissait derrière le volant, elle ferma les yeux et revisualisa ce qui venait de se passer avec Jack pour se convaincre qu'elle n'avait pas rêvé.

— Et si on fêtait ça ? demanda Peter en démarrant.

Annie cilla.

— Fêter quoi ?

— Tes progrès.

— En fait, je... je ne me sens pas très bien. Ça ne t'ennuie pas de me ramener à la maison ?

Il eut l'air peiné et lui lança des regards perplexes tout en conduisant, pendant qu'Annie triturait son sac à main, cherchant misérablement un moyen de lui annoncer sans le blesser que leur histoire était finie. Elle avait essayé de résister à son attirance pour Jack, mais c'était plus fort que sa volonté, plus fort que sa raison. Elle n'avait jamais éprouvé un tel sentiment pour aucun homme, et depuis quelque temps, tout ce que faisait Peter lui semblait bien insipide.

— Annie, qu'est-ce qui ne va pas ?

— Je suis fatiguée, prétexta-t-elle d'une toute petite voix. Je me sentirai mieux après une bonne nuit de sommeil.

Elle pivota vers lui et vit son regard se figer d'un seul coup. Sa mâchoire se crispa et il détourna les yeux. Annie l'imita, mal à l'aise. Après un silence anormalement long et inconfortable, elle s'éclaircit la gorge et le remercia encore pour les fleurs.

144

— Pas de quoi, articula-t-il sans la regarder.

Annie habitait dans une rue criblée de nids-de-poule. Habituellement, ils riaient d'être secoués comme des pruniers, mais ce jour-là Peter resta de marbre tandis qu'il se garait en bas de son immeuble. Annie se pencha pour l'embrasser sur la joue, surprise de le sentir esquisser un léger mouvement de recul.

— Est-ce que ça va ? demanda-t-elle.

Il la transperça du regard mais ne répondit pas.

— Peter ?

— Ça va, dit-il en se détournant.

Après un silence pesant, Annie ouvrit la portière, consciente que quelque chose venait de se briser entre eux, même si elle en ignorait la raison. Quand elle lui demanda s'il était toujours question qu'ils dînent ensemble le lendemain, il mit longtemps à répondre. Elle crut un instant qu'il ne l'avait pas entendue. Finalement, il hocha la tête.

— Bien sûr. À demain.

Annie regarda sa voiture disparaître au bout de la rue avant de se résoudre à entrer dans son immeuble. Elle éprouvait une impression bizarre. Une sensation de liberté et de tristesse mêlées. Puis, comme elle ouvrait la porte de son appartement, elle aperçut son reflet dans le miroir de la salle de séjour et se figea. Même à cette distance, à plus de trois mètres, elle pouvait remarquer qu'elle avait remis son gilet à l'envers.

Le lendemain soir, elle se rendit chez Peter, résolue à lui avouer la vérité et à endosser toute la responsabilité de leur rupture. Ses souliers crissaient sur le linoléum du couloir pendant qu'elle répétait mentalement ce qu'elle avait prévu de lui dire. Une fois devant la porte de son appartement, elle frappa, mais comme il ne répondait pas elle sortit la clé qu'il lui avait donnée et entra. La chaîne stéréo jouait plus fort que d'habitude. Étonnée, Annie ôta ses chaussures, pénétra dans la salle de séjour et s'immobilisa.

Peter se tenait sur le balcon, en compagnie d'une fille ravissante. Ils étaient si proches l'un de l'autre qu'Annie crut d'abord qu'ils s'embrassaient. Leur attitude reflétait une telle intimité qu'elle fut prise complètement au dépourvu. Sa compagne avait de longs cheveux noirs, une expression amoureuse, et l'un de ses bras enlaçait le cou de Peter d'un geste possessif. Peter tourna la tête, découvrit brusquement Annie, pétrifiée au milieu de la salle de séjour, et ébaucha un haussement d'épaules mi-fataliste mi-amusé, comme si cette femme s'agrippait à lui contre son gré. Après lui avoir murmuré quelques mots, il rejoignit Annie, la prit par le bras et l'emmena dans la cuisine.

— Peter, qu'est-ce que ça veut dire ?

— C'est une vieille amie, répondit-il en évitant son regard. Je pensais que c'était fini entre nous, mais elle m'a téléphoné hier et en la revoyant...

Il laissa sa phrase en suspens, la laissant imaginer le reste.

Pendant un instant, l'espoir accéléra les battements de cœur d'Annie, puis elle dévisagea son compagnon d'un air soupçonneux. Peter avait beaucoup de qualités – il était attentionné, doux, sensible – mais, de son propre aveu, il n'était pas et n'avait jamais été un séducteur.

— Comment s'appelle-t-elle ? demanda-t-elle.

— Leanne, murmura-t-il, les yeux baissés.

— Comment se fait-il que tu ne m'aies jamais parlé d'elle auparavant ?

— Je n'osais pas. Je suis désolé.

Tout en traversant la salle de séjour pour récupérer ses chaussures, Annie lança un bref regard en direction du balcon. La jeune femme brune semblait étrangement indifférente à ce qui se passait.

Peter raccompagna Annie jusqu'à la porte et elle lui rendit sa clé de l'appartement.

— Prends bien soin de toi, déclara-t-elle d'une voix douce avant de s'éloigner.

— Annie ?

Elle se retourna lentement.

— Oui ?

— Est-ce que tu l'aimes ?

Il lui fallut plusieurs secondes pour répondre.

— Je crois que oui, souffla-t-elle.

Aujourd'hui, elle éprouvait des remords quand elle repensait à cette scène. Peter méritait mieux. Elle aurait dû avoir le courage de s'expliquer et de s'excuser. Elle partit fumer une cigarette dehors, puis regagna son bureau et appela Marina. Ce fut sa nièce qui lui répondit d'une voix larmoyante.

— Sawyer ? Qu'est-ce qui t'arrive ? Tu as pris froid ?

— N-non. Tu veux p-parler à maman ?

Annie fronça les sourcils.

— Oui, mais tu es sûre que ça va ?

— Je l'appelle.

Dès que Marina fut en ligne, Annie lui demanda ce qui n'allait pas.

— Sawyer est contrariée, mais ça lui passera.

— Contrariée par quoi ?

— Rien d'important.

— Je suis sa marraine, je veux savoir !

Marina soupira.

— Annie, si tu mêles de ça, tu vas te croire obligée d'intercéder en sa faveur et il n'y a aucune chance que je revienne sur ma décision.

— Passe-moi ma filleule, dit Annie en l'ignorant.

Marina appela Sawyer et lui demanda de décrocher l'autre téléphone.

— Je t'aurai prévenue, souffla-t-elle avant de raccrocher de son côté.

— Hé, Sawyer, quel est le problème ? demanda Annie.

La jeune fille se moucha.

— Maman et moi... on s'est disputées... Tu sais, le chat dont je t'ai parlé hier, le sphynx ? Celui que quelqu'un a déposé devant le refuge et que maman a fait examiner par le véto ?

Annie fronça les sourcils. Ça lui rappelait vaguement quelque chose, en effet.

— Euh... oui.

— M'man ne veut pas que je le garde ! balbutia-t-elle en se remettant à pleurer.

— Mais vous avez déjà deux chats. Et dans un an tu

147

n'habiteras plus avec tes parents, à cause de tes études. Tu n'auras qu'à prendre un chat à ce moment-là.

— Mais c'est celui-là que je veux, pas un autre ! sanglota-t-elle. C'est un sphynx ! Tu sais, un de ces chats sans poils comme dans les films avec Austin Powers.

Annie visualisa instantanément Mike Myers brandissant une sorte de gros rat glabre et frissonna.

— Faut que je raccroche, balbutia Sawyer. Je dois partir au lycée.

Annie avait gribouillé sur une enveloppe pendant qu'elles discutaient. Des petits carrés entourés par des carrés plus grands, eux-mêmes circonscrits dans un carré géant. Chaque angle fermé hermétiquement pour que rien ne puisse s'infiltrer à l'intérieur. Elle tapa son stylo contre son front et ferma les yeux, regrettant à présent de s'être mêlée des histoires de Marina et Sawyer. Quand apprendrait-elle à tourner sept fois sa langue dans sa bouche ?

— Tu veux toujours parler à maman ? demanda Sawyer en reniflant.

Annie froissa l'enveloppe sur laquelle elle avait dessiné ses gribouillis et décida d'en finir.

— Écoute, Sawyer, je te propose un marché. Si tu viens me garder les garçons un soir par semaine pendant un an, je prends ton chat à la maison et je m'en occupe jusqu'à ce que tu aies décroché ton diplôme de fin d'année. Ça te va ?

— Tu... tu es sérieuse ?

— Absolument. Amène-le jeudi soir et s'il s'entend avec Montana, il pourra rester.

— Oh, merci, tantine ! Merci ! Tu... tu viens de me sauver la vie !

Annie ne put réprimer un sourire. Elle avait au moins fait une heureuse aujourd'hui. Vu la conjoncture actuelle, c'était toujours ça de pris !

# 14

À soixante-cinq ans, Orenda McMillan était sans conteste l'une des personnalités les plus populaires d'Eagan's Point. D'origine iroquoise (son prénom signifiait *pouvoir magique*), elle donnait l'impression de venir d'une autre époque, avec ses longues tresses grises qui lui arrivaient à la taille et ses mocassins en cuir. Orenda n'était pas médecin au sens traditionnel du terme, et cependant la moitié de la ville défilait chez elle pour lui raconter ses petites misères. Car Orenda possédait un don extraordinaire : elle pénétrait à l'intérieur de votre tête et en extirpait des vérités que vous ne soupçonniez pas vous-même.

Il y avait plusieurs mois déjà, Annie et elle avaient conclu un pacte secret. Tous les jeudis, Orenda écoutait Annie lui raconter ses problèmes et l'aidait à dénouer les tensions de sa vie en lui prodiguant des conseils éclairés. En échange, Annie la massait pendant une heure.

Cette semaine-là, comme à l'accoutumée, Annie installa sa table de massage portative tandis qu'Orenda ôtait son gilet et le déposait sur le dossier d'une chaise. La suite fut un long monologue pendant lequel Annie déversa tout ce qu'elle avait sur le cœur : l'inconnu qui s'amusait à faire passer des annonces ridicules dans le journal, l'inquiétude qu'elle nourrissait pour ses garçons, son divorce presque consommé, sa carrière en suspens, ses problèmes financiers – tout. Quand elle en termina, elle était à bout de souffle et dut suspendre son massage pour boire un verre d'eau. Elle était épuisée.

— Tu sais, Annie, commenta Orenda d'une voix douce,

quand je t'écoute, je n'arrive pas à déterminer si tu n'arrives pas à faire le deuil du passé ou si tu es trop effrayée pour tourner la page et aller de l'avant.

Annie reposa lentement son verre. La réponse était : les deux à la fois. Mais elle ne s'en était pas rendu compte avant cet instant.

De retour chez elle, Annie s'apprêtait à se faire couler un bain quand elle entendit Sawyer l'appeler depuis le rez-de-chaussée. Les garçons dévalèrent aussitôt l'escalier et quand elle les rejoignit dans la cuisine, ils essayaient tous les deux de regarder à l'intérieur du sac à dos que leur cousine tenait dans les bras. Annie rassembla les magazines qui encombraient la table pour faire de la place.

— C'est bon. Tu peux le laisser sortir.

— Tu es sûre que ça ne te pose pas de problème ? demanda Sawyer.

— Absolument.

— Il s'appelle Ramses, précisa Sawyer en ouvrant la fermeture du sac.

Elle plongea la main à l'intérieur et souleva délicatement ce qui ressemblait au premier regard à un rat d'égout de deux kilos cinq cents, totalement dépourvu de poils.

Annie recula imperceptiblement derrière Eric. Il avait l'air émerveillé par cette créature hideuse, ce qui ne l'étonna qu'à moitié : Eric était le genre de gamin qui accepte les gens tels qu'ils sont et, à l'évidence, son ouverture d'esprit s'appliquait aussi au règne animal. Annie se mordilla la lèvre, essayant de déterminer si Ramses ressemblait davantage à un croisement d'ET avec un gremlin qu'à la progéniture d'un kangourou qu'on aurait accouplé avec un rat. Il avait des oreilles démesurément grandes par rapport à son corps tout plissé, une longue queue effilée et des yeux bleu ciel en amande.

Même Luke ne put dissimuler sa fascination en voyant le chat sauter sur la table puis s'étirer paresseusement. Avec une grâce un peu étrange, il passa de Luke à Eric, la tête levée afin que chacun le gratte à tour de rôle. Puis, d'un bond souple, il sauta sur l'épaule de Sawyer et se lova autour de son cou en bâillant.

— On le présente à Montana maintenant ? demanda-t-elle.

Annie plaqua un sourire enjoué sur ses lèvres.

— Allons-y.

Luke ouvrit la porte de la cuisine et la chienne se rua dans la pièce, son énorme tête ballottant d'un côté et de l'autre. Sawyer détacha Ramsès de son cou et le posa sur la table. Le chat observa le terre-neuve avec curiosité, puis sauta sur le sol et s'enroula autour de ses pattes énormes. Au bout d'un moment, Montana en eut assez. Elle regagna la salle de séjour et monta sur le canapé. Quelques secondes plus tard, Ramsès s'installait à côté d'elle pour faire sa toilette.

Sawyer ébouriffa ses cheveux roux avec un grand sourire.

— Hé, ils ont l'air de bien s'entendre !

Elle attrapa son sac à dos et le passa sur ses épaules.

— Bon, je me sauve. Si tu ne sais pas quoi en faire la nuit, vide un tiroir d'une commode et installe-lui une couverture à l'intérieur. Son ancienne propriétaire nous a dit qu'elle faisait ça.

Annie prit un air enthousiaste et raccompagna sa filleule jusqu'à la porte en affirmant qu'il n'y avait aucun problème, bien que l'idée de loger une espèce de rat pelé dans sa commode ne lui dise rien qui vaille.

Sawyer partie, elle prit une grande inspiration, attrapa Ramsès et le porta dans sa chambre. Après avoir vidé sans enthousiasme un tiroir de sa commode, elle le tapissa d'une vieille serviette de plage et installa le petit monstre pelé à l'intérieur.

Il était vingt-trois heures passées quand elle ferma enfin la maison et attrapa son paquet de cigarettes. Elle avait mal à la tête et aspirait à se retrouver seule pendant quelques minutes, mais, à mi-chemin de l'escalier, elle s'aperçut que la fenêtre du couloir était déjà ouverte. Fronçant les sourcils, elle passa la tête à l'extérieur. Luke contemplait pensivement les étoiles, les écouteurs de son iPod dans les oreilles. Le son était suffisamment fort pour qu'elle reconnaisse Bob Dylan interprétant *Knockin' on Heaven's Door*. Elle s'apprêtait à envoyer son fils au lit lorsqu'il la remarqua et désigna du menton la maison de M. Kale, de l'autre côté de l'allée.

— Tu les as manqués, dit-il en retirant ses écouteurs.

La journée avait été longue, et cependant Annie était secrètement heureuse qu'il soit là et qu'il l'ait attendue. C'était le premier signe d'ouverture qu'il montrait, peut-être même sa façon de lui dire qu'il avait changé d'avis, qu'il n'avait plus l'intention d'aller vivre avec son père, qui sait ?

Gagnée par l'émotion, Annie se hissa sur le toit, à côté de lui, et Luke demanda de lui raconter le dernier épisode du feuilleton « Libby et M. Kale ».

— M. Kale et son chien ont fait leur tour du jardin comme la dernière fois, lui expliqua-t-il. Ensuite, Libby est sortie de chez elle telle une fusée et elle s'est ruée sur son tuyau d'arrosage. Elle l'a tiré jusqu'à la haie de séparation, elle est montée sur une chaise de jardin et elle les a aspergés.

— Ça, c'est nouveau, commenta Annie, surprise.

— M. Kale restait devant son chien pour le protéger. Il tenait ses mains devant son visage en lui criant de les laisser tranquilles, « espèce de sorcière ». Libby a fini par couper l'eau et elle lui a dit que s'il ne faisait pas taire son chien, elle recommencerait. Après, elle est rentrée chez elle et elle a claqué la porte terriblement fort ; j'ai cru que les murs de sa maison allaient tomber.

— Charmant.

Ils ne parlèrent plus ni l'un ni l'autre pendant de longues minutes. Annie osait à peine respirer, et encore moins bouger. Elle avait juste envie que le moment se prolonge le plus longtemps possible, consciente seulement de la lumière du couloir sur le visage de Luke, de ses cheveux trop longs qui lui tombaient dans les yeux. Ils avaient tendance à friser, comme les siens. Annie aurait voulu les repousser en arrière, dire à son fils qu'elle l'aimait, mais elle ne réussirait qu'à tout gâcher, elle le savait. Elle essaya de relancer la conversation, mais ses tentatives pour nouer un dialogue se heurtèrent immédiatement au laconisme de Luke. Plus elle lui posait de questions, plus ses réponses étaient brèves.

Il souhaitait lui parler de l'école ? Pas vraiment.

De quoi avait-il envie cette année pour son anniversaire ? D'un vélo neuf.

Et pour Noël ? Pareil.

Il finit par bâiller en disant :

— Je ferais mieux d'aller me coucher.

Comme s'il avait l'habitude de prendre cette décision tout seul... Il rampa derrière Annie et se laissa glisser de l'autre côté de la fenêtre. Elle l'entendit atterrir dans le couloir, puis il dit :

— M'man ?

— Mmm ?

— Je ne dirai à personne que tu t'es remise à fumer.

Elle sourit, mais avant qu'elle ait eu le temps de répondre il était parti. Le front appuyé sur ses genoux, elle savoura cette petite amorce de complicité entre eux. Au moins, il recommençait à lui parler. Et il était toujours là.

Il était trois heures du matin quand Annie fut réveillée par le bruit d'un robinet qui coulait. Elle se frotta les yeux, enfila sa robe de chambre et se glissa dans le couloir. De la lumière fusait sous la porte de la salle de bains, et quand elle passa la tête dans la chambre des garçons, elle constata que Luke dormait mais que le lit d'Eric était vide. Ses couvertures, ses draps et son protège-matelas étaient en tas sur le sol. Comprenant ce qui était arrivé, elle prit une paire de draps propres dans l'armoire, une couverture, et alluma la lumière du couloir pour refaire le lit sans réveiller Luke.

Lorsque Eric réapparut, elle rabattit les draps propres et lui dit de s'y glisser.

— J'ai dû trop boire, murmura-t-il en évitant le regard de sa mère d'un air gêné.

Il ne voulait pas évoquer cet ancien problème d'énurésie, réapparu depuis qu'ils avaient déménagé.

Tirant la couverture sous son menton, il chuchota :

— M'man ? J'ai pensé que je pourrais demander au coach la permission d'assister aux matchs, même si je ne suis pas accepté dans l'équipe. Qu'est-ce que tu en penses ?

La voix de Luke les fit sursauter :

153

— Pauvre pomme. Si tu n'es pas fichu d'intégrer l'équipe, laisse tomber. C'est que tu n'es qu'un loser !

Annie dut se retenir de se retourner et de lui flanquer une bonne gifle. Au lieu de ça, elle sourit tranquillement à Eric.

— Attends de savoir si tu es accepté ou non dans l'équipe. Tu décideras à ce moment-là.

Elle se pencha pour l'embrasser, puis se retourna et embrassa également Luke. Il ne le méritait pas, mais elle était décidée à ne pas perdre un pouce de terrain avec lui.

— À demain, les garçons.

Épuisée, elle regagna son lit et enfouit le visage dans son oreiller. Dix minutes plus tard, elle se tournait de l'autre côté, incapable de dormir. Elle essaya de percer le mystère des annonces. Ce serait bientôt à nouveau lundi, et elle n'avait toujours aucune idée de l'identité de son mystérieux admirateur. Elle changea son oreiller de côté en formant le vœu de dormir une année entière. Ou peut-être même deux. Voire trois.

Elle commençait à s'assoupir quand Ramses sauta à côté d'elle, se roula en boule et s'endormit instantanément. Annie se tourna et enfonça son oreiller d'un petit coup de poing.

La deuxième époque de la vie d'Annie – sa vie avec Jack – avait été placée sous le signe de l'imprévu. Bien qu'il soit un bourreau de travail et qu'elle ait passé plus d'une nuit à jouer au solitaire sur le sol de sa cabine d'enregistrement pour lui tenir compagnie, il lui arrivait aussi de la réveiller à cinq heures du matin, de la faire monter dans sa voiture et de l'emmener sur les rives du lac Michigan pour assister au lever du soleil.

Quelques semaines avant qu'elle quitte l'université, ses diplômes en poche, Jack l'avait convaincue de participer à une régate au profit de la lutte contre le diabète. Il lui avait expliqué que leur bateau était sponsorisé par sa station de radio, omettant simplement de préciser qu'il s'agissait de modèles réduits guidés à distance. Annie s'était rendue sur place persuadée de passer un excellent après-midi à faire de la voile et s'était retrouvée en combinaison en caoutchouc, de l'eau jusqu'à la taille, au milieu de cinquante autres participants armés d'une télécommande.

Le but du jeu consistait à ce que les candidats gardent l'équilibre dans l'eau agitée de clapotis tout en manœuvrant leur voilier autour d'une série de bouées jusqu'à atteindre leur partenaire, posté à une trentaine de mètres de là. Celui-ci effectuait alors le même parcours en sens inverse. Les trois premiers gagnaient un week-end pour deux au Hilton, avec un dîner au champagne. Jack et Annie avaient malheureusement fini bons derniers : la combinaison en caoutchouc d'Annie était percée et ne cessait de se remplir d'eau. Elle avait paniqué et lâché sa télécommande dans le lac.

Jack l'avait raccompagnée chez elle pour lui permettre de se changer, puis il l'avait emmenée dans une pizzeria, et là, il lui avait demandé de l'épouser, expliquant qu'il avait espéré finir dans les trois premiers pour pouvoir agrémenter sa demande en mariage d'un week-end pour deux et d'un dîner au champagne...

Leur mariage fut célébré à Eagan's Point le 5 juin 1993.

Ce matin-là, Annie se leva très tôt pour aller pagayer. Elle passa une heure à progresser sur l'eau, perdue dans ses pensées, tandis que le soleil se levait lentement au-dessus des arbres. Après avoir amarré son kayak sur la berge, elle vérifia par deux fois qu'elle avait tout ce dont elle avait besoin, et gravit le sentier en direction de son arbre.

Plus elle progressait, plus son impatience grandissait, et quand finalement elle arriva au pied du sapin, elle éprouva un sentiment de joie, rapidement suivi par une vague de tristesse. *Je me marie aujourd'hui.*

Dans quelques heures, ses cheveux seraient soigneusement brossés et tirés en arrière pour former un chignon impeccable, et sa mère papillonnerait autour d'elle en s'extasiant pendant que Marina sortirait sa trousse de maquillage pour l'aider à se faire belle. Ensuite, quand elle aurait enfilé sa robe, sa mère en remonterait délicatement la fermeture Éclair et lui dirait qu'elle l'aimait. Et lorsqu'elle serait prête à partir pour l'église, Annie sortirait de son sac une broche ancienne en forme de papillon que personne ne connaissait et elle l'épinglerait sur le nœud de rubans de son bouquet. Sauf catastrophe imprévue, elle flotterait sur un petit nuage pendant toute la cérémonie, sachant que Jack partageait son impatience de commencer leur vie à deux.

Le jardin de sa mère avait été transformé en un gigantesque restaurant en plein air grâce à une marquise assez grande pour accueillir une centaine de convives et une petite piste de danse. Il y aurait beaucoup de larmes de joie et d'embrassades pendant le déjeuner, les invités passeraient de groupe en groupe, bavardant, riant, buvant et mangeant. L'orchestre loué pour l'occasion jouerait en fond sonore et tout le monde danserait. Puis, quand viendrait l'heure de se séparer, Lionel Richie entonnerait *Endless Love*.

Annie pressa la paume de sa main sur ses lèvres pour étouffer un sanglot. C'était le jour de son mariage, et la seule chose qui empêcherait cette journée d'être absolument parfaite, c'était que son père n'y assisterait pas. S'il avait été encore de ce monde, il aurait porté un costume très élégant, un nœud papillon qui l'aurait fait sourire, et il l'aurait prise par la main en lui demandant : *Est-ce que tu l'aimes ?* Et, sans l'ombre d'une hésitation, elle aurait chuchoté : *Comme une folle !*

— Je suis venue te dire que je t'aime, papa, murmura-t-elle en levant les yeux vers son arbre. Et aussi te remercier de m'avoir choisie, il y a vingt-trois ans.

Puis elle pleura, la tête baissée, laissant ses larmes couler sans chercher à les retenir jusqu'à ce qu'elles se tarissent d'elles-mêmes et qu'elle soit certaine qu'il n'y en aurait pas d'autres de toute la journée.

Une heure plus tard, elle était dans son bain quand sa mère frappa à la porte et passa la tête dans l'entrebâillement. Ses yeux étaient rougis et il était évident qu'elle avait pleuré, elle aussi.

— Quelqu'un a envoyé des fleurs, dit-elle en lui montrant une boîte allongée.

Annie s'assit.

— Maman, qu'est-ce qui ne va pas ?

— Rien, répondit-elle.

Mais son menton tremblait, tandis qu'elle s'asseyait sur le bord de la baignoire, la boîte sur ses genoux.

— Ne me mens pas. Je vois bien que tu as pleuré.

Erna ôta ses lunettes et nettoya les verres avec un pan de son chemisier pendant qu'Annie attendait qu'elle s'explique. Comme elle gardait le silence, Annie lui tapota la jambe.

— Maman ?

Erna remit ses lunettes et son regard se posa sur sa fille un peu plus longuement qu'à l'accoutumée.

— Annie, je veux que tu me promettes quelque chose, déclara-t-elle finalement.

— Quoi ?

— Quand tu auras ouvert ceci...

Elle posa la main sur la boîte, s'interrompit, respira un grand coup et reprit :

— Quand tu auras ouvert ceci, je veux que tu me promettes de ne pas en parler à Marina.

— C'est tout ?

— C'est tout.

Annie n'eut pas le temps de demander pourquoi ; déjà sa mère se levait et lui tendait la boîte.

Elle la prit, projetant des petits flocons de mousse sur le sol. Erna repoussa avec tendresse une mèche de cheveux mouillés qui lui tombait dans les yeux. Avant de sortir, elle se retourna.

— Je t'aime, Annie.

Quand la porte se referma derrière elle, Annie défit le ruban de la boîte et souleva le couvercle. À l'intérieur, il y avait une douzaine de roses rouges et une enveloppe avec son prénom écrit dessus. Quelques secondes plus tard, la boîte tombait sur le sol et Annie fondait en larmes pour la deuxième fois de la matinée. Les roses venaient de son père et la lettre aussi.

*Annie chérie,*

*Je t'écris ces lignes pendant que tu dors, à quelques mètres de moi. Tu as seize ans, et demain tu vas participer à ta première soirée « feu de camp » avec Julie. Tu es tellement excitée à cette idée que je n'ai rien dit en te voyant chaparder quelques bières dans le réfrigérateur pour les emporter là-bas. Si tu lis cette lettre, c'est que les félicitations sont de mise : ma petite fille se marie ! Cette seule pensée fait tressaillir mon cœur de joie et d'inquiétude, et c'est pourquoi j'ai décidé de vous écrire un mot, à ta sœur et à toi, pour le Grand Jour. Si je ne suis plus là pour m'en charger moi-même, votre mère vous fera livrer une douzaine de roses à toutes les deux le jour de votre mariage, en même temps que ce message.*

*Il y a quelques minutes, je me suis rendu dans ta chambre avec mon fauteuil roulant, mais tu dormais déjà, tes cheveux blonds répandus sur l'oreiller. Je me suis penché pour t'embrasser et, comme d'habitude, tu as failli m'assommer d'un revers du droit. (N'oublie pas d'avertir ton mari que tu fais de grands gestes quand on t'effleure le visage pendant ton sommeil. Après tout, il vient de s'engager avec toi pour la vie et il devra expliquer à ses amis et à sa famille pourquoi il a un œil au beurre noir tous les matins.) Comme je ne peux pas être près de toi aujourd'hui, je profite de ces minutes pour te transmettre deux ou trois petites choses sur la vie. Peu importe l'homme que tu vas épouser, Annie. J'ai confiance dans ton choix et je ne doute pas qu'il m'aurait plu si j'avais eu la chance de le connaître (même s'il est forcément au-dessous de ce que j'aurais souhaité pour ma fille chérie, car cet homme idéal n'existe pas sur Terre). Il y a néanmoins quelques points auxquels je suis attaché. J'espère que c'est un garçon travailleur. J'espère aussi qu'il sait rire dans les bons moments, et pleurer dans les autres. J'espère que ce n'est ni un menteur, ni un tricheur, et qu'il t'aime à la folie. Il y a tant de trésors à découvrir, tant d'expériences à vivre ! Mais, par-dessus tout, j'espère que la vie sera douce avec toi et que l'amour t'illuminera. Tout le reste suivra...*

*Ton papa qui t'aime*

Ce fut un jour d'émotion et de larmes, un jour rempli de souvenirs à jamais gravés dans la mémoire d'Annie. Elle avait alors vingt-trois ans, et la faiblesse de croire que Jack et elle étaient invincibles, qu'ils triompheraient de tous les obstacles. Bien sûr, il y aurait des hauts et des bas, mais elle était prête. *Nous ferons face ensemble,* songea-t-elle avec confiance tout en se glissant dans sa robe de mariée. *Mettez-nous à l'épreuve et vous verrez comment nous relevons le défi. Tout le monde verra que, entre nous, c'est pour toujours, jusqu'à ce que la mort nous sépare.*

Et, pendant plusieurs années, la vie leur sourit. Luke était venu au monde onze mois après leur mariage, Annie aimait son métier de kinésithérapeute, et Jack avait de plus en plus d'auditeurs fidèles. Sa seconde grossesse fut sans histoire, comme la première, et Eric vit le jour deux ans après Luke. On proposa alors à Jack le poste de ses rêves chez WSMB à Seattle. Ils louèrent une fourgonnette et quittèrent Chicago pour s'installer sur la côte Ouest. Le soir de leur arrivée, ils débouchèrent une bouteille de vin et trinquèrent avec des gobelets en plastique, au milieu des cartons, dans un silence peuplé de projets et de perspectives d'avenir.

Ils ne pouvaient pas savoir que dans quelques années tout s'écroulerait, et qu'un silence d'une tout autre nature s'abattrait entre eux. Un silence assourdissant qui leur ferait soudain prendre conscience qu'aucun couple n'est réellement invincible.

## 15

Annie tâtonna sur sa table de nuit, appuya fébrilement sur le bouton de son réveil pour en arrêter la sonnerie et rabattit les couvertures sur sa tête en gémissant. C'était aujourd'hui lundi : la deuxième annonce allait paraître en première page du *Peninsula Post*. Elle envisagea un moment de rester terrée dans son lit et de demander à Marina d'emmener les garçons à l'école. Ainsi, une fois seule, elle s'enfermerait dans sa chambre avec une cargaison de barres chocolatées et elle surferait sur toutes les chaînes de télé jusqu'à ce qu'elle trouve à nouveau le courage d'affronter le monde extérieur.

— 'jour, m'man.

Eric entra dans sa chambre, les yeux bouffis de sommeil, sa casquette vissée sur le crâne.

— Il est là, dit Annie en lui montrant d'un signe du menton le chat roulé en boule à ses côtés.

Ramses vivait avec eux depuis trois jours, mais, contrairement à ce que Sawyer leur avait raconté, il n'avait pas passé une seule nuit dans le tiroir de la commode.

Eric se jeta à plat ventre sur le lit pour caresser le petit félin.

Annie s'étira et se prépara mentalement à affronter la journée. Se terrer dans sa chambre était une idée séduisante en théorie. Mais dans la pratique, cela enverrait un signal négatif aux enfants. Or elle était une mère responsable, donc...

— Génial, grogna Luke depuis le seuil. Mon frère chauve, notre nouveau chat chauve, et ma mère vieillie par ordinateur.

Annie se figea au milieu de son étirement.

— Pardon ?

— Le journal vient d'arriver.

Il le lança sur le lit et fit demi-tour. Les oreilles d'Annie se mirent à siffler et un picotement lui parcourut la nuque. Elle prit une profonde inspiration puis s'empara du *Peninsula Post*. L'annonce était placée au même endroit que la semaine précédente, mais cette fois deux photos s'étalaient côte à côte. Celle où elle était étudiante et une autre – la même – vieillie artificiellement par ordinateur. Ses lunettes et la fraîcheur des vingt ans avaient été effacées, ses cheveux raccourcis, et son port de tête laissait supposer de manière subtile une maturité absente sur la première photo.

**Avez-vous vu cette femme ?** *Ce visage vieilli par ordinateur pourrait être le sien aujourd'hui. Il y a des années, elle vivait à Eagan's Point, dans l'État de Washington. Aujourd'hui, il se peut qu'elle soit mariée, qu'elle porte un autre nom de famille ou qu'elle vive dans un autre État. Mais elle est la première femme que j'aie jamais aimée et je ne peux l'oublier. Son nom est Annie Fischer. Si vous savez où je peux la trouver, s'il vous plaît, appelez le (212) 555-1963.*

Annie glissa machinalement la main dans ses cheveux. Ils ressemblaient toujours à une forêt vierge à son réveil. Quand elle était petite, sa mère les tressait tous les soirs pour les empêcher de s'emmêler pendant la nuit. Adolescente, Annie avait renoncé à se plier à cette contrainte et tous les matins, en la voyant s'installer à la table du petit déjeuner, Erna s'exclamait :

— Sainte Vierge, regarde-moi cette pelote de nœuds !

Le téléphone sonna. Annie décrocha, les yeux toujours rivés sur l'annonce.

— Allô ?

— Bonjour, fit la voix de Jack. Tu as vu le journal de ce matin ?

— Tu veux dire celui où j'ai l'air d'une cruche en deux exemplaires ?

— Moi, je te trouve plutôt craquante, rectifia-t-il en riant.

Annie se mit à rougir.

— On ne doit pas avoir la même édition, grommela-t-elle.

— Je voulais bavarder avec Eric avant de partir travailler, mais puisque je t'ai au bout du fil, je te signale que j'ai discuté avec Luke pendant le week-end de son projet de venir habiter avec moi.

Annie s'assit dans son lit.

— Alors ?

Jack soupira.

— Il est décidé, Annie, et il ne veut rien entendre. Il a accepté d'attendre jusqu'à la fin de l'année scolaire, mais pas davantage.

— Bon, murmura Annie.

Il y eut dix secondes d'un épais silence puis Jack s'éclaircit la gorge et changea de sujet.

— Le type de l'annonce a l'air plutôt sérieux. Tu as découvert qui c'est ?

— Non, répondit Annie, soulagée de parler d'autre chose. Pourtant, ce n'est pas faute d'avoir essayé. J'ai même harcelé le rédacteur en chef du journal au téléphone, mais j'ai toujours droit à la même réponse mécanique. Apparemment, ils ont signé une sorte de clause de confidentialité avec lui et ils ne sont pas autorisés à révéler son identité avant la publication de la dernière annonce.

Un temps.

— La dernière annonce ? répéta Jack. Que veux-tu dire ?

— Il y a cinq annonces au total, lui expliqua brièvement Annie. Elles seront publiées chaque lundi pendant cinq semaines.

— Je vois.

Une nouvelle pause, plus longue et plus embarrassée que la précédente.

— Bon, reprit Jack. Préviens-moi si tu découvres de qui il s'agit.

— Bien sûr, acquiesça Annie, un peu vexée par sa surprise à l'idée qu'elle ait un admirateur.

Elle couvrit le récepteur avec sa paume et informa Eric que son père voulait lui parler.

— Elles sont tombées du lit, ce matin, dit Eric en pointant un doigt vers la fenêtre.

Annie lui tendit le combiné puis se pencha pour regarder dehors. Libby Johnson et Rose Dixon étaient installées à la table de pique-nique du lotissement, au milieu du rectangle de verdure qui faisait face à la rangée de pavillons. Toutes les deux étaient plongées dans la lecture du *Peninsula Post*.

Annie réprima un gémissement. Rose avait soixante ans, et c'était probablement la pire commère d'Eagan's Point. Peu de temps après avoir emménagé, Annie avait commis l'erreur de s'installer un matin à la table commune pour boire son café en lisant le journal. Moins de cinq minutes plus tard, Rose venait s'asseoir à côté d'elle et la mitraillait de questions pour tenter de lui arracher de noirs secrets sur sa vie privée.

Annie vit Rose se pencher vers Libby pour lui montrer quelque chose dans le journal. Puis elle hocha la tête et pointa un doigt déformé par les rhumatismes vers leur maison.

— Je n'arrive pas à le croire, murmura Annie pour elle-même.

Eric raccrocha le téléphone et tourna le journal afin d'examiner la photo de plus près.

— Ça fait bizarre, dit-il en fronçant les sourcils. Mais j'aime bien tes cheveux.

Annie tapota affectueusement sa casquette, le fit pivoter et le poussa doucement vers la porte avec son genou.

— Allez, hop, va t'habiller.

Elle relut l'annonce, les sourcils froncés. Décidément, elle ne parvenait pas à imaginer Chris montant un scénario pareil. Cela dit, l'idée qu'il puisse s'agir de Peter la mettait mal à l'aise. Quant à Jack... Non, il n'exposerait pas sa vie privée devant des milliers de gens. Alors qui ? Elle ferma les yeux avec un soupir, repensa à une réflexion que Marina lui avait faite la semaine précédente : « Tu ne les connais peut-être pas aussi bien que tu le crois. Il ne faut jamais sous-estimer le contexte, avait-elle décrété. Dis-toi bien que les hommes deviennent complètement stupides et imprévisibles quand ils sont amoureux. » Elle avait peut-être raison...

Annie mangeait ses céréales, debout devant la fenêtre de la

cuisine, quand Eric la rejoignit, quelques minutes plus tard. Il attrapa une banane dans la coupe de fruits et l'agita en direction de l'aquarium.

— Il y a vraiment un problème avec les poissons rouges, m'man. Ils ne vont pas si bien que ça. Il n'y a presque plus de bulles qui sortent du caillou.

Annie s'approcha du bocal et tapa la paroi avec son doigt.

— Exact. Il faut que je pense à acheter un nouveau diffuseur d'oxygène.

Le téléphone sonna.

— Allô ?

— Tu as lu le journal ? Qu'est-ce que tu en penses ? demanda Marina.

— Je pense que ça devient ridicule.

— Moi, je trouve ça plutôt romantique. À part ta photo vieillie par ordinateur, qui m'a fait avaler mon petit déjeuner de travers.

Une pause.

— Annie, euh, il y a un truc que tu dois savoir. Le *Seattle Examiner* a publié lui aussi l'annonce dans ses pages People. Harrison est tombé dessus à son bureau et m'a appelée immédiatement pour m'avertir.

— Ce n'est pas vrai…

Annie ferma les yeux. Elle aurait voulu être accro à quelque substance illicite pour se plonger dans un état de détachement euphorique pendant les quatre semaines à venir.

— Tu peux me lire l'article ?

— Il n'y a pas grand-chose, tu sais. Ils reproduisent juste l'annonce, avec en dessous un petit texte de deux paragraphes qui résume la situation.

Annie jeta un coup d'œil à la pendule murale. Bon. Elle avait encore le temps d'aller faire un petit tour en kayak (question de survie), mais, en arrivant à son travail, elle passerait deux coups de fil : un à Julie pour savoir si elle avait réussi à obtenir les coordonnées de Peter Dawson, et l'autre à Stan Turner, le rédacteur en chef du *Peninsula Post*. Trop, c'était trop !

Un peu plus tard, alors qu'elle conduisait les enfants à l'école, Eric lui demanda son avis sur un devoir qu'il devait rendre à son professeur. Il avait demandé à ses élèves de raconter en quelque cent mots leur journée idéale, réelle ou imaginaire.

— Voilà ce que j'ai écrit, dit Eric en sortant sa rédaction de son cartable. « *Je me lève tôt et je marche jusqu'à l'océan, là où il n'y a plus que des rochers des deux côtés, et des mouettes qui volent dans le ciel en criant, comme quand je m'amuse à courir sur la plage pour les faire s'envoler.*

» *Ensuite, je vais prendre mon petit déjeuner au café Bianca avec ma maman, mon frère et ma grand-mère. Après, on rentre à la maison et je joue au basket dans le jardin jusqu'à ce qu'il fasse nuit.* »

Il leva les yeux pour chercher le regard de sa mère dans le rétroviseur.

— Tu trouves ça bien ?

Avant qu'elle puisse répondre, Luke ricana :

— C'est nul !

— C'est pas à toi que j'ai demandé !

Annie observa ses fils dans le rétroviseur, puis essaya de se concentrer sur la route.

— Arrêtez de vous chamailler, tous les deux.

— Moi, j'aurais fait bien mieux que toi, affirma Luke avec dédain.

— Ah oui ? riposta Eric. Eh bien, vas-y !

Annie retint son souffle.

— D'accord, acquiesça Luke d'un ton ironique. Alors, voilà ma journée idéale : « Je me lève très tard, après avoir dormi jusqu'à midi. Le ciel est tout bleu, sans une goutte de pluie à l'horizon pendant au moins… un an, et il y a une camionnette dans l'allée. Papa est assis au volant. Il me fait signe et Montana est déjà installée à l'arrière. Il me crie quelque chose… » Ah oui : « … il me dit de monter pour que je puisse enfin m'évader de ce cauchemar et ne plus être obligé de supporter mon crétin de frère ni tous ceux qui vivent dans cette ville de tarés. »

Annie se gara devant l'école et laissa le moteur tourner au

ralenti. Elle observa fixement Luke dans le rétroviseur, les deux mains crispées sur le volant.

Derrière elle, Eric décrétait :

— Tu es vraiment un sale abruti !

Et Luke eut la décence de baisser les yeux.

Elle faillit dire quelque chose, mais s'abstint.

Quand cela avait-il commencé ? s'interrogea-t-elle. Quand Luke était-il devenu ce puits d'amertume et de colère ? Quel avait été l'élément déclencheur ? La maladie d'Eric ? Sa séparation d'avec Jack ? Leur emménagement à Eagan's Point... ou les trois à la fois ? Comment lui expliquer que c'était la vie, sans paraître sarcastique à son tour ? Comment lui faire comprendre qu'ils n'avaient pas le pouvoir de revenir en arrière ? Que personne ne l'avait ?

L'espace d'une seconde, Annie fut tentée de lui raconter sa propre journée idéale. En réalité, ce serait une nuit, au Canada, en plein hiver. Annie sortirait de la maison de son oncle Max pour rejoindre le petit groupe réuni autour d'un grand feu au fond du jardin. Eric serait calé contre sa hanche, emmitouflé dans une combinaison de ski. Il n'aurait pas encore un an. Jack et Luke marcheraient devant, le visage levé vers l'aurore boréale, et la neige fraîche craquerait sous leurs pieds. Jack et elle s'observeraient à travers les flammes et s'esclafferaient quand Luke demanderait à son oncle Max pourquoi tous ses amis étaient si bizarres. Ensuite, des heures plus tard, ils se glisseraient dans leur lit, leurs deux fils blottis entre eux, et, bien que Jack soit déjà endormi, elle chuchoterait : « Il n'y a pas un autre endroit au monde où je voudrais me trouver en cet instant. »

Annie déglutit péniblement, troublée par ce souvenir surgi d'un passé qu'elle n'avait pas fait revivre depuis des années.

— Travaillez bien, les garçons, dit-elle d'une voix aussi naturelle que possible.

Ils descendirent de voiture, puis Eric revint sur ses pas.

— Ça va, maman ?

Annie ferma les yeux. Hocha la tête.

Elle se força à attendre qu'ils soient entrés dans l'école pour démarrer. Tout en se faufilant dans la circulation, elle se dit qu'une petite expédition jusqu'à son arbre lui ferait le plus grand bien. Mais cette fois, elle pourrait emmener les garçons, pourquoi pas ? Oui, cela leur ferait peut-être du bien à tous les trois.

# 16

Annie avait toujours la gorge serrée par l'émotion quand elle attaqua la dernière partie du trajet conduisant à son arbre. Elle connaissait chaque buisson, chaque rocher, chaque ornière. Elle pourrait se diriger dans le noir, si besoin était. Et chaque fois qu'elle revenait ici, elle était portée par la même sensation : celle d'avoir rendez-vous avec un ami.

Elle quitta brusquement le sentier pour s'enfoncer au milieu d'une étendue de hautes fougères, et se retourna pour vérifier si Eric et Luke suivaient. Ils étaient toujours là, même s'ils traînaient les pieds en affichant leur tête des mauvais jours.

— Je ne veux pas entendre un seul mot avant que nous soyons arrivés, les avertit-elle.

— Mais on va où ? demanda Eric.

— Tu le sauras dans quelques minutes.

Elle vit Luke ouvrir la bouche, vraisemblablement pour protester, et leva la main.

— Silence, ou je confisque la Xbox pendant un mois et je dégonfle tous les ballons de basket de la maison. C'est clair ?

La guerre avait commencé très tôt le matin, alors qu'elle était encore couchée. Après une interminable semaine rythmée par ses coups de téléphone incendiaires au *Peninsula Post* (sans aucun résultat) et par la curiosité grandissante que générait l'« affaire » de l'annonce, Annie avait décidé de s'octroyer une grasse matinée. C'était compter sans les garçons, dont une dispute bénigne avait dégénéré en pugilat, puis en jeu de massacre quand le ballon de basket que Luke projetait sur Eric avait raté sa cible, pulvérisant une lampe au passage. Il n'avait pas fallu davantage que cette lampe brisée pour qu'Annie les emmène manu militari jusqu'à son arbre. Un acte important (elle ne l'avait partagé avec personne depuis le jour où son père lui en avait fait cadeau) auquel elle songeait depuis un moment déjà.

En les voyant progresser péniblement à travers les broussailles et les fougères, un observateur étranger se serait sans doute interrogé sur les raisons qui poussaient cette femme à emmener ses enfants à travers la végétation hirsute alors qu'il aurait été beaucoup plus simple de rester sur le sentier. Annie sourit à cette pensée et s'arrêta pour permettre aux garçons de la rejoindre. Ils marchaient côte à côte en discutant à voix basse. Luke faisait des gestes avec ses mains et Eric acquiesçait de la tête. Ils n'étaient plus qu'à quelques mètres de l'arbre quand elle entendit Luke dire :

— Je te le vends vingt dollars.
— Tu lui vends quoi ? demanda-t-elle.
Eric leva les yeux.
— Son vieux casque de vélo.
Annie n'en crut pas ses oreilles.
— Il ne va pas te *vendre* son vieux casque de vélo ! Tu es son frère, saperlipopette ! Il peut te le donner, non ?
Elle se tourna vers Luke.
— Je peux savoir à quoi tu joues ?
Il haussa les épaules.
— J'essaie d'augmenter un peu mon argent de poche.
— Ce n'est pas une raison pour plumer ton frère !
Elle secoua la tête avec consternation et se détourna.
— En route. On y est presque.
La plate-forme rocheuse de son père remporta un vif succès auprès des garçons et ils s'approchèrent du bord à plusieurs reprises pour regarder les récifs, en contrebas, pendant qu'Annie buvait une tasse de café, assise en tailleur sur la roche, sa thermos à côté d'elle.
— En fait, ce n'est pas là que je vous emmène, leur expliqua-t-elle. Mais je voulais vous montrer cet endroit parce que c'était le lieu préféré de mon père.

— Tu ne nous parles jamais de lui, déclara Eric en se tournant vers elle. Il était comment ?

Annie haussa les épaules.

— C'était mon père, alors, pour moi, bien sûr, il était un héros.

Elle eut conscience que Luke l'observait intensément.

— Naturellement, tout n'était pas toujours *parfait*, admit-elle en s'installant plus confortablement. Quand j'avais six ou sept ans, il adorait regarder les matchs de hockey à la télé, mais notre poste était si vieux qu'il était tout le temps obligé de bouger l'antenne télescopique pour essayer d'améliorer un peu l'image. Ça le rendait fou, il se mettait à jurer, et dès que votre grand-mère avait le dos tourné, il posait son verre, il installait un tabouret près du poste, il me hissait dessus et je devais tenir l'antenne jusqu'à ce que le match soit terminé.

— C'est le pire truc qu'il ait fait ? demanda Luke en clignant des yeux d'un air incrédule.

Une soudaine tristesse envahit Annie, brusque et poignante.

— Oui, chuchota-t-elle. Je crois que oui.

— Il était doué en tout ? demanda Eric.

Annie regarda au loin, réfléchissant à sa question.

— Il avait un don inné pour raconter les histoires. Il avait beaucoup d'autres qualités, des choses qui paraissent naturelles quand on est enfant... Tout ce que je sais, c'est que quand il était là je ne me rendais pas compte de sa présence, mais dès qu'il partait il me manquait.

Luke parut sur le point de dire quelque chose, se ravisa et regarda au loin, les mains enfoncées dans ses poches.

Annie se leva.

— Encore soixante-dix pas, et nous serons arrivés. Vous êtes prêts ?

Eric glissa un bras sous le sien et compta scrupuleusement chaque pas depuis le promontoire. Luke, lui, resta en retrait, visiblement peu concerné par ce qui se passait. Une fois devant son arbre, Annie s'arrêta et se tourna vers ses fils. Elle s'appliqua à leur faire passer le message que son père lui avait transmis autrefois, reprenant les mêmes mots que lui, les mêmes arguments pour tenter de leur communiquer son enthousiasme d'alors. Le résultat ne fut pas à la hauteur de ses ambitions : Luke arborait une moue boudeuse et Eric semblait consterné.

— Attends une minute, intervint finalement Luke en fronçant les sourcils. Tu nous donnes un arbre ?

— Non, rectifia-t-elle en s'éclaircissant la gorge. Je le *partage* avec vous.

Il porta sa bouteille d'eau à ses lèvres et but une gorgée.

— On peut y construire une cabane ?

— Non, mais vous pourrez venir ici chaque fois que vous en aurez envie.

Plissant les paupières, Luke renversa la tête et leva les yeux vers la cime du sapin, puis il s'essuya la bouche du plat de la main.

— Pour quoi faire ?

Annie haussa les épaules.

— Pour être seuls. Pour réfléchir au présent, à l'avenir, pour avoir un endroit où vous ressourcer...

Il se pencha vers elle.

— Je ne peux pas me contenter de monter sur le toit, à la maison ? chuchota-t-il.

Elle ferma les yeux pour garder son calme.

— J'ai perdu le fil. Où en étais-je ?

— L'arbre, suggéra Eric.

— Oui : l'arbre, acquiesça-t-elle. Mon père me l'a donné il y a presque vingt-cinq ans et maintenant...

— Et maintenant tu vas nous faire une révélation fracassante qui va nous couper le souffle ? l'interrompit Luke.

Un silence tendu s'abattit entre eux, chargé d'électricité. Annie laissa passer quelques instants, le temps de maîtriser sa colère.

— C'est plus fort que toi, n'est-ce pas ? articula-t-elle enfin.

Luke lui lança un regard noir.

— Quoi ?

— De tout gâcher, en permanence.

— Tu t'en charges très bien toute seule, maman, rétorqua-t-il en levant sa bouteille d'eau vers elle comme pour porter un

171

toast. Simplement, tu ne veux pas le reconnaître. Comme quand papa est parti et que tu as essayé de nous faire croire que tout allait bien, que rien n'avait changé. Mais tout avait changé. *Tout !*

Annie attendait cet affrontement depuis des mois. Elle s'était même blindée en prévision de ce moment. Elle secoua la tête, se remémorant l'instant où elle avait vu Luke pour la première fois. L'amour qui l'avait transpercée comme une flèche à la seconde où on le lui avait posé dans les bras, dans la salle de travail. C'était toujours pareil, même quand il la poussait à bout, comme en ce moment, et que sa main lui démangeait de le gifler.

Eric se laissa glisser le long du tronc, les genoux repliés.

— J'en ai marre, marre !

— Marre de quoi ? lança son frère.

— De toutes ces disputes. Tout le temps.

Il y eut un long silence embarrassant. Puis Luke se détourna.

— Je rentre. On se retrouve à la maison.

Tout en le regardant s'éloigner d'un pas décidé, Annie fut déchirée entre l'envie de le rappeler et celle de le laisser partir. Elle ne savait plus comment faire avec lui. Tantôt il se comportait en petit garçon malheureux et immature, et l'instant d'après elle était face à un adolescent en colère – revanchard, injuste, décidé à en découdre...

Annie croisa les bras sur sa poitrine, en proie à un sentiment de désolation.

— Je n'y arrive plus, chuchota-t-elle en partie pour elle-même.

— M'man ? souffla Eric tout bas.

Elle posa sur lui un regard las.

— Oui ?

— Je suis désolé.

— De quoi ? demanda Annie, inquiète de voir ses lèvres trembler.

— De tout.

Sa voix était hachée et il butait sur les mots.

— Des problèmes qu'il y a eu... entre papa et toi quand

172

j'étais très malade... de tes ennuis avec Luke, d'être un tel... boulet...

Il pleurait à présent. Annie s'agenouilla près de lui et lui entoura les épaules de son bras, sous le choc.

— Eric, tu n'y es pour rien. Ce n'est pas ta faute.

— Ce n'est peut-être pas *ma faute*, balbutia-t-il en reniflant, mais c'est *à cause* de moi.

— Ce n'est pas vrai !

— Si ! trancha-t-il avec une certaine véhémence. Il y a long-temps que j'ai compris. Tout ce qui est arrivé de mal, c'est à cause de moi !

— Oh, mon Dieu, souffla Annie en fermant les yeux, atterrée.

Luke la tenait pour responsable du départ de son père, elle le savait, et elle avait fini par accepter que Jack n'aborde même plus le sujet avec elle. Mais elle n'avait jamais pensé qu'Eric puisse se sentir coupable. Comment était-il possible qu'elle n'ait pas perçu sa détresse ?

Elle le berça tendrement contre elle, le menton appuyé contre sa tête.

— Tu te trompes, chéri, chuchota-t-elle tandis qu'il sanglotait de plus belle. Rien de tout ça n'est ta faute.

Un peu plus tard ce jour-là, avec le recul, elle prit conscience du courage qu'il avait fallu à son fils cadet pour lui faire cet aveu. Elle se reporta plusieurs mois en arrière, cherchant un signe qui aurait pu l'alerter, mais n'en trouva aucun. Éternel optimiste, Eric n'avait jamais cessé de lui répéter que tout fini-rait par s'arranger – quand Jack et elle s'étaient séparés, quand elle avait perdu son travail, même au moment où elle lui avait annoncé qu'ils partaient s'installer à Eagan's Point. Il lui avait juste demandé : « Pour combien de temps ? » Et lorsqu'elle avait répondu d'un ton hésitant : « Je ne sais pas. Quelques années, peut-être. On verra bien », il n'avait pas sourcillé. Il avait simple-ment hoché la tête avec un sourire rassurant.

Tandis qu'Annie se tournait et se retournait dans son lit, ce soir-là, incapable de trouver le sommeil, son esprit flottait à des lieues du mystérieux auteur des annonces du *Peninsula Post*. Le divorce était une rupture nette et sans appel en théorie. Mais

173

dans la pratique, il en allait tout autrement. Et quand on avait des enfants, cette rupture était tout simplement irréalisable. Annie savait très bien que si un jour Orenda réussissait à pénétrer au plus profond de son cœur, elle y trouverait Jack, tout à côté de Luke et d'Eric.

# 17

Le lundi suivant, assise à son bureau, Annie relut pour la deuxième fois l'annonce parue le matin même et se mordilla la lèvre avec perplexité. C'était la troisième du genre, et toujours pas l'ombre d'un indice quant à l'identité de leur auteur.

**Connaissez-vous cette femme ?** *J'ai lu quelque part qu'un homme se ridiculisait au moins une fois dans sa vie pour une femme. J'ai décidé de prendre ce risque en rédigeant ces annonces. Annie Fischer a une peur bleue des araignées ; pour elle, une fête sans ballons n'est pas une vraie fête ; elle préfère le kayak au shopping ; elle a une marque de naissance en forme de fraise sur l'épaule droite et ses yeux sont tout simplement extraordinaires (l'un bleu, l'autre vert). Je l'ai connue il y a des années et je n'arrive pas à l'oublier. Si vous savez où je peux la trouver, s'il vous plaît, appelez le (212) 555-1963.*

— Votre mère m'a dit que vous ne saviez toujours pas qui passe ces annonces ?

Annie sursauta et découvrit Rudy, juste derrière elle, qui lisait le journal par-dessus son épaule. Cet intérêt était si inhabituel qu'elle le dévisagea avec des yeux ébahis.

— En effet, répondit-elle enfin. Je l'ignore.

— Il a l'air bien décidé à vous retrouver.

— Effectivement, acquiesça-t-elle en se sentant rougir.

Rudy lui lança un bref regard, puis reporta son attention sur l'annonce.

— Si vous avez la moindre inquiétude sur les motivations de ce monsieur, n'hésitez pas à venir me trouver.

Annie regarda le patron regagner son bureau, bouche bée. En dehors du golf, de son entreprise de pompes funèbres et de lui-même, Rudy ne s'intéressait à rien ni à personne. Quelle mouche le piquait subitement ?

Le téléphone sonna.

— Pourrais-je parler à Mme Hillman ?

— C'est elle-même.

— Ici Joan Marsh, du collège Robertson...

Annie s'affaissa dans son siège.

— Luke a encore séché les cours, c'est ça ?

— Non, madame Hillman. Je vous appelle au sujet d'Eric.

— Eric ?

— Oui. Le directeur souhaiterait vous parler, s'il vous est possible de vous déplacer. Nous avons eu un petit problème avec Eric, ce matin...

Il devait s'agir d'une erreur. Eric ne posait jamais de problème. C'était Luke qui mettait la patience de tout le monde à rude épreuve. Pas Eric.

— ... l'entraîneur est allé le voir pour discuter avec lui, et depuis il est assis tout seul dans le gymnase et il refuse de parler à qui que ce soit.

Annie comprit tout à coup ce que cela signifiait et son cœur se serra.

— Est-ce qu'il a été accepté dans l'équipe de basket ?

— Non, madame. Il n'a pas été pris.

Annie s'éclaircit la gorge.

— D'accord. Je serai là dans un quart d'heure.

Elle jeta un coup d'œil sur sa montre. Il était à peine neuf heures trente et elle devait à nouveau quitter son poste pour raisons personnelles. Déterminée à ne pas mettre son emploi en péril, elle téléphona à sa mère.

Annie se flattait de posséder une solution à chaque petit imprévu d'ordre domestique. Une coupure de courant ? Pas de problème, une provision de bougies était stockée dans le placard de la cuisine. Un accroc à un vêtement ? Elle gardait toujours un minikit de couture dans son sac à main et un autre dans la boîte à gants de la voiture. Un bobo ? Elle avait une trousse de première urgence dans la salle de bains, juste au cas où. Mais tandis qu'elle se garait devant le lycée pour aller consoler son petit garçon, elle dut reconnaître son impuissance. Elle n'avait malheureusement pas de pansement miracle pour recoller un cœur brisé.

Annie avait toujours refusé l'idée qu'Eric puisse mourir. Même quand les spécialistes avaient posé un diagnostic très réservé sur ses chances de survie. Même quand une petite fille de cinq ans, atteinte du même mal, était décédée pendant le deuxième séjour d'Eric à l'hôpital. Même quand le médecin leur avait conseillé tout doucement de se préparer au pire.

« Je ne veux pas entendre un mot de plus », avait tranché Annie, lui coupant la parole.

Dans les moments les plus difficiles, lorsque les séances de chimiothérapie le laissaient si faible qu'il avait à peine la force de soulever la tête de son oreiller, Annie était restée à son chevet, lui massant les jambes et lui lisant des histoires. Les rares soirs où elle rentrait dormir à la maison, elle enroulait la couverture favorite d'Eric autour de son oreiller de façon à respirer son odeur jusqu'à ce qu'elle retourne le voir le lendemain matin.

Annie fourragea dans son sac à main tout en gravissant les marches du collège Robertson. Eric n'avait jamais posé le moindre problème, même bébé. Il s'était toujours adapté à son environnement, quel qu'il soit. Parfois, elle s'inquiétait de le voir aussi gentil avec tout le monde, aussi accommodant et indulgent. Un jour, sa maîtresse du cours élémentaire les avait appelés, Jack et elle, pour les informer qu'Eric avait donné son déjeuner à un autre élève. Annie avait aussitôt imaginé un malabar plaquant son petit garçon contre un mur pour lui arracher son repas sous la menace, mais l'institutrice l'avait détrompée : Eric avait spontanément cédé sa part à un enfant qui n'avait jamais rien d'autre qu'une pomme dans son sac. Au lieu de lui dire de ne pas recommencer, Annie lui avait préparé deux parts de déjeuner au lieu d'une.

177

— Je sais bien qu'il ne règle pas le problème de ce garçon, avait-elle déclaré à l'institutrice. Mais s'il a l'impression d'apporter sa petite contribution, c'est l'essentiel, vous ne croyez pas ?

Avant de rejoindre Eric, Annie passa par le bureau du directeur, où l'attendait M. Hogan, l'entraîneur de basket.

Elle prit place en face de lui, notant qu'il avait l'air embarrassé.

— Madame Hillman, j'ignorais il y a encore une semaine qu'Eric était atteint d'une maladie rare, déclara-t-il aussitôt.

Annie se redressa sur sa chaise.

— Ce n'est pas contagieux.

— Nous le savons, acquiesça-t-il d'une voix douce. Mais le basket est un sport très physique et il pourrait se blesser.

Comme elle gardait le silence, il soupira et reprit :

— Le collège Robertson ne veut pas s'exposer à des poursuites en cas d'accident, c'est pourquoi nous préférons ne pas le laisser jouer.

— Est-ce qu'il est bon ?

— Pardon ?

— Est-ce qu'il joue bien ?

— Ma foi… oui. Il a vraiment une très grande fluidité avec le ballon et…

Il laissa sa phrase inachevée et secoua la tête.

— Eric est en rémission depuis combien de temps ? Un an, n'est-ce pas ? Et, d'après ce qu'on m'a dit, un coup ou même un choc pourrait provoquer une rechute, c'est bien cela ?

— Tout est possible, admit Annie.

Un long silence plana dans la pièce. L'entraîneur soupira.

— Ce n'est pas facile pour moi, croyez-le bien. Je suis désolé.

Le directeur s'éclaircit la voix.

— M. Hogan a dû tenir compte de la santé de votre fils quand il a pris sa décision. J'espère que vous le comprenez.

Annie se leva. Les explications de ces messieurs ne l'intéressaient pas.

— Où est-il ?

Les portes du gymnase étaient ouvertes et l'écho de ses pas

178

résonna contre les murs quand elle traversa le sol poli comme un miroir. Elle descendit les marches qui conduisaient aux vestiaires et le vit, assis contre le mur, une jambe étendue, l'autre repliée sous son menton. Son sac à dos était à côté de lui, couvert des autocollants à l'effigie des joueurs des Sonics et des Lakers. Annie se pencha, effleura sa casquette noire d'un baiser, puis s'assit tout près.

— J'ai quelque chose pour toi, dit-elle.

Elle tendit la main vers lui, poing fermé, et quand il approcha sa paume d'un geste hésitant, elle desserra les doigts et y fit tomber une minuscule bille couleur caramel. Perplexe, il regarda la pépite d'ambre grosse d'un centimètre, pas davantage, avec une fourmi cristallisée emprisonnée à l'intérieur.

— Qu'est-ce que c'est ? demanda-t-il.

— Une goutte de résine fossilisée, vieille d'au moins vingt millions d'années. Elle a été sécrétée par un arbre qui poussait à cette époque et elle est tombée sur le sol, engluant une fourmi, qu'elle a cristallisée en fossile.

— Tu l'as eue où ?

Annie sourit.

— Mon père me l'a donnée le soir de la première représentation d'un spectacle de mon école, quand j'étais en sixième. Je jouais le rôle d'un balai qui parle. Mon costume était trop étroit, mon texte ridicule, et le public riait chaque fois que j'entrais en scène. À la fin de la première représentation, je suis revenue à la maison en pleurant et j'ai dit que je ne voulais plus jamais y retourner.

— En quoi ça t'a aidée ? demanda le petit garçon en faisant rouler la bille d'ambre dans sa paume.

— Mon père m'a dit que si je la gardais dans ma poche elle me donnerait le courage d'affronter le public, et c'est ce que j'ai fait. Pendant les six autres représentations, j'ai changé mon texte et je me suis pris volontairement les pieds dans mon costume chaque fois que j'entrais en scène, si bien que les gens ont ri encore plus et m'ont applaudie.

Elle passa le bras autour des épaules de son fils et l'étreignit tendrement.

— Aujourd'hui, elle est à toi. Deux grammes d'ambre solidifié contenant une fourmi préhistorique pour te donner le courage d'affronter les moments difficiles.

— Merci, maman, murmura-t-il en refermant la main sur son cadeau.

Annie se leva, épousseta son jean, puis regarda son fils dans les yeux.

— Il y a encore une chose que ton grand-père m'a ordonné de faire chaque fois que la vie m'enverrait au tapis.

Eric lui lança un regard plein d'attente.

— Qu'est-ce que c'est ?

— Relève-toi, répondit-elle en lui tendant la main.


Quand Annie regagna son travail, plusieurs véhicules étaient stationnés devant les pompes funèbres Kozak, dont une fourgonnette blanche portant le logo de CBS. Deux hommes discutaient dans l'allée. Annie n'en crut pas ses yeux : l'un d'eux présentait le journal télévisé du soir. Elle descendit de voiture, les joues brûlantes, et le vit s'avancer vers elle. Puis quelqu'un lui tapota l'épaule et elle se retourna d'un bond. Un homme chauve, massif, se dressait devant elle.

— Bonjour, madame Hillman. Je m'appelle George Mercer, journaliste au *Seattle Examiner*. Votre voisine m'a contacté après avoir reconnu votre photo dans le journal.

Prise de court, Annie recula d'un pas. Elle faillit heurter l'autre journaliste. Il lui adressa un large sourire et entra tout de suite dans le vif du sujet.

— Je suis Noreen Redden, de CBS, madame Hillman. Enchanté de vous rencontrer. Avez-vous une idée de l'identité de l'auteur des annonces ?

— Comment réagissez-vous à ces événements ? renchérit George Mercer en se rapprochant.

Annie continua à reculer pendant qu'ils la bombardaient de questions, chacun essayant de prendre l'avantage sur l'autre.

— Avez-vous un commentaire à faire ? demanda le journaliste de CBS.

George brandit le journal.

— Avez-vous appelé le numéro qui figure sur l'annonce ?

— Je ne suis pas sûre... Je ne sais pas..., balbutia-t-elle.

Elle se faisait l'effet d'un insecte sous un microscope. Elle se réfugia à l'intérieur du bâtiment. Rudy stoppa les journalistes devant l'entrée et leur demanda de partir d'un ton sans réplique.

Ce soir-là, Annie venait à peine de rentrer chez elle quand M. Tucker gara sa fourgonnette dans son allée. Elle l'attendit devant la porte de la cuisine, bras croisés. Cela faisait maintenant deux semaines qu'elle était obligée d'emporter tout son linge à la laverie automatique pour le faire sécher, et qu'elle laissait des messages de moins en moins patients sur le répondeur de ce monsieur. Sa femme avait finalement daigné la rappeler, la veille, pour s'excuser : son mari était à la pêche pour plusieurs jours mais elle lui dirait de passer dès son retour.

— Qu'est-ce qui ne va pas avec votre sèche-linge ? grogna-t-il.

— Il ne fonctionne pas.

Annie lui tint la porte pour le faire entrer.

— Jugez par vous-même.

Sa boîte à outils à la main, il s'engagea dans le couloir tout en lançant par-dessus son épaule :

— Vous ne m'aviez pas prévenu que vous aviez un chien quand vous avez signé le bail.

— Probablement parce que nous n'en avions pas à ce moment-là, riposta-t-elle.

Il tira le sèche-linge pour débrancher la prise murale.

— Les chiens ne sont pas autorisés dans la maison.

— Les gens qui n'enlèvent pas leurs bottes boueuses non plus, rétorqua-t-elle en fixant ostensiblement ses pieds.

Il haussa un sourcil, mais ne répondit rien. Quelques minutes plus tard, il regagnait sa fourgonnette en jurant tout bas. Quand il réapparut, il tirait un diable derrière lui. Cette fois, il s'essuya ostensiblement les pieds sur le paillasson avant d'entrer.

— Le moteur a rendu l'âme, annonça-t-il.

— Ce qui signifie... ? demanda Annie.

— Que je vais devoir acheter un autre sèche-linge. Celui-ci a quinze ans, changer le moteur n'aurait aucun sens.

Elle lui adressa son plus gracieux sourire.

— Mais je suis sûre que vous en avez un autre à me prêter en dépannage…, n'est-ce pas ?

— Non. Vous devrez étendre votre linge sur une corde pour le faire sécher, ou l'apporter à la laverie automatique jusqu'à ce que je puisse vous en installer un autre. Comptez une semaine environ.

Annie lui tint la porte ouverte tout en se mordillant l'intérieur de la joue. Quelques minutes plus tard, il démarrait au volant de sa fourgonnette, et Annie descendait au sous-sol. Elle farfouilla à droite et à gauche avant de trouver les pinces à linge qu'elle avait aperçues au moment de leur emménagement. Aller à la laverie devenait gênant. Depuis que sa photo était apparue dans le journal, les gens la reconnaissaient dans la rue et voulaient à toute force lui parler.

De retour dans la cuisine, Annie attrapa une corbeille de vêtements lavés du matin et l'emporta au jardin. Elle ne parvenait pas à se rappeler la dernière fois qu'elle avait étendu du linge sur une corde pour le faire sécher. Posant le panier à ses pieds, elle empoigna un T-shirt, le secoua et le fixa sur le fil avec deux pinces.

Eric s'arrêta de dribbler avec son ballon et l'appuya sur sa hanche.

— C'est ce que les gens faisaient dans le temps jadis, hein ? Avant qu'on invente le sèche-linge ?

Annie hocha la tête, secrètement amusée.

— Absolument. La femme de Cro-Magnon suspendait son linge à l'extérieur de sa grotte, offrant à ses voisins une vue imprenable sur ses petites culottes, et ensuite elle priait pour qu'il ne pleuve pas.

La sonnerie du téléphone retentit à l'intérieur de la maison. Elle abandonna sa corbeille de linge pour répondre.

— Madame Hillman ?

— Oui.

— David Frost, du *Seattle Times*. Je me demandais…

— Sans commentaire, trancha-t-elle avant de raccrocher.

Avant de ressortir, elle sortit un paquet de spaghettis du placard et remplit une casserole d'eau. Elle avait déjà appelé

Jack de son travail pour l'avertir qu'Eric n'avait pas été accepté dans l'équipe de basket et il avait promis de lui téléphoner dans la soirée, avant de prendre l'antenne.

Le téléphone sonna de nouveau. Cette fois ce fut Luke qui décrocha.

— Allô ?

Il y eut une pause.

— Euh… non, m'sieur, je ne peux pas.

Il raccrocha.

— Qui c'était ? demanda Annie.

— Un journaliste.

Elle se figea.

— Qu'est-ce qu'il voulait ?

Luke haussa les épaules.

— Que je lui parle de toi.

Annie brancha le répondeur et mit le téléphone en mode silencieux. Puis elle monta dans sa chambre, fit de même avec le second poste et fourra son portable sous son oreiller. Quand elle regagna la cuisine, Eric posait le panier vide sur la table.

— J'ai étendu tout ton linge, annonça-t-il.

— Beurk, l'immonde fayot ! ricana Luke en enfonçant un doigt dans sa bouche pour mimer quelqu'un en train de vomir.

Annie pivota vers lui, les yeux chargés d'éclairs.

— Ça suffit ! Si je t'entends à nouveau parler de cette façon à ton frère, je mets ta Xbox sous clé jusqu'à la fin de la semaine, tu as compris ?

Luke partit bouder dans la salle de séjour, et Annie remercia Eric.

— C'est ce qu'on a fait de plus gentil pour moi de toute la journée.

Puis elle jeta un coup d'œil par la fenêtre et s'aperçut avec horreur qu'il l'avait prise au mot : leurs jeans et leurs T-shirts pendaient côte à côte sur la corde, en même temps que quatre petites culottes à elle qui flottaient gaiement au vent, au vu et au su de tout le voisinage.

Annie prit quelques minutes pour se doucher et se changer, et quand elle redescendit préparer le dîner Luke était vautré sur le

canapé devant MTV. Une assiette contenant les restes d'un sandwich et une serviette en papier chiffonnée étaient posées sur la
table basse.

— Tu as déjà mangé ? demanda-t-elle.

— Ouais.

Elle se détourna avec un soupir, gravit l'escalier d'un pas las
et frappa à la porte de la chambre des garçons.

— Eric ?

Pas de réponse. Elle frappa derechef.

Silence.

Elle ouvrit la porte, jeta un regard à l'intérieur et retint son
souffle. Les posters favoris d'Eric jonchaient le sol, en morceaux,
et son classeur de cartes collector gisait dans un coin, à l'envers.
Eric, lui, n'était nulle part. Fronçant les sourcils, Annie
s'accroupit pour regarder sous les lits et remarqua alors un
mince trait de lumière sous la porte du placard. C'est vrai : il y
avait une ampoule à l'intérieur et une chaîne pour l'allumer.

— Eric ? Tu es là ?

Il y eut un long silence, puis la voix du petit garçon, étranglée
et malheureuse, traversa la porte.

— S'il te plaît, m'man. J'ai besoin d'être seul.

— Tu veux que je t'apporte quelque chose à manger ?

— N-non.

Annie s'assit au bord du lit pour réfléchir. Dans des moments
comme celui-là, elle aurait voulu que ses fils redeviennent des
bébés. Elle regrettait l'époque où ils rampaient dans son lit au
milieu de la nuit. Elle regrettait leur affection spontanée, leur
amour inconditionnel, leur façon de lui chuchoter des secrets
et de lui faire des bisous sonores et mouillés sur la joue. Ils
étaient alors tellement occupés à être des petits garçons qu'elle
ne pouvait pas ouvrir la porte de leur chambre sans envoyer
voltiger des pièces de Lego à travers la pièce...

Annie se leva et se dirigea vers sa chambre. Petit, Eric avait
une vraie passion pour le Lego. Quand il était à l'hôpital, on lui
avait installé une tablette à roulettes de chaque côté de son lit :
une pour ses constructions en Lego, et l'autre pour ses repas. Sa
passion pour ce jeu n'avait jamais faibli. Le jour où il était allé

à l'école pour la première fois, la maîtresse lui avait demandé ce qu'il voulait faire plus tard. Il s'était alors levé et, devant toute sa classe, il avait répondu que quand il serait grand, il partirait au Danemark travailler pour monsieur Lego. Il avait prononcé ces mots avec conviction, certain que son rêve se réaliserait, refusant même d'imaginer qu'il puisse en être autrement.

*Il n'a pas changé*, songea Annie en fouillant dans son armoire. Il a toujours cette vision positive de l'avenir. Elle trouva ce qu'elle cherchait – une boîte en plastique bleue – et regagna la chambre d'Eric sur la pointe des pieds. Après avoir ôté le couvercle de la boîte, elle plongea la main à l'intérieur et préleva une poignée de pièces de Lego. Elle en posa une sur le parquet, visa soigneusement, le pouce et le majeur repliés, et l'envoya voltiger d'une pichenette sous la porte du placard.

Il y eut un petit cri de surprise étouffé.

— Qu'est-ce que...

Annie s'allongea à plat ventre, aligna une douzaine de pièces et les propulsa une à une sous la porte. Une rouge, puis une bleue, une jaune...

— M'man, mais... qu'est-ce que tu fais ? demanda Eric en faisant visiblement un effort pour ne pas rire.

La jeune femme appuya le menton dans ses mains.

— Ça par exemple ! Comment sais-tu que c'est moi ?

La porte s'entrouvrit et la frimousse d'Eric apparut.

— Il n'y a que toi pour faire ça. Tu n'abandonnes jamais.

Annie s'assit et tendit la main pour qu'il se blottisse contre elle. Il hésita un instant, puis il céda et se précipita dans ses bras. Pendant plus d'une demi-heure, ils s'attelèrent à la construction d'une sculpture en Lego qui ne ressemblait à rien en particulier, jusqu'à être interrompus par Luke.

— Euh, m'man ? lança-t-il en passant la tête dans la chambre.

— Oui ?

— Je crois que tu devrais venir voir ce qui se passe à la télé...

Annie descendit rapidement l'escalier, entra dans la salle de séjour et contempla l'écran, bouche bée. Le journaliste de CBS qu'elle avait vu le matin même chez Kozak se tenait devant chez eux, face à la caméra, et parlait dans un micro. Annie se précipita vers la fenêtre et regarda dehors. L'équipe de télévision se trouvait bien là, en effet, de même qu'un reporter du *Seattle Examiner*, en pleine discussion avec Rose à la table de pique-nique.

— Je n'arrive pas à le croire, souffla-t-elle en se laissant tomber sur le canapé.

Sur l'écran, le journaliste continuait son reportage :

« Je me trouve à Eagan's Point, devant la maison d'Annie Hillman, la jeune femme qui a involontairement attiré sur elle l'attention des médias en se trouvant au cœur d'une série d'annonces publiées dans le *Peninsula Post* par un admirateur anonyme. Nous avons appris qu'Annie est hôtesse d'accueil dans une entreprise de pompes funèbres de la ville, qu'elle est en instance de divorce, qu'elle a deux fils, et qu'elle a grandi ici même, à Eagan's Point, avant de partir étudier à l'université de Chicago... »

Le présentateur se retourna et désigna la maison d'un grand geste de la main.

« Qui est donc Annie Hillman ? Tout semble indiquer qu'il s'agit d'une mère de famille qui élève seule ses enfants et doit travailler dur pour joindre les deux bouts... »

Annie réprima une grimace tandis que la caméra zoomait sur la maison. Le moins qu'on puisse dire, c'est que la télé ne la mettait pas en valeur. Tous les défauts ressortaient : la balustrade du perron dont il manquait un morceau, les volets écaillés, le revêtement de la façade qui était tombé par endroits, formant des plaques. On aurait dit une ruine.

La caméra détailla les mauvaises herbes qui poussaient à travers les lézardes de l'allée, puis s'arrêta sur la vieille Yugo, zoomant sur la boîte de kleenex toute cabossée sur la plage arrière, la rangée de réflecteurs de vélo fixés au pare-chocs, et les drapeaux blancs accrochés aux rétroviseurs extérieurs...

— Au moins, il n'y a pas de bâche sur le toit, commenta Luke pour tenter de réconforter sa mère.

Pétrifiée, Annie regarda la caméra faire un panoramique sur l'allée, se fixer sur le vieux panier de basket d'Eric avant de s'insinuer dans la cour arrière.

186

— Oh non..., gémit-elle en plaquant une main sur sa bouche.

La caméra s'attarda quelques secondes sur la niche de Montana avant d'arriver à la corde à linge. Elle la filma sur toute sa longueur, révélant les T-shirts, les jeans et les chaussettes des garçons, et surtout les petites culottes blanches d'Annie qui se balançaient dans le vent...

Il s'était écoulé deux bonnes heures quand celle-ci pensa à écouter le répondeur. Il y avait quatre messages. Le premier était de Chris Carby : sa partie de pêche se passait bien. Il serait de retour jeudi prochain et aimerait l'inviter au restaurant à ce moment-là : qu'elle pense à lui réserver une soirée ; le deuxième était de Julie : elle avait réussi à retrouver la trace de son cousin. Il était en congé quelque part en Europe mais elle lui avait envoyé un e-mail pour lui parler de Peter Dawson. Elle croisait les doigts pour qu'il réponde rapidement ; le troisième était de sa mère : « Annie, quelqu'un a appelé chez Kozak pour toi. Je lui ai donné le numéro de ton téléphone fixe et celui de ton portable. T'a-t-il déjà appelée ? » ; le dernier, enfin, était de Jack : « Eric, c'est papa. Quand tu trouveras ce message, appelle-moi au travail. Je serai à l'antenne jusqu'à minuit. »

# 18

Après avoir laissé un message à Eric, Jack raccrocha et coupa la télé installée dans la salle de repos du personnel de la radio.

Quelques minutes plus tôt, en regardant les infos, il était tombé sur un journaliste en train de faire un reportage devant la maison d'Annie. Son premier réflexe avait été de se précipiter sur place, flanquer tous ces gens dehors et mettre un terme à cette mascarade. Mais il était resté assis devant l'écran, écrasé par un sentiment d'impuissance, conscient qu'à moins d'y être explicitement invité – c'est-à-dire si la situation perturbait les garçons ou si Annie l'appelait à l'aide – il ne pouvait prendre une telle initiative sans outrepasser ses droits. Rester spectateur n'était pas facile, cependant – surtout après avoir tant souffert lui-même de ne pas avoir un père vers qui se tourner.

Jack n'avait jamais éprouvé le désir d'avoir un jour des enfants. Et puis il avait rencontré Annie et tout avait changé. Oh, cela ne s'était pas fait brutalement, non, mais il avait renoncé peu à peu à des projets qui lui tenaient à cœur : par exemple ce tour de l'Europe en auto-stop qu'il s'était juré d'entreprendre dès qu'il aurait terminé son stage en audiovisuel, ou l'achat de cette Corvette 1965 qu'il projetait de faire avec l'argent patiemment économisé depuis des années et qu'il avait dépensé intégralement pour acheter la bague de fiançailles d'Annie.

Jack était sûr qu'aucune femme ne réussirait à lui couper les ailes, et pourtant c'était ce qu'avait fait Annie, avec un irrésistible cocktail de fragilité et d'indépendance qui l'avait ensorcelé.

Quinze ans, dont treize de vie commune, et deux enfants plus tard, Jack ne pouvait tout simplement pas s'empêcher de penser à elle. En grande partie à cause d'une conversation qu'il avait eue le jour même avec sa sœur Elaine, à midi.

Depuis le décès de leur mère, en janvier, Elaine avait institué de nouvelles règles : au lieu de déjeuner ensemble deux fois par an, ils se rencontreraient désormais toutes les deux ou trois semaines, que cela plaise à Jack ou non. Bien sûr, Elaine avait vu les annonces dans le journal, et quand elle avait téléphoné à son frère, dans la matinée, elle l'avait bombardé de questions. « Qu'est-ce que c'est que cette histoire ? Tu en as parlé avec Annie ? Qui est-ce, d'après toi ? Tu as une idée ? » Jack avait accepté de manger avec elle (mais en vitesse, parce qu'il n'avait pas beaucoup de temps), en espérant que, d'ici là, l'intérêt de sa sœur serait retombé.

Il se faisait des illusions. À peine installée, Elaine avait posé devant lui les photocopies des trois annonces, exhortant son frère à lui ouvrir son cœur. Comment réagissait-il face à une situation aussi inédite ? Était-il furieux, intrigué, inquiet ? Pour toute réponse, Jack lui avait demandé comment, selon elle, il *devrait* réagir, ce qui lui avait attiré un regard noir.

— Te connaissant, je me doute que tu dois être embêté. Ce n'est sûrement pas facile de voir un autre homme se donner autant de mal pour attirer l'attention d'Annie. Après tout, vous avez été mariés pendant de longues années.

— Merci pour cette précision, avait-il ironisé en mordant dans son sandwich.

Elaine l'avait observé avec attention, les paupières plissées. Puis elle avait hoché lentement la tête, comme si elle prenait tout à coup conscience d'une évidence.

— Tu regrettes que ce ne soit pas toi, avait-elle murmuré presque pour elle-même.

Jack avait levé les yeux vers elle.

— Quoi ?

Elle lui avait montré les coupures de journal d'un signe du menton, un petit sourire aux lèvres.

— Tu aurais voulu être l'auteur de ces annonces.

Il avait reposé son sandwich et s'était essuyé les mains sur sa serviette.

— Pour le bien des garçons et d'Annie, je voudrais qu'un hurluberlu se mette à courir tout nu aux quatre coins de la Maison-Blanche pour que la presse ait quelque chose à raconter en première page, voilà ce que je voudrais. Mais, pour répondre à ce que tu viens de dire, et au risque de te décevoir : non, je ne regrette pas de ne pas être l'auteur de ces annonces.

Il s'était rendu compte de la tension, de la crispation de sa voix et, pour donner le change, il avait continué à parler tout en se levant et en enfilant sa veste.

— De toute façon, Annie mène sa vie comme elle l'entend. Ce n'est plus mon problème, alors lâche-moi avec ça, d'accord ?

— Impossible. Je me fais du souci pour toi.

— Tu as tort. Je vais bien.

Il avait tendu la main pour s'emparer de l'addition, mais Elaine lui avait saisi le bras.

— Sois sincère, Jack. Qu'est-ce que tu veux ? Qu'est-ce que tu veux *vraiment* ?

Il l'avait regardée dans les yeux. Il connaissait sa sœur. Il savait qu'elle ne le laisserait pas tranquille tant qu'il n'aurait pas répondu. Elle remettrait le sujet sur le tapis la prochaine fois qu'ils déjeuneraient ensemble, et la fois suivante, et encore celle d'après... La mâchoire crispée, il avait enfoncé ses mains dans les poches.

— Ce que je veux ? avait-il articulé d'une voix sourde. Je veux une vie où j'aie plus souvent envie de rire que de pleurer. Je veux recommencer à tenir mes fils dans mes bras comme la toute première fois, quand j'étais tellement bouleversé que je ne pouvais pas prononcer un mot. Je veux retrouver l'insouciance de l'époque où je donnais des leçons de conduite à Annie. Je veux aimer ma famille comme autrefois, sans limite, quand j'étais obligé de fermer les yeux et de retenir mon souffle tellement c'était magique. Voilà ce que je veux. Tout ça !

Elaine avait posé sa main sur la sienne, visiblement soulagée.

— C'est encore possible, avait-elle chuchoté.

Jack avait secoué la tête.

— Non. Le passé est le passé.

— Il y a toujours l'avenir...

Pour Jack, la conversation était terminée. Il avait tourné les talons, mais Elaine l'avait rejoint sur le trottoir et l'avait serré dans ses bras, plus longuement que d'habitude. Depuis, cette conversation ne cessait de le turlupiner.

Jack croisa les mains derrière sa nuque et réfléchit. Il lui restait dix bonnes minutes avant de prendre l'antenne, Eric avait largement le temps de l'appeler. Par ailleurs, cela ne l'engagerait à rien de demander à Annie comment elle gérait la situation. Oui, il pourrait lui téléphoner et lui proposer son aide, l'air de rien, dans le fil de la conversation – l'essentiel étant de ne pas lui donner l'impression qu'il se mêlait de ce qui ne le regardait pas.

Parce que, quel que soit son sentiment sur cette affaire, il y avait une chose dont il était sûr et certain : il n'avait pas voix au chapitre.

## 19

— Parfois, je prie, avoua Annie tout en massant les vertèbres lombaires d'Orenda.

— Tu pries pour quoi ? demanda Orenda.

Un temps.

— Rien de très original. Pour que les choses redeviennent comme avant. Pour qu'Eric ne soit plus jamais malade, que Luke soit heureux, et que Jack et moi nous parlions à nouveau.

Elle avait déjà raconté à Orenda ce qui s'était passé au cours du week-end, quand elle avait emmené les garçons jusqu'à son arbre, et comment elle n'avait cessé d'y penser depuis, encore et encore.

Orenda se redressa en position assise et lui prit doucement la main.

— Annie, écoute. Tu abordes chaque nouvelle journée comme si tu t'attendais à ce qu'Eric fasse une rechute d'une seconde à l'autre. Mais cela n'arrivera peut-être jamais. Et quand tu parles de ta relation avec Luke, on a l'impression qu'elle est cassée à tout jamais, alors qu'il lui manque peut-être juste une petite attelle. Tes garçons et toi vous êtes blessés, bardés de cicatrices, mais vous êtes ensemble. Le problème, c'est que vous n'en profitez pas. Il faut que tu passes un peu de temps avec eux, que vous partagiez des expériences ensemble.

— Je croule sous les dettes, grommela Annie. Je ne peux pas me permettre la moindre fantaisie, en ce moment.

— Tu n'as pas besoin d'argent, juste d'un peu d'imagination.

Annie baissa les yeux, déprimée.

— D'accord. J'essaierai dès que la situation sera un peu meilleure.

Orenda secoua la tête.

— Commence tout de suite, ou la situation ne s'arrangera jamais. Depuis des mois, tes garçons te voient te débattre pour survivre, Annie. Mais ils ne voient pas *vivre*, et c'est très différent. L'image que tu leur renvoies les effraie, au lieu de les encourager à aller de l'avant. Leurs réactions – Luke qui t'accuse, Eric qui se sent responsable – sont amplifiées par ta façon de gérer la crise.

— Tu crois que si je passe plus de temps avec eux, ça s'arrangera ?

Orenda lui tapota la main.

— Au moins, tu auras tenté quelque chose.

Annie reconnut qu'elle avait raison. Mais c'était plus facile à dire qu'à faire. Jack, lui, était sur son terrain avec Luke et Eric. Ils partageaient les mêmes goûts de « garçons » : le basket, la pêche, la voile… Annie était bien incapable de rivaliser avec lui dans ce domaine.

Elle était toujours perdue dans ses pensées quand Orenda lui demanda comment Eric s'était comporté depuis sa crise de larmes au pied de son arbre.

— Bien. Mais je le surveille de près.

— Et Luke ?

— Ça dépend des jours, admit Annie avec un soupir. Mardi, j'en avais tellement assez qu'il passe sa vie enfermé dans sa chambre que j'ai sorti la porte de ses gonds, et je l'ai emportée au garage.

— Il a réagi comment ?

— Il a tendu un drap à la place.

Orenda médita quelques instants.

— On ne construit pas une relation avec un marteau, Annie.

— Exact, concéda-t-elle dans un souffle.

Tout en rentrant chez elle, Annie repensa à ce que lui avait dit Orenda, et elle décida d'emmener les garçons voir un film dans un drive-in. Elle avait justement lu dans le journal local que le Starlite venait de rouvrir, après une éclipse de quinze ans. Il n'était qu'à une vingtaine de kilomètres d'Eagan's Point, et ce serait une sortie abordable si elle « oubliait » de payer la facture de téléphone de ce mois-ci. Tandis qu'elle pesait le pour et le contre, ses propres souvenirs de ce drive-in prirent tout à coup une dimension extraordinaire, quasi mythique, et, brusquement, il devint capital d'emmener les garçons là-bas. Impératif, même.

— Vous savez quoi ? leur lança-t-elle au petit déjeuner, le lendemain matin. On va aller voir un film tous les trois au Starlite drive-in. Ce sera très chouette.

Eric et Luke la dévisagèrent comme si elle n'avait plus toute sa tête.

— Ce soir, ils donnent *Star Wars III. La Revanche des Sith.* Et samedi, c'est *La Guerre des mondes.* Choisissez votre programme.

Ils commencèrent par dire tous les deux qu'ils ne voulaient pas y aller. Annie leur expliqua que ce n'était pas une option, mais un ordre. Ils se disputèrent alors sur le film. Luke voulait voir *La Guerre des mondes* et Eric préférait *Star Wars.* Finalement, Annie dut recourir à l'arbitrage du papier-pierre-ciseaux pour trancher. Eric gagna et Luke, furieux, partit bouder dans la cour.

Ils se mirent en route à vingt heures trente. Ils roulaient depuis moins de dix kilomètres quand une voiture de police leur fit signe de stopper sur la bande d'arrêt d'urgence.

— Est-ce que tout va bien, madame ? demanda le policier quand Annie baissa la vitre.

— Absolument, affirma-t-elle avec son plus beau sourire.

Le policier se pencha pour jeter un coup d'œil à l'intérieur du véhicule. Son regard se posa sur Luke, qui faisait mine de gratter une tache sur son jean, rouge de honte, puis sur Eric, assis sur la banquette arrière. Visiblement perplexe, le policier recula et examina leur vieille Yugo piquée par la rouille. Annie s'éclaircit la voix.

— Vous vous demandez pourquoi je roule aussi lentement, c'est ça ?

Haussant un sourcil, l'homme répondit que cette question lui avait effectivement traversé l'esprit quand il l'avait contrôlée à quarante-cinq à l'heure sur une portion d'autoroute où l'on était tenu de rouler à quatre-vingt-dix minimum.

— Je suis une conductrice très prudente, lui expliqua Annie. Parfois trop, je le reconnais. Mais je peux accélérer un peu, si vous voulez.

Il lui demanda ses papiers et Annie les lui tendit.

— Nous allons voir un film au Starlite drive-in, ajouta-t-elle en espérant qu'il n'allait pas faire d'excès de zèle.

Hochant la tête, il examina son permis puis le lui restitua.

— Je vous laisse partir avec un simple avertissement si vous me promettez de ne plus jamais conduire aussi lentement sur une autoroute.

Soulagée, Annie le remercia chaleureusement. Elle ferait attention, juré.

— Et... madame ?

— Oui ?

— Éteignez vos feux de détresse.

Annie attendit qu'il remonte dans sa voiture de patrouille, les mains crispées sur le volant. Puis elle regarda l'autoroute deux fois dans chaque sens, mit son clignotant et démarra, accélérant progressivement jusqu'à soixante, soixante-dix et bientôt quatre-vingt-cinq kilomètres-heure.

— Accroche ta ceinture, lança Luke en faisant mine d'agripper le tableau de bord. C'est la femme-canon !

Annie l'ignora, l'œil rivé alternativement sur l'aiguille du compteur et sur la route.

À moins d'un kilomètre du drive-in, alors qu'elle ralentissait et serrait à droite, la voiture se mit brusquement à faire des bonds. En haut, en bas. En haut, en bas. À chaque secousse, ils décollaient tous les trois de leur siège, au point de heurter le toit avec leur crâne.

— Qu'est-ce qui se passe ? cria Annie, paniquée.

Elle écrasa la pédale de frein d'un réflexe, laissant deux traces noires parallèles sur l'autoroute. La Yugo continuait à sauter en l'air comme un bouchon sur des vagues. Les garçons plaquèrent leurs mains contre le toit pendant qu'Annie se rabattait sur la bande d'arrêt d'urgence et laissait la voiture ralentir en cahotant, puis s'arrêter dans un ultime hoquet.

— À mon avis, tes amortisseurs sont cuits, diagnostiqua Luke. Tu te souviens ? Même à vingt à l'heure, on saute toujours un peu quand on passe sur le trou du bout de la rue de mamie. Alors à quatre-vingts, tu penses ! Tu les as achevés.

Annie fronça les sourcils, puis lança un coup d'œil dans le rétroviseur et demanda à Eric s'il allait bien.

— Ça va, dit-il, un peu hébété.

Lorsqu'ils atteignirent enfin le drive-in – à une allure d'escargot de peur des soubresauts –, Annie se gara dans le dernier emplacement libre au milieu de la première rangée de voitures, puis ils marchèrent jusqu'à la boutique pour acheter du pop-corn et des boissons. Comme dans le drive-in d'origine, la boutique et les toilettes faisaient partie du même bâtiment, mais le petit édifice en brique d'autrefois, dépourvu de tout cachet, avait cédé la place à une réalisation contemporaine, tout en tubulures et en plexiglas, avec des sols en liège et des néons.

Annie buvait un soda en attendant le retour des garçons, partis aux toilettes, quand un *bang !* attira son attention : Luke venait de percuter la cloison vitrée qui séparait le comptoir de la boutique et la sortie. Il recula en titubant, se ressaisit très vite et jeta un coup d'œil autour de lui pour s'assurer qu'il n'y avait pas eu de témoins. Il serra les mâchoires en voyant sa mère hilare et la rejoignit en se frottant le front.

Dix secondes s'écoulèrent, puis un autre *bang !* sonore retentit et Annie s'esclaffa de nouveau, un doigt pointé vers Eric, qui venait à son tour de percuter la vitre de la boutique. Comme il marchait vite, il rebondit littéralement contre le panneau et tomba sur le derrière.

— Maman, arrête, tu vas nous faire remarquer, siffla Luke comme elle se tenait les côtes de rire.

— Désolée, gloussa-t-elle en se dirigeant vers Eric pour l'aider à se relever. Ça va, chéri ?

— Euh… oui, répondit-il, apparemment encore tout ahuri de ce qui venait de lui arriver.

Annie lui tendit une main secourable et l'aida à se relever

avant de le guider vers la sortie. Tout en se mordant la lèvre pour ne pas sourire, elle leur fit signe de se rapprocher, et chuchota :

— Il m'est arrivé exactement la même chose il y a cinq minutes.

Eric écarquilla les yeux.

— Tu blagues ?

— La tête la première dans la vitre, *bang !* avoua Annie en mimant la scène.

Il s'esclaffa.

— C'est trop drôle ! On est la famille Catastrophe !

Luke leva les yeux au ciel en essayant de prendre l'air blasé, mais un sourire flottait sur ses lèvres.

L'incident avait détendu l'atmosphère, et, comme ils regagnaient la voiture, Annie se sentit plus légère qu'elle ne l'avait été depuis des mois – heureuse, même. *On va s'en sortir*, décida-t-elle. *Peu importe ce qui se passera dans une semaine, dans un mois ou même dans un an. Peu importe l'identité de celui qui passe ces annonces, ou le fait que mon divorce sera bientôt prononcé. On va s'en sortir !*

Avant que le film commence, elle céda à Eric son siège avant, afin qu'il voie mieux. Vers le milieu du film, alors que les combats faisaient rage dans un déferlement d'effets spéciaux, Annie ferma les yeux et appuya sa tête contre la vitre. Elle commençait à s'assoupir doucement quand elle entendit Luke dire :

— Feu !

Quelques secondes plus tard, il répéta, plus fort :

— Feu !

— Euh... Pan ? proposa Eric, perdu.

— Mais non, andouille ! Il y a le feu, regarde !

Annie se redressa et battit des cils. Une épaisse fumée noire s'échappait de chaque côté de l'écran géant, tandis que des flammes orangées en dévoraient la base. Paralysée d'incrédulité, Annie contempla le brasier, qui prenait de l'importance de seconde en seconde, puis les moteurs des véhicules autour d'eux commencèrent à rugir tandis que les conducteurs manœuvraient dans tous les sens pour quitter le terrain qui faisait office de parking.

— Oh, mon Dieu ! souffla-t-elle en tâtonnant pour ouvrir sa portière.

Elle descendit précipitamment, empoigna Eric par le coude pour le tirer dehors et se glissa à sa place derrière le volant.

— C'est trop génial ! s'écria-t-il en se jetant sur la banquette arrière et en baissant sa vitre afin de mieux voir.

Annie se frotta le visage pour se réveiller, chercha fébrilement les clés de la Yugo dans son sac et mit le contact. Rien. Pas un tressaillement. Pas un hoquet, pas même un toussotement, rien.

— C'est une blague ? siffla Luke. Ne me dis pas qu'elle ne démarre pas ?

Un embouteillage monstre s'était formé autour d'eux, un enchevêtrement de voitures, de fourgonnettes et de pick-up qui klaxonnaient à tout-va en essayant de s'engouffrer dans l'étroit goulot de la sortie. Pris de panique, des propriétaires de 4 × 4 n'hésitaient pas à passer dans le fossé pour doubler tout le monde. C'était le règne du chacun pour soi.

— Tu la bouges, ta caisse ? hurla un homme tout en montrant le poing à la voiture devant lui.

— Bouge-la toi-même, abruti ! lui rétorqua la conductrice de ladite voiture en passant la tête par la portière. Où veux-tu que j'aille ?

Avalant sa salive, Annie tenta à nouveau de faire démarrer la Yugo.

Toujours rien.

De rage, elle frappa le volant avec son poing puis fit de nouvelles tentatives, jurant entre ses dents à chaque essai infructueux.

— Tiens, dit-elle en tendant son portable à Luke. Appelle ton oncle Harrison.

Des sirènes retentissaient déjà dans le lointain et quand elle regarda à travers le pare-brise, elle se rendit compte que la projection du film avait été arrêtée. L'incendie faisait le spectacle à lui tout seul : les flammes n'en finissaient pas de dévorer l'écran et montaient de plus en plus haut dans le ciel. Jetant autour d'elle des regards paniqués, Annie se rendit compte que leur voiture était la seule encore en place sur les trois premières rangées.

— Venez, les garçons, dit-elle en ouvrant sa portière d'un coup d'épaule. On sort de là.

— Il n'y a pas de réseau, déclara Luke en lui rendant son portable.

Les sirènes des pompiers gagnaient en puissance, leur appel amplifié par les parois de la palissade haute de trois mètres construite pour fixer les limites du drive-in. Annie attrapa son sac à main, cria à ses fils de la suivre, et ils s'élancèrent dans la direction opposée au mur de feu. Le cœur battant à se rompre, Annie aperçut des gens qui agitaient des lampes torches en l'air – des petites flaques de lumière qui oscillaient sur la route afin de guider les automobilistes vers la sortie. Le front en sueur, elle continua à courir, les garçons à ses côtés.

Ils étaient au milieu du terrain quand il se mit à pleuvoir, et le temps qu'ils atteignent la sortie, ils étaient trempés jusqu'aux os. Un jeune homme leur fit signe de s'abriter sous l'une des cabines où on vendait les tickets. Plusieurs employés de la boutique y étaient réfugiés.

— Mettez-vous là, cria-t-il par-dessus le bruit des voitures en leur indiquant un endroit au sec, sous l'avancée du toit.

Quelques minutes plus tard, blottis contre le mur de la cabine, transis de froid, ils virent l'écran géant se détacher de son armature en métal, s'effondrer sur lui-même puis basculer d'un seul coup à l'horizontale, s'abattant sur la Yugo comme une immense couverture.

— J'hallucine, souffla Eric.

— *Vous savez quoi, les garçons ? On va aller voir un film au Starlite drive-in tous les trois. Ce sera très chouette*, grommela Luke en imitant sa mère.

Annie se mit à trembler de la tête aux pieds de façon incontrôlable, partagée entre le soulagement que personne n'ait été blessé et la fascination des flammes. La pluie redoubla, crépitant tout autour d'eux, rebondissant sur le sol comme des petites billes en caoutchouc.

— Euh, m'man ? murmura Eric. Je crois que tu peux lâcher ma main, maintenant.

— Oh !

Annie baissa les yeux.

— Désolée, chéri.

— Je ne sais pas ce qui est le plus génial, rigola Luke. Être débarrassés de cette voiture pourrie ou ne pas être obligés de voir la fin de ce film débile.

Annie fit mine de ne pas avoir entendu et tourna son regard vers la petite foule rassemblée à côté d'eux qui racontait l'événement à grand renfort de gestes.

— C'était surréaliste ! commenta quelqu'un. Vous avez vu quand l'écran est tombé sur cette vieille bagnole ?

*Le drive-in vient de brûler*, se répéta Annie en elle-même avec hébétude. *Et nous étions aux premières loges quand c'est arrivé.*

Plus tard, après que les pompiers eurent fini de sécuriser les lieux, il ne restait plus qu'une seule voiture sur place : un vieux pick-up appartenant au propriétaire du drive-in. Sa femme et lui proposèrent gentiment à Annie et ses fils de les ramener chez eux. Ils embarquèrent donc tous les trois à l'arrière et enserrèrent leurs genoux de leurs bras pour se tenir chaud.

À mi-chemin, Luke demanda :

— C'est quoi le programme, maintenant ?

Le ton désabusé de sa voix suggérait qu'il s'attendait à une nouvelle catastrophe d'un moment à l'autre, et Eric partit d'un fou rire. Une fois lancé, il fut incapable de s'arrêter, et, après avoir essayé de résister, Luke s'esclaffa à son tour.

En les regardant se rouler par terre côte à côte, hilares, secoués par les cahots de la fourgonnette, Annie éprouva une sensation de joie extraordinaire. Pour la première fois depuis une éternité, elle ne se contentait pas de subir les événements. Elle prenait des initiatives, elle vivait intensément l'instant présent, sans se soucier du lendemain.

# 20

Dimanche soir, avant la publication de la quatrième annonce dans le *Peninsula Post*, Marina téléphona à Annie pour lui soumettre une thèse mûrement réfléchie :

— Tu te souviens quand Austin Carrington a eu des problèmes avec cette femme qui n'arrêtait pas de lui envoyer des cartes postales ?

Annie fouilla dans sa mémoire, perplexe.

— Qui est Austin Carrington ?

— L'oto-rhino dans *Destins croisés*. Tu sais : le spécialiste des problèmes auditifs qui travaille à l'hôpital de Santa Monica.

— Quel rapport... ?

— Pendant des mois, Austin reçoit des cartes postales anonymes dans son service. Ce mystère finit par l'obséder. Il perd l'appétit, il n'arrive plus à dormir, ni à se concentrer sur son travail et...

— D'accord, d'accord, j'ai saisi l'idée. Et alors ?

Marina baissa la voix.

— Alors, c'était sa mère !

— Sa mère ?

— Parfaitement. Elle était inquiète pour lui parce que sa femme l'avait plaqué six mois plus tôt pour vivre avec un apiculteur de Virginie. Alors, pour lui redonner le moral, elle s'est mise à lui envoyer ces cartes anonymes. Seulement, ça n'a pas eu l'effet escompté et il a commencé à perdre ses cheveux par poignées à cause du stress !

Annie fronça les sourcils.

— Attends : tu es en train de me dire que *maman* serait l'auteur de ces annonces ?

— Non, je dis seulement que nous devons ouvrir notre esprit et élargir le champ de nos investigations parce que, si ça trouve, l'évidence est sous nos yeux, et on ne la voit pas !

Annie ne put s'empêcher de sourire. Marina avait toujours été incroyablement têtue. Quand elle butait sur un problème, elle revenait à la charge jusqu'à ce qu'elle trouve une solution. Adolescente, elle agissait de la même façon avec les mots croisés : elle partait au lycée tous les matins, sa grille à la main, marmonnant dans son coin tandis qu'elle envisageait un mot, puis un autre.

— D'accord, élargis ton champ d'investigation, répondit Annie en riant. Pendant ce temps, moi, je vais me coucher.

Lundi matin, après sa sortie habituelle en kayak, Annie se doucha et se prépara avec un soin tout particulier pour aller travailler. Ramses s'assit sur le rebord de la baignoire et l'observa d'un air dubitatif tandis qu'elle essayait plusieurs tenues, se coiffait puis se maquillait en utilisant deux ombres à paupières différentes afin de créer un effet plus dramatique. Elle mit des boucles d'oreilles qu'elle n'avait pas portées depuis des années et testa deux ou trois mimiques devant la glace : un sourire jusqu'aux oreilles comme si sa vie était un ravissement de chaque instant ; un air pensif, les yeux baissés ; et une expression pleine d'élégance et de retenue, un sourcil levé, imitant l'un des journalistes qu'elle avait vus la veille à la télé.

Eric appela en bas de l'escalier.

— M'man ! Le journal vient d'arriver !

Annie avala une grande goulée d'air et pivota sur ses talons d'un mouvement décidé. Elle se sentait d'attaque pour affronter tout ce que la journée lui réservait.

**Joueriez-vous au poker avec cette femme ?** *Annie Fischer est la seule femme que je connaisse qui sait que les chances d'avoir une main pleine au poker sont de six cent quatre-vingt-treize contre un – même si elle n'a jamais joué à ce jeu de sa vie et* *s'y refuse, justement pour cette raison. Elle possède un charme insondable et sa beauté naturelle ne doit rien aux artifices, un privilège dont très peu de femmes peuvent se prévaloir. Nous nous sommes connus il y a des années, mais d'une certaine façon la vie nous a éloignés. Si vous savez où je peux la trouver, s'il vous plaît, appelez le (212) 555-1963.*

L'allusion à son « charme insondable » et à sa « beauté naturelle » fit sourire Annie malgré elle. La référence au poker, en revanche, ne lui était d'aucune utilité : tout le monde savait qu'elle détestait les jeux de cartes en général, et celui-ci en particulier. Elle s'était renseignée sur les probabilités de gagner il y avait de cela bien longtemps, quand quelqu'un lui avait proposé un jour une partie de strip poker. Les chiffres étaient si mauvais qu'elle n'avait pas pu résister au plaisir de les mentionner chaque fois qu'on parlait de jeux d'argent devant elle.

Jetant un coup d'œil sur la pendule, elle dit aux garçons de se préparer pour l'école.

— Dépêchez-vous. Mamie vient nous chercher dans dix minutes et je ne veux pas être en retard au travail.

Ils attendaient l'arrivée d'Erna quand Marina téléphona pour informer Annie que le journal *USA Today* consacrait tout un article à l'affaire des annonces.

Annie ferma les yeux.

— De mieux en mieux.

— Attends, je te le lis, enchaîna Marina, surexcitée.

*DES ANNONCES ANONYMES PIQUENT LA CURIOSITÉ DU PAYS TOUT ENTIER,* par David Frost. *Depuis maintenant quatre semaines, la campagne d'annonces* « Avez-vous vu cette femme ? » *enflamme l'intérêt du public. Leur auteur, qui n'a pas hésité à mettre son cœur à nu pour retrouver la seule femme qu'il ait jamais aimée, a farouchement refusé de dévoiler son identité avant la publication de la dernière annonce, prévue la semaine prochaine. Le Peninsula Post nous a confirmé hier qu'il y avait effectivement encore deux textes à paraître, mais que Monsieur Mystère pouvait interrompre la publication à tout instant.*

Annie laissa échapper un soupir las.

— Julie est prête à mettre sa main au feu que c'est Peter Dawson, mais elle n'a pas encore réussi à obtenir un numéro auquel le joindre.

— Réfléchis, insista Marina. Il doit bien y avoir un indice dans ces annonces qui te permet de remonter jusqu'à leur auteur. Qu'est-ce que tu penses de l'allusion à ta marque de naissance sur l'épaule ?

— Aucun intérêt, répondit Annie. Tout le monde a pu la voir chaque fois que j'ai porté un débardeur.

Plus tard, en y repensant, Annie se rendit compte que cette période de sa vie avait été marquée par un grand sentiment d'irréalité. Après tout, combien de chances sur un million avait-on de découvrir sa photo à la une d'un journal ? Et combien, sur un milliard, de voir par la fenêtre de sa cuisine deux de vos voisines offrir du café et des muffins à des journalistes garés devant chez vous ?

La rumeur s'empara de l'affaire, relayée, comme souvent, par le bouche-à-oreille médiatique. Lundi, à dix heures, une émission de société mentionnait la démarche peu banale de cet homme qui passait des annonces pour tenter de retrouver la femme de sa vie ; trois heures plus tard, un talk-show évoquait le sujet dans le cadre d'un débat intitulé « Le romantisme est-il mort ? » ; à dix-neuf heures, le présentateur d'un journal ironisait sur le pauvre gars qui avait dû perdre un pari – ou la tête – pour en arriver à de telles extrémités, et, dans la nuit, l'événement se plaçait en numéro deux sur la fameuse *Top Ten List* de David Letterman, intitulée « Comment devenir célèbre ».

Résultat : le mardi matin, le nombre de journalistes qui faisaient le pied de grue devant la maison d'Annie avait doublé. Elle essaya de les ignorer et se concentra sur le nombre de pas qui séparaient sa porte d'entrée de l'endroit où elle avait garé la Volkswagen Beetle de sa mère (prêtée jusqu'à ce qu'elle puisse racheter une voiture), consciente d'être la cible de tous les regards.

— Annie, un commentaire sur l'annonce parue hier ? cria quelqu'un.

— Pouvez-vous nous accorder cinq minutes ?

— Avez-vous une idée de l'identité de votre admirateur secret ?

— Dans quel état d'esprit abordez-vous la semaine ?

Elle s'engouffra dans le véhicule sans répondre, claqua la portière et boucla sa ceinture de sécurité. Les mains crispées sur le volant, elle démarra en marche arrière (les garçons aplatis sur la banquette), s'efforçant d'ignorer tous ces gens qui l'observaient, consciente que d'ici quelques minutes ils seraient tous garés devant chez Kozak.

La matinée était bien avancée quand, en levant les yeux de son travail, Annie aperçut une silhouette familière de l'autre côté de la fenêtre. Sa mère remontait au pas de charge l'allée conduisant au bâtiment, ses bras marquant la cadence comme un sergent de l'armée.

Rudy sortit de son bureau, un sourire attendri aux lèvres.

— Je lui ai proposé d'aller la chercher chez elle, mais elle m'a répondu qu'une bonne marche l'aiderait à éliminer un petit déjeuner trop riche en glucides.

Erna bifurqua brusquement en direction d'une camionnette de la chaîne CBS et tapa à la portière, côté passager. Un homme baissa la vitre et ils eurent une brève conversation qui s'acheva par une poignée de main. Erna tourna les talons et entra dans le bâtiment.

— Qu'est-ce que tu lui as dit ? demanda Annie comme elle retirait son manteau.

— Eh bien, hier, j'ai remarqué que ce journaliste se tenait les reins et avalait des comprimés...

Annie n'en crut pas ses oreilles.

— ... alors je lui ai donné un ou deux petits conseils.

— Quel genre de conseils ?

Erna posa son sac à main sur le bureau d'Annie.

— Je lui ai dit d'aller consulter un chirurgien orthopédiste parce qu'une douleur dans le bas du dos pouvait être un symptôme précoce de la maladie de Paget, et comme les hommes sont deux fois plus concernés que les femmes, j'ai pensé qu'il était de mon devoir de l'en informer.

Annie se massa les tempes. Sa mère allait finir par la rendre folle.

— C'est une maladie épouvantable, poursuivit Erna en se repoudrant. La boîte crânienne augmente de volume, les traits du visage deviennent hideux, les nerfs sont comprimés. On peut même devenir sourd…

Annie secoua la tête.

— Arrête, maman. Cesse d'embêter les gens avec des diagnostics dont ils n'ont que faire !

— C'est tout à son honneur, protesta Rudy, volant au secours d'Erna. Si ce garçon est atteint de cette fameuse maladie, il pourra se féliciter que votre maman l'ait averti à temps. Et, dans le cas contraire, il aura levé un doute.

Il offrit son bras à Erna, qui l'accepta avec coquetterie.

— Venez, allons téléphoner à cette femme dont vous m'avez parlé pour lui demander si elle peut me préparer un devis de peinture.

Annie se préparait un bol de soupe à la tomate, deux heures plus tard, quand sa mère entra dans la cuisine.

— Annie ? Il y avait des bruits bizarres en provenance de ton bureau, et je me suis rendu compte que le coupable se trouvait à l'intérieur de ton sac à main.

Elle lui tendit son téléphone portable.

— Il vibre. Je pense qu'il a besoin d'être rechargé.

Elle lui sourit, puis partit rejoindre l'équipe de peintres, dans l'entrée.

Annie regarda son portable sur la table, les sourcils froncés. Elle l'avait rechargé hier soir, la batterie ne pouvait donc pas être à plat. Elle jeta un coup d'œil sur l'écran et lâcha sa cuillère de saisissement, éclaboussant son chemisier de soupe à la tomate. Quelqu'un lui avait envoyé un SMS :

*« Désolé pour les journalistes. Ce n'était pas prévu. Vous contacterai plus tard. »*

Annie resta pétrifiée pendant plusieurs secondes, puis elle attrapa un torchon, le mouilla légèrement et entreprit de nettoyer son chemisier. Dès qu'elle fut plus calme, elle appela Julie à son travail.

— Tu tombes bien, déclara cette dernière tandis que le cliquetis d'un clavier d'ordinateur résonnait en fond sonore. Mon cousin a finalement répondu à l'e-mail.

— Formidable ! Est-ce qu'il sait ce qu'est devenu Peter ?

— Mmm. Il m'a donné son numéro de téléphone. Tu ne vas pas le croire : Peter dirige l'une des plus grosses champignonnières de l'Idaho !

Annie écarquilla les yeux.

— Une champignonnière ?

Julie éclata de rire.

— Oui, ma chère ! Apparemment, c'est une activité très pointue. Attrape un stylo, je te dicte ses coordonnées...

Tout en prenant note, Annie informa Julie que son mystérieux admirateur venait de lui envoyer un SMS sur son portable. Elle le lui lut et Julie s'écria que c'était génial.

— Ah bon ? demanda Annie. Et ça m'avance à quoi ?

— D'abord, il a établi le dialogue, et ensuite tu disposes désormais d'un indice capital : son numéro de téléphone !

Annie scruta l'écran, les yeux plissés.

— Mauvaise pioche. C'est le même que celui de l'annonce.

— Oh, zut. Et si tu lui répondais ?

Embarrassée, Annie avoua qu'elle ne savait pas quoi faire.

Il y eut un silence.

— Je n'arrive pas à le croire, grommela Julie. Tu connais tous les gadgets du téléachat et tu es incapable d'envoyer un SMS avec ton propre téléphone portable ?

Elle poussa un soupir excédé.

— Bon, ce n'est pas grave. Appelle Marina et dis-lui de passer. Je suis qu'elle saura, *elle*.

Dix minutes plus tard, Marina poussait la porte des pompes funèbres Kozak, visiblement énervée par les embouteillages. Annie l'entraîna dans la cuisine avant qu'Erna ait eu le temps de lui mettre le grappin dessus.

— D'accord. Où est ton portable ? demanda Marina.

Annie pointa un doigt vers la table. Sa sœur s'en saisit, les sourcils froncés. Pendant qu'elle pianotait sur le clavier pour passer en revue toutes les options disponibles, Annie l'informa que Julie avait finalement obtenu le numéro de Peter Dawson.

— Parfait, approuva Marina. Tu vas l'appeler et on sera enfin fixées.

Elle sourit et pianota sur les touches.

— Bon. C'est parti.

Annie se pencha pour lire par-dessus son épaule.

— Qu'est-ce que tu fais ?

— Je relance la conversation pour essayer de l'amener à se découvrir.

Annie hocha la tête. Bonne idée. Marina lut tout haut son SMS au fur et à mesure qu'elle l'écrivait : « *Contactez-moi maintenant. Pas plus tard* ». Puis elle appuya sur la touche « envoi » et s'adossa à sa chaise en souriant.

— Voilà. Il ne reste plus qu'à attendre.

Annie croisa les bras.

— Tu veux que je te prépare un thé ?

Marina se leva.

— Je m'en occupe. Pendant ce temps, toi, tu appelles Peter et tu le fais parler.

Annie décrocha le téléphone avec une grimace. Qu'était-on censé dire à quelqu'un qu'on avait plaqué seize ans plus tôt et qu'on n'avait pas revu depuis ? Elle respira profondément pour se donner du courage et composa le numéro que Julie lui avait dicté. Après tout, qu'est-ce qu'elle risquait ? Il ne serait probablement pas là.

Une femme décrocha à la deuxième sonnerie.

— Champignonnières de Valleydale. Que puis-je pour vous ?

— Est-ce que... Est-ce que Peter Dawson est là, s'il vous plaît ?

— Un instant, je vous prie. Je vais le chercher.

*Là, tout de suite ?* Annie se raidit sur sa chaise. Si elle avait su, elle n'aurait pas appelé. Qu'est-ce qu'elle allait lui dire ?

Il y eut un murmure étouffé de conversation, puis :

— Peter Dawson à l'appareil.

Rien qu'en entendant sa voix, Annie eut l'impression d'être revenue des années en arrière.

— Peter ? C'est... Annie. Annie Fischer, de Chicago. Tu te souviens de moi ?

Il y eut un temps, et, quand il répondit, elle perçut un sourire dans sa voix.

— Annie ? Pour une surprise... Comment vas-tu ? Ne me dis pas que tu es ici, à Boise ?

Elle entendit le bruit d'une chaise qu'on tire.

— Non, je vis à Eagan's Point, maintenant. J'étais juste... Je... j'ai eu juste envie de t'appeler pour savoir comment tu allais.

Il y eut un bref silence.

— Bien. Et toi ?

Marina gribouilla quelque chose sur un bout de papier et le poussa sur la table. « *Demande-lui s'il est l'auteur des annonces !* »

— Ça va, répondit Annie d'un ton absent. Pas de problème.

— Mariée ? demanda Peter d'une voix taquine.

— Séparée.

— Oh, je suis désolé, dit-il sur un ton qui avait l'air sincère. Des enfants ?

— Deux. Des garçons. Mais assez parlé de moi. Raconte-moi ce que tu es devenu depuis tout ce temps.

Ils ne s'étaient pas vus depuis tout ce temps, et pourtant ce fut une question toute simple qui l'incita à lui raconter spontanément sa vie : il avait beaucoup voyagé, il n'avait jamais convolé et n'avait pas d'enfants. Du moins, pas encore. Son travail l'avait absorbé pendant des années jusqu'à ce que, tout récemment, il s'interroge sur le sens de sa vie : était-il heureux, avait-il réalisé tous ses rêves, était-il vraiment à la place à laquelle il voulait être ?...

Marina lui secoua le bras.

— Demande-lui !

Annie se dégagea en la foudroyant du regard.

— ... et c'est alors que j'ai décidé d'investir dans la culture des champignons, expliquait Peter. Une décision dont je me félicite tous les jours.

Il prit à peine le temps de respirer avant de se lancer dans une tirade interminable, expliquant à Annie quelles variétés de champignons étaient le plus prolifiques, à quel moment avait lieu la récolte, de quelle façon on les stockait...

Annie sourit. Question champignons, Peter était manifestement dans son élément. Tandis qu'il continuait à lui décrire les multiples facettes de son métier, elle se reporta mentalement des années en arrière, jusqu'à ce séjour au Mexique que Julie et elle s'étaient offert quand elles étaient en première année à l'université. Annie sortait avec Peter depuis six mois à l'époque, mais ce voyage avec Julie était planifié depuis plus d'un an. Elles étaient ravies d'avoir l'occasion de partir et de s'amuser juste toutes les deux.

Au quatrième jour, elles bronzaient tranquillement sur la plage quand Julie lui donna un petit coup de coude :

— Est-ce que tu vois ce que je vois ?

Annie se redressa à demi. Un homme avançait vers elles, une valise à la main. Grand, mince, vêtu d'un polo noir à col roulé, d'un jean et de chaussures de randonnée. Cette vision était si incongrue sur une plage mexicaine où la température frôlait les trente-deux degrés qu'Annie se frotta les paupières, persuadée d'être victime d'une hallucination.

Pas du tout. Quelques secondes plus tard, Peter s'arrêtait devant elles, un sourire jusqu'aux oreilles.

— Surprise ?

Sidérée, Annie leva une main pour abriter ses yeux du soleil. Elle regarda Julie, qui se mordillait la lèvre pour ne pas rire, puis de nouveau Peter. Au lieu de lui dire bonjour, elle fronça les sourcils.

— Quand as-tu rasé ta moustache ?

Rougissant, Peter passa la main sur son visage.

— Je n'ai jamais eu de moustache.

Julie roula sur le ventre pour étouffer un fou rire.

Annie s'était levée.

— Oh, Peter, je suis désolée, s'était-elle excusée. J'ai à peine dormi cette nuit et j'ai une migraine affreuse. Mais je suis très contente que tu sois là, bien sûr. C'est juste que... tu es si pâle et je m'attendais si peu à te voir que j'ai eu l'impression que tu avais quelque chose de changé.

Peter s'était mordu la lèvre.

— Je voulais te faire la surprise.

— C'est réussi, l'avait rassuré Annie.

— J'essayais d'être romantique.

— Je sais, avait-elle acquiescé, bien que *romantique* ne soit pas le terme qui lui était venu spontanément à l'esprit quand elle l'avait vu remonter la plage avec sa valise.

À présent, tandis que la voix de Peter venait s'insinuer dans les souvenirs d'Annie, la ramenant dans l'instant présent, celle-ci rougit en songeant à la désinvolture avec laquelle elle l'avait traité.

— ... un coup terrible pour mon entreprise. Au bout de six mois, j'avais quasiment tout perdu. Et puis, deux ans plus tard, après des cauchemars financiers à répétition, nous avons enfin réussi à nous imposer sur le marché. Aujourd'hui, je possède un petit appartement à Maui et une résidence d'été dans les Hamptons. Que demander de plus ?

Son discours semblait mécanique et fatigué, un peu comme une bande magnétique qui aurait eu besoin d'être retendue.

— C'est formidable, commenta Annie. Tu as réussi ton pari, on dirait.

Elle serra plus étroitement le combiné dans sa main.

— Euh... Peter, je suis à mon travail, en ce moment, je ne peux pas te parler plus longtemps. J'ai eu ton numéro de téléphone par une amie et... en fait, pour tout te dire, je voulais te demander...

— Annie ? l'interrompit-il.

— Oui ?

— Et si on dînait ensemble demain soir ?

Il était calme, un calme nourri par l'espoir.

— Si tu peux te libérer de ton côté, je serais très heureux de venir jusqu'à Seattle...

Sa voix resta en suspens pendant que des images du passé défilaient dans la tête d'Annie, des scènes tendres et affectueuses. Elle pouvait l'imaginer attendant sa réponse, la tête inclinée sur le côté.

C'était étrange de lui parler après toutes ces années. Étrange, mais aussi agréablement familier. Elle prit une brève inspiration.

— Quelle bonne idée. J'en serais ravie, Peter.

Ils fixèrent le lieu et l'heure, et elle raccrocha lentement.

— Je n'arrive pas à le croire, tempêta Marina. Tu peux me dire pourquoi tu ne lui as pas demandé si c'était lui ?

— On dîne ensemble demain, marmonna Annie en jouant avec un bouton de son chemisier. J'aurai largement l'occasion de lui poser la question les yeux dans les yeux.

— Vous allez où ?

— Dans un restaurant de Seattle. Il...

Le portable d'Annie émit une série de bips, signalant l'arrivée d'un SMS. Marina consulta fébrilement la boîte de réception des messages, et lut à voix haute : « *Impossible discuter maintenant. Plus tard.* »

Elle lança à Annie un regard dépité puis lui rappela que peu de gens connaissaient son numéro de portable : c'était peut-être une piste.

Annie secoua la tête, déprimée.

— Je ne suis pas sur liste rouge. Et, la semaine dernière encore, maman l'a communiqué à quelqu'un – un homme – qui avait appelé chez Kozak, en demandant à me parler.

— C'était peut-être un journaliste, réfléchit Marina.

— Ou Peter, suggéra Annie.

— Jack l'a ?

— Évidemment.

— Chris Carby ?

Annie approuva d'un hochement de tête et s'enfonça dans sa chaise, les sourcils froncés. Même si elle refusait de l'avouer, cette histoire d'annonces commençait à l'obséder. Elle y pensait dès le matin, en se levant, et elle ne parvenait toujours pas à cerner les motivations réelles de leur auteur. D'autant qu'il n'avait pas besoin de recourir à une tactique aussi tapageuse pour retrouver sa trace. Elle aurait voulu qu'il se démasque une bonne fois, qu'il s'excuse du trouble qu'il avait causé et arrête tout pendant que c'était encore possible.

C'était très étrange de dîner en tête à tête avec Peter, seize ans après. Alors qu'elle l'attendait dans le restaurant (il était arrivé après elle, se confondant en excuses pour son retard), Annie avait été à deux doigts de partir. Son instinct lui criait de tout annuler pendant qu'il en était encore temps. Admettons que Peter soit l'auteur des annonces, que lui dirait-elle ? Comment se sortirait-elle de cette situation embarrassante ? Mais il était apparu avant qu'elle ait pris sa décision, se penchant pour effleurer ses cheveux d'un baiser avec une nonchalance probablement destinée à masquer sa nervosité.

Hormis quelques rides, il n'avait pas changé. Il avait toujours des jambes et des bras interminables, et cet air flegmatique qui lui donnait un petit côté « british ». Peter était et restait un homme parfaitement lisse, d'une humeur égale en toutes circonstances. Neutre. Il ne recherchait jamais les effets et disait : « Ton sourire me rend dingue » exactement comme il aurait dit : « Passe-moi le sel » ou « On a un pneu crevé ».

La première heure de leur tête-à-tête fut délicieuse. Ils se racontèrent mutuellement leur vie, flirtèrent un peu, se taquinèrent, évoquèrent des souvenirs du passé. Mais la conversation prit peu à peu un tour plus amer, peut-être après que Peter eut fait signe au serveur de lui apporter un autre whisky, le troisième, et qu'il l'eut avalé en deux gorgées, tel un alcoolique qui a besoin de sa dose pour tenir la journée, mais réussit à ne pas le montrer.

— Tu te rappelles le jour où on est allés pêcher ?

Annie ferma les yeux et fouilla dans ses souvenirs.

— Pêcher ?

Elle se souvenait de l'avoir emmené au Canada un hiver, de la neige fondue qui piquait leur visage tandis qu'ils lançaient leurs lignes dans la rivière Athabasca avec son oncle Max. Peter buvait du cognac dans une flasque en se plaignant de la barbarie qu'il y avait à frapper un poisson innocent avec une matraque,

213

et Annie était trop gênée pour oser croiser le regard de son oncle Max.

Peter soupira.

— C'était l'une des nuits d'été les plus chaudes qu'on ait jamais connues et tu m'as réveillé à deux heures du matin pour aller pêcher sur le lac Michigan. Tu es restée assise dans le noir au bout de ce ponton pendant des heures à regarder flotter ton bouchon pendant qu'on bavardait. Tu te souviens ?

— Bien sûr, mentit-elle.

Il détourna les yeux.

— Ça peut paraître idiot, mais même maintenant, après toutes ces années, c'est encore un de mes souvenirs préférés.

Il posa sa main sur celle d'Annie, le regard intense et habité par l'espoir. Il y eut un silence. Annie aurait voulu dire quelque chose pour le rompre, n'importe quoi, seulement voilà, il ne lui venait rien. Finalement, elle s'excusa et partit aux toilettes.

Quand elle regagna leur table, Peter se tenait au bord de la piste de danse – en fait un cercle en parquet luisant aménagé au milieu de la salle. Il se dandinait sur place tout en faisant claquer ses doigts au rythme de la musique d'ambiance. Malgré ses efforts pour paraître dans le coup, il avait l'air aussi gauche et emprunté qu'autrefois.

Annie serra les dents. Peter avait toujours été un danseur calamiteux : une sorte de robot agité par des spasmes nerveux. Quand ils sortaient ensemble, il la laissait toujours décider de tout, sauf sur ce point précis. Si par malheur ils dînaient dans un restaurant pourvu d'une piste de danse, il fallait qu'il fasse son numéro, c'était plus fort que lui. Et elle restait plantée là devant lui, humiliée publiquement, pendant qu'il se déhanchait de façon grotesque.

Annie ressentit brusquement l'absence de Jack comme un coup de poignard. Il lui manquait : sa main sur ses reins, douce et assurée, quand il la guidait sans effort sur une piste de danse ; son rire chaud et vibrant qui savait si bien la réconforter quand elle n'avait pas le moral ; ce regard qu'il posait sur elle, parfois, et qui lui rappelait la façon dont sa mère observait jadis son père.

Annie envisagea une seconde de retourner aux toilettes sur la pointe des pieds – trop tard : Peter l'aperçut et sourit.

214

— Tu veux danser ?

Elle faillit rétorquer : « Plutôt me faire arracher une dent sans anesthésie », mais il détourna les yeux sans attendre sa réponse et esquissa un sourire forcé.

— J'ai pris des cours, il y a quelques années. Ce n'est plus aussi dramatique qu'avant.

Déterminée à le sauver malgré lui, Annie suggéra :

— On ne pourrait pas simplement boire un café ?

— Si, bien sûr.

Pendant le dessert, ils évitèrent soigneusement d'évoquer l'échec de son mariage avec Jack, et centrèrent la conversation sur Luke et Eric.

— Élever deux garçons ne doit pas être facile, souligna-t-il au bout d'un moment.

— Non, c'est vrai, acquiesça Annie. Mais je n'imagine pas ma vie sans eux.

Il hocha la tête et dit qu'il gardait toujours l'espoir d'avoir des enfants un jour. Puis il lui avoua qu'il était tombé amoureux d'une jeune femme rencontrée à Calcutta, cinq ans plus tôt. Mais les parents de sa dulcinée lui avaient interdit de le revoir et elle avait dû épouser un homme de vingt ans son aîné. Un mariage arrangé, décidé par son père depuis des années.

— Tu imagines ? conclut-il en faisant signe au serveur de lui apporter un autre verre. À notre époque ?

— Je suis désolée, Peter.

Il haussa les épaules.

— Ne le sois pas.

Une chape de tristesse s'abattit sur elle, accompagnée par un sentiment si familier et si oppressant qu'elle reposa sa fourchette à gâteau, la gorge nouée. Rien n'avait changé. Peter était quelqu'un de bien. Un homme sincère et honnête, animé des meilleures intentions. Il était gentil, beau, mais aucun courant ne passait entre eux. Pas plus ce soir que jadis. Il n'y avait aucune magie, pas de frémissement, pas d'alchimie – rien. À l'époque où ils se fréquentaient, avant qu'elle rencontre Jack, elle avait seulement fait semblant d'éprouver des sentiments pour lui.

Peter la dévisageait.

215

— Tu te demandais si c'était moi, n'est-ce pas ? L'auteur des annonces ?

Elle esquissa un pâle sourire.

— Exact.

D'une voix aussi triste et lasse que son regard, il murmura :

— Eh bien, non. Ce n'est pas moi.

— Je sais, souffla Annie.

Il soupira et fit tourner son reste de cognac dans son verre.

— Il n'y a jamais rien eu d'authentique entre nous, pas vrai ?

Elle garda le silence. Il essayait de se montrer honnête avec elle, et elle appréciait cet effort, mais il passait à côté de l'essentiel. L'important, ce n'était pas les erreurs commises par le passé. Non, ce qui comptait, c'était d'accepter de regarder ce que la vie avait fait de nous, sans tricher.

— Non, acquiesça-t-elle d'une voix douce. Mais ça ne nous empêche pas d'apprécier cette soirée ensemble.

Il leva son cognac dans une parodie de toast.

— Bien dit.

Annie regarda fixement le verre, avec une insistance délibérée. Puis elle le lui prit des mains et le reposa lentement sur la table.

— Ne fais plus ça, Peter, murmura-t-elle avec un mélange d'autorité et de tristesse. Je t'en prie.

Il la dévisagea et hocha la tête avec une conviction qui semblait sincère.

— Je te demande pardon si je t'ai blessé autrefois, reprit-elle avant de perdre courage.

Il l'arrêta d'un geste. Il ne voulait pas de ses excuses.

Il y eut un moment de silence, bref mais intense, et Annie sut que si elle ne prononçait pas les mots maintenant, elle s'en voudrait toute sa vie :

— Je peux te demander une faveur ?

— Laquelle ?

— Tu veux bien danser avec moi ?

Il baissa les yeux, essayant de ne pas sourire.

— D'accord. Mais uniquement pour te faire plaisir.

La scène qui suivit resterait gravée à jamais dans la mémoire d'Annie : Peter au centre de la petite piste de danse, le visage rayonnant de bonheur, agitant les bras et les jambes d'une façon qui échappait à toute logique gravitationnelle. Ce soir-là, au lieu de rester dans un coin, la tête dans les épaules, rouge de honte, Annie se jeta elle aussi à corps perdu dans la musique, faisant fi du ridicule et des regards. Quand finalement ils regagnèrent leur table, épuisés, après avoir tout dansé – du paso doble au hip-hop –, la cravate de Peter était de travers, le chignon d'Annie défait. Un vieux couple les applaudit.

Au moment de lui dire au revoir, Peter la serra dans ses bras avec cette retenue un peu maladroite qu'on appelle la dignité.

— Bonne chance, Annie. J'espère que tout s'arrangera pour toi. Et merci.

— De quoi ?

— D'être venue.

— C'est à moi de te remercier, rectifia-t-elle en l'embrassant sur la joue.

Tout en l'accompagnant au parking où elle avait garé la voiture de Marina, il lui parla à toute vitesse de son projet d'ouvrir une champignonnière quelque part en Angleterre. Annie vit dans ce tourbillon de mots une façon de s'étourdir et se sentit terriblement triste qu'il n'ait personne dans sa vie.

Tandis qu'elle rentrait chez elle, Annie se rendit compte qu'elle avait appris quelque chose sur elle-même, ce soir. Elle avait entrevu une facette de sa personnalité dont elle n'avait jamais vraiment eu conscience auparavant : sur le plan émotionnel, elle était toujours restée sur la réserve, gardant ses bagages à portée de main pour pouvoir s'envoler avant de souffrir. Et, à cause de cette découverte, elle avait tout à coup l'impression d'être différente, d'avoir appris quelque chose d'important sur elle-même, qui la changeait profondément.

# 21

Jack reposa le journal sur son bureau, se leva et se dirigea vers la fenêtre. Si on lui avait demandé à quel moment tout avait commencé à s'écrouler entre Annie et lui, il lui aurait été impossible de donner une date précise. C'était arrivé progressivement, comme des dominos qui s'effondreraient en cascade très lentement. Avant qu'Eric ne tombe malade, Annie et lui avaient toujours fonctionné comme deux coéquipiers : ils tenaient ensemble leur budget, planifiaient leurs dépenses, et mettaient tous les mois un peu d'argent de côté. Ils n'aspiraient pas à devenir millionnaires, non, ils voulaient simplement acheter une petite maison dans un quartier paisible, où élever leurs enfants. Ils faisaient attention à tout, et il ne leur fallut pas très longtemps avant d'acquérir un petit pavillon nécessitant quelques travaux. Puis, l'été où Eric fêta ses trois ans, ils achetèrent une maison plus grande – exactement comme dans leurs rêves, avec un jardin et même une cabane dans un arbre.

Ils emménagèrent à la fin du mois d'août et en décembre, deux semaines avant Noël, ils apprirent qu'Eric était atteint d'hystiocytose. Les factures commencèrent alors à s'accumuler et, au bout de un an, il ne restait plus rien de leurs économies parce que la moitié des traitements médicaux d'Eric n'étaient pas couverts par l'assurance. Six mois plus tard, ils comprirent qu'ils n'avaient pas d'autre choix que de vendre la maison. L'argent leur permit de rembourser leurs dettes, y compris les frais médicaux d'Eric.

Le petit garçon était à l'hôpital le jour où ils quittèrent leur jolie maison pour un petit appartement avec deux chambres, des murs aussi minces que du papier à cigarettes, un plancher pourri et des toilettes dont la porte ne fermait pas. À leur arrivée, Luke fit rapidement le tour des lieux, puis ressortit et remonta dans la voiture. Lorsque Jack le rejoignit pour essayer de lui expliquer, il répondit :

— Eric ne se plaira pas ici.

Comme si cette évidence allait faire revenir ses parents sur leur décision, comme s'ils avaient le choix.

— C'est probable, acquiesça Jack. Mais il devra quand même l'accepter, comme chacun de nous.

Plus tard, ce soir-là, Annie s'assit à côté de Jack sur le canapé et nicha la tête contre son épaule.

— C'est provisoire, affirma-t-elle pour essayer de le rassurer. On va remonter la pente.

— Je sais, répondit-il.

À cet instant, il en était convaincu. Il ignorait encore que l'état d'Eric allait s'aggraver et qu'il s'écoulerait six longs mois avant qu'il puisse sortir de l'hôpital.

La situation continua à se dégrader au cours des deux années qui suivirent. Annie et lui s'éloignèrent peu à peu l'un de l'autre tandis qu'ils bataillaient au quotidien pour essayer de boucler les fins de mois, réduisant leurs dépenses ici, empruntant là, faisant des pieds et des mains pour payer les soins médicaux dont avait besoin Eric. La mère d'Annie vint les aider, mais finalement Annie fut contrainte de quitter son travail pour s'occuper d'Eric à plein temps. Il était si souvent hospitalisé que trouver un poste bénéficiant d'horaires à la carte relevait de l'impossible. Qui aurait accepté d'engager une kinésithérapeute qui ne pouvait pas assurer le suivi de ses patients ?

Ils changèrent leur break contre un vieux tacot affichant plus de soixante mille kilomètres au compteur. Pour économiser l'argent de l'essence, Jack se rendait en bus à son travail. Et pour augmenter sa paie, il faisait des heures supplémentaires. Mais rien ne semblait pouvoir stopper la spirale de l'endettement, ni les factures qui continuaient à arriver, avec une régularité implacable. Jack n'oublierait jamais le jour où, en rentrant du travail, il avait trouvé Annie en larmes à côté de la chaudière en panne, une boîte à outils à ses pieds, alors qu'ils n'avaient pas les moyens d'appeler un réparateur. Ni celui où on leur avait coupé le téléphone pour défaut de paiement. Marina avait réglé elle-même la facture pour qu'on leur rétablisse la ligne. Il se rappelait les mois qui défilaient dans une sorte de brouillard tandis qu'il s'immergeait de plus en plus dans le travail et passait de moins en moins de temps chez lui, écrasé par un sentiment d'impuissance et d'humiliation. Mais par-dessus tout, il se remémorait deux choses : l'état d'Eric qui empirait de jour en jour, et Annie qui prenait tout en charge – dans cet ordre.

Un après-midi, alors qu'il venait d'arriver au studio, il avait aperçu plusieurs de ses collègues installés devant la télé, dans la salle de repos du personnel. Ils regardaient un talk-show sur une chaîne locale. Une femme y faisait la promotion de son livre, entré récemment dans la liste des best-sellers du *New York Times*. La présentatrice de l'émission, Rachel Tice, semblait captivée par les propos de son invitée.

Jack se servit un café et s'assit.

L'ouvrage, expliquait l'auteur, reposait sur un concept radical : l'éradication du superflu. Pendant un an, son mari et elle n'avaient acheté que le strict nécessaire, bannissant tout ce qui pouvait s'apparenter à du luxe : internet, câble, téléphonie mobile...

— Nous n'avons reculé devant aucun sacrifice pour mener à bien cette expérience, affirmait-elle.

Et elle expliqua comment ils avaient éliminé de leur caddie tout ce qui n'était pas strictement indispensable : plats cuisinés, gourmandises, CD, DVD, magazines, livres. Ils avaient tiré un trait sur le coiffeur, et même sur le cinéma. Et au lieu d'emmener leurs amis au restaurant, ils les recevaient chez eux. Naturellement, ils avaient pris les transports en commun et non plus la voiture pour aller travailler.

— Pendant douze mois, avoua-t-elle en baissant la voix d'un air de conspiratrice, nous n'avons pas acheté le moindre vêtement. Pas même une paire de chaussettes neuves.

— Incroyable ! commenta Rachel Tice, admirative.

— C'était une expérience réellement fascinante, reprit son invitée. Elle nous a permis de faire la part des choses et de redéfinir nos priorités. Je peux vous assurer que notre regard a changé.

— Cela n'a pas dû être une année facile, compatit Rachel.

Son invitée baissa les yeux, comme pour minimiser les souffrances endurées.

— En réalité, c'était surtout navrant de découvrir à quel point nous étions esclaves de notre confort. Mais nous avons réussi à triompher de toutes ces émotions conflictuelles. C'était psychologiquement épuisant, parfois stimulant, aussi, mais également...

Elle marqua une pause pour ménager son effet.

— Terriblement humiliant.

Jack secoua la tête, effaré qu'on puisse non seulement écrire un livre pareil, mais l'acheter.

— Cela a-t-il transformé votre façon de vivre aujourd'hui ? demanda Rachel.

Son invitée réfléchit quelques instants.

— Ce serait mentir de prétendre que nous avons modifié notre comportement du tout au tout, répondit-elle. Cependant, nous mesurons davantage nos motivations réelles lorsque nous effectuons un achat compulsif. Nous sommes beaucoup plus *acteurs* de nos décisions.

Rachel Tice hocha la tête.

— À qui s'adresse ce livre, selon vous ? demanda-t-elle en guise de conclusion.

— À tout le monde, affirma l'auteur sans l'ombre d'une hésitation. Nous sommes tous devenus des consommateurs robotisés. Je suis certaine que la moitié des habitants de ce pays auraient un choc s'ils devaient vivre comme mon mari et moi l'avons fait pendant un an.

*J'en doute, madame*, songea Jack. *La moitié des habitants de ce pays vivent déjà de cette façon. C'est leur lot quotidien.*

En rentrant chez lui, ce soir-là, il passa par l'hôpital et trouva Eric occupé à dessiner avec ses gros feutres, les traits plus pâles et tirés que jamais. Il fut tellement remué de le voir si fragile que, l'espace d'un instant, il se sentit aussi faible et démuni que son fils.

Une infirmière changeait la perfusion d'Eric. En découvrant Jack sur le seuil, elle sourit.

— Ce jeune homme est un véritable artiste.

— Sans aucun doute, acquiesça Jack.

Eric leva les yeux de son dessin et sourit.

— Papa.

Ses yeux étaient injectés de sang et les quelques pauvres cheveux qui lui restaient ressemblaient à des petites touffes de duvet ornant la tête d'un oiseau rare et précieux. Après l'avoir serré contre lui, Jack s'assit sur le lit et alluma la télé fixée au mur.

— J'ai pensé que nous pourrions regarder ensemble le match des Sonics, déclara-t-il.

Pendant le premier quart temps, Eric resta blotti sous le bras de Jack comme un oisillon blessé. Puis, brusquement, il se dégagea, se pencha de l'autre côté du lit et vomit sur le sol. Jack le soutint doucement pendant que son petit torse se soulevait convulsivement. Il aurait donné n'importe quoi pour pouvoir lui dire que ce n'était rien, qu'il allait tout arranger. Malheureusement c'était impossible parce que ce n'était pas vrai.

Au bout d'un moment, Eric reprit son souffle et murmura :

— Ne t'inquiète pas, papa. Ça va passer.

Il tourna légèrement la tête vers son père pour le rassurer.

— Ça ne dure jamais longtemps.

Puis sa main serra très fort celle de son père tandis qu'il se détournait de nouveau, soulevé par une nouvelle nausée. Jack fut bouleversé par le courage de ce petit bonhomme. Il avait à peine six ans, mais il était plus brave que lui, plus brave que la plupart des gens qu'il connaissait.

Tandis que sa relation avec Annie continuait à se dégrader, Jack eut la sensation d'être aspiré par une spirale descendante qui l'entraînait, chaque jour un peu plus, dans un abîme de tristesse et de solitude. Quand il se rendit compte qu'ils étaient devenus des étrangers l'un pour l'autre, il sut qu'il n'avait plus le choix, il ne pouvait plus continuer ainsi. Après son départ, il se jeta à corps perdu dans le travail pour anesthésier sa souffrance. Son emploi du temps était à peu près toujours le même : il se levait à six heures du matin, partait à sept, et enchaînait les heures d'antenne, de jour comme de nuit, s'endormant parfois la tête sur son bureau, vaincu par la fatigue.

Son patron avait mis gracieusement à sa disposition un petit appartement de fonction dans le centre de Seattle. Quelques semaines plus tard, un de ses amis décrocha un poste à New York et lui sous-loua son appartement pour un loyer très modique. Il disposait désormais d'un frigo, d'un micro-ondes et d'un lave-vaisselle – toutes choses parfaitement inutiles : il n'habitait pas là, il venait juste y dormir.

Durant les premiers six mois de sa séparation d'avec Annie, il se jeta dans le travail avec une sorte de rage, perdant la notion du temps, se demandant sans cesse comment ils avaient pu laisser se dégrader une relation aussi extraordinaire. Peu après leur mariage, il avait déclaré que ce qu'ils vivaient était réellement fantastique – non ? Annie l'avait dévisagé sans répondre, mais quand il s'était levé, le lendemain matin, il avait découvert un message collé sur le miroir de la salle de bains : « *Je dirais plutôt : prodigieux. Exceptionnel. Unique… Tu as tes mots à toi. J'ai les miens.* »

Finalement, Jack s'habitua à sa vie de célibataire et commença à fréquenter quelqu'un. Elle s'appelait Linda, et ils travaillaient ensemble à la WSMB. Plus d'une fois, au moment où son couple avec Annie connaissait de sérieux problèmes, ils avaient failli devenir amants. Il s'en était fallu d'un rien – un regard un peu plus appuyé, un simple hochement de tête de l'un ou de l'autre – et cependant ils n'avaient pas franchi le pas. Linda était une compagne charmante et elle aspirait à une relation sérieuse, mais au bout de quelques mois elle lui avait déclaré gentiment que, de toute évidence, il n'était pas prêt à s'engager avec une autre femme. Autrement dit : elle était lasse d'attendre et voulait tourner la page. Le plus navrant dans l'affaire, c'était que Jack ne l'avait même pas regrettée.

## 22

Quand Annie arriva à son travail, le jeudi matin, le hall d'accueil des pompes funèbres Kozak bourdonnait comme une ruche : deux femmes qu'elle n'avait jamais vues livraient des plantes vertes et un jeune homme à l'allure efféminée, vêtu d'un short kaki et d'une chemise rose pâle, étudiait des échantillons de peinture.

— Bonjour, je suis Kenneth, annonça-t-il en lui adressant un signe de la main. Ne vous inquiétez pas, je n'en ai pas pour longtemps.

Il reposa brusquement ses échantillons et se gratta furieusement le mollet.

— Est-ce que tout va bien ? lui demanda Annie.

— J'ai dû me faire piquer par un insecte, expliqua-t-il en rougissant.

— Bonjour, Annie ! lança Rudy en jaillissant de son bureau. Votre maman doit passer dans la matinée pour superviser les opérations.

Il désigna Kenneth et les deux jeunes femmes qui s'occupaient maintenant de disposer les plantes vertes dans le hall.

— Je l'ai engagée comme conseillère en chef.

— Génial, acquiesça Annie d'une voix crispée.

— Quant à moi, je vais participer au tournoi de golf, poursuivit-il en mettant ses lunettes de soleil. En cas de besoin, vous pourrez me laisser un message sur mon portable. Mais je ne rappellerai personne avant demain.

Quelques minutes plus tard, Annie était au téléphone avec un client quand sa mère fit son apparition. Erna lui saisit doucement le menton, leva son visage vers elle, et secoua la tête en soupirant, comme chaque fois qu'elle se faisait du souci pour l'une de ses filles. Puis elle se détourna et se dirigea droit vers Kenneth, qui avait pris place sur le canapé flambant neuf, livré de la veille. Elle discutait toujours avec lui quand Annie raccrocha, plusieurs minutes plus tard. Elle lui montrait une petite marque, sur son propre poignet.

— Vous voyez cette cicatrice ? C'est une brûlure provoquée par du sumac vénéneux. Mais à mon avis, cela n'a rien à voir avec vos démangeaisons. Elles ne proviennent pas non plus d'une piqûre d'insecte.

Le jeune homme avait l'air inquiet.

— Ah non ?

Erna secoua la tête, et se pencha pour examiner de nouveau ses mollets couverts de plaques rosâtres.

— J'ai mis une crème à la cortisone ce matin, expliqua-t-il, mais ça n'a servi à rien.

Erna se redressa.

— Je ne veux pas vous affoler, mais vous devriez aller aux urgences sans perdre une minute. Bien sûr, il peut s'agir d'une simple allergie au sumac vénéneux. Mais ce type de démangeaison peut aussi être un signe avant-coureur de la maladie de Hodgkin...

Le visage de Kenneth se décolora.

— Oh, mon Dieu.

— C'est également le premier symptôme de ce qu'on appelle la cirrhose de Hanot, poursuivit Erna. Mais cette maladie du foie affecte exclusivement les femmes d'âge moyen, vous n'avez donc rien à redouter de ce côté-là. Néanmoins...

Le jeune homme se leva d'un bond.

— Je file aux urgences, dit-il en fonçant vers la porte.

— C'est la bonne décision, approuva Erna. Bonne chance, mon petit. Je suis de tout cœur avec vous !

Annie ferma les yeux et conclut mentalement un pacte avec Dieu. *S'il Vous plaît, faites qu'elle arrête. Je distribuerai des couvertures aux nécessiteux tous les hivers jusqu'à la fin de mes jours, mais qu'elle arrête !*

Elle compta lentement jusqu'à dix.

— Maman, pitié, stop.

— Quoi donc, chérie ? demanda Erna en fouillant dans son sac.

— Cette manie d'annoncer le pire à tous les gens que tu croises. Ce n'est plus possible !

Erna lâcha une poignée de vitamines sur la table basse et en choisit soigneusement trois.

— Que veux-tu dire par là ? Ma présence ici t'embête ?

— Non, maman. Ce n'est pas ce que je dis. Rudy t'a engagée pour superviser les travaux de décoration et tu es la personne idéale pour ça. Mais essaie de comprendre que tu es dans une entreprise de pompes funèbres. Les gens viennent ici pour organiser les funérailles de leurs chers disparus ! Ce n'est pas une antichambre des urgences !

À quatorze heures cet après-midi-là, Annie avait reçu successivement un appel d'une dame qui souhaitait connaître la formule la plus avantageuse pour organiser ses propres obsèques, celui d'un homme qui voulait utiliser sa carte d'abonnement pour payer le cercueil de son beau-père afin de récupérer des miles, et, pour finir, celui d'un vieux monsieur qui désirait savoir si sa collection de pièces de monnaie australiennes pourrait être inhumée avec lui.

Après avoir demandé à sa mère de s'occuper du téléphone pendant quelques minutes, Annie se rendit dans la réserve afin de chercher le double du bon de commande d'un lot de cercueils dont le fabricant avait perdu l'original. Comme elle montait sur l'échelle donnant accès aux rayonnages, ses yeux firent une incursion vers la fenêtre. La dernière fois qu'elle avait regardé par là, la meute de journalistes installés devant l'entrée de chez Kozak semblait en voie de pétrification. L'envoyé spécial du *Seattle Examiner* lisait, assis sur un pliant. Un de ses confrères de CBS dormait sur le siège avant de la fourgonnette de sa chaîne pendant que son caméraman et son perchiste jouaient aux cartes sur la banquette arrière. Un reporter de NBC était descendu de son véhicule et marchait de long en large dans l'allée, son téléphone portable collé à l'oreille.

Annie ouvrit doucement la fenêtre afin d'aérer la pièce exiguë. Pour une fois, le ciel était presque entièrement dégagé. Seuls quelques petits nuages moutonnaient dans le bleu. Elle entendit une portière claquer, une succession de rapides coups de klaxon, quelqu'un en train de siffloter. Elle soupira, tendit la main vers un classeur et le feuilleta, passant en revue les bons de commande des derniers mois.

Elle était toujours perchée sur son échelle quand Erna glissa la tête dans la pièce.

— Annie ?

— Mmm ?

— Il y a quelqu'un pour toi sur la ligne deux.

— Je suis occupée, maman. Tu peux prendre le message, s'il te plaît ?

Un petit silence.

— C'est Rachel Tice.

Annie poussa un soupir agacé.

— Ce n'est pas le moment de plaisanter. Je n'ai pas le temps.

— Je ne plaisante pas. Elle souhaite te parler et ça lui est égal d'attendre. Si tu ne me crois pas, va voir toi-même.

Annie regarda le visage buté de sa mère. D'accord. Rachel Tice était réellement au téléphone. Elle avala sa salive. Pendant des années, Rachel Tice avait gravi un à un les échelons de la renommée : elle s'était d'abord fait remarquer comme présentatrice météo grâce à ses vestes flashy et à ses jupes ultracourtes, puis comme coanimatrice d'un magazine d'investigation, avant d'obtenir les commandes de son propre talk-show régional. Rachel Tice n'avait ni le sens de l'humour d'une Ellen De-Generes, ni le capital sympathie d'une Oprah Winfrey, mais elle avait développé un véritable don pour amener les gens à se confesser spontanément. Elle écoutait ses invités avec un air de sincérité émouvant, hochant la tête comme si elle comprenait ce qu'ils avaient traversé, comme si elle était de tout cœur avec eux. Et cette femme, cette star du petit écran, attendait le bon vouloir d'Annie sur la ligne deux ? Celle-ci fut subitement prise d'une furieuse envie de rire.

— Alors, tu veux lui parler ou pas ? insista Erna.

— Non, maman. Prends le message, s'il te plaît.

Il n'y avait jamais eu de grandes manifestations d'émotion entre Annie et sa mère. De l'affection, oui. Du respect, bien sûr. Et elles adoraient papoter toutes les deux. Mais Annie ne se rappelait pas avoir jamais partagé un moment de vraie complicité avec elle. Du moins, pas comme avec son père.

Annie n'avait jamais rencontré sa mère biologique, même si, à un moment de sa vie, elle avait brièvement entrebâillé cette porte avant de la refermer définitivement. Cette décision, elle avait eu un mal fou à la prendre, confrontée alors à un choix auquel elle n'avait pas eu le temps de se préparer. Avec le recul, elle se rendait compte que si son arbre était sans conteste le plus beau cadeau qu'elle ait jamais reçu, celui de Jack arrivait tout de suite après, presque à égalité...

C'était le week-end précédant son vingt-troisième anniversaire. Elle travaillait dans une polyclinique d'Evanston afin de valider son diplôme de fin d'études, et Jack terminait sa première année de stage comme animateur radio à la WJKL de Chicago. Ils avaient prévu d'aller au cinéma le samedi soir. Jack avait sélectionné *Terminator 2*, et Annie, elle, voulait voir *Beignets de tomates vertes*. La veille, ils avaient donc joué à pile ou face et c'était Annie qui avait gagné. Elle avait savouré son triomphe pendant que Jack acceptait sa défaite de bonne grâce.

Le lendemain, Jack était en retard et, tout en le guettant derrière la fenêtre de son appartement, Annie songea qu'il n'arriverait jamais à temps pour la séance. Elle eut une lueur d'espoir en voyant une voiture tourner à l'angle de sa rue ; mais celle-ci s'éteignit aussitôt, quand elle constata qu'il s'agissait d'une limousine. Le chauffeur se gara en bas de chez elle, descendit de voiture puis se dirigea vers l'entrée de l'immeuble. Quelqu'un devait célébrer quelque chose de spécial mais ce n'était pas elle.

Quand la sonnerie de son interphone retentit, elle sursauta.

Ouvrant sa porte, elle cria du haut de l'escalier :

— Vous vous trompez d'appartement. Recommencez.

La sonnerie retentit de nouveau, de façon plus insistante.

Marmonnant tout bas, Annie attrapa son sac à main et sa veste et décida d'attendre Jack dehors – après avoir remis dans le droit chemin ce chauffeur de limousine obtus. Elle verrouilla la porte de son appartement, dévala l'escalier et sortit.

Le chauffeur était toujours planté devant l'interphone, coiffé d'une belle casquette noire à galon doré.

— Quel appartement cherchez-vous ? lui demanda patiemment Annie.

— Le 204, répondit-il en souriant.

— Alors on vous a donné une mauvaise adresse. J'habite au 204 et je n'ai pas commandé de limousine. Qui êtes-vous censé passer prendre ?

Nouveau sourire poli.

— Annie Fischer.

Elle le regarda, bouche bée.

— Que... qui ?

— Êtes-vous Annie Fischer ?

— Euh... oui.

Il s'inclina, en souriant plus largement.

— Jack Hillman m'a demandé de venir vous chercher.

— Oh ?

— Il m'a également chargé de vous remettre ceci.

Il lui présenta une enveloppe. Abasourdie, Annie la décacheta. À l'intérieur, elle trouva un message de Jack.

*Monte dans la voiture et laisse le gentil chauffeur te conduire jusqu'à moi. Inutile de le mitrailler de questions : il ne sait rien. Installe-toi confortablement, attache ta ceinture et fais-moi confiance.*

*P-S : Non, ce n'est pas la peine de te changer. Ta tenue n'a aucune importance. Et non, ce n'est pas une ruse pour te priver de tes beignets de tomates vertes. Il s'agit juste de ton cadeau d'anniversaire, avec un peu d'avance. Tu verras ton film le week-end prochain.*

Annie, le sourire aux lèvres, suivit le chauffeur et s'installa sur la banquette en cuir tandis qu'il lui tenait la portière. Qu'est-ce que Jack pouvait avoir mijoté ? Et où avait-il trouvé l'argent pour louer une limousine ? Ils avaient économisé tous les deux pour aller skier dans le Vermont cet hiver et il n'avait pas les moyens de payer une fantaisie de ce genre. Le chauffeur démarra. Annie changea de banquette et tapa contre la vitre de séparation. La glace se baissa.

— Oui, mademoiselle ?

— Où va-t-on ?

Ses yeux lui sourirent dans le rétroviseur.

— Désolé, mademoiselle. M. Hillman m'a donné pour instructions de ne rien vous dire.

Annie lui décocha son plus beau sourire et fit une nouvelle tentative :

— Allez, soyez chou. Il n'en saura rien.

Le chauffeur s'esclaffa et remonta la glace.

Annie soupira – un petit soupir avouant sa défaite – mais son esprit continuait à carburer à toute vitesse tandis qu'elle scrutait les rues, bien décidée à deviner leur destination. La voiture roula en direction du nord, le long de Jarr Drive, puis s'engagea dans Witting Park Road et tourna à gauche vers Kensington, ce qui la laissa totalement perplexe. Il était vingt heures, et la chaleur humide qui avait flotté sur la ville toute la journée ne s'était pas dissipée avec la tombée de la nuit. La limousine tourna au coin d'une rue et, brusquement, la gorge d'Annie se noua : elle venait de comprendre où ils allaient.

La voiture s'immobilisa devant un bâtiment de trois étages, précédé d'une volée de marches et d'un porche protégé par une petite arcade. Jack l'y attendait. Derrière lui se trouvaient une table avec une bougie dont la flamme pétillait dans la semi-obscurité et deux chaises.

Annie était déjà venue ici. Plus d'une fois – même si elle n'était jamais entrée dans la bâtisse. Elle connaissait chaque arbre, chaque buisson qui jalonnait la rue. Elle avait vu les vieilles portes en chêne disparaître, remplacées par des baies vitrées. Elle s'était émerveillée devant la magnifique rosace, semblable à un

230

vitrail d'église, qui avait été enchâssée au-dessus de l'entrée. Inclinant la tête en arrière, elle contempla l'enseigne suspendue par deux chaînes à l'avancée du toit : ORPHELINAT ST. JOSEPH. Puis, juste en dessous, en lettres plus petites : *Redonne de l'espoir aux orphelins et aux enfants abandonnés depuis 1944.*

La première fois qu'elle était venue ici, elle avait dix-huit ans et elle venait de quitter Eagan's Point pour poursuivre ses études à l'université de Chicago. Elle avait traversé la ville en bus et elle s'était assise sur le bord du trottoir, de l'autre côté de la rue, afin de réfléchir. Par exemple à la jeune femme de dix-sept ans qui avait gravi ces marches, le 26 août 1969, son bébé dans les bras, et avait franchi cette porte en sachant qu'elle ressortirait sans lui.

Il pleuvait et la température était plutôt fraîche pour la saison. Annie le savait parce qu'elle avait fait des recherches dans des archives sur le temps qu'il faisait à Chicago à cette date. Elle éprouvait le besoin de recréer l'atmosphère de cette journée si particulière. Ses parents lui avaient remis une copie de son acte d'adoption des années plus tôt, mais les informations portées dessus étaient terriblement succinctes. Annie était née au Mercy Hospital. Sa mère y avait séjourné une semaine avant qu'on l'autorise à sortir. Cinq jours plus tard, elle avait confié Annie à l'orphelinat St. Joseph. Elle s'appelait Dorota Shroeder. Annie avait étudié sa signature pendant des heures, essayant de reproduire chaque lettre, encore et encore, cherchant une connexion avec cette inconnue, cette femme qui lui avait donné la vie et qui vivrait toujours à travers elle, même si elle ne la connaissait pas.

Annie était venue ici une dizaine de fois, et à chaque visite elle s'était rapprochée un peu plus de l'entrée, quittant progressivement le trottoir d'en face pour venir marcher de long en large devant le bâtiment, avant de s'asseoir finalement sur la première marche, enserrant ses genoux de ses bras. À plusieurs reprises, elle avait entendu de la musique s'échapper des fenêtres ouvertes et des éclats de rire jaillir du parc circonscrit par un mur. Un jour, une femme avait franchi la porte. Elle avait descendu les marches et avait demandé à Annie si elle avait besoin d'aide, mais la jeune fille avait répondu que non, que tout allait bien. Elle se reposait simplement en attendant son bus.

Plus de un an s'était écoulé depuis sa dernière visite. La vigne vierge qui s'enroulait depuis des années autour des piliers du porche formait désormais de grosses guirlandes le long des gouttières. Le chauffeur de la limousine lui ouvrit la portière et Annie descendit, un peu hébétée. Elle ne parvenait toujours pas à croire que Jack ait pu faire ça sans lui en parler, lui qui avait habituellement tant de mal à garder un secret. Pour une fois, elle regrettait qu'il ait aussi bien su tenir sa langue.

— Surprise ! dit-il en descendant les marches pour la rejoindre.

Elle lui avait tout raconté, bien sûr. Ses fréquentes visites ici, et pourquoi. Quand il avait décroché son stage d'animateur radio, Jack lui avait parlé d'une organisation caritative avec laquelle sa station travaillait en partenariat. Elle s'appelait Enfance Perdue et organisait tous les ans des collectes de fonds pour des associations s'occupant d'orphelins ou d'enfants victimes de violences, d'abus sexuels. St. Joseph figurait sur leur liste.

Jack prit Annie par le coude et la guida en haut des marches en pierre sans même lui laisser le loisir de protester. Devant la panique lisible dans les yeux de la jeune fille, il leva la main d'un geste apaisant et murmura :

— Détends-toi. Tu n'es tenue à rien. J'ai choisi cette date parce que tout le monde est au barbecue annuel, près du lac, et je savais que nous serions tranquilles.

— Mais...

— Je voulais célébrer ton anniversaire d'une façon un peu spéciale, alors il m'est venu cette idée...

Le chauffeur de la limousine était un ami, lui expliqua-t-il. Il avait suivi le même cursus de communication, option animation, à l'université de l'Illinois, et il travaillait à temps partiel comme chauffeur dans une entreprise de location de limousines.

— J'ai tout organisé avec lui il y a de cela plusieurs semaines et il a accepté de jouer le jeu gratuitement.

Il esquissa un geste vers la table, visiblement nerveux.

— Ensuite, j'ai téléphoné à Alice Muldoon, la directrice de St. Joseph, et je lui ai demandé si je pouvais lui emprunter une table et deux chaises. Je n'ai pas les moyens de t'offrir autre chose que de la nourriture chinoise à emporter, mais je me suis dit que cela te serait égal.

Annie regarda la table, installée sur le porche. Jack y avait disposé des assiettes en carton, des couverts en plastique, deux verres à vin et un assortiment de plats chinois en barquettes.

— Pour une surprise, c'en est une, concéda-t-elle en prenant place avec raideur sur l'une des chaises. Quel est le but de la manœuvre ? M'aider à franchir l'étape suivante en m'obligeant à m'aventurer jusqu'au porche ?

— C'est un peu ça, oui.

Il servit le vin et ouvrit les barquettes pendant qu'Annie promenait son regard autour d'elle en s'obligeant à respirer calmement. Jack lui tendit un plat de riz cantonais tout en lui répétant ce qu'il avait appris sur St. Joseph. Alice Muldoon dirigeait l'orphelinat depuis près de trente ans. À ces mots, Annie se pétrifia, sa cuillère de riz en suspens. Le calcul était simple : elle allait avoir vingt-trois ans. Cela voulait dire qu'Alice Muldoon avait probablement rencontré sa mère le jour où elle l'avait abandonnée. Peut-être même l'avait-elle tenue, elle, tout bébé, dans ses bras.

Annie prit une respiration.

— Je te préviens, je n'entrerai pas, murmura-t-elle très vite.

— Personne ne te le demande.

— Et je ne veux pas non plus rencontrer cette Alice.

— Tant mieux, parce qu'elle n'est pas là.

Jack but une gorgée de vin et continua à lui parler de St. Joseph. Il s'agissait de l'un des derniers orphelinats de Chicago encore en activité. Il y avait une cuisine et un réfectoire au rez-de-chaussée. Les deux étages supérieurs comportaient douze chambres – huit équipées de lits superposés, et quatre de berceaux pour les bébés. Des enfants victimes de maltraitances y faisaient de brefs séjours avant d'être placés dans des foyers. Les autres, abandonnés par leurs parents ou orphelins, restaient généralement plus longtemps, parfois un an ou même davantage, jusqu'à ce qu'ils soient adoptés ou placés dans une famille d'accueil.

Lorsqu'ils finirent de dîner, Jack se pencha et prit un paquet sous sa chaise, enveloppé dans du papier brun.

— Joyeux anniversaire, dit-il en le tendant à Annie.

Il avait ce sourire irrésistible qui avait le don d'accélérer les battements du cœur de la jeune fille, et elle lui pardonna mentalement de l'avoir attirée dans un traquenard. Elle allait déchirer l'emballage quand il l'arrêta d'un geste.

— Attends.

Il se pencha derechef et tâtonna sous la table. Il y eut le bref craquement d'une allumette, puis Jack posa un petit gâteau devant elle, tout blanc, avec une bougie rose allumée au milieu.

— Avant que tu ouvres ton cadeau, je dois t'avertir qu'il s'agit uniquement d'un prêt. Tu dois le rapporter ici la semaine prochaine.

Annie ôta l'emballage et en sortit une pochette en plastique, les sourcils froncés.

— C'est ton dossier, l'informa Jack d'une voix douce.

Pétrifiée, elle regarda la chemise fermée par des bandes élastiques.

— Qu'est-ce qu'il y a à l'intérieur ?

Jack haussa les épaules.

— Aucune idée. Alice l'a emballé pour moi, puis elle l'a déclaré « égaré » pour une durée d'une semaine.

— Jusqu'à ce que je le rapporte, c'est ça ?

Jack hocha la tête.

Le cœur battant à se rompre, Annie contempla la pochette fermée, sans pouvoir se résoudre à y toucher. Jack jeta un coup d'œil sur sa montre et se leva.

— Il y a un Starbucks, au bout de la rue. Je vais nous chercher deux cafés.

Avant qu'elle ait pu dire un mot, il avait descendu les marches et s'éloignait dans l'obscurité.

Annie ouvrit la chemise d'une main mal assurée. Son regard tomba sur une photo, agrafée sur le formulaire de déclaration d'adoption, et l'émotion lui noua la gorge. Elle avait l'impression de se regarder dans un miroir, à la différence que la jeune femme de la photo était plus maigre, presque émaciée, avec des cernes

234

sombres sous les yeux et des pommettes saillantes. Mais elles avaient les mêmes cheveux blonds indisciplinés et le même nez.

D'un geste tremblant, Annie retourna la photo. Un nom et une date figuraient au dos : « *Dorota Shroeder. 26 août 1969* ». Il y avait, également une enveloppe, adressée à « *Annie* », et fermée par un morceau de ruban adhésif jauni, dont les bords se décollaient. À l'intérieur, Annie trouva une lettre ainsi qu'une broche ancienne en forme de papillon. Des petites émeraudes étaient serties tout autour des ailes, mais les pierres avaient noirci avec le temps. Ses yeux se remplirent de larmes tandis qu'elle dépliait la feuille de papier et lisait les mots que sa mère de dix-sept ans avait tracés à son intention d'une écriture fine et élégante :

*Annie,*
*Je ne veux pas te laisser à St. Joseph. Mais on m'a dit qu'on te trouverait une famille qui prendrait soin de toi. Moi, je ne peux pas. Même si, chaque fois que je te tiens dans mes bras, je sais au plus profond de mon cœur que tu es la plus magnifique erreur que j'aie jamais commise. Ma mère m'a donné cette broche. Elle a été à elle, et puis à moi, et maintenant elle t'appartient.*
*De ce jour et à jamais, en toutes choses, je te souhaite une vie merveilleuse...*

Quelques mois plus tard, Jack proposa à Annie de l'aider à retrouver sa mère biologique. Cela semblait une démarche naturelle, et cependant Annie ne cessait de repenser à l'écriture enfantine de cette jeune femme de dix-sept ans. Elle était si jeune quand elle lui avait donné naissance, si effrayée et perdue, si peu préparée à être mère... La « femme qui l'avait abandonnée » était en réalité une enfant terrifiée qui avait pris ce qui lui semblait être la meilleure décision pour elles deux.

Au début, Annie se sentit coupable et mal à l'aise de ne pas éprouver l'envie de la retrouver. Et puis, après y avoir bien réfléchi, elle décida de ne pas entamer de recherches. La broche et la lettre avaient répondu à la seule question qui lui importait vraiment : même si elle l'avait abandonnée, sa mère l'avait aimée.

# 23

Annie enrageait que le *Peninsula Post* refuse de lui révéler l'identité de l'auteur des annonces. Elle rumina sa frustration pendant une bonne partie de l'après-midi, puis empoigna son téléphone, déterminée à plaider sa cause auprès de Stan Turner. À sa grande surprise, on lui passa le rédacteur en chef dès sa première tentative. Malheureusement, sa requête se heurta au même refus poli :

— Je vous ai déjà expliqué quelle était la position du journal sur cette affaire, madame Hillman, soupira-t-il. L'auteur des annonces a signé un contrat stipulant clairement que son anonymat serait respecté jusqu'à la fin de l'opération. Je me doute que cela doit être agaçant pour vous, mais...

— Agaçant ? s'indigna Annie. Des journalistes campent devant chez moi, monsieur Turner ! Ils me suivent jusqu'à mon travail. Ils essaient de soutirer des informations à mes enfants ! Ils interviewent mes voisins ! Et maintenant, c'est la présentatrice d'un talk-show qui me téléphone !

— Je suis navré, mais notre journal ne peut être tenu pour responsable de ces désagréments. Nous ne sommes qu'un porte-voix utilisé par cet homme pour attirer votre attention. Une fois qu'il se sera démasqué, vous aurez tout le loisir de l'attaquer en justice, si vous le souhaitez, mais d'ici là...

C'était inutile, comprit Annie avec abattement. Elle se battait contre des moulins à vent : quoi qu'elle fasse, quoi qu'elle dise, ce cauchemar ne s'arrêterait pas tant que la dernière annonce n'aurait pas été publiée.

Un signal l'avertit qu'elle avait un autre correspondant en ligne. Elle remercia M. Turner de lui avoir consacré un peu de son précieux temps et prit l'autre appel. Son cœur bondit de frayeur quand elle reconnut la voix d'Eric.

— Il y a un problème ?

— Non, non, m'man, tout va bien. Mais M. Hogan m'a dit que je pouvais t'appeler de son bureau pour t'annoncer la nouvelle : je suis pris dans l'équipe de basket ! Le coach a dit que je serais remplaçant pendant les premiers matchs et qu'après on verrait, parce que p'pa lui a téléphoné pour l'avertir qu'il allait lui signer un papier comme quoi j'avais l'autorisation de jouer.

Annie cilla.

— Il a fait ça ?

— C'est génial, non ?

— C'est... c'est formidable !

Eric était intarissable :

— On a entraînement mercredi prochain à cinq heures et le premier match de la saison a lieu vendredi soir à vingt et une heures, contre Clallam Bay ! Tu y seras, hein ?

— Et comment !

— Faut que je raccroche. À ce soir !

— À ce soir, chéri.

Entendre sa joie était le plus beau des cadeaux, même si elle était étonnée que Jack ait pris sa décision sans lui en parler au préalable. Elle était néanmoins très contente de son initiative.

Annie entendit la sirène d'ambulance bien avant de voir le gyrophare disparaître au bout de sa rue en lançant des éclairs bleutés. *Oh, mon Dieu. Pourvu qu'il ne soit rien arrivé !* Elle serra les dents et essaya de ne pas paniquer tandis qu'elle tournait dans Ranier Crescent. En apparence, tout était normal. Rose et Libby étaient installées à la table de pique-nique et jouaient aux cartes avec deux journalistes.

Annie ouvrit sa portière à la volée et se précipita chez elle.

— Eric ? Luke ?

Elle lâcha son sac à main sur le sol et se rua dans la cuisine.

Eric était agenouillé devant l'aquarium, Ramses lové sur son épaule gauche, et Luke regardait la télé au salon.

— Il m'a semblé voir une ambulance, déclara-t-elle en essayant de contrôler le tremblement de sa voix.

— M. Kale a eu une crise cardiaque, répondit Luke sans quitter l'écran des yeux. J'ai demandé à Rose ce qui se passait. Elle m'a dit qu'il allait s'en sortir mais qu'il devrait rester au moins une semaine à l'hôpital.

Annie se laissa tomber sur une chaise et poussa silencieusement un ouf de soulagement. Eric fit passer Ramses sur son épaule droite.

— M'man, si tu n'achètes pas un nouveau diffuseur d'oxygène, il va y avoir un grave problème avec les poissons, je te le dis.

Luke ne lui laissa pas le temps de répondre :

— Euh… M'man, tu devrais venir voir.

Annie le rejoignit au salon tandis qu'il montait le son de la télé. Il avait mis la chaîne des informations locales et la fourgonnette de leur propriétaire apparut en gros plan sur l'écran, filmée alors qu'elle effectuait une marche arrière dans leur allée, transportant à l'arrière un appareil qui avait toutes les apparences d'un sèche-linge neuf. M. Tucker se gara, descendit du véhicule et fut aussitôt abordé par un journaliste.

— Connaissez-vous Annie Hillman ? lui demanda ce dernier en lui fourrant son micro sous le nez.

M. Tucker passa la main dans ses cheveux, tira sur son col et sourit bêtement à la caméra tout en expliquant qu'il était le propriétaire de cette maison, qu'Annie était sa locataire, et qu'il passait justement pour déposer un nouveau sèche-linge et effectuer quelques travaux d'entretien, comme à son habitude.

— Je m'appelle Tucker, ajouta-t-il. Simon Tucker.

— Quel bouffon ! ricana Luke tandis que M. Tucker transportait le sèche-linge dans l'allée sur un chariot.

Annie préparait le dîner quand sa mère téléphona pour prendre des nouvelles. Tout allait bien, affirma-t-elle. Oui, bien sûr, la présence des journalistes devant la maison était horripilante, mais qu'y faire ? Non, elle n'avait pas rappelé Rachel Tice.

Elle venait de raccrocher et s'apprêtait à brancher le répondeur lorsque le téléphone sonna de nouveau.

— Allô ? dit-elle en coinçant le combiné contre son épaule pour pouvoir continuer malgré tout à préparer le dîner.

— Pourrais-je parler à Annie Hillman, je vous prie ? demanda une voix de femme.

— C'est elle-même.

— Bonsoir, Annie ! Rachel Tice à l'appareil. J'espère que je ne vous dérange pas ? Je vous ai appelée à votre travail en début d'après-midi. Vous étiez occupée mais votre maman a eu la gentillesse de m'accorder quelques minutes d'entretien.

Annie en eut la chair de poule. Première nouvelle. Erna avait omis de mentionner ce détail. Qu'avait-elle pu lui raconter ?

— Cette histoire d'annonces est tellement fascinante que je voulais savoir si vous accepteriez de venir en parler dans mon émission.

— Je ne crois pas, non, répondit Annie.

— Avant toute chose, je dois vous informer que j'ai appelé le *Peninsula Post* cet après-midi et qu'ils ont consenti à servir d'intermédiaire entre Monsieur Mystère et moi.

Elle laissa passer un temps afin de ménager son petit effet, puis :

— Il est d'accord, Annie ! Il viendra à l'émission si de votre côté vous êtes partante, conclut-elle d'une voix triomphante.

Annie encaissa le choc, les yeux fixés sur le plan de travail.

— Il a accepté de venir ?

— Si vous êtes d'accord, oui.

— Et il sera présent sur le plateau ?

— Absolument. L'émission sera enregistrée vendredi prochain, dans notre studio de Seattle.

Annie secoua la tête. Elle ne parvenait pas à comprendre. Il était prêt à se donner en spectacle devant des millions de spectateurs ? Pourquoi ? Le silence commençait à s'éterniser. Elle s'éclaircit la gorge.

— Écoutez, je ne crois pas que...

— Madame Hillman, comprenez-moi bien. Je respecte vos scrupules mais j'ai bavardé avec votre maman, cet après-midi, et elle m'a avoué que votre fils cadet avait connu de graves problèmes de santé, et que ces dernières années avaient été particulièrement difficiles pour votre famille et vous. En apprenant ça, j'ai pris sur moi de contacter ma direction afin de leur demander s'ils accepteraient de monnayer votre participation à l'émission.

Annie ferma les yeux, foudroyée par cette trahison. Elle ne savait pas ce qui la retenait de raccrocher au nez de cette femme et d'appeler sa mère pour la remercier d'avoir communiqué une information confidentielle à une inconnue !

Loin de se laisser décourager par son mutisme, Rachel Tice insista :

— J'ai obtenu l'accord de la chaîne cet après-midi. Elle est prête à vous verser cinquante-six mille dollars en échange de votre participation à ce show.

Annie se figea. Avait-elle bien entendu ? Rachel Tice avait dit cinquante-six mille dollars ?

— Cela correspond au montant des sommes qu'il vous reste à verser pour rembourser les soins médicaux de votre fils, n'est-ce pas ? reprit la présentatrice d'une voix douce.

Annie ouvrit la bouche mais aucun son n'en sortit. Si Rachel Tice avait vu son expression hébétée, elle en aurait sûrement profité pour lui porter l'estocade finale. Mais la présentatrice attendit poliment au bout du fil une réaction qui ne vint pas, avant d'expliquer à Annie que si elle acceptait de participer à son émission le vendredi suivant (ce qui ne prendrait qu'une heure de son temps), Monsieur Mystère se démasquerait en direct pendant le *Rachel Tice Show*.

— Je me doute que c'est très soudain et que vous avez besoin d'un délai de réflexion, conclut Rachel d'un ton compréhensif. Voulez-vous que je vous recontacte un peu plus tard ?

— Oui, peut-être, murmura Annie, toujours sous le choc. Je... euh... c'est moi qui vous rappellerai.

Après avoir raccroché, elle se précipita à l'étage, s'enferma dans la salle de bains et s'accorda une pause cigarette. Puis elle jeta le mégot dans la cuvette des toilettes, tira la chasse, et appela Marina depuis son portable.

— Comment ça, tu ne sais pas quoi faire ? s'écria sa sœur. Il n'y a même pas à réfléchir : rappelle-la tout de suite et dis-lui que tu acceptes !

— Et si je me rends ridicule à la télé ?

— Mais non ! Tu n'auras qu'à ignorer la caméra et faire ce qu'on te dit.

Comme Annie hésitait toujours, Marina se montra plus pressante :

— Tout ce qu'on te demande, c'est de donner une heure de ton temps, et, en échange, tous les frais médicaux d'Eric seront payés. N'hésite pas, ma belle ! Rappelle-la dans la seconde !


Annie n'oublierait jamais le jour où elle avait entendu pour la première fois le mot « hystiocytose ». Eric avait subi une biopsie soixante-douze heures plus tôt et on lui avait administré des tranquillisants pour le faire dormir. Elle était assise à son chevet et regardait le drap se soulever au rythme de sa respiration. Il avait l'air si minuscule, si perdu dans ce grand lit d'hôpital... Jack se tenait devant la fenêtre, les yeux dans le vague. Il se retourna quand le médecin entra.

Ce dernier tenait un dossier à la main. Il se présenta, puis s'éclaircit la gorge.

— Je suis désolé. Les nouvelles ne sont pas bonnes.

Il leur expliqua ce qu'avait révélé la biopsie et le temps parut s'arrêter.

Jack regardait droit devant lui, comme assommé. Annie répéta le mot plusieurs fois à voix haute, s'agaçant de ne pas réussir à le prononcer correctement, éprouvant de la colère quand le médecin la reprit.

Il leur décrivit les symptômes, ajoutant que le pronostic vital d'Eric restait réservé.

— C'est ce qu'on appelle une maladie orpheline, précisa-t-il.

Annie prit une respiration.

— Je veux un deuxième avis médical.

Il hocha la tête.

— Bien sûr. C'est tout à fait envisageable, madame Hillman. Mais le diagnostic est clair.

241

Une nausée lui tordit l'estomac et elle se dirigea en vacillant vers le cabinet de toilette pour s'asperger le visage d'eau fraîche. Les voix des deux hommes continuaient à lui parvenir, assourdies par le ruissellement du robinet. Jack posait des questions qui muèrent sa colère en peur.

— Alors, il ne s'agit pas d'un cancer ?

— Non, mais le traitement est identique.

— Rayons ?

— Chimiothérapie.

Annie ferma la porte et vomit dans le lavabo. Quand elle regagna la chambre, le médecin était parti. Jack lui ouvrit ses bras et elle s'y réfugia. Les médecins pouvaient se tromper, elle en était persuadée. Ce n'était pas parce qu'ils avaient donné un nom à cette maladie qu'Eric en était forcément atteint.

Mais elle se leurrait.

Il lui fallut très longtemps pour accepter la réalité. Extérieurement, Eric ne donnait pas l'impression d'être malade. Il n'avait pas de plaies, pas d'hématomes, pas de saignements. Rien qui puisse laisser soupçonner le mal qui le rongeait à l'intérieur – à part sa pâleur, peut-être, et la rapidité avec laquelle il semblait fondre. Annie aurait voulu s'approprier sa maladie, l'aspirer dans son propre corps, le laissant affaibli, certes, mais libéré. Quand il avait fait deux rechutes très graves, entrecoupées d'une période de rémission de près de un an, Annie avait pratiquement cessé de manger et de dormir. Elle tournait en rond chez elle, murmurant : « Si vous me le prenez, il faudra me prendre avec lui ! » Des menaces qui ne servaient à rien, elle le savait bien, mais qui lui permettaient d'exorciser sa peur.

La nuit, quand Eric dormait, elle hantait les couloirs de l'hôpital, habitée par un sentiment de révolte et d'injustice. Pour compenser un peu son impuissance à le guérir, elle avait résolu de faire tout ce qui était en son pouvoir pour rendre ses journées plus douces, enfreignant du même coup presque toutes les règles de l'établissement. Elle dormait près de lui chaque fois qu'il en manifestait le désir. S'il voulait un câlin, elle le tenait contre elle jusqu'à ce que ses bras n'en puissent plus. Des pièces de Lego jonchaient constamment le pied de son lit ; Spiderman dansait au bout d'un fil suspendu au plafond ; elle lui apportait tous les jours une glace, un livre ou un dessin animé qu'elle lui passait sur un magnétoscope acheté d'occasion – bien sûr, il ne s'agissait que de petits réconforts ponctuels, mais Annie aurait décroché la lune si son fils le lui avait demandé.

*Rien n'est assez fort pour battre cette chose qui cherche à le détruire*, se répétait-elle.

Pour garder malgré tout le contact avec la réalité, elle consignait dans un cahier chaque étape, chaque événement survenu au cours de la maladie d'Eric : son poids, sa façon de réagir au traitement hormonal, sa température, jusqu'au nombre d'anniversaires célébrés dans sa chambre d'hôpital. Tout était écrit noir sur blanc : elle n'avait plus qu'à se référer à ses notes pour savoir exactement à quelle date avait eu lieu sa première séance de chimiothérapie ou à quand remontait sa dernière prise de sang.

Et tandis qu'elle passait des heures, des jours, des semaines au chevet de son fils cadet, elle éprouvait un sentiment de culpabilité grandissant vis-à-vis de Luke et de Jack. Elle avait conscience de les négliger, mais pour l'instant, Eric restait sa priorité. Elle se promettait de se rattraper plus tard. Une fois Eric guéri, elle mettrait les bouchées doubles pour reconstruire leur vie d'avant, elle réparerait tout ce que son absence et la maladie d'Eric avaient détruit. Oui, c'était ce qu'elle se disait. Elle croyait avoir encore le choix, avoir encore le temps.

Mais, de nouveau, elle se trompait.

Pendant cinq ans, elle avait tout donné à Eric, et il n'était plus rien resté pour les autres. Le soir, après avoir sacrifié aux questions d'usage : « Comment s'est passée ta journée ? Pas de problèmes au boulot ? Tu as réglé la facture de téléphone ? », Jack et elle se consacraient à Luke. Annie avec des gestes que l'épuisement rendait presque mécaniques ; Jack en surjouant pour compenser. Et le lendemain, une nouvelle journée commençait, identique à la précédente, et Annie faisait mine de ne pas voir la catastrophe qui se préparait sous son nez.

Chaque nuit, elle sentait la respiration de Jack à côté d'elle, son bras autour de sa taille, son torse contre son dos. Mais l'idée de faire l'amour ne lui inspirait plus aucun désir. Jack lui caressait l'épaule, couvrait sa nuque de baisers, et elle se mordait les lèvres pour ne pas pleurer. Elle aurait voulu lui crier que sa résignation douloureuse la révoltait, même si elle savait bien qu'il n'existait pas d'attitude modèle face à ce genre de tragédie. Bien sûr, il y avait aussi des bons jours, mais Annie avait l'impression de dévaler des montagnes russes, toujours plus hautes, sans avoir aucun moyen de freiner ou d'atténuer les chocs de façon à leur offrir, à tous, un quotidien un peu plus vivable.

Avec la distance, elle revoyait très précisément le moment où le vernis s'était craquelé : c'était le jour où elle était entrée dans un magasin de beauté pour s'acheter du shampooing ; essence de fraise, extrait de mangue, délice à l'orange, évasion au kiwi : tout ce qui se faisait de plus raffiné en matière de produits capillaires était aligné sur les rayons. L'esprit ailleurs, Annie avait pris une bouteille au hasard et l'avait retournée pour lire l'étiquette. Au même instant, une jeune femme s'était arrêtée à sa hauteur avec un caddie. Une petite fille remuante y était installée. Pour qu'elle se tienne tranquille, sa maman poussait le caddie d'avant en arrière tout en choisissant un shampooing, puis un autre, afin de les comparer.

Le regard d'Annie avait effleuré les cheveux blond platine de la jeune femme, coiffés à la dernière mode, ses bottines en cuir noir, ses ongles laqués d'un vernis framboise. Puis elle avait jeté un coup d'œil à ses achats : des crèmes destinées à lisser l'ovale du visage, à repulper la peau, à effacer les premières rides... Des produits plaisir, sans véritable utilité. Du superflu de luxe, avait songé Annie, la gorge sèche. Pas un seul de ces articles n'était indispensable.

La petite fille se tortillait pour descendre du caddie. Sa maman l'avait fait rasseoir sur le siège d'un geste impatient.

— Une minute, Jess ! J'ai presque terminé.

D'une main tremblante, Annie avait reposé sa bouteille de shampooing sur le rayon. Elle n'avait aucune raison de se sentir coupable, elle avait le droit de s'accorder un petit plaisir de temps en temps, elle le savait... Et pourtant elle en était incapable. Elle avait compris à cet instant que, pour survivre à la maladie de son fils, elle s'interdirait inconsciemment de profiter de la vie de quelque façon que ce soit tant qu'il n'irait pas mieux. Elle tarirait toute source de joie, toute forme de satisfaction, tout ce qui pourrait atténuer son sentiment d'impuissance.

— J'ai besoin de toi, Annie, chuchota Jack une nuit tout contre sa nuque.

— Je suis là, répondit-elle.

— Non, tu n'es pas là.

Quelques jours plus tard, elle s'était réveillée seule au milieu de la nuit. La salle de bains était éclairée, la porte entrebâillée. En s'approchant, elle avait vu Jack incliné sur la baignoire, les épaules secouées de sanglots. Le voir craquer, lui qu'elle croyait invulnérable, l'avait pétrifiée. Et terrifiée.

Aujourd'hui, elle se rendait compte que tous les signaux d'alerte étaient allumés, mais à l'époque elle n'avait rien vu. C'était comme une plante qu'on a sous les yeux mais qu'on oublie d'arroser jour après jour. Les feuilles jaunissent puis se dessèchent lentement, et quand on s'aperçoit enfin du désastre, il est trop tard. On aura beau la tremper dans une bassine, lui donner de l'engrais, l'installer au soleil ou lui mettre de la musique douce, plus rien ne pourra la ramener à la vie.

Il était vingt-trois heures lorsque Annie pensa à écouter son répondeur. Après avoir fait défiler une bonne demi-douzaine d'appels de journalistes, elle trouva un message de Julie lui demandant si elle tenait le coup, et un autre de Chris Carby.

« Salut, Annie, c'est moi, disait-il d'une voix enjouée. Je suis rentré de ma partie de pêche il y a quelques heures. Il paraît que tu es devenue une vraie star, en mon absence ? J'avais lu la première annonce avant mon départ, mais je suis curieux de savoir ce que disent les suivantes. »

Annie entendit tinter la porte du magasin, en arrière-plan, puis il y eut un éclat de rire.

« Bon, il faut que je te laisse. Appelle-moi demain, d'accord ? Je travaille ce week-end, mais j'aimerais t'emmener dîner au restaurant la semaine prochaine. »

Il y eut une pause, puis Chris demanda :

« Au fait, c'est ta Yugo, l'épave qui est garée à côté de la caserne des pompiers ? »

Après avoir fermé la maison, Annie monta lentement à l'étage. Eric dormait mais le lit de Luke était vide. Malgré sa fatigue, Annie se dirigea en souriant vers la fenêtre du couloir et se hissa sur le toit. Les occasions de passer quelques instants avec lui étaient si rares, elle s'en serait voulu de ne pas les saisir au vol lorsqu'elles se présentaient.

— Tu as apporté quelque chose à grignoter ? demanda-t-elle en s'asseyant en tailleur près de lui.

Il indiqua du menton une boîte de biscuits Ritz, à ses pieds.

Elle était installée depuis quelques secondes quand Libby sortit de chez elle et contempla fixement le jardin de M. Kale, bras croisés.

— Elle est en retard ce soir, chuchota Luke tandis que la voisine se glissait de l'autre côté du petit portail qui séparait les deux jardins.

Elle se dirigea vers une série de pots de fleurs alignés le long de la maison de son voisin et glissa la main dessous jusqu'à ce qu'elle trouve ce qu'elle était venue chercher. Puis, munie de la clé qu'elle venait de se procurer, elle se redressa triomphalement et ouvrit la porte de derrière.

— Allez, toi, viens ici.

Perplexes, Annie et Luke la regardèrent disparaître à l'intérieur de la maison. Quand elle réapparut, quelques minutes plus tard, le basset de M. Kale se tortillait sous son bras. Elle le posa par terre, tira sur une laisse et se dirigea vers son propre jardin. Le chien la suivit, mais à l'instant où elle gravissait les marches de son perron il s'assit et refusa de bouger. Libby essaya de le convaincre de la suivre, sans succès.

— Allez, viens, sois un gentil toutou...

Le chien se coucha, les oreilles basses, et se mit à trembler comme une feuille.

Libby réfléchit, les poings sur les hanches, puis elle rentra chez elle. Elle ressortit un instant plus tard avec un bol et une pomme. Elle s'assit sur les marches et commença à peler le fruit. Le basset releva la tête et dressa les oreilles tandis qu'elle coupait la pomme en quartiers puis en tronçons. Quand ce fut terminé, elle prit un morceau et le mangea. Le chien se rapprocha. Libby prit un deuxième morceau et fit semblant de le manger. Le chien posa la patte sur sa cuisse et poussa un petit gémissement. Médusée, Annie entendit Libby lui gazouiller des encouragements tandis qu'elle lui présentait le bol et le regardait dévorer le reste de la pomme.

Luke secoua la tête.

— Qui l'eût cru ?

Annie acquiesça, tout en se disant qu'elle aurait bien aimé échanger sa place avec celle de Libby en cet instant. Oui, elle aurait mille fois préféré s'occuper du basset de M. Kale plutôt que d'avoir à participer au *Rachel Tice Show*, comme elle s'y était résignée il y avait moins de une heure.

# 24

Annie arrêta la sonnerie de son réveil puis roula sur elle-même, évitant de justesse d'écraser Ramsès. Après s'être habillée en hâte, elle descendit l'escalier et jeta un coup d'œil par la fenêtre de la salle à manger. Il était à peine sept heures ; le gros des troupes n'était pas encore arrivé. Seul un journaliste occupait la table de pique-nique du lotissement. Il serrait un gobelet de café dans ses mains en bâillant, l'œil éteint.

Satisfaite, Annie attrapa une banane en guise de petit déjeuner, monta dans la chambre des garçons et réveilla Luke tout doucement.

Il roula sur le côté et la regarda en clignant des yeux.

— Je sors pagayer un peu, chuchota-t-elle. Je serai sûrement rentrée avant que vous soyez levés, mais je prends quand même mon portable au cas où.

— D'accord, grommela-t-il en se remettant à plat ventre.

Après avoir ouvert la porte de derrière avec infiniment de précautions pour l'empêcher de grincer, Annie se faufila dans l'allée en se faisant l'effet d'un voleur quittant la scène d'un crime. La tête rentrée dans les épaules et les yeux baissés pour ne pas attirer l'attention, elle courut à petites foulées jusqu'aux docks, souleva son kayak et le mit à l'eau. La veille, elle n'avait pas pu sortir et mourait d'impatience de prendre le large.

Tout en embarquant, elle repensa au message que Chris lui avait laissé sur son répondeur. Elle l'avait réécouté plusieurs fois, mais rien – ni dans sa voix ni dans ses propos – ne lui avait paru suspect ou ambigu. Néanmoins, elle devait se préparer à toute éventualité, y compris à celle que Chris apparaisse sur le plateau du *Rachel Tice Show*, le vendredi suivant. Comment réagirait-elle s'il était l'auteur des annonces ? Chris était un garçon brillant. Le succès avec lequel il avait repris le magasin de son père en était la preuve. Et physiquement, il était devenu très craquant, dans le style cow-boy au grand cœur... Le problème, c'était qu'Annie avait du mal à greffer l'image de son copain d'enfance sur celle d'un homme dont elle pourrait tomber amoureuse.

En songeant aux souvenirs qu'ils avaient en commun elle ne put s'empêcher de sourire. Chris n'avait jamais été très loquace et il se montrait parfois d'une maladresse qui confinait à la muflerie, mais il avait un véritable don avec les enfants. Quand Eric allait si mal, il était venu lui rendre visite régulièrement à l'hôpital et, chaque fois, il avait réussi à le distraire en lui racontant toutes sortes d'histoires incroyables. Par exemple : savait-il qu'on pouvait combiner six pièces de Lego à huit trous de cent deux millions neuf cent quatre-vingt-un mille cinq cents façons différentes ? Et qu'il fallait deux mètres cinquante d'acier pour réaliser le pied à roulettes d'un support de plateau-repas ? Affirmation qu'il s'employait aussitôt à démontrer à l'aide d'un mètre ruban que, par le plus grand des hasards, il se trouvait avoir dans sa poche...

Plus elle y pensait, plus Annie était forcée d'admettre qu'elle aurait eu toutes les raisons du monde d'être attirée par Chris. Et pourtant, elle s'en rendait compte à cet instant avec une implacable lucidité, elle n'était pas et ne serait jamais amoureuse de lui. Elle l'aimait bien, oui. Mais avec la même tendresse affectueuse qu'elle portait à Julie. Sans plus.

Elle fit pivoter son kayak en direction de la baie, ferma les yeux et se remit à pagayer, plus lentement cette fois, adoptant cette cadence souple et régulière qui lui permettait toujours de se relaxer. Quand elle irait travailler, tout à l'heure, elle appellerait Rachel Tice pour l'informer qu'elle acceptait de participer à son émission. Ensuite, elle réfléchirait au comportement à adopter si jamais Chris s'avérait être l'auteur des annonces. Pas question de l'humilier ou de le blesser par une réaction maladroite. Non, elle choisirait soigneusement ses mots afin de lui montrer, ainsi qu'au reste du monde, qu'il tenait une place à part dans son cœur, même si elle ne l'aimait pas d'amour.

Les abords de la maison s'étaient animés quand Annie rentra de sa promenade. Trois journalistes avaient pris place à la table de pique-nique tandis que Rose et Libby, tout sourire, leur servaient du café et leur proposaient des muffins maison.

Annie se glissa chez elle comme une voleuse, par la porte de derrière. Installé devant la fenêtre de la cuisine, un bol de corn-flakes dans les mains, Luke observait le spectacle. Il lança à sa mère un regard par-dessus son épaule.

— Rose et Libby sont vraiment givrées.

— Possible, admit Annie. Mais sans elles la vie dans le lotissement serait terriblement morne, reconnais-le.

Après avoir vérifié discrètement qu'il n'y avait pas de journaliste tapi sous le porche, prêt à lui bondir dessus, elle entrebâilla la porte d'entrée et ramassa furtivement le numéro de *USA Today* qu'une âme charitable déposait tous les matins sur son paillasson depuis que le journal avait commencé à évoquer l'« affaire des annonces ». Elle referma la porte sans que personne n'ait rien remarqué, remit la chaîne de sûreté et regagna la cuisine.

Eric était debout, lui aussi.

— 'jour, m'man, murmura-t-il en bâillant.

— Bonjour, chéri, dit-elle en se glissant sur une chaise.

Il gratta son crâne rasé, remit sa casquette et se pencha par-dessus l'épaule de sa mère pour lire l'article qui s'étalait sur deux colonnes à la une de *USA Today*.

### UN CONTE DE FÉES MODERNE ?
#### par David Frost

*Dans un climat mondial empoisonné par les menaces terroristes, les attentats suicides, un tsunami dévastateur, et, plus récemment, par les ravages de l'ouragan Katrina, il est assez aisé de comprendre l'engouement général que suscite depuis quelques semaines la campagne d'annonces « Connaissez-vous cette femme ? » publiée dans un petit journal local de la côte Ouest.*

*En effet, comment rester insensible à la démarche originale choisie par cet homme pour reconquérir celle qui fut son grand amour ? La sociologue Mary Weingartner explique le succès de cette histoire par le phénomène d'identification qu'elle suscite chez chacun de nous : « Ces annonces parlent de la marche inexorable du temps, de la jeunesse enfuie, des amours perdues, et elles osent ce que nous aimerions tous tenter au moins une fois dans notre vie : ressusciter une relation qu'un accident de parcours a fait sortir de ses rails. »*

*Les sceptiques ne manqueront pas de souligner les limites de l'exercice : qu'adviendra-t-il de cette belle histoire si Annie ne partage pas les sentiments de son soupirant anonyme ? Que se passera-t-il si le rêve se brise impitoyablement sur la réalité lorsque cet homme mystère sortira de l'ombre ? L'un des producteurs de la chaîne NBC apporte une réponse optimiste à cette inquiétude légitime : « Quelle que soit l'issue de cette aventure humaine, Annie Hillman a toutes les raisons de se sentir flattée : dans un monde trop souvent régi par l'argent et les paillettes, la démarche de cet homme est indéniablement authentique. Elle vient du cœur. »*

Annie lâcha un sucre dans son café, médusée par les proportions prises par cette histoire.

— Je me demande qui est ce type, dit Eric, toujours penché sur l'épaule de sa mère.

Luke lui rabattit sa casquette sur les yeux.

— Toi et le reste de la planète, crâne d'œuf.

Annie faillit s'emporter, mais elle ne voulait pas de dispute aujourd'hui. Elle se contenta donc de foudroyer son fils aîné du regard pendant qu'Eric redressait son couvre-chef.

Les garçons ne le savaient pas encore, mais elle avait décidé de les emmener voir les geysers du parc national de Yellowstone. Il leur faudrait partir très tôt le lendemain matin, et elle était tout excitée à cette idée. Cette expérience offrirait aux deux frères l'occasion de se rapprocher, elle en était convaincue.

L'idée lui en était venue quand elle avait entendu Harrison évoquer le voyage qu'il projetait de faire à Billings, dans le Montana, où il devait témoigner dans un procès. Annie lui avait demandé s'il accepterait éventuellement de prendre des passagers dans sa voiture, il avait acquiescé, et elle lui avait expliqué son projet de passer un week-end avec les garçons dans le parc national de Yellowstone. Lui serait-il possible de les déposer sur place et de repasser les chercher sur le chemin du retour ? En cinq minutes, l'affaire était conclue. Harrison leur prêterait même une tente et du matériel de camping. Il avait tout ce qu'il fallait dans son garage.

Annie gardait un souvenir ébloui de leurs randonnées dans le parc de Yellowstone quand elle était petite. Elle se rappelait encore son émerveillement devant les petits volcans de boue qui clapotaient comme s'ils allaient se mettre à bouillir, et les sources chaudes, aussi étincelantes que des perles de verre.

« Notre mère Nature dans toute sa splendeur », avait coutume de dire son père.

Quand elle était enfant, ils commençaient toujours leur visite par le centre d'accueil des visiteurs afin d'acheter une carte et de noter les horaires des différentes éruptions. Ils suivaient tous les ans un circuit différent, mais ne manquaient jamais de rendre visite au Vieux Fidèle, le geyser le plus célèbre du monde. Des bancs en bois étaient disposés en demi-cercle autour de son cratère, et quand il entrait en éruption, il projetait un jet d'eau à plus de cinquante mètres de haut. Le spectacle – immortalisé par des centaines d'appareils photo – durait à peu près trois minutes avant de s'arrêter aussi soudainement qu'il avait commencé. Le public se levait alors pour partir, mais Annie, elle, restait toujours assise sur son banc, le visage renversé en arrière, dans l'espoir de sentir quelques gouttelettes encore en suspension mouiller ses joues.

« À en croire la légende, lui avait expliqué un jour son père, l'écume des geysers a des propriétés magiques. Elle guérit les maux de tous ceux qu'elle touche... »

Annie jugea le moment venu d'annoncer la grande nouvelle aux garçons.

— Devinez ce qu'on va faire ce week-end ? demanda-t-elle joyeusement.

— Aider à reconstruire le drive-in qui a brûlé ? ironisa Luke en farfouillant dans le réfrigérateur.

— Assister à un match des Sonics ? suggéra Eric, plein d'espoir.

— Non. On va visiter le parc national de Yellowstone !

Une fois n'est pas coutume : elle réussit à capter leur attention à tous les deux. Luke sortit la tête du frigo et Eric esquissa une moue perplexe.

— On dormira sous la tente, poursuivit Annie avec entrain, comme s'ils partaient camper tous les jours. Et ensuite, je vous emmènerai voir les geysers.

— On va dormir sous une tente ? répéta Luke pour s'assurer qu'il avait correctement entendu.

— Mmm.

— Et regarder des geysers ?

— Exactement ! Ce sera très amusant. Votre oncle Harrison doit se rendre à Billings, dans le Montana, pour témoigner dans un procès. Il nous déposera à Yellowstone. On part demain matin, à six heures. Il nous aidera à monter la tente et reviendra nous chercher lundi, sur le chemin du retour. J'ai pris une journée de congé. Nous commencerons par le Vieux Fidèle, le geyser le plus célèbre du monde !

Eric l'écoutait, les yeux écarquillés, essayant d'assimiler toutes ces informations.

— Bien sûr, ce ne sera que le début, poursuivit Annie. Nous aurons toute la journée de dimanche pour emprunter l'itinéraire balisé et assister à d'autres éruptions. C'est un acte presque mystique de contempler un geyser en action, vous savez. Vous allez...

Luke claqua la porte du frigo, les mâchoires serrées.

— C'est *quoi* ton problème ?

— Pardon ?

— Tu es malade, mourante, ou quelque chose dans ce genre ?

Annie le dévisagea avec des yeux ébahis.

— Pas du tout. Pourquoi me demandes-tu ça ?

— Pourquoi ?

Il compta sur ses doigts d'un air rageur.

— D'abord, tu te fais virer de ton boulot. Après, tu te mets à avaler des pilules à longueur de journée et tu décides de nous traîner dans ce bled pourri. Ensuite, tu nous emmènes devant cet arbre débile, puis dans un drive-in qui flambe, et maintenant tu veux qu'on aille voir des *geysers* ? On n'a jamais campé de notre vie, même quand papa était là ! Tu peux me dire pourquoi on ferait un truc pareil ?

L'assurance d'Annie vacilla, mais ils la dévisageaient tous les deux, dans l'attente de sa réponse. Alors elle articula :

— Parce que c'est important pour moi et que j'aimerais vous faire partager cette expérience.

Elle redressa le menton et reprit, d'une voix qui monta d'un cran :

— Je sais que votre vie a été chamboulée et que plus rien n'est vraiment comme avant. Mais quand je me donne du mal pour vous montrer quelque chose qui me tient à cœur, vous pourriez au moins manifester un peu d'enthousiasme, ne serait-ce que par politesse !

Un silence inconfortable tomba dans la pièce, bientôt remplacé par une gêne palpable.

Luke lança à sa mère un long regard, puis son visage se vida de toute expression.

— Désolé.

Annie leva la main pour l'arrêter. Elle ne voulait pas d'excuses.

— La discussion est close. Nous allons faire du camping et observer des geysers, point final. Et une fois là-bas, j'espère que vous ouvrirez grands vos yeux, parce que, malgré votre étroitesse d'esprit, il se pourrait que vous adoriez ce que vous allez vivre !

Elle fut fort embarrassée de sentir des larmes perler à ses cils et se mordit la lèvre, consternée. Elle n'avait pas eu l'intention de se mettre à pleurer.

— Rompez ! lâcha-t-elle en guise de conclusion.

Et elle se détourna très vite pour monter prendre sa douche, laissant ses fils médusés.

Tout en se glissant sous l'eau chaude, Annie ne put s'empêcher de repenser à une conversation qu'elle avait surprise entre les garçons, peu avant leur départ pour Eagan's Point. Ils emballaient tous les deux leurs affaires dans des cartons, dans la salle à manger, quand, en passant dans le couloir, elle avait entendu Eric soupirer :

— Je m'inquiète pour maman.

Après un court silence, Luke lui avait demandé pourquoi.

— Elle a l'air si... *triste*.

Il y avait un tel désarroi dans sa voix qu'Annie en avait eu la gorge serrée. Puis Luke avait ricané :

— Passe-moi le ruban adhésif, banane, au lieu de raconter n'importe quoi.

Elle avait compris que Luke avait tenté de faire croire à son frère que tout allait s'arranger et elle s'en était alarmée, parce que, malheureusement, ce n'était pas vrai.

Annie pivota légèrement sur le siège afin d'observer Luke et Harrison dans le rétroviseur. Ils déballaient le matériel de camping en riant comme des petits fous. Elle ignorait la raison de leur hilarité, mais Harrison tenait Luke par l'épaule et leur attitude reflétait une complicité qui la rendit un peu jalouse. Eric, quant à lui, dormait profondément sur la banquette arrière, les bras croisés sur sa poitrine, la tête appuyée contre la vitre. Annie remonta la fermeture Éclair de son blouson et descendit donner un coup de main aux deux complices.

Une heure plus tard, la tente était montée, Harrison leur avait fait ses adieux, et un bon feu de camp crépitait devant l'entrée.

— Qui veut de la soupe à la tomate ? demanda Annie.

Elle obtint un « moi ! » enthousiaste d'Eric et un grognement de Luke, occupé à attacher une corde à linge entre deux arbres. Avant qu'elle ait eu le temps de mettre la main sur une casserole, la lumière baissa tout d'un coup et un éclair zébra le ciel, suivi par un énorme coup de tonnerre. Cinq minutes plus tard, un déluge s'abattait sur eux, poussé par des bourrasques de vent surgies de nulle part. Dieu merci, Harrison avait pensé à déployer une bâche sur le toit pour le cas où le temps se gâterait.

Annie et les garçons attrapèrent ce qu'ils pouvaient sauver du naufrage et se retranchèrent à l'intérieur de leur tente. Ils regardèrent des grêlons de la taille d'une balle de golf ricocher sur le sol, rebondir sur la table de pique-nique, culbuter le réchaud à gaz.

— Super, ton idée de camper ! commenta Luke sur un ton sarcastique, le pouce levé.

Quand le déluge s'arrêta enfin, ils rampèrent à l'extérieur et Annie sollicita l'aide de ses fils pour aller chercher du bois et deux seaux d'eau. La nuit commençait à tomber et elle ne voulait pas se laisser piéger par l'obscurité.

Ils trouvèrent un point d'eau et une réserve de bois à proximité de la route, et, quelques minutes plus tard, ils rebroussaient chemin avec leur chargement. Annie portait les seaux et les garçons une énorme brassée de bûches. Ils regagnaient leur campement quand l'écho d'une dispute leur parvint. Un homme assez corpulent était assis sur une souche, la mine abattue, pendant qu'une gamine de douze ou treize ans marchait de long en large devant lui, visiblement furieuse.

— Chérie, je t'assure que ça va s'arranger, protestait-il.

— Non, papa, ça ne va pas s'arranger ! Je t'avais dit de monter la tente *ici*, riposta-t-elle en montrant un carré d'herbe. Mais non, tu as insisté pour l'installer à côté de la table de pique-nique. Résultat, mon lecteur de DVD portable est fichu et *ça ne va pas s'arranger* !

Les lunettes du père étaient tordues, son visage tout rouge. En l'observant, Annie se demanda ce qui était pire : un fils qui vous ignore – comme Luke –, ou une fille qui vous crie dessus – comme cette demoiselle. Dans le deuxième cas de figure, au moins, ils communiquaient... Elle en était là de ses réflexions lorsqu'une voix demanda :

— Vous voulez un coup de main ?

Annie se rendit compte que c'était Luke qui venait de parler et écarquilla les yeux en le voyant poser son tas de bois par terre et s'avancer vers le monsieur aux lunettes tordues. *Mais qu'est-ce qu'il fait ?* Elle aperçut alors la tente de leur voisin, aplatie comme une crêpe sous un amas de branches et de feuilles. Le coupable, un bouleau d'une dizaine d'années, gisait en travers de la table de pique-nique.

L'homme se leva, penaud.

— Merci, mon garçon. Je ne dis pas non.

Luke devint pivoine et Annie haussa les sourcils, constatant avec une certaine humilité que les mamans étaient souvent les dernières à remarquer ce qui sautait pourtant aux yeux : l'adolescente en colère avait à peu près le même âge que Luke, elle était très mignonne, et, en le voyant s'approcher, elle glissa ses cheveux blonds derrière son oreille d'un geste très féminin.

Annie s'avança à son tour et procéda aux présentations avant de proposer son aide à l'infortuné campeur (Bill Timmons) et à sa fille (Amy). Ils étaient originaires de l'Oregon et se rendaient dans l'État de Rhode Island pour prendre part à une réunion de famille.

— En réalité, elle n'a lieu que la semaine prochaine, mais mon épouse a pensé que ce serait une bonne occasion de nous retrouver tous les deux, Amy et moi, et de faire un peu de tourisme.

Sa femme, atteinte de sclérose en plaques, était partie en avion depuis déjà plusieurs jours, ajouta-t-il.

Une demi-heure plus tard, ils avaient réussi à dégager la tente et à monter ce qu'il en restait sur un emplacement plus sûr.

— Merci encore ! cria Bill comme Annie et les garçons regagnaient leur propre logis.

Il était deux heures du matin quand un bruit tira Annie de son sommeil. L'accès de la tente était entrouvert. En passant la tête dehors, elle eut la surprise d'apercevoir Luke et Amy, assis côte à côte devant le feu de camp. Elle faillit les apostropher, hésita, puis décida de les laisser tranquilles. Amy était ravissante : ses cheveux blonds coupés au carré dégageaient sa nuque et dessinaient un angle droit de chaque côté de son visage, avec la précision d'une lame de rasoir. Intriguée par ce rendez-vous nocturne, Annie rentra la tête à l'intérieur de la tente et resta assise, le menton dans ses mains, osant à peine respirer, de peur d'être surprise à les espionner.

Elle entendit Luke déclarer :

— Je te préviens, je ne suis pas bavard.

Et Amy répondre :

— Pas de problème : je parlerai et toi, tu écouteras. Comme ça on y trouvera notre compte tous les deux.

C'était décidément le soir des surprises, car, cette nuit-là, Annie entendit Luke le taciturne se livrer comme jamais. Il parla à Amy de ses parents qui étaient en train de divorcer. De son père – un type assez réservé, mais vraiment génial. De son frère Eric – toujours dans la lune. De sa mère – une hypersensible, toujours au bord du rire ou des larmes.

*Hypersensible ?* réfléchit Annie, en fronçant les sourcils. *Je suis une hypersensible, moi ?* Et brusquement, sans raison, elle se sentit au bord des larmes.

De son côté, Amy raconta à Luke une conversation houleuse qu'elle avait surprise entre ses parents, quelques mois plus tôt, avant que les médecins annoncent à sa mère qu'elle était atteinte de sclérose en plaques.

— Ils criaient, et alors ils ont commencé à parler de divorce et à se chamailler pour déterminer lequel des deux aurait ma garde. Après, pendant des jours et des jours, je n'ai pas pu avaler quoi que ce soit. J'attendais sans arrêt qu'ils m'annoncent la nouvelle, mais ça ne venait jamais. Et puis, maman est tombée malade, et voilà où on en est aujourd'hui.

Elle marqua une pause avant de demander :

— Et tes parents à toi, ils se parlent toujours ?

— Pas très souvent, répondit Luke.

— Tu vois encore ton père ?

— Pas autant que je le voudrais, mais ça va bientôt changer.

Son ton reflétait une grande détermination ainsi qu'une pointe de provocation, et Annie en fut profondément affectée : elle connaissait le caractère entêté de son fils. Quand il avait décidé quelque chose, rien ne pouvait l'amener à changer d'avis. Tout petit, déjà…

Annie se remémora ce jour, il y avait bien longtemps, où elle avait tenté, en vain, de le convaincre d'attendre un peu avant d'entrer à la maternelle. Il était encore petit, il avait tout le temps devant lui. Rester quelques mois de plus à la maison avec maman ne serait pas si terrible... Si ?

Le matin de la rentrée, Luke avait dégagé doucement sa main, qu'Annie serrait très fort dans la sienne, en lui disant :

— T'en fais pas pour moi, m'man. Je ne vais pas pleurer.

Et, comme la porte de sa classe se refermait derrière lui, Annie avait chuchoté d'une voix tremblante :

— Moi, si.

Le lendemain matin, à dix heures trente, Annie, Eric et Luke prenaient place sur les bancs en bois installés en demi-cercle autour du Vieux Fidèle. Luke dégaina instantanément sa Game Boy et oublia tout ce qui l'entourait. Il était encore tôt, mais l'atmosphère lourde laissait d'ores et déjà présager une journée chaude. Au bout d'une demi-heure, une cinquantaine de personnes les avaient rejoints. Une femme d'un âge indéterminé, avec un T-shirt blanc portant l'inscription « *Just do it* », se planta devant Luke et contempla la place vacante, à côté de lui, avec une insistance bizarre. Elle était de petite taille, maigre, et parlait toute seule, mais ce qui intrigua le plus Annie, c'était le plumeau à poussière qu'elle tenait à la main. Après s'être penchée pour examiner le banc, elle l'époussetta et Annie l'entendit marmonner :

— Dégoûtant. Pouah, pouah, pouah. Absolument dégoûtant.

Luke leva les yeux de sa console et la dévisagea.

Après avoir glissé son plumeau dans la poche revolver de son jean, la femme s'assit avec raideur et sortit un appareil photo de son sac.

Luke se rapprocha imperceptiblement de sa mère et lui lança un regard signifiant : *Qu'est-ce que c'est que cette cinglée ?*

*Ignore-la*, articula silencieusement Annie.

Les yeux fixés sur le cratère massif du Vieux Fidèle, la femme au plumeau se mit à déclamer :

— Il y a un millier de geysers en activité à travers le monde, et cinq cents d'entre eux se trouvent ici, à Yellowstone.

Luke la regarda, un sourcil levé.

— En ce qui concerne notre ami, poursuivit-elle en pointant un doigt sur le Vieux Fidèle, le rythme de ses éruptions est conditionné par leur durée. Par exemple, si l'une d'elles dure deux minutes, il faudra attendre près de cinquante minutes avant la suivante...

Luke se pencha vers Annie, les sourcils froncés.

— Elle fait partie du show ?

— Je n'en sais rien, chuchota-t-elle. Sois patient.

Par chance, ils n'eurent pas longtemps à attendre. Après quelques clapotis et gargouillis en guise de préliminaires, salués par un frémissement d'anticipation dans la foule, un jet d'eau sortit brusquement du cratère. En l'espace de quelques secondes, le Vieux Fidèle donna la pleine mesure de sa puissance, propulsant vers le ciel une colonne d'eau de près de cinquante mètres de haut. Un cri d'émerveillement monta spontanément de la foule, relayé par des exclamations enthousiastes en plusieurs langues, tandis que les appareils photo crépitaient et que la femme au plumeau hurlait « Waouh ! » d'une voix stridente qui couvrit toutes les autres. Trois minutes plus tard, c'était fini. Seules quelques flaques d'eau autour du cratère du Vieux Fidèle attestaient qu'ils n'avaient pas rêvé.


Comme souvent, l'accident se produisit en l'espace d'une seconde. Annie progressait avec les garçons sur le sentier pédestre, observant les petits cratères qui clapotaient dans le lointain, quand elle se retrouva par terre, sans même avoir compris ce qui lui était arrivé. (Plus tard, les garçons lui expliquèrent qu'elle avait glissé sur une glace en bâtonnet, que quelqu'un avait dû faire tomber.) Annie resta un instant au sol, hébétée, puis elle essaya de se redresser et elle se rendit compte immédiatement qu'elle s'était fait mal. Des élancements lui traversaient la cheville droite et, quand elle voulut la palper, la douleur l'arrêta net.

— Maman ? demanda Eric en s'agenouillant près d'elle. Est-ce que ça va ?

Avant qu'elle ait eu le temps de répondre, la femme au plumeau surgit devant eux. Elle écarta le garçonnet et prit les choses en main.

— Voyons un peu ce qui vous arrive.

Vive comme l'éclair, elle sortit de son sac à dos une paire de gants de vaisselle jaunes et les enfila. Puis, avec des gestes très délicats, elle aida Annie à se lever, la soutenant par un bras pendant que Luke en faisait autant de l'autre côté.

— Pouvez-vous appuyer le pied par terre ? demanda-t-elle, les sourcils froncés.

— Un peu, répondit Annie en faisant un essai.

Sortant son plumeau de sa poche, la femme épousseta le sol avant de s'agenouiller devant Annie pour examiner sa cheville, la faisant pivoter dans un sens, puis dans l'autre, tout en se parlant à elle-même :

— Mmm... L'articulation répond bien et ne semble pas avoir été touchée... Mmmoui, il pourrait s'agir d'une entorse du ligament talo-fibulaire... Mmm... voire d'une fêlure de l'os de la cheville.

Le visage soucieux, elle se redressa et ôta ses gants.

— Interdiction de poser le pied par terre tant que nous n'aurons pas effectué une radio, ordonna-t-elle à Annie d'une voix sinistre.

— Je suis sûr que ça va aller, intervint Luke.

Rangeant son plumeau dans sa poche, la femme pointa un doigt dans la direction d'où ils venaient.

— Suivez-moi.

— Attendez une minute. Vous travaillez ici ? demanda Luke en fronçant les sourcils.

Elle leur ouvrit la voie sans répondre, créant un chaos là où il n'y en avait pas, agitant les bras en l'air tandis qu'elle criait aux touristes qui venaient en sens inverse :

— Dégagez le passage ! Nous avons une blessée !

Luke la suivit des yeux en secouant la tête.

— Vous êtes sourds ? continuait à claironner la femme. Je vous dis que nous avons une blessée ! Écartez-vous !

— Secoue-toi, dit Eric, arrachant son frère à sa rêverie. Aide maman.

Il passa le bras d'Annie sur son épaule puis enroula le sien autour de sa taille. Luke en fit autant de l'autre côté, et ils se dirigèrent clopin-clopant vers le centre d'accueil des visiteurs, les deux garçons soutenant leur mère pendant qu'elle progressait à cloche-pied. La femme au plumeau ouvrait la marche, s'arrêtant de temps à autre pour fustiger des touristes abasourdis.

— Arrière ! criait-elle en agitant son plumeau sous leur nez. Il s'agit d'une urgence. J'ai dit de dégager le passage ! Place à la blessée !

Affreusement gênée, Annie gardait les yeux rivés sur le sol.

Puis, tout à coup, l'absurdité de la situation lui sauta aux yeux et elle se mit à pouffer. En l'espace de quelques secondes, tous trois furent secoués par un rire incoercible. Comme la femme au plumeau disparaissait derrière un tournant, Eric s'arrêta, plié en deux. Il riait si fort qu'il n'arrivait plus à respirer.

— Oh, bon sang, maman…, hoqueta-t-il. Elle… elle est complètement… frappée !

Ne les voyant pas arriver, la femme avait fait demi-tour et revenait vers eux au pas de course.

— Bon, les garçons, voici le plan : vous allez aider votre maman à marcher jusque là-bas, dit-elle en pointant un doigt vers les bancs en arc de cercle qui entouraient le Vieux Fidèle. De mon côté, je vais appeler une ambulance et des médecins urgentistes.

*Une ambulance ?* songea Annie, en écarquillant les yeux. *Des urgentistes ?*

— Il n'y a pas de quoi rire, jeune homme ! s'indigna la femme en foudroyant Eric du regard.

Le garçon plaqua une main sur sa bouche pour tenter de contenir son hilarité. À la grande surprise d'Annie, Luke géra la situation comme un chef. Il fit mine d'acquiescer à tout ce que disait la femme, l'accompagna jusqu'au virage, puis revint rapidement vers Annie.

— Vite ! chuchota-t-il d'une voix rieuse tout en glissant son bras sous celui de sa mère. On va couper par les buissons pour la semer.

Annie le dévisagea en se demandant s'il était sérieux, s'émerveillant de voir combien son visage se métamorphosait quand il souriait.

— Regardez : là ! s'écria Eric au même instant.

Annie et Luke se retournèrent : deux agents de sécurité du parc s'avançaient vers la femme au plumeau. L'un d'eux lui demanda son nom, et elle glissa le plumeau dans sa poche en répondant : « Euh... Mary ? » d'un ton si hésitant qu'il s'agissait très probablement d'un mensonge. Hochant la tête, les agents de sécurité la prirent chacun par un bras et l'escortèrent gentiment jusqu'au centre d'accueil, devant lequel stationnait un minibus. Le gyrophare était allumé et les flancs du véhicule portaient l'inscription HÔPITAL PSYCHIATRIQUE DE L'ÉTAT DE LONGVIEW.

— Vous voyez ce que je vois ? souffla Eric, les yeux écarquillés.

— C'est une barjo de chez barjo, acquiesça Luke.

Le reste de la journée fut gâché : à cause de sa cheville foulée, Annie fut dans l'impossibilité d'emmener les garçons voir d'autres geysers. En fin d'après-midi, comme elle se déplaçait à cloche-pied devant leur tente, elle se surprit à regretter de les avoir entraînés dans une expédition qui prenait les allures d'un flop monumental – une impression qui se confirma six heures plus tard, quand elle se réveilla au beau milieu de la nuit, prise d'une envie pressante. Plutôt que d'essayer d'atteindre les toilettes des dames dans l'obscurité avec une cheville enflée, elle se glissa en boitant jusqu'aux buissons, derrière leur tente. Lorsqu'elle se redressa, quelques instants plus tard, elle se rendit compte avec consternation que le tapis de mousse sur lequel elle croyait s'être accroupie était en réalité le sweat-shirt favori de Luke, tombé de la corde à linge où il l'avait suspendu...

Le lendemain matin, à l'aube, alors qu'elle était encore blottie dans son sac de couchage, elle entendit les garçons discuter tout bas pendant qu'ils tentaient d'allumer le feu. Ils parlèrent de la folle au plumeau (« Une maboule de chez maboule ! ») ; du Vieux Fidèle (« Un truc de ouf ! Tu as vu à quelle hauteur est monté le jet d'eau ? ») et de leur impatience de raconter ça à leur père (« On pourrait lui demander de nous y emmener à nouveau l'été prochain ? »).

Annie rampa jusqu'à l'entrée de la tente, passa la tête dans l'ouverture et regarda dehors. Bien des années plus tard, quand elle serait une vieille dame aux cheveux gris qu'on écouterait avec une indulgence amusée, elle soutiendrait mordicus que c'était la vérité vraie : ce jour-là, dans la lumière trouble de l'aube, alors qu'elle regardait ses fils partager un rare moment de complicité, la tête renversée en arrière et les yeux fermés, elle avait senti l'écume d'un geyser mouiller son visage.

# 25

La cinquième et dernière annonce était parue, comme prévu, dans le *Peninsula Post* du lundi. Pendant qu'Harrison les ramenait à la maison, Annie avait appelé Marina pour lui demander de lui lire l'article au téléphone et de lui en laisser un exemplaire sur la table de la cuisine quand elle viendrait nourrir Montana.

Jack avait pris son mardi : Harrison et Annie s'arrêtèrent pour déposer Luke et Eric à son appartement avant de rentrer à Eagan's Point. Les garçons manqueraient l'école deux jours d'affilée, mais tant pis. Dans les circonstances actuelles, Annie estimait que rien n'était plus important que la perspective de ces vingt-quatre heures avec leur père.

À peine arrivée chez elle, Annie lâcha son sac sur la table de la cuisine, tira une chaise à elle et attrapa le journal. La photo illustrant l'annonce était différente des deux précédentes : le visage d'Annie avait été à nouveau modifié par ordinateur, cette fois de façon à lui donner l'aspect d'une femme d'une soixantaine d'années. Elle s'aperçut qu'elle retenait son souffle et le relâcha lentement. La perspective de vieillir ne lui avait jamais fait peur, même si de temps à autre elle se demandait à quoi elle ressemblerait plus tard – et ce qu'elle voyait en cet instant lui plaisait assez.

Ses cheveux, plus longs qu'aujourd'hui et striés de fils gris, étaient relevés en arrière avec élégance. Quelques rides marquaient son visage, mais son expression était assurée, presque fière, et son port de tête reflétait une détermination absente sur les photos précédentes. *J'ai l'air d'une femme dont les traits ont été mûris par la sagesse et l'expérience. Une femme qui a été amenée à faire des choix – parfois bons, parfois mauvais – mais que ses erreurs ont enrichie et qui est aujourd'hui pleinement en accord avec la personne qu'elle est devenue.*

**Aimeriez-vous vieillir aux côtés de cette femme ?** *Annie Fischer adore les émissions de téléachat, mais déteste la télé ; elle sait manœuvrer un kayak, mais pas une voiture ; elle raffole de la fête de Thanksgiving mais a horreur de la dinde. Cette photo la montre telle que je l'imagine dans trente ans : une femme merveilleuse, au pouvoir de séduction intact. Si vous savez où je peux la trouver, s'il vous plaît, appelez le (212) 555-1963.*

Les yeux d'Annie se remplirent de larmes d'émotion, et il lui vint tout à coup à l'esprit qu'elle vivait peut-être le rêve secret de toute femme : inspirer à un homme des sentiments à la fois tendres et profonds. Des sentiments si authentiques qu'il n'hésitait pas à les crier à la face du monde entier.

Peu lui importait finalement de savoir qui se cachait derrière ces annonces : elles lui avaient redonné confiance en elle, lui avaient rendu l'estime d'elle-même mieux que n'auraient su le faire des millions de comprimés de Zoloft !

Une heure plus tard, elle se prélassait dans son bain, une cigarette au bout des doigts, lorsqu'elle perçut le grincement d'une clé dans la serrure de la porte d'entrée. Couchée de tout son long devant la porte de la salle d'eau, Montana redressa la tête mais ne broncha pas.

La voix de Marina retentit au rez-de-chaussée :

— Annie, tu es là ?

— Dans la salle de bains !

Elle entendit s'ouvrir et se fermer les placards de la cuisine, le tintement de deux verres, puis le bruit d'une bouteille qu'on débouche. Quand Marina monta l'escalier, la chienne ne bougea pas d'un centimètre. Seule sa queue tambourina sur le sol lorsque la jeune femme se pencha pour la caresser puis l'enjamba pour entrer.

— Comment va ton pied ? demanda-t-elle en s'adossant au chambranle.

Annie le sortit de l'eau et fit bouger sa cheville dans un sens puis dans l'autre.

— Encore un peu douloureux, mais c'est mieux qu'hier.

— Bon. J'ai apporté assez de cuisine chinoise pour nourrir une armée, du vin, et un énorme container de glace au chocolat.

— Je déteste les glaces, lui rappela Annie en tirant une bouffée de sa cigarette.

— Elle n'est pas pour toi, et si tu n'éteins pas cette cochonnerie tu seras également privée de cuisine chinoise.

Marina s'avança dans la pièce et posa un sac en plastique sur l'abattant des toilettes.

— Cadeau.

— Qu'est-ce que c'est ?

— Une robe pour parader au *Rachel Tice Show*, répondit Marina en lançant une serviette à sa sœur. Essaie-la dès que tu seras sortie de ton bain.

— Marina ! C'est adorable, mais tu n'avais pas à faire ça...

— Attends de voir si elle te va avant de me remercier.

Elle enjamba de nouveau Montana.

— Je t'attends en bas.

Annie sortit de la baignoire et se sécha. À l'intérieur du sac, elle trouva une petite robe noire qui n'avait l'air de rien à première vue, mais une fois sur elle... La jeune femme fit glisser ses mains sur le tissu soyeux, médusée. Le résultat était absolument fabuleux. Elle se donna un coup de peigne, et, quand elle descendit l'escalier en boitant, Marina achevait de mettre la table.

Annie s'éclaircit la gorge, puis attendit en bas des marches, intimidée.

Marina leva les yeux et l'observa avec stupeur.

— Mince, souffla-t-elle. Tu es... à tomber.

— Ne dis pas de bêtises.

— Je suis sérieuse. Tu ressembles à... à Michelle Pfeiffer.

— Un modèle d'occasion, alors. Mais merci quand même.

Marina prit sa sœur par le bras et la fit tournoyer, l'examinant sous toutes ses coutures.

— Tu es aveugle, ou quoi ? Tu es fantastique, Annie !

— Au moins, je ressemble à quelque chose, reconnut la jeune femme en se tournant d'un côté et de l'autre pour admirer son reflet dans la fenêtre. Mais je n'arrive toujours pas à me faire à l'idée que je vais participer à un show télévisé. Tu crois que j'ai eu tort d'accepter ?

— Absolument pas. Tu as pris la bonne décision, et tu devrais même profiter de l'occasion pour t'amuser. Tu vas voir Rachel Tice en chair et en os, parler à un homme qui est raide dingue de toi, et repartir tranquillement au bout d'une heure. Où est le problème ?

Annie s'assit, piqua un petit morceau de chou avec sa fourchette, l'inspecta puis le posa sur le bord de son assiette.

— Je suppose que tu as raison.

Marina s'assit en face d'elle et se servit de crevettes à la sauce aigre-douce.

— Alors, ton week-end de liberté, c'était bien ?

— Pas mal, acquiesça Annie avec un sourire. Pas de journalistes agglutinés devant ma tente, et pas de maman me courant après pour m'expliquer que ma foulure est peut-être le signe avant-coureur d'une maladie atroce et débilitante dont je garderai des séquelles toute ma vie...

Marina reposa sa fourchette.

— Sois un peu indulgente avec elle.

— Mais je le suis.

— Non, ce n'est pas vrai.

Annie haussa les épaules.

— Peut-être. Mais tu serais moins conciliante si elle venait te voir tous les jours au refuge et se livrait à son jeu favori avec tes clients sous prétexte qu'ils ont un rhume ou un bouton sur la joue.

Elle prit son verre et secoua la tête.

— Papa avait plus de patience avec elle que n'importe qui d'autre, mais je suis sûr qu'il y avait des moments où il était à bout de nerfs, lui aussi.

— Après tout ce qu'il lui a fait subir pendant des années, il n'aurait plus manqué que papa ne soit pas patient avec elle, riposta sèchement Marina.

Annie la regarda fixement.

— Que veux-tu dire ?

Un silence.

— Rien. C'est sans importance.

— Si, c'est important. Ça ne sert à rien d'insinuer des choses si tu ne vas pas au bout de ta pensée.

— Écoute, je ne veux pas te faire de la peine, d'accord ?

— Me faire de la peine ? Qu'est-ce que tu pourrais me dire qui me fasse de la peine à propos de papa ?

Marina lâcha un soupir exaspéré.

— Quand vas-tu enfin te décider à regarder la réalité en face, Annie ? Papa n'était pas un saint. Il buvait comme un trou et c'était un coureur de jupons. Tout le monde le sait.

Annie reposa ses couverts, l'appétit coupé. Pendant des années, elle avait été d'une loyauté sans faille envers la mémoire de son père, évitant de parler de son alcoolisme ou des soirs où il restait à son bureau jusqu'à des heures indues pour terminer son travail. Quelle importance ? Ce n'était pas cette image qu'elle voulait conserver de lui.

— Le bruit a couru en ville qu'il avait une liaison avec sa secrétaire quand il a eu son accident, poursuivit Marina d'une voix hésitante. Je n'ai jamais abordé le sujet avec maman, mais on m'a dit qu'elle avait failli mourir de chagrin le jour où elle l'a appris.

Annie ferma les yeux. Elle ne voulait pas écouter sa sœur. L'un de ses souvenirs préférés, c'était celui du jour où son père lui avait fait cadeau de son arbre. L'écho de leurs pas dans la forêt sur le chemin du retour, cet après-midi-là. À ses yeux, il avait la stature d'un héros, d'un demi-dieu – et cependant, même alors, son instinct lui soufflait que ce n'était qu'un mirage.

Marina se pencha en avant, les coudes appuyés sur la table.

— Sois honnête, Annie. Est-ce que tu l'as jamais vu assister à un seul de tes tournois de volley ? À un concert de l'école ? À une réunion de parents d'élèves ? Moi aussi, je l'adorais, mais reconnais qu'il n'était jamais là quand on avait besoin de lui. Contrairement à maman.

Annie essaya de se ressaisir. Elle refoula ses larmes en songeant : *Ce n'est pas vrai, il était là pour moi !* Et cependant, tout au fond d'elle-même, elle savait que c'était elle qui avait colorié ses souvenirs. *Étrange, les mécanismes de protection que le cerveau met en place*, réfléchit-elle. *La façon dont nous tordons inconsciemment la réalité pour la rendre plus acceptable.*

— Je suis désolée, s'excusa Marina d'un air gêné. Je n'avais pas l'intention de parler de ça ce soir. Est-ce que ça va ?

Annie hocha la tête, la gorge trop serrée pour répondre. Pendant des années, elle avait cru que son père était capable de tous les miracles, qu'il pouvait doter un arbre de pouvoirs magiques avec un simple clou et une pièce de monnaie. Chaque année, il les emmenait, Marina et elle, assister au feu d'artifice du 4 Juillet, sur les docks. Marina renversait la tête en arrière pour ne pas perdre une miette du spectacle, mêlant ses cris d'admiration à ceux de la foule. Annie, elle, restait aux côtés de son père, sa main serrée dans la sienne, et regardait le ciel se parer de couleurs féeriques, blottie contre lui. C'était dans des moments comme celui-là, lors de ces minutes fugaces mais inoubliables, qu'elle construisait la légende de ce père dans le regard duquel elle lisait parfois de la gêne, face à l'adoration aveugle qu'elle lui portait.

Marina posa sa main sur celle de sa sœur, par-dessus la table. Annie ne dit rien, mais son visage parlait pour elle et ce fut cette complicité pleine de tendresse qui incita Marina à se libérer d'un secret qu'elle gardait depuis vingt-cinq ans.

— Annie, il y a quelque chose dont je voudrais te parler.

— Quoi ? demanda Annie en se mouchant.

Marina se mordilla la lèvre.

— Tu te souviens du jour où j'ai trouvé les papiers d'adoption ?

— Je ne risque pas de l'oublier.

Marina choisit soigneusement ses mots, les yeux baissés.

— Je m'en suis voulu pendant des années d'avoir fouillé à l'intérieur de cette boîte. Je savais que c'était mal, mais je l'ai fait quand même. Après l'avoir ouverte, je l'ai emportée dans les toilettes du sous-sol, j'ai répandu tout son contenu par terre et j'ai examiné les objets un à un... Je n'ai jamais dit à personne ce que j'avais trouvé à l'intérieur, pas même à Harrison.

— Qu'est-ce qu'il y avait dedans ? demanda Annie, perplexe.

Après un long silence, Marina répondit :

— Le bouchon d'une bouteille de vin, des cartes postales d'Allemagne et d'Angleterre, quelques lettres, une photo de nous quand nous étions petites... Mais il y avait aussi quelque chose d'autre, quelque chose qui ne semblait avoir aucun sens. C'était tellement inconcevable, presque impossible à croire. Tout de suite après, je suis tombée sur les documents relatifs à notre adoption. Cela a été un tel choc que tout le reste est passé au second plan. J'ai tout remis dans la boîte et...

Elle leva les yeux vers Annie, puis les détourna à nouveau.

— Appelle ça du déni si tu veux, mais j'ai essayé de ne plus y penser. C'est seulement quelques mois plus tard que j'ai résolu de regarder à nouveau dans la boîte. Je me rappelle très bien le jour : c'est celui où papa et maman m'ont laissée à la maison et sont partis en trombe te chercher dans la banlieue de Seattle. Tu te souviens ? Tu avais fugué et ils étaient allés te récupérer dans une station-service. Tu es revenue avec un œil au beurre noir et maman était au bord de la crise de nerfs.

Annie hocha la tête. Elle se souvenait, oui.

— Bref, j'ai profité de ce que j'étais seule pour jeter à nouveau un coup d'œil dans la boîte. Je suis montée sur un tabouret, mais elle n'était plus sur l'étagère de l'armoire, alors j'ai dû imaginer à quel endroit maman l'avait cachée. Finalement, je l'ai trouvée dans la penderie du couloir, sous une pile de draps.

Annie avala sa salive.

— Qu'est-ce qu'il y avait à l'intérieur ?

— La photo d'un petit garçon blond avec des yeux bleus rieurs, et aussi un bracelet d'hôpital sur lequel il était écrit : Nicholas Fischer, et une date : 28 mai 1963.

Annie la dévisagea, pétrifiée. Que disait-elle ?

— Quelques semaines plus tard, je suis allée consulter les

archives de la ville, poursuivit Marina, et j'ai pu lire sur microfilm tous les numéros du *Peninsula Post* parus en mai et juin 1963. À la date du 12 juin, il y avait un avis de naissance concernant Nicholas Fischer, né le 28 mai 1963, d'Erna et Oren Fischer, domiciliés à Eagan's Point.

Annie cilla sous le choc. La voix de Marina paraissait venir de très loin.

— Ensuite, j'ai retrouvé son nom dans une rubrique nécrologique. On mentionnait qu'il était décédé le 10 août 1966. J'ai repris mes recherches à partir de cette date, et je suis tombée sur un article paru huit jours plus tôt, dans lequel on informait les habitants de la région qu'un petit garçon de trois ans résidant à Eagan's Point était décédé d'une méningite. On demandait aux parents de se montrer vigilants et de signaler tout symptôme s'apparentant à une grippe : raideur de la nuque accompagnée d'une forte fièvre ou de vomissements.

Marina leva les yeux vers Annie.

— Un enfant atteint de méningite peut avoir l'air en pleine santé, courir partout dans la maison, et quelques jours plus tard...

— Je sais, l'arrêta Annie, incapable d'en entendre davantage.

Elle secoua la tête, le regard voilé de larmes.

— Je n'arrive pas à croire que tu aies gardé ça pour toi pendant toutes ces années.

— Je ne pouvais pas t'en parler, se défendit Marina avec tristesse. Tu étais sous le choc d'avoir découvert que nous avions été adoptées. Tu en voulais au monde entier, et quand enfin la vie a repris son cours normal, papa a eu son accident et tout a été chamboulé...

— Mais pourquoi maman ne nous en a-t-elle jamais rien dit ? murmura Annie presque pour elle-même.

Marina écarta les mains.

— Ça, je l'ignore. Elle n'a pas voulu, je suppose, nous donner l'impression que nous n'étions qu'une solution de remplacement, en quelque sorte. Surtout après nous avoir caché notre adoption pendant si longtemps. Et puis, telle que je la connais, elle devait se sentir coupable de ne pas avoir identifié à temps les symptômes de la méningite, de ne pas avoir sauvé son bébé.

Annie laissa tomber son visage dans ses mains tandis qu'une multitude de souvenirs lui revenaient en mémoire. La panique qui s'emparait de leur mère chaque fois qu'elles tombaient malades quand elles étaient petites. Les larmes dans ses yeux quand elle berçait Luke tout bébé dans ses bras. Ses visites presque quotidiennes à l'hôpital, au moment où Eric allait si mal. Elle lui lisait une histoire, jouait aux Lego avec lui, demandant constamment à Annie si elle pouvait faire quelque chose – n'importe quoi – pour l'aider. Les prières qu'Annie l'entendait chuchoter quand Eric dormait et qu'elle se croyait seule, les épaules secouées par des sanglots silencieux...

— Oh, mon Dieu ! souffla Annie, écrasée par les remords.

Pendant toutes ces années, l'obsession de sa mère pour la maladie n'avait pas été un jeu morbide, comme elle l'avait cru, mais l'angoisse d'une mère qui avait perdu son bébé dans des circonstances tragiques. Une mère qui, d'une certaine façon, ne s'était jamais remise de ce drame.

# 26

Le mercredi, après l'école, Annie et Luke prirent place sur les gradins du gymnase afin d'assister à la séance d'entraînement de l'équipe de basket des minimes. Eric fut le dernier joueur à franchir la porte et Annie faillit bondir de son siège en le voyant. Il leva les yeux vers elle et lui adressa un bref sourire. Il était pâle, tout en bras et en jambes, et, comme à son habitude, il arborait la casquette noire que Sawyer lui avait offerte des semaines plus tôt. Luke donna un petit coup de coude à sa mère et lui montra deux autres garçons. Ils portaient une casquette identique, seule la couleur était différente – gris clair pour l'un, jaune à rayures bleues pour l'autre.

L'un des garçons, une grosse brute avec des grands pieds et un air mauvais, dominait tous les autres d'une bonne tête. Il parcourut tout le terrain en dribblant et marqua un panier sans le moindre effort avant de récupérer le ballon au rebond, de passer devant Eric et de l'empoigner brutalement par son maillot pour l'écarter de son chemin. Annie jaillit de son siège, scandalisée. Elle allait protester quand quelqu'un la saisit par le coude.

— Annie, ne t'en mêle pas, déclara Jack d'une voix calme.

Il avait laissé un message sur le répondeur pour informer Eric qu'il viendrait assister à l'entraînement ; sa présence n'était donc pas une surprise. Annie se rassit à contrecœur, maugréant tout bas :

— Tu n'as pas vu ce qui vient de se passer ?

— Eric est assez grand pour se débrouiller seul, décréta Jack en enjambant la rangée de dossiers pour s'installer à côté de Luke.

L'équipe s'entraînait dur, enchaînant passes, dribbles et tirs. Ils étaient en pleine action quand quelqu'un informa l'entraîneur qu'on l'appelait au téléphone. Il laissa comme consigne aux gamins de se mettre en file et de s'exercer à faire des paniers jusqu'à son retour. À peine avait-il tourné les talons que deux garçons vinrent importuner Eric. Annie fronça les sourcils. Elle ne pouvait pas entendre ce que lui disaient ces deux affreux mais, d'après l'expression de leur visage, ce n'était pas tendre. Eric ne se laissa pas démonter et attendit imperturbablement que ce soit à son tour de tirer. Lorsqu'il mit son ballon dans le panier au premier essai, les deux garçons tombèrent à genoux, levèrent les bras, et s'aplatirent devant lui dans un simulacre de vénération. Eric éclata de rire, salua un public imaginaire, puis retourna se placer en bout de file, s'essuyant au passage les pieds sur les deux petits malins comme s'il s'agissait de vulgaires paillassons, au grand amusement de ses camarades.

— Tu vois ? insista Jack en se penchant par-dessus Luke. Il se débrouille très bien tout seul. Il est temps que tu lui lâches un peu la bride, Annie.

Quand Chris Carby entra dans le gymnase pour emmener Annie dîner, il fut surpris d'apercevoir Jack dans les tribunes. Leurs regards se croisèrent et Jack lui adressa un signe de tête poli. Puis Annie lui indiqua d'un geste qu'elle arrivait tout de suite, et Chris s'adossa au mur pour l'attendre.

Il avait rencontré Jack Hillman à deux reprises seulement : quand Annie l'avait amené à Eagan's Point après leurs fiançailles, et à leur mariage. Chaque fois, il s'était senti mal à l'aise en sa présence. Non que Jack ne soit pas sympathique – tout au contraire. On voyait immédiatement qu'il s'agissait d'un type bien. Droit, honnête. Le genre d'homme auquel il était difficile de trouver un seul défaut – si ce n'était qu'il avait brisé le cœur d'Annie, bien sûr.

Tandis qu'il regardait la jeune femme se frayer un passage jusqu'à lui dans les gradins, Chris se rendit compte qu'il était nerveux. Il n'avait élaboré aucune stratégie. Il savait juste qu'il ne voulait plus attendre pour lui avouer la vérité. Malheureusement, il n'avait jamais brillé par ses talents d'orateur. Au lycée, déjà, Annie lui reprochait son absence de tact. Comme le jour où elle lui avait demandé si son appareil dentaire ne l'enlaidissait pas trop et qu'il lui avait répondu que sa bouche ressemblait à un grille-pain. Ou quand Julie avait voulu savoir comment il trouvait son nez, et qu'il avait rétorqué : « On dirait une courge. »

Peut-être... Il pourrait essayer de la faire rire pour détendre l'atmosphère ? Par exemple en lui racontant la fois où il était parti en amoureux à Salt Spring Island avec une fille qu'il avait fallu rapatrier d'urgence une heure plus tard à cause d'une allergie foudroyante au cocktail de bienvenue. Ou alors ses vacances calamiteuses aux Bermudes avec une rousse flamboyante qui avait attrapé un coup de soleil le premier jour et avait passé le reste du séjour à peler par plaques entières...

Chris fronça les sourcils. Non. Il n'avait pas demandé à voir Annie pour lui parler de ses fiascos amoureux mais pour se montrer enfin honnête avec elle, comme il aurait dû le faire depuis des années.

— Merci d'être passé me chercher, dit Annie en le rejoignant. Ça m'a permis d'assister à une bonne partie de l'entraînement d'Eric.

— Pas de problème. Où veux-tu aller dîner ?

— Pourquoi ne pas essayer le restaurant chinois qui vient d'ouvrir dans le centre-ville ?

Chris lui ouvrit la porte du gymnase.

— Excellente idée, approuva-t-il en souriant alors qu'il détestait la cuisine chinoise.


Il commanda un potage pékinois mais en laissa la moitié, prétendant qu'il n'avait pas faim. Ils venaient de finir de dîner quand une vieille dame s'arrêta près de leur table et remercia Annie de s'être occupée des fleurs pour l'enterrement de son mari. Tandis qu'elles échangeaient quelques mots, Chris se demanda comment Jack réagissait aux annonces du *Peninsula*

*Post* et s'il était inquiet qu'Annie ait décidé de participer au *Rachel Tice Show*.

— Je peux te poser une question ? dit-il quand ils furent seuls à nouveau.

Annie lui tendit un biscuit de la fortune.

— Bien sûr.

— Je sais que ça ne me regarde pas, mais j'ai rencontré ta mère à la banque aujourd'hui, et elle m'a appris que tu allais participer au *Rachel Tice Show* vendredi. Je me demandais comment ça se passait : ils vont t'envoyer une voiture avec chauffeur ? L'émission est en direct ou en différé ? Tu as signé un contrat ?

— J'ai signé un contrat, oui. Ils me l'ont faxé hier. Et je leur ai dit de ne pas se soucier de m'envoyer une voiture. Marina et maman me conduiront à Seattle à dix heures. Ensuite, je ferai connaissance de Rachel Tice et de son équipe, le show commencera et le prince charmant se démasquera. Nous aurons une délicieuse conversation tous les deux, après quoi je rentrerai chez moi. Autant que je sache, l'émission sera diffusée dans l'après-midi, à son horaire habituel.

Chris lissait un pli de la nappe, comme si quelque chose le turlupinait.

— Qu'est-ce qui ne va pas ? demanda Annie.

— Comment comptes-tu t'en sortir si le type en question n'est pas... Enfin, si tu n'éprouves pas pour lui...

— De tendres sentiments ? conclut Annie à sa place.

— Oui.

Elle lui sourit avec affection.

— Cela n'a aucune importance.

— Vraiment ? demanda-t-il d'un air surpris.

— Vraiment, acquiesça-t-elle en choisissant soigneusement ses mots. Parce que, de toute évidence, il s'agit d'un homme sensible, attentionné, et, comme j'ai dû être très proche de lui à une époque, je le serrerai dans mes bras avec beaucoup de tendresse, même s'il ne saurait être question d'une relation amoureuse entre nous aujourd'hui.

Chris hocha la tête, les yeux baissés.

— Quel conseil te donne ton biscuit de la fortune ? demanda Annie pour changer de sujet.

Il l'ouvrit et lut :

— « Il appartient à chacun d'écrire son avenir. »

— Le mien dit : « Grimpe à l'arbre, c'est là que se trouvent les fruits. »

Chris prit une grande respiration :

— Annie ? Quand tu es venue chez moi, il y a quelques semaines, je t'ai dit qu'il y avait quelque chose dont je voulais te parler, quelque chose d'important, tu te rappelles ?

Elle acquiesça, les yeux baissés.

— Voilà je... pendant des années, je n'ai pas été totalement honnête avec toi.

*Oh, mon Dieu, ça y est !* songea Annie en se tordant les mains sous la table. Son cœur se mit à battre à toute volée et ses pensées tournoyèrent follement dans sa tête. *Il va se démasquer maintenant, avant le show télévisé. Avant que les téléspectateurs puissent scruter ma réaction sur leur écran. Il va m'avouer que c'est lui qui a fait publier ces annonces !*

Chris la regarda droit dans les yeux.

— Ce n'est pas facile, mais je n'en peux plus de faire semblant...

Annie l'interrompit d'un geste.

— Ne t'inquiète pas, je sais ce que tu vas me dire.

Il cilla.

— Ah bon ?

— Oui. Tu essaies de m'avouer que l'auteur des annonces, c'est toi.

Il fronça les sourcils, perdu.

— Mais non.

Ce fut au tour d'Annie d'être perdue.

— Non ? Mais... mais alors... qu'est-ce que tu veux me dire ?

— Je suis gay, répondit-il avec un sourire las.

Annie resta bouche bée. Elle était abasourdie. En état de choc. Peut-être même un peu vexée. Mais surtout, elle se sentait complètement idiote. *J'aurais dû m'en douter,* songea-t-elle tandis qu'un tas de petits faits en apparence anodins lui revenaient à l'esprit. Toutes les années de lycée où on ne l'avait jamais vu sortir avec une fille. La petite note angoissée qu'elle avait perçue dans sa voix quand il lui avait téléphoné pour lui annoncer qu'il venait de se marier. L'impression qu'il donnait de chercher à faire plaisir à ses parents plutôt que de se préoccuper de ce qu'il voulait, lui. Annie ne savait pas quoi dire, ni même où poser son regard, alors elle fixa la nappe tout en répétant :

— Tu es gay.

Il hocha la tête et un silence embarrassé flotta entre eux.

— Le plus difficile a été de me l'avouer à moi-même, reprit-il finalement. Je n'étais pas heureux mais j'essayais de me persuader du contraire. Après mon divorce, je suis revenu ici. Je ne cessais de me répéter que mon mariage avait échoué simplement parce que ce n'était pas la femme qu'il me fallait, mais, au bout d'un moment, même cette excuse a sonné faux. Ensuite, mon père est décédé, il m'a laissé le magasin, et j'ai dû décider qui j'étais réellement et quel serait mon avenir.

Il soupira et fixa un point derrière Annie.

— Nous ne sommes pas à San Francisco, Annie. Certaines personnes ont les idées larges, mais d'autres non, c'est pourquoi j'ai préféré ne rien dire. J'aime l'existence que je mène ici et je ne veux rien y changer. Mais je tiens aussi à ma vie privée. Voilà pourquoi je n'ai pas l'intention de descendre la rue principale en battant le tambour.

Il baissa la tête.

— Mais j'ai pensé qu'à toi je devais la vérité.

Quelque part au fond du restaurant, une viande grésilla dans un wok brûlant ; tout autour d'eux, des gens discutaient, riaient ; une odeur de sauce aigre-douce flottait dans l'air. Chris semblait attendre qu'elle dise quelque chose, mais elle était pétrifiée.

— Annie ? Je peux te demander ce que tu penses ?

Elle planta son regard dans le sien, replia lentement sa serviette et recula son siège. De sa vie, elle n'avait eu à ce point envie de rire et de pleurer en même temps. Des larmes lui montèrent aux yeux tandis qu'elle se levait et contournait la table. Elle s'assit sur les genoux de Chris et noua les bras autour de son cou en souriant.

— Ce que je pense ? Je pense que c'est probablement l'un des plus beaux moments de notre amitié. Et aussi que je t'aime. Que je t'ai toujours aimé, et que je t'aimerai toujours.

# 27

Annie avait demandé à Chris de la déposer à une centaine de mètres de la maison pour ne pas attirer l'attention des journalistes. Quand elle se faufila chez elle par la porte de derrière, un spectacle peu banal l'attendait dans la cuisine : accroupi devant l'aquarium, Jack soufflait dans l'eau avec une paille coudée, encouragé par ses fils, pendant que Sawyer, assise en tailleur sur le sol, tentait de fixer un tube en plastique sur un diffuseur d'oxygène.

— J'ai l'impression qu'ils bougent un peu, commenta Eric, le nez collé à la paroi en verre.

— Bien. Comment ça se passe, de ton côté ? demanda Jack à sa nièce.

— J'y suis presque, répondit-elle en jetant un nouveau coup d'œil sur le mode d'emploi collé sur l'emballage.

Luke, quant à lui, avait la tête dans le réfrigérateur ; ce fut donc Eric qui aperçut Annie le premier.

— M'man ! Regarde ce que papa m'a donné pour me récompenser d'avoir été admis dans l'équipe !

Il brandit un ballon de basket tout neuf.

— Et il est dédicacé par tous les joueurs des Sonics !

— Génial ! approuva Annie.

Jack se tourna vers elle et lui montra l'aquarium.

— Les poissons flottaient sur le ventre à notre arrivée, lui expliqua-t-il. J'ai envoyé Sawyer acheter un diffuseur d'oxygène et, depuis une bonne heure, nous tentons de les ranimer.

Sawyer brancha le petit moteur de la pompe dans la prise

murale et un filet de bulles d'air monta du fond de l'aquarium. Au bout de quelques minutes de suspense, les deux poissons rouges, ressuscités, se remirent à nager autour du bateau de pirate. Eric serra solennellement la main de Sawyer, tandis que Luke lançait une pomme en l'air en poussant un cri de victoire. Jack sourit d'un air satisfait.

— Hé, p'pa ! À quelle heure tu viens nous chercher, vendredi ? demanda Luke en rattrapant sa pomme.

Jack réfléchit.

— Je vous attendrai devant l'école à quatre heures moins le quart. Ne soyez pas en retard et n'oubliez pas d'apporter votre maillot de bain.

Ils devaient passer tous les trois le week-end sur le fameux bateau prêté par la radio, et, comme Eric disputait également son premier match de basket le vendredi soir, les garçons ne tenaient plus en place.

Luke sortit promener Montana, puis Eric proposa à Sawyer une petite séance de basket à deux, laissant Annie et Jack en tête à tête. Elle le regarda attraper son blouson pour partir et se demanda si elle s'habituerait un jour à ce partage de leurs enfants, à ses visites en coup de vent, tel un étranger de passage. Ils continuaient à se parler, heureusement, mais plus comme avant. Ils se limitaient à des sujets neutres : les garçons, leurs disponibilités. Aucune question personnelle, aucune intrusion dans la vie privée de l'autre...

— Tu tiens le coup ? demanda Jack.

Annie haussa les épaules et désigna d'un signe du menton les journalistes installés devant la maison.

— Il n'y en a plus pour longtemps.

— Sawyer m'a dit que tu allais participer à une émission de télé, vendredi ?

Annie croisa les bras sur sa poitrine.

Apparemment, le nouveau sport familial consistait à divulguer des informations confidentielles à son sujet. D'abord sa mère, et maintenant Sawyer, via Marina.

Jack fronça les sourcils, surpris par son silence.

— J'ai mal compris ?

Annie secoua la tête.

— Non, c'est exact.

Elle poussa du bout du pied un os en caoutchouc qui traînait au milieu de la pièce.

— Je serai sur le plateau, et, normalement, l'auteur des annonces devrait être présent, lui aussi.

Il y eut un silence assez inconfortable, puis Jack s'éclaircit la gorge.

— Je peux savoir ce qui t'a pris d'accepter ?

Annie s'empourpra. Elle aurait dû le mettre au courant dès que Rachel Tice l'avait contactée. Après tout, l'accord qu'elles avaient passé ensemble le concernait au premier chef. Mais, après réflexion, elle avait décidé d'attendre la fin de l'émission pour lui annoncer la nouvelle, les yeux dans les yeux – cela, bien sûr, pour le cas où il ne ferait qu'un avec Monsieur Mystère. Mais, à en juger par sa réaction, elle s'était trompée. Une fois de plus.

— J'avais l'intention de t'en parler ce week-end. Le *Rachel Tice Show* s'est engagé à payer tous les frais médicaux d'Eric en échange de ma participation à l'émission.

Jack, le visage figé, la regardait droit dans les yeux.

— Pourquoi ?

Annie haussa les épaules.

— L'histoire les intéresse. Ils veulent l'exclusivité du dénouement.

Il marqua un temps.

— C'est pour cette raison que tu as accepté de t'exhiber dans cette émission ? Pour l'argent ?

Annie secoua la tête.

— Non, mais c'est un argument qui a pesé dans ma décision, je le reconnais. Peu m'importe ce que les gens peuvent penser, Jack. Ma photo s'est étalée à la une du *Peninsula Post* pendant des semaines, je n'en suis plus à ça près. Aujourd'hui, je veux simplement connaître la clé de l'énigme. Et si cela peut nous permettre par la même occasion de tirer un trait sur nos dettes, je dis : « Tant mieux ! »

Il enfonça les mains dans les poches de son blouson, et Annie fut frappée tout à coup par la fatigue qui se lisait sur son visage. Ses joues étaient ombrées de barbe, ses yeux cernés.

— Bonne chance, alors. J'espère que tout s'arrangera au mieux pour toi.

Il avait l'air désabusé, comme s'il avait fait son devoir et que le reste ne le regardait plus. Plus tard, Annie fut incapable de se souvenir de ce qu'elle avait répondu. En revanche, elle garda longtemps en mémoire le bruit sinistre de la porte se refermant derrière lui, puis la vision de sa silhouette qui s'éloignait dans l'allée, de ce pas fier et plein de tristesse qui semblait désormais être le sien.


Les garçons dormaient et Montana était couchée sur le lit de Luke quand Annie monta l'escalier, ce soir-là. Elle ouvrit la fenêtre du couloir et se hissa sur le toit. Assise en tailleur, elle alluma une cigarette et tira une longue bouffée en se disant qu'elle arrêterait dès qu'elle en aurait fini avec cette période difficile.

Elle fumait en silence, profitant de la quiétude du soir et de sa solitude, quand la lumière s'alluma dans le jardin voisin. Libby apparut, le basset de M. Kale sous le bras.

— Allez, lui dit-elle d'un ton engageant en le posant sur l'herbe. Fais ta petite affaire.

Le chien se coucha, posa la tête sur ses pattes et ne bougea plus.

Frustrée, Libby resta plantée devant lui, les poings sur les hanches. Au bout d'un moment, il lui vint une idée : elle le souleva dans ses bras, le porta de l'autre côté du portillon, dans le jardin de M. Kale, et le posa sur l'herbe. Le même scénario se reproduisit : l'animal se coucha et fixa la maison de son maître d'un air désespéré.

Libby essaya de l'entraînant en susurrant :

— Allez, trésor. Sois un bon chien-chien. Fais plaisir à tatie Libby…

Mais il resta prostré d'un air si pitoyable que Libby regarda autour d'elle avec impuissance.

Tout à coup, sous le regard incrédule d'Annie, la vieille dame se mit à quatre pattes dans l'herbe, renversa la tête en arrière et hurla à la mort. Le basset se leva d'un bond, courut vers elle et joignit sa voix à la sienne. Puis il s'installa au milieu du carré d'herbe et fit son devoir du soir. Comme il revenait vers elle en trottinant, Libby le prit dans ses bras en gazouillant ·

— Ne t'inquiète pas, trésor. Ton maître va bientôt revenir.

Annie écrasa sa cigarette, stupéfaite. Si on lui avait dit qu'elle verrait un jour cette vieille rosse de Libby se transformer en supernounou pour chien, elle ne l'aurait pas cru. Elle aperçut tout à coup une petite boîte en carton, à côté d'elle. Une main familière avait écrit « *maman* » sur le couvercle. Elle le souleva et découvrit à l'intérieur la petite pépite d'ambre qu'elle avait donnée à Eric. Il avait collé un post-it au fond de la boîte, disant : « *Pour te donner du courage quand tu passeras à la télé.* » Annie la fit rouler dans sa paume en riant. Son refuge secret n'était décidément plus un secret pour aucun de ses fils !

Elle la remit dans la boîte en se remémorant sa nervosité quand elle était enceinte de Luke. Sa crainte de ne pas être à la hauteur, de ne pas être prête à assumer son rôle de maman. Pendant neuf mois, elle avait dévoré tout ce qui lui était tombé sous la main. *Réussir sa grossesse*, *Préparer l'arrivée de bébé*, *Tout savoir sur la petite enfance*, *Quel genre de parents êtes-vous ?* Oui, elle avait lu des piles entières d'ouvrages, de revues spécialisées, de manuels en tout genre, mais rien ne l'avait préparée à l'instant magique où elle avait accueilli pour la première fois son bébé dans ses bras.

Un jour, Annie avait essayé de raconter à Julie le miracle de la maternité. Elle lui avait parlé de tous ces coins secrets de son bébé qu'en tant que maman elle était la seule à connaître : le petit creux à la base de la nuque où il est si bon d'enfouir son nez pour s'imprégner de son odeur ; le pli minuscule derrière son oreille où on lui chuchote : « Je t'aime » ou : « Fais de beaux rêves » avant qu'il s'endorme, ses petits doigts écartés comme une étoile de mer miniature.

« Le lien qui t'unit à ton enfant est tellement fort que tu es capable de le reconnaître au milieu de plusieurs dizaines de

285

nourrissons, rien qu'à son cri, avait-elle expliqué à Julie. Et quand il pleure, il te suffit de tendre l'oreille pour deviner si sa couche est mouillée, s'il a perdu son doudou ou s'il a faim. Très vite, tu apprends quelles sont ses couleurs préférées, les aliments qu'il apprécie plutôt le midi ou le soir... Tu découvres que les araignées le fascinent, mais que les grenouilles lui donnent des cauchemars, et tu sais exactement au bout de combien de temps il va commencer à se plaindre que le trajet en voiture est trop long. Et puis, la première fois que tu le vois imiter une attitude de son père, une expression, ou simplement sa façon de renverser la tête en arrière quand il rit, tu as le cœur qui se met à battre la chamade et, l'espace de quelques secondes, tu retombes éperdument amoureuse de l'homme que tu as épousé. »

Les yeux levés vers les étoiles, Annie se remémora le sentiment de bonheur et de plénitude qui l'habitait ce jour-là, pendant qu'elle livrait tous ces menus secrets à sa meilleure amie. Elle se souvenait aussi que Julie l'avait serrée dans ses bras, les larmes aux yeux, en lui disant qu'elle avait de la chance. Mais c'était avant qu'Eric tombe malade, bien sûr. Avant que sa relation avec Jack commence à se dégrader et que sa terreur de perdre son fils l'isole du reste du monde.

La petite boîte en carton serrée au creux de sa paume, Annie enjamba la fenêtre et sauta silencieusement dans le couloir. Certaines de ses disputes avec Jack résonnaient de manière confuse dans sa tête, mais d'autres étaient si douloureusement gravées en elle, si profondément ancrées dans sa mémoire, qu'elle aurait pu les réciter mot pour mot.

« Vous avez manqué tous les deux d'indulgence, non ? » avait statué Orenda au cours de l'une de ses séances d'introspection.

Et Annie avait hoché la tête en rougissant, consciente que c'était malheureusement la vérité.

Bien sûr, on ne divorçait pas du jour au lendemain : leur séparation était l'aboutissement d'un long processus de désagrégation. Et la spirale infernale de l'endettement avait laissé peu de chance à leur couple de s'en sortir indemne. Mais ce n'était pas la seule explication. Il y avait eu autre chose. Un élément extérieur qui avait fait s'emballer la machine et les avait conduits à l'inéluctable.

Une femme.

Ce matin-là, Annie avait emmené Eric à l'hôpital pour une série de tests de contrôle. Comme elle avait une heure à perdre avant de revenir le chercher, elle était allée s'acheter un sandwich et s'était dirigée vers le square, de l'autre côté de la rue. Elle venait de s'asseoir sur un banc quand il lui avait semblé entendre la voix de Jack. Elle s'était retournée et l'avait aperçu qui remontait l'une des allées avec sa collègue de travail, Linda. Sa première impulsion avait été de les rejoindre, mais quelque chose dans leur attitude l'en avait empêchée. Leur comportement n'était pas celui de deux collègues qui partagent une pause-déjeuner. La jeune femme avait glissé son bras sous celui de Jack et riait à propos d'on ne sait quoi. Annie n'avait rencontré Linda qu'une seule fois, mais elle savait qu'elle travaillait pour la station depuis plusieurs années. Elle était très jolie, aussi grande que Marina, avec des cheveux blonds qui lui arrivaient aux épaules, et ce jour-là elle portait un jean de grande marque, des sandales et un chemisier en soie.

En les voyant ensemble, un sentiment de panique s'était emparé d'Annie, puis, comme ils traversaient la rue pour regagner les locaux de la radio, elle avait essayé de se raisonner. Ses soupçons étaient ridicules. Ils s'entendaient bien, oui, et après ? En même temps, elle n'avait pas pu s'empêcher de repenser à la façon dont elle visualisait sa vie de famille, au début de son union avec Jack. Une vie rythmée par les fêtes de l'école, les chants de Noël, les vacances sous la tente l'été, et par leurs escapades en amoureux à chacun de leurs anniversaires de mariage. Puis les garçons traversant la délicate période de l'adolescence avant de devenir peu à peu des hommes. Et, un beau jour, Jack et elle en train de contempler un nouveau-né derrière la vitre d'une maternité en essayant de se faire à l'idée qu'ils étaient grands-parents…

Tous les couples connaissaient des passages à vide, s'était-elle rassurée en jetant son sandwich dans une poubelle du square. Ils ne faisaient pas exception à la règle, voilà tout, mais ils s'en sortiraient. Elle était certaine que Jack était dans les mêmes dispositions d'esprit. Ne s'étaient-ils pas promis de surmonter ensemble toutes les épreuves de la vie ? Nul besoin d'être diplômé en psychologie pour se rendre compte qu'ils ne passaient pas suffisamment de temps ensemble. Mais, à l'instant où ils rétabliraient le dialogue, tout rentrerait dans l'ordre. Au dîner, ce soir-là, Annie lui avait demandé comment s'était passée sa journée et avait obtenu pour toute réponse un « bien » laconique, assorti d'un petit haussement d'épaules.

Le lendemain soir, Jack l'avait appelée pour la prévenir de ne pas l'attendre, il rentrerait tard. Annie avait proposé de lui apporter une pizza : les garçons pourraient le regarder travailler, assis sur le sol de sa cabine d'enregistrement, qu'est-ce qu'il en pensait ? Ce n'était pas le soir où faire ça, avait répondu Jack. Trop de travail. Il avalerait vite fait un sandwich acheté dans l'un des distributeurs du rez-de-chaussée.

Il suffit de peu de chose pour alimenter le doute, surtout quand vos antennes intuitives sont en état d'alerte maximal – et, ce soir-là, celles d'Annie fonctionnaient à plein régime. À peine les enfants avaient-ils terminé de dîner qu'elle les fourra dans la voiture, mit le cap sur le centre-ville et prit la direction des bureaux où Jack travaillait. Elle fit tout le tour du bâtiment, le cœur battant, avant de pousser un soupir de soulagement. Sa voiture était là, sagement garée dans la rue de derrière. Tout en se traitant d'idiote, Annie manœuvra pour prendre le chemin du retour. Par chance, les garçons s'étaient endormis. Elle repassait devant l'entrée du bâtiment quand elle les vit sur le trottoir d'en face. Ils remontaient la rue main dans la main en partageant ce qui ressemblait à un cookie. Jack avait l'air détendu et riait à quelque chose que lui racontait Linda. Elle le saisit tout à coup par le coude, tourna son visage vers elle et fit tomber en souriant une miette de chocolat accrochée au coin de ses lèvres. C'est alors que Jack leva les yeux et découvrit Annie, à moins de deux mètres de lui. Il rougit comme un gamin pris la main dans le sac.

Annie démarra en trombe, sans un regard en arrière.

Une fois rentré, Jack avait tenté de s'expliquer :

— Nous sommes amis, c'est tout. Bon sang, j'ai besoin de quelqu'un à qui parler, tu comprends ? Depuis combien de temps n'avons-nous pas eu un véritable échange, tous les deux ? Pas pour discuter des factures à payer, décider qui va aller chercher Luke à l'école, ou pour débattre d'un nouveau traitement que le médecin voudrait tester sur Eric. Non, je te parle d'une *vraie* conversation, comme nous en avions autrefois, quand nous n'étions pas deux étrangers qui cohabitent sous le même toit.

Annie était assise à la table, les mains jointes sur ses genoux, les yeux baissés.

— Qu'est-ce que je dois comprendre, Jack ?

— Linda et moi sommes amis. Un point c'est tout.

— D'accord. Donc, d'un côté tu m'expliques qu'elle est quelqu'un de très spécial pour toi parce que tu te sens seul et que nous ne communiquons plus. Et, de l'autre, tu soutiens que vous êtes simplement *amis*, autrement dit qu'il n'y a rien de spécial entre vous. Quelle version dois-je croire, Jack ?

Un temps.

— Nous sommes amis.

Annie imaginait très bien comment la relation entre Jack et Linda avait évolué. La jeune femme avait probablement senti qu'il traversait une période difficile et elle lui avait témoigné son soutien par des petites phrases comme : « Ça va, Jack ? Tu tiens le coup ? » ou : « Je suis là, tu sais, si tu as besoin de quelqu'un à qui parler... » Oui, Annie aurait pu raconter exactement comment cela s'était passé, étape par étape. Comment leur camaraderie s'était peu à peu transformée en une complicité qui n'avait plus rien de professionnel, les amenant imperceptiblement à la situation qui était la leur aujourd'hui : d'anciens amis sur le point de devenir amants.

Le lendemain, elle était allée faire des courses dans une supérette avec Eric. Elle attendait son tour pour payer quand son regard était tombé sur un calendrier fixé au mur, juste derrière la caisse. La date lui avait fait l'effet d'un coup de poignard. Le 6 juin. Annie avait plaqué une main sur sa poitrine, le visage tout pâle. Elle avait du mal à respirer et il lui semblait que son cœur allait exploser.

La caissière l'avait dévisagée avec un peu d'inquiétude.

— Madame ? Est-ce que tout va bien ?

Annie avait acquiescé d'un mouvement de tête. Elle avait attrapé au hasard les articles dans son caddie et les avait posés avec fracas sur le tapis, faisant sursauter Eric et l'employée. Le lait, le kilo de pommes, la boîte de soupe à la tomate. *Vlan !* *Bang ! Paf !* Elle s'était emparée du carton d'œufs pendant que le calendrier continuait à la narguer sur le mur. *Le 6 juin.*

Elle avait été la première stupéfaite quand la boîte d'œufs avait percuté ce maudit calendrier avec un *splash !* assourdi. La caissière avait pivoté sur sa chaise, bouche bée, tandis que le carton tombait sur le sol dans un affreux magma de glaires et de coquilles brisées, suivi de près par le calendrier maculé.

Après s'être excusée et avoir offert de rembourser les dégâts, Annie était rentrée à la maison en sachant que plus rien ne serait jamais pareil entre Jack et elle, que cette fois c'était vraiment le commencement de la fin. Le 5 juin était le jour de leur anniversaire de mariage. Non seulement ils l'avaient oublié tous les deux, mais Jack l'avait passé avec son *amie* Linda, et pas avec elle.

Au début, elle éprouva une telle colère qu'elle ne parvenait même plus à le regarder. Puis elle eut mal, à un point qu'elle n'aurait jamais cru possible. Finalement, le fossé qui s'était creusé entre eux devint un gouffre et ils ne s'adressèrent quasiment plus la parole.

— Je pense que nous devrions parler de nos problèmes à quelqu'un, lui dit Jack quelques semaines plus tard.

Elle se brossait les cheveux et ne répondit pas.

— Annie, tu ne veux pas essayer de sauver notre mariage ?

— Ce n'est pas moi qui l'ai torpillé, lâcha-t-elle enfin, furieuse qu'il lui demande de travailler à remettre sur les rails une relation qui, selon elle, n'aurait jamais dû dérailler.

Finalement, ils consultèrent un conseiller conjugal pendant un an. Mais la démarche ne contribua pas à les rapprocher, bien au contraire. Jack ne cacha pas qu'il se sentait coupé d'elle. De son côté, Annie lui reprocha de l'avoir laissée tomber.

— Je pensais que nous ferions bloc dans l'adversité, Jack. Où est l'homme brave et fort qui avait promis de rester à mes côtés dans le besoin comme dans la peine, dans les bons comme dans les mauvais moments, jusqu'à ce que la mort nous sépare ? Où est-il passé ?

Quand elle se rendit compte que cela ne s'arrangerait pas, que la cassure entre eux était irrémédiable, elle passa par une période d'hébétude et d'incrédulité avant d'admettre que Jack avait raison : les garçons étaient le seul lien qui les enchaînait encore l'un à l'autre.

— Il faut que je te parle, déclara Jack un soir en s'adossant au réfrigérateur.

Annie sentit le sol se dérober sous ses pieds et chercha un moyen de retarder l'inévitable. Dieu merci, elle était devenue experte dans l'art de l'esquive. Si elle réussissait maintenant, peut-être parviendrait-elle à parer temporairement le coup qu'il s'apprêtait à lui porter.

— Tu sais ce qu'Eric m'a dit ce matin ? demanda-t-elle avec un entrain forcé. J'étais en train de lui faire griller des toasts et...

— Annie : stop.

Elle se tut et attendit, les yeux baissés.

— Je pars, annonça-t-il simplement.

— Sois sérieux, Jack.

Mais elle avait senti l'irrévocabilité de sa décision dans sa voix, le poids et la cruauté lapidaire de ces deux petits mots. Elle avala sa salive et lui donna une chance de dire quelque chose. Comme il gardait le silence, elle croisa les bras.

— Et les enfants, tu y as pensé ?

Il leva la main.

— Ne me joue pas ce plan-là.

Puis il hocha la tête, comme si le sujet était clos, et il tourna les talons. Incapable d'assister à son départ, Annie ferma les yeux en songeant : *Je ne peux pas voir ça.*

Le lendemain matin, elle avait déposé Luke à l'école puis s'était rendue à Eagan's Point avec Eric, poussée par le besoin viscéral de retourner auprès de son arbre, passant outre à son aversion pour la conduite.

À son arrivée, elle avait confié Eric à sa mère, expliquant dans une même respiration qu'elle avait pris un jour de congé, qu'elle partait pagayer et qu'elle reviendrait chercher son fils en début d'après-midi.

Erna n'avait pas posé de questions. Serrant la main de son petit-fils dans la sienne, elle avait regardé la voiture d'Annie disparaître au bout de la rue, le visage soucieux.

# 28

Jack se réveilla bien avant le lever du jour. Tout en se préparant une tasse de café, il contempla pensivement ses mains. Elles ressemblaient à celles de son père : larges et malhabiles dès qu'il s'agissait de manipuler un objet délicat. Mais la comparaison s'arrêtait là – du moins, il l'espérait. Il revoyait son père hurlant et gesticulant quand il regardait un match de base-ball à la télé. Ou serrant dans son poing fermé sa cannette de bière tandis qu'il le dévisageait d'un air mauvais.

— C'est à se demander si tu es mon fils. Tu n'as rien en commun avec moi. Rien !

Il croyait sans doute le blesser et l'humilier, mais pour Jack c'était un compliment.

Du plus loin qu'il s'en souvienne, il y avait toujours eu un écriteau accroché au mur de la cuisine, sur lequel son père avait écrit : CHEZ MOI, C'EST MOI QUI FAIS LA LOI. Jack l'avait décroché après la mort de son père et avait demandé à sa mère pourquoi elle était restée mariée toutes ces années à un homme qui la rendait de toute évidence malheureuse. Le regard baissé, elle avait murmuré qu'il ne lui était jamais venu à l'idée de partir.

Le jour où Annie avait accepté de l'épouser, Jack avait eu l'impression de tutoyer le ciel. Sa seule présence suffisait à le rendre heureux. Lorsqu'elle était à ses côtés, il se sentait invincible. Il adorait quand elle se mettait à parler à toute vitesse parce qu'elle était surexcitée, quand elle penchait la tête sur le côté avant de prendre une décision, quand elle riait si fort qu'elle en oubliait presque de respirer...

*Que s'est-il passé pour que nous en arrivions là ?* se demanda Jack.

Il se remémora la nuit où elle était venue le récupérer en voiture dans le centre de Seattle. C'était une semaine avant leur séparation. On lui avait demandé d'animer un mariage en ville, et il avait trop bu (une première). Il était deux heures du matin, il n'y avait plus de bus : pouvait-elle venir le chercher ?

Il s'allongea sur la banquette arrière et essaya de plaisanter pour détendre l'atmosphère, mais toutes ses tentatives pour engager la conversation se heurtèrent à ses réponses monosyllabiques. Finalement, il abandonna la partie et attendit en silence pendant qu'elle tournait dans leur rue puis se garait devant la maison. Un signal sonore l'avertit qu'elle venait d'ouvrir sa portière, puis elle le secoua par le pied.

— Jack, lève-toi, nous sommes arrivés.

Il se redressa, agrippa la portière pour se soutenir, puis se releva lentement. Un sourire espiègle flotta sur ses lèvres tandis qu'il s'étirait.

— Et si on s'asseyait dans l'herbe un petit moment ? suggéra-t-il.

— Non.

Elle le prit par le coude.

— Rentrons.

Il se dégagea doucement.

— Qu'est-ce qui ne va pas ?

— Rien, répondit-elle sèchement. J'aimerais seulement aller me coucher et, dans la mesure du possible, passer une fin de nuit normale.

Jack haussa les sourcils.

— Là, tu en demandes beaucoup. Il y a bien longtemps que notre vie est très éloignée de la normale, non ?

Elle enfonça ses mains dans les poches de sa veste, le visage fermé.

— Je fais ce que je peux, Jack.

— Il faut croire que ce n'est pas assez.

— Peut-être. Mais moi, au moins, je ne bois pas.

— Ça m'arrive rarement, et tu le sais.

— Alors pourquoi ce soir ?

— Peut-être parce que j'avais envie de t'oublier, riposta-t-il âprement. Ça t'étonne ? Tu ne te supportes plus toi-même !

Elle serra les mâchoires et, en l'espace d'une seconde, leur conversation distante se transforma en un duel armé. Ils se lancèrent leurs quatre vérités à la figure, se rendant coup pour coup, sans aucun ménagement. Pendant un instant, Jack eut l'impression de se regarder à travers une vitre et cette vision l'effraya : sa voix grinçait, son visage était tordu par la colère, et voilà qu'il frappait du poing sur le toit de la voiture pour obliger Annie à *l'écouter* – exactement comme l'aurait fait son père.

— Bon sang, Annie, je ne sais même plus qui tu es !

Elle le dévisagea sans un mot pendant plusieurs secondes.

— Qu'est-ce que tu attends de moi, Jack ?

Il tournait sur lui-même, bras levés, comme un boxeur paradant devant son public.

— Non, qu'est-ce que *toi*, tu attends de *moi* ?

— Que tu fasses un peu plus acte de présence ! cria-t-elle.

— Ah oui ? Et pourquoi ? demanda-t-il en croisant les bras sur sa poitrine.

Déstabilisée, elle balbutia :

— P-parce que nous avons besoin de toi.

Jack se planta devant elle en vacillant un peu sur ses jambes.

— Faux. Je rapporte ma paie tous les quinze jours, mais en dehors de ça, tu n'as aucun besoin de moi. Si je ne mettais pas les pieds à la maison pendant toute une semaine, est-ce que ça changerait quelque chose pour toi ? Réponds franchement. Je n'étais pas là ce soir, pour le dîner. Qu'est-ce que tu as ressenti ?

Elle lui lança un regard qui lui rappela celui d'un animal en cage, mais ce qui le marqua, ce fut son hésitation.

— Dis-moi la vérité, Annie, insista-t-il en croisant les bras sur sa poitrine. Qu'est-ce que tu as ressenti ?

Elle recula et s'écroula sur une chaise de jardin.

— Du soulagement, avoua-t-elle en sanglotant, la tête dans ses mains. Je me suis sentie… soulagée.

Jack la regarda fixement.

— Pourquoi ?

Dans le long silence qui suivit, il eut le sentiment que les derniers vestiges de son mariage tombaient en poussière.

Finalement, Annie releva la tête, essuyant ses larmes du dos de la main.

— Parce que, depuis quelque temps, c'est plus facile pour moi quand tu n'es pas là.

Jack hocha la tête et promena son regard autour de lui. Le couvercle en aluminium de la poubelle était tombé dans l'herbe et une chaise longue s'était renversée. Titubant un peu, il traversa le jardin pour la redresser. Cela pouvait paraître absurde, mais au moment où tout son univers vacillait, il lui semblait soudain important de remettre en place ce qui pouvait l'être. Il l'appuyait contre le mur quand il lui sembla entendre un bruit, près de la porte de la cuisine. Il se retourna, fouillant l'obscurité du regard.

Luke était là, blotti dans l'ombre du porche, poings et mâchoires serrés.

La bouche de Jack se dessécha. *Oh, mon Dieu.*

Annie l'aperçut, elle aussi, et se leva d'un bond.

— Luke ? Chéri, je vais t'expliquer, balbutia-t-elle s'avançant vers lui.

— Laisse-moi tranquille, siffla-t-il.

Elle posa la main sur son bras.

— Attends, Luke, je…

— Fiche-moi la paix ! cria-t-il en se dégageant d'un mouvement furieux.

Ce moment était gravé à jamais dans la mémoire de Jack. Le visage crispé de Luke, son regard rivé avec rage et amertume sur sa mère tandis qu'elle reculait, livide.

Une grosse boule se logea dans sa gorge. Il chercha quelque chose à dire, mais brusquement, le découragement l'envahit. La tâche lui paraissait immense. À quoi bon ? Il était trop tard. Le fossé qui n'avait cessé de s'élargir entre Annie et lui était devenu un gouffre infranchissable. Il n'avait désormais plus d'autre choix que de partir.

Presque un an après avoir quitté Annie, alors que les garçons passaient le week-end chez lui et qu'il écoutait de la musique au salon en attendant de trouver le sommeil, Luke le rejoignit, vêtu de son pyjama, les cheveux ébouriffés. Il adressa à son père un bref sourire d'excuse et se laissa tomber sur le canapé, à côté de lui.

— Je n'arrive pas à dormir.

Jack sourit. *Tu ressembles à ta mère*, songea-t-il. *Plus que tu ne l'imagines.*

Quelques minutes plus tard, comme la radio venait de passer l'une de ses chansons préférées, son fils se tourna vers lui.

— Alors, maman et toi allez divorcer ?

Jack hocha la tête.

— Apparemment, oui.

— De quelle manière vous en êtes arrivés là ?

C'était une question simple, mais la réponse était loin d'être facile. Jack déglutit, conscient d'avoir failli, tout autant qu'Annie. Il regarda ses mains et les ouvrit d'un geste empreint d'impuissance.

— Je ne sais pas. Tout s'est écroulé comme un château de cartes.

## 29

Le vendredi matin, Annie partit pagayer plus tôt qu'à l'accoutumée. À son retour, une horde impressionnante de journalistes étaient déjà installée devant chez elle. Elle rentra par la petite rue de derrière, comme à son habitude, et tomba sur Luke, qui bricolait son vélo. Elle allait lui dire bonjour quand il se leva et flanqua sa bicyclette par terre d'un coup de pied exaspéré.

— Hé, intervint Annie. Qu'est-ce qu'il y a ?

— Ce tas de ferraille est bon pour la casse, voilà ce qu'il y a !

— Tu as encore des problèmes avec la chaîne ?

Il hocha la tête, jetant rageusement un tournevis dans la boîte à outils.

— Tu devrais peut-être essayer de la graisser, suggéra Annie.

— J'ai besoin d'un vélo neuf, c'est tout.

— Celui-là n'a que deux ans.

— Je te dis que c'est un tas de ferraille !

En cet instant, il lui rappelait ces chiens ou ces chats malheureux dont Marina collait la photo sur des affichettes avant chaque campagne d'adoption au refuge avec en dessous la mention : « *Il a vécu l'enfer. Il a besoin de beaucoup d'amour.* » Annie aurait voulu repousser la mèche rebelle qui balayait son front, lui dire qu'elle allait « oublier » de régler quelques factures ce mois-ci et qu'il aurait son vélo neuf, mais bien sûr elle n'en fit rien.

— Remplacer les objets au lieu d'essayer de les réparer n'est pas toujours la solution, tu sais, lui expliqua-t-elle posément. Même si j'avais les moyens de t'en racheter un, dans six mois la chaîne aurait besoin d'être resserrée, les pneus regonflés et la peinture serait éraflée, exactement comme celui-là. Tu ferais aussi bien de te contenter de ce que tu as.

Il ferma la boîte à outils d'un coup de pied et se pencha pour la ramasser.

— Tu sais quoi ? reprit Annie d'une voix apaisante. Tu devrais l'emmener chez le marchand de vélos la semaine prochaine, et lui demander combien ça coûterait de le remettre en état.

— Je m'en fiche.

Annie lui lança un regard sévère.

— Parfait. En ce cas, tu demanderas à ton père d'y jeter un coup d'œil ce week-end. Maintenant, je vais prendre ma douche. Va te préparer : je vous emmène au collège dans vingt minutes.

— Pas la peine, j'irai à pied.

Annie l'avait récemment autorisé à se rendre à l'école en vélo, mais il était hors de question qu'il fasse le trajet à pied, et il le savait.

— Non, Luke. Tu connais les règles.

— J'ai treize ans, objecta-t-il en se redressant les épaules. Quand vas-tu cesser de me traiter comme un bébé ?

— Quand tu me prouveras que tu es quelqu'un de responsable et que je peux te faire confiance.

— C'est-à-dire ?

— En ne reniant pas constamment ta parole, pour commencer.

— Comprends pas.

Annie s'appliqua à respirer lentement. Elle faisait son possible pour garder son sang-froid, mais intérieurement elle bouillait de colère.

— Oh si, tu comprends très bien. Cent fois, tu m'as promis de ne plus sécher les cours, mais j'avais à peine le dos tourné que tu recommençais. Et même si je ne peux pas le prouver, je suis convaincue que tu as raconté à Eric que tu allais te raser la tête toi aussi, mais que tu ne l'as pas fait pour qu'il ait l'air d'un idiot.

Il avala une gorgée de sa bouteille d'eau, les yeux fixés sur son vélo.

Annie s'avança d'un pas.

— S'il y a une chose que je ne supporte pas, ce sont les gens qui n'ont pas de parole. Quand on promet quelque chose, on le fait. C'est une preuve de courage et de maturité. Et tant que tu n'auras ni l'un ni l'autre, tu n'iras *pas* à pied à l'école.

Ils restèrent face à face dans un silence électrique. Le torse de Luke se levait et s'abaissait rageusement, mais il ne répondit pas. Annie traversa la cour, puis se retourna brièvement.

— Tu as entendu ce que je viens de dire ? demanda-t-elle en s'appliquant à parler calmement.

— Ouais. J'ai entendu.

Elle referma sèchement la porte de la cuisine derrière elle puis s'approcha de la fenêtre du salon pour jeter un coup d'œil dehors. Rose et Libby faisaient des courbettes aux journalistes, comme d'habitude. Annie entrebâilla la porte pour ramasser discrètement le numéro d'*USA Today* déposé à son intention sur les marches, mais elle n'avait pas plus tôt montré le bout de son nez que ce fut la ruée.

— La voilà ! cria quelqu'un.

— Annie, pouvez-vous nous confirmer que vous participerez au *Rachel Tice Show* aujourd'hui ?

— Êtes-vous nerveuse à l'idée de rencontrer Monsieur Mystère ?

Pendant des semaines, Annie avait fait preuve d'une patience exemplaire avec tout le monde, y compris avec ses voisins trop curieux. Mais maintenant elle en avait assez.

Elle redressa le menton.

— J'ai accepté de participer au *Rachel Tice Show*, en effet, mais Monsieur Mystère s'est décommandé hier soir, et, par voie de conséquence, l'émission a été annulée.

Ils la regardèrent fixement, bouche bée, leurs téléphones portables en suspens. Des petits journalistes des villes voisines se décomposèrent en voyant leurs perspectives de vacances tous frais payés disparaître sous leurs yeux. Annie pivota sur ses talons.

— Qu'est-ce qui va se passer, maintenant, Annie ? cria quelqu'un dans son dos.

— Quand allez-vous découvrir son identité ?

— Vous allez organiser une autre rencontre ?

Elle leur lança un bref regard par-dessus son épaule.

— Aucune idée. Tout ce que je sais, c'est que ce ne sera pas aujourd'hui.

Elle referma la porte derrière elle et regagna la cuisine en souriant. Voilà. Avec un peu de chance, elle aurait au moins une heure de répit avant qu'ils se rendent compte qu'elle avait menti. Lâchant le journal sur la table, elle tendit la main vers la thermos de café qu'elle avait préparée avant de partir.

— 'jour, m'man, dit Eric en descendant l'escalier. Alors, tu as le trac ?

— Un peu, admit-elle en l'embrassant tendrement. Mais, heureusement, j'ai une pépite d'ambre qui va m'aider à surmonter cette épreuve.

Il sourit.

— Sawyer dit que chaque fois qu'on passe à la télé on prend cinq kilos. C'est vrai ?

Annie fit la grimace.

— J'espère bien que non !

Le petit garçon ouvrit le placard et attrapa sa boîte de céréales, l'esprit déjà tourné vers l'avenir et ses promesses excitantes – à commencer par son premier match de basket, le soir même.

— Dis, m'man, puisque papa vient nous chercher après l'école, il faut qu'on emporte nos sacs de marins ce matin, OK ?

— Ça me paraît logique.

La matinée passa en un éclair. Respectant ses habitudes à la lettre pour mieux tromper l'ennemi, Annie emmena les garçons au collège. Mais elle calcula son départ de façon à arriver pile à la dernière minute, au moment où tous les parents en retard déposent leurs enfants en catastrophe avant d'aller travailler, et où la tension est à son maximum. Coups de klaxon hystériques, queues de poisson, voire imprécations et poing levé à l'intention de quelqu'un qui ne « dégageait » pas assez vite ponctuaient ce rush de dernière minute. Annie redoutait toujours d'être coincée dans ce qu'elle appelait l'« antichambre de l'enfer », et elle supposait que les journalistes accrochés à ses basques n'aimeraient pas trop ça non plus. Elle avait vu juste : face à un tel chaos, le gros de la troupe déclara forfait et décida d'aller l'attendre tranquillement devant chez Kozak. C'était ce qu'Annie espérait ; elle se faufila aussitôt dans une petite rue parallèle et se rendit chez Marina, où sa sœur et sa mère l'attendaient pour la conduire à Seattle.

À midi, Annie et Marina patientaient nerveusement dans une loge du studio de télévision pendant que l'équipe technique du *Rachel Tice Show* procédait aux ultimes réglages de caméras et de lumières. L'une des assistantes avait gentiment accompagné Erna boire un café, et, quand elles réapparurent quelques minutes plus tard, Erna se trouvait au beau milieu d'une conférence médicale. En l'écoutant, Annie ressentit pour elle une bouffée de tendresse inhabituelle.

— C'est très facile à vérifier, déclara Erna en ouvrant son porte-monnaie.

Elle y puisa une petite pièce qu'elle tendit à la jeune femme.

— Mettez-la dans votre poche.

L'assistante obéit.

— Maintenant, tâtez les deux surfaces avec vos doigts, ordonna Erna.

La femme obtempéra, les sourcils froncés.

— Parvenez-vous à distinguer le côté pile du côté face ?

La jeune femme plissa le front, le visage concentré.

— Ce test permet de vérifier le bon fonctionnement du cerveau, expliqua Erna. Quand on ne parvient pas à distinguer le côté pile du côté face, c'est parfois le signe d'une tumeur sur l'un des lobes pariétaux, ou de l'imminence d'une attaque cérébrale.

La productrice écarquilla les yeux, visiblement alarmée, puis sortit la pièce de sa poche avec un sourire triomphal.

— Ici, le côté pile ! Là, le côté face !

— Excellent ! approuva Erna en se penchant pour vérifier. Vous avez passé le test avec succès.

L'assistante sourit, très contente d'elle-même.

Quelque part au fond de la loge, une sonnerie persistante s'insinua dans les pensées d'Annie. Marina se leva, puis revint vers elle, brandissant son téléphone portable.

— Il sonnait à l'intérieur de ton sac à main.

— Qui est-ce ? demanda Annie en lui prenant l'appareil des mains.

Marina écarta les bras : elle n'en avait aucune idée.

Annie retira son soulier droit. Sa cheville était encore douloureuse.

— Allô ? dit-elle tout en effectuant quelques rotations prudentes avec son pied.

— Madame Hillman ? Ici Joan Marsh, du collège Robertson…

Annie se figea et faillit partir d'un fou rire nerveux. Non, ce n'était pas possible. Pas à quinze minutes du début de l'émission !

— J'ai pensé de mon devoir de vous informer que votre fils Luke n'était pas venu en cours ce matin.

Annie remit le pied dans sa chaussure et son collant craqua du talon jusqu'au mollet dans un éclair rageur. *Naturellement, il n'est pas venu*, songea-t-elle en fermant les yeux. *Il est probablement quelque part dehors, en train de braquer une banque. Ou alors il a décidé que son jour de liberté n'était plus le mercredi mais le vendredi. Oui, c'est probablement ça.*

— Madame Hillman ? Vous êtes toujours là ?

— Oui, acquiesça Annie. Je suis là.

Joan Marsh s'éclaircit la gorge.

— Y a-t-il quelque chose que nous puissions faire ?

— Non. Mais merci d'avoir appelé. Je vous tiendrai au courant.

Annie coupa la communication, le regard absent. Luke savait qu'elle était à Seattle pour la journée. Il savait aussi que c'était le jour idéal pour sécher les cours parce qu'elle n'avait aucun moyen de revenir à Eagan's Point pour se lancer à sa recherche. Sans compter que quand elle rentrerait il serait parti pour tout le week-end avec son père sur un bateau ; elle ne pourrait donc pas lui sonner les cloches avant son retour.

Marina s'assit à côté d'elle, un gobelet de thé à la main.

— Ça va ?

*Non, ça ne va pas. J'aurais besoin d'une dose massive de Tylenol, ou de Xanax. Ou mieux encore : d'un grand verre d'alcool.* Elle lissa sa robe neuve, respirant le parfum que Marina avait vaporisé sur elle avant de partir pour Seattle, se sentant coupable de ne pas être chez elle, où elle aurait pu agir.

— Le collège vient de m'appeler. Luke a encore séché les cours.

Le gobelet vacilla dans les mains de Marina. Elle le posa sur une table basse.

— Il t'a fait ça aujourd'hui ?

Annie hocha la tête.

— Je n'arrive pas à le croire !

Marina fronça les sourcils. Puis elle claqua des doigts.

— Je sais : je vais appeler Harrison. Je suis quasiment sûre qu'il travaille du côté d'Eagan's Point, aujourd'hui. Il retrouvera Luke, ne t'inquiète pas.

Annie la remercia. Harrison était probablement la personne la mieux placée pour prendre la situation en main, parce que si c'était elle ou Jack qui s'en chargeaient, la conversation risquait de tourner au vinaigre. Marina lui tapota l'épaule en lui assurant que tout irait bien, puis sortit rapidement pour appeler Harrison.

Annie jeta un coup d'œil sur l'horloge murale et se demanda s'il était plus judicieux de téléphoner à Jack à son travail ou sur son portable pour le mettre au courant. Comme c'était l'heure du déjeuner, elle opta pour le portable. Pendant que la sonnerie retentissait, elle essaya de se rappeler ce qu'il avait répondu, quand Luke lui avait demandé à quelle heure il passerait les chercher. N'avait-il pas dit qu'il les attendrait devant l'école à quinze heures quarante-cinq ? Elle tomba sur sa boîte vocale et lui laissa un message :

— Jack, c'est moi. Le collège vient de m'appeler. Luke a encore séché les cours. Il est midi et demi et je suis coincée à

Seattle à cause de cette émission de télé. Marina est en train de téléphoner à Harrison pour lui demander de le retrouver...

Quand un assistant vint chercher Annie et Marina pour les conduire sur le plateau, dix minutes plus tard, Annie avait repris confiance. Harrison allait probablement trouver Luke sur la plage, comme cela semblait être devenu une habitude, et dans l'après-midi il le remettrait à son père. Elle n'aurait donc pas à s'inquiéter pour lui jusqu'au dimanche soir. *Ça va aller*, s'encouragea-t-elle. *Et ce show ne sera pas si terrible non plus. Je vais papoter avec Rachel Tice, découvrir qui se cache derrière ces annonces, puis je rentrerai à la maison et je me saoulerai pour la deuxième fois de ma vie.*

Les portes du studio s'ouvrirent et Annie entra sur le plateau, suivie par Marina. Le spectacle qui s'offrit à elles les cloua sur place. Rachel Tice se trouvait là, ainsi que l'assistante avec qui Erna avait parlé un peu plus tôt, plus deux électriciens et un caméraman à lunettes. Tous les cinq se tenaient les bras en l'air, aussi immobiles que des statues. On aurait dit des otages pendant l'attaque d'une banque, sauf qu'il n'y avait pas de gangster dans la pièce.

— C'est très bien, continuez comme ça, approuva Erna en passant derrière eux, les sourcils froncés, son sac à main sous le bras. Attention : vos bras doivent absolument toucher vos oreilles, sinon l'expérience ne sert à rien.

Marina et Annie échangèrent un regard atterré.

— On en est où ? demanda Rachel Tice, une note d'amusement dans la voix.

— Encore trente secondes. Vous devez garder la pause trois minutes au total, expliqua Erna. Passé ce délai, si vous ne ressentez pas de congestion au niveau des sinus, ou de sensation de vertige, c'est qu'il n'y a pas de problème.

— Et dans le cas contraire ? demanda l'assistante.

Erna réfléchit, la tête inclinée sur le côté.

— Ce n'est pas décisif, mais cela peut être le signe d'une maladie de la thyroïde, de la présence d'un caillot dans une artère qui conduit au cœur ou même d'une tumeur.

305

Un silence pesant tomba sur le petit groupe. Finalement, Erna regarda sa montre et sourit.

— C'est fini. Le test est terminé.

Cinq paires de bras s'abaissèrent en même temps.

— Je ne ressens aucun symptôme, déclara Rachel en remuant les poignets.

— Moi non plus, renchérit son assistante.

Elle haussa les sourcils en direction des deux électriciens, qui confirmèrent également que tout allait bien pour eux.

Annie remarqua alors l'expression du caméraman. Il n'avait pas l'air de trouver l'expérience amusante du tout.

Il toisa Erna.

— C'est un gag ?

— Pardon ? dit Erna.

— Vous vous payez notre tête, c'est ça ? Vous nous prenez pour des blaireaux ?

Il remonta ses lunettes sur son nez.

— On ne peut pas déceler une maladie de la thyroïde en pratiquant un exercice aussi stupide ! C'est débile !

Erna rougit d'embarras et Annie éprouva tout à coup le besoin farouche de voler au secours de sa mère et de la protéger. Elle s'avança d'un pas décidé et vint se placer à côté d'elle, pour bien montrer que toutes les deux ne faisaient qu'un, et qu'on ne pouvait pas s'en prendre à l'une sans attaquer l'autre.

— Mettons les choses au point, déclara-t-elle en toisant le caméraman indélicat, les yeux plissés. D'abord, vous vous adressez à ma mère, et vous n'avez pas à lui parler sur ce ton.

Annie ne transigerait pas sur ce point, et tenait à ce que cet homme le sache.

— Ensuite, vous devriez vous féliciter de bénéficier gratuitement de ses lumières. Vous n'avez pas l'air de vous en rendre compte, mais il y a des gens qui *paieraient* pour avoir ce privilège !

Il y eut un silence légèrement inconfortable, puis le caméraman se tourna vers Erna.

— Je suis désolé, madame. Je n'avais pas l'intention de vous manquer de respect.

Rachel Tice le gratifia d'un regard noir et s'avança vers Annie, main tendue, un large sourire aux lèvres, avec la volonté évidente de dissiper le malaise.

— Annie Hillman ? Je suis ravie de vous rencontrer !

— Moi de même, murmura Annie d'une voix contrainte.

— Et si nous nous installions confortablement pour parler de l'émission ? suggéra Rachel en glissant un bras sous le sien pour la conduire vers un canapé. Vous savez, elle est préenregistrée. Nous pourrons donc, si besoin est, procéder à des coupes avant sa diffusion, cet après-midi. Vous voyez, vous n'avez aucune raison de vous inquiéter...

## 30

— Chers amis fidèles du *Rachel Tice Show*, bonjour, et merci de vous joindre à nous, déclara Rachel Tice en souriant à la caméra. Comme vous le savez peut-être, cette émission n'est pas tout à fait comme les autres. Depuis quelques semaines, en effet, un fait divers passionnant captive la côte Ouest : un homme fait passer des annonces dans un journal local, le *Peninsula Post*, afin de retrouver le grand amour de sa vie.

La présentatrice pivota et montra un écran sur lequel apparurent successivement les cinq annonces.

— Cette campagne d'annonces, intitulée « Avez-vous vu cette femme ? », a séduit les lecteurs tant par sa fraîcheur et son originalité que par la sincérité de leur auteur qui a su trouver des mots touchants et justes pour tenter de reconquérir la femme qu'il n'a jamais cessé d'aimer.

Rachel Tice s'avança sur le devant de la scène, tout en poursuivant son discours d'introduction :

— Au fil des semaines, la démarche peu banale de cet admirateur mystérieux a alimenté un vrai débat autour du respect de la vie privée, de la liberté de la presse et du droit de cet homme à conserver l'anonymat. Mais, par-delà la polémique et les critiques qui ont pu poindre ici ou là, ce merveilleux cri d'amour a suscité une réaction unanime : de l'envie.

Elle porta une main à son cœur et hocha la tête.

— Je vais être franche : je ne connais pas une seule femme qui n'ait pas rêvé d'être à la place d'Annie Hillman pendant ces cinq semaines… Mais je connais aussi beaucoup d'hommes qui sont dépités de ne pas avoir eu cette idée les premiers !

Rachel décocha un clin d'œil à la caméra, puis reprit son sérieux.

— Tous ceux que cette histoire a passionnés vont être comblés aujourd'hui car celle qui en a été l'inspiratrice a accepté de venir dans cette émission nous raconter cette folle aventure : Annie Hillman sera avec nous dans quelques instants. Mais ce n'est pas tout…

La présentatrice-vedette marqua un temps pour ménager son effet.

— Son mystérieux admirateur sera présent, lui aussi ! Oui, chers amis, Monsieur Mystère a accepté de venir dans le *Rachel Tice Show* à visage découvert et de répondre à mes questions !

Derrière la cloison du décor, Annie attendait qu'on lui fasse signe d'entrer, triturant son collier, dansant d'un pied sur l'autre. Elle ferma les yeux, résistant à l'envie de s'enfuir à toutes jambes. Tout près d'elle, Marina et sa mère discutaient avec l'assistante chargée de s'occuper d'Annie et de lui indiquer quand ce serait à elle. Marina était encore émoustillée d'avoir rencontré Rachel Tice en chair et en os, et Erna se trouvait à peu près dans le même état d'exaltation. Annie regarda Marina tapoter ses poches avant d'en extraire son téléphone portable et de le porter à son oreille. Dieu merci, elle avait pensé à le régler sur le mode vibreur.

— Allô ? chuchota-t-elle en s'éloignant de quelques pas.

Annie reporta son attention sur ce qui se passait sur le plateau. Rachel Tice poursuivait son monologue, face à son public.

— Annie Hillman est aujourd'hui en instance de divorce et mère de deux garçons. Comme beaucoup de mamans, elle doit mener de front son travail et l'éducation de ses enfants. Mais depuis des années, Annie et son mari doivent aussi se battre contre un problème beaucoup plus grave qu'une simple affaire de factures ou de loyer impayés. Eric, leur fils cadet, est atteint d'hystiocytose, une maladie rare et souvent incurable, diagnostiquée alors qu'il était âgé de trois ans. Eric en a onze aujourd'hui, et il va bien.

— C'était Jack, chuchota Marina en tirant Annie par le bras. Il a essayé de t'appeler sur ton portable, mais il est tombé sur ton répondeur. Harrison vient de l'appeler : il est avec Luke...

*Dieu merci, il l'a retrouvé*, songea Annie avec soulagement.

— C'est à vous dans une minute, lui annonça tout bas l'assistante.

Elle hocha la tête, le cœur battant. Marina lui donna une petite tape sur l'épaule pour attirer son attention.

— Jack m'a demandé de te dire qu'il partait immédiatement rejoindre Harrison. Il veut avoir une conversation sérieuse avec Luke.

Annie acquiesça d'un battement de cils. Parfait.

— Trente secondes, annonça l'assistante.

Marina lui saisit le bras.

— Annie, ils...

— Pas maintenant, Marina, l'interrompit Annie en se dégageant.

Sur scène, Rachel continuait à parler.

— Grâce à l'aimable coopération du *Peninsula Post*, nous avons pu contacter Monsieur Mystère la semaine dernière. Il a commencé par refuser tout net de participer à l'émission mais nous lui avons expliqué qu'Annie avait accepté de venir, et il nous a donné son accord. Je suis sûre que vous serez aussi émus que nous lorsque vous découvrirez cette magnifique histoire. Aussi, sans plus attendre, je vais vous demander de réserver à Annie Hillman l'accueil chaleureux qu'elle mérite.

Rachel se mit à applaudir. Annie sentit la main de l'assistante la pousser doucement en avant. Jetant un rapide coup d'œil par-dessus son épaule, elle vit sa mère, les deux pouces levés en signe de solidarité. Elle avala une grande goulée d'air et entra sur scène. Trois fauteuils rouges trônaient devant un rideau de satin blanc irisé sur lequel le nom de l'émission s'inscrivait en lettres argentées. Le public – une centaine de personnes – l'applaudissait en souriant. Annie avait les jambes en coton, mais elle réussit à traverser tout le plateau sans s'évanouir.

— Merci d'avoir accepté de participer à cette émission, déclara Rachel en lui serrant la main.

Elle glissa son bras sous le sien comme si elles se connaissaient depuis toujours et la guida vers l'un des fauteuils en velours.

— Je viens de résumer brièvement les circonstances qui vous ont conduite ici, mais j'aimerais reprendre certains points, afin que les téléspectateurs puissent faire plus ample connaissance avec vous. D'accord ?

Annie hocha mécaniquement la tête. La présentatrice lui tapota la main avec un regard qui semblait dire : « Ça va aller » et lui adressa un petit sourire encourageant. Rachel Tice avait le don de mettre ses invités à l'aise, constata Annie avec soulagement tout en s'asseyant.

— Vous avez deux fils, c'est bien cela ?

Annie hocha de nouveau la tête.

— Oui. Eric a onze ans et Luke, treize.

Rachel s'installa plus confortablement dans son fauteuil.

— Et ils vivent avec vous à Eagan's Point ?

— En effet, mais ils voient leur père un week-end sur deux.

— Il habite Seattle ?

— Oui.

Rachel sourit.

— S'agirait-il de Jack Hillman, l'animateur de radio ?

Annie hocha la tête, déjà plus détendue. Jusqu'ici, pas de problème. Une question, une réponse. Une question, une réponse. La formule lui convenait. Pourvu que ça dure...

— Êtes-vous restés en bons termes, Jack et vous ?

Annie se raidit imperceptiblement.

— Bien sûr. Jack est quelqu'un de bien. C'est un père formidable et il a toujours été là pour les garçons. Je ne vois pas pourquoi nous ne serions pas en bons termes.

Elle se rendit compte au ton de sa voix qu'elle était sur la défensive et se demanda pourquoi. Puis elle comprit : elle ne voulait surtout pas que l'image de Jack sorte ternie de quelque façon que ce soit de cette émission.

Rachel changea abruptement de sujet, la déstabilisant un peu :

311

— Comment ont réagi vos enfants en découvrant ces annonces ?

Annie haussa les épaules.

— Ils ont été intrigués, bien sûr, mais ils n'ont pas dit grand-chose, en réalité. Ils ont leurs propres problèmes, vous savez. Comme tous les enfants.

— Et Jack ? Comment a-t-il réagi ?

Annie rougit.

— Il m'en a parlé mais n'a pas fait de commentaire. Ce... ce n'est pas son genre.

— Et vous ? Comment avez-vous vécu ces cinq dernières semaines ? Dans quel état d'esprit étiez-vous, le lundi, en ouvrant le journal sans savoir ce qui vous attendait ?

— Eh bien... tout d'abord, j'ai pensé qu'il s'agissait d'une plaisanterie, admit Annie. Mais quand j'ai compris que ce n'était pas le cas, c'est devenu... une énigme.

— Imaginez-vous qui peut être l'auteur des annonces ? demanda Rachel en scrutant son visage.

Annie mit quelques instants à répondre.

— J'ai eu quelques soupçons au cours de ces dernières semaines, mais finalement j'ignore de qui il s'agit.

Rachel garda ses yeux rivés aux siens pendant plusieurs secondes, puis sourit d'un air complice et lui tapota la main.

— Avant d'élucider ce mystère, j'ai une petite surprise pour vous.

À ces mots, une jeune femme tirée à quatre épingles surgit comme par magie sur le plateau et remit à Annie une petite boîte.

— Vous avez perdu votre voiture il y a quelques semaines, je crois ? demanda Rachel.

Annie hocha la tête d'un mouvement hésitant.

— Euh, oui. Dans un incendie.

Rachel prit une mine soucieuse.

— Ce ne doit pas être facile, avec les enfants. Comment vous débrouillez-vous ?

— Ma mère me prête la sienne.

Rachel posa la main sur son épaule et se pencha vers elle, comme si elles étaient seules dans la pièce.

— Annie, cette boîte contient les clés d'une voiture neuve que vous pourrez utiliser à votre guise pendant un an – jusqu'à ce que vous ayez les moyens de remplacer celle qui a été détruite.

Annie sentit sa mâchoire descendre de plusieurs centimètres.

Rachel esquissa un geste en direction de la boîte, lui indiquant qu'elle devait l'ouvrir. Annie souleva le couvercle, essayant de refouler des larmes d'émotion, déterminée à ne pas se donner en spectacle à la télévision. *Une voiture neuve*, s'émerveilla-t-elle en refermant les doigts sur un porte-clés arborant le logo BMW. *Pour moi, pendant un an.*

Rachel souriait, visiblement ravie de son petit effet.

— Vous voulez la voir ?

Annie n'eut même pas le temps de répondre : la présentatrice se dirigeait déjà vers un rideau de velours rouge qui masquait tout un côté de la scène.

Le cœur battant, Annie se pencha pour regarder son cadeau. Elle avait l'impression de participer au jeu du *Juste prix* et que derrière le rideau numéro un l'attendait la voiture qu'elle venait de gagner. Une BMW, rien que ça ! Elle fut tentée de se pincer pour s'assurer qu'elle ne rêvait pas.

Rachel sourit de toutes ses dents à la caméra. Puis sa main décrivit une arabesque gracieuse et le rideau s'ouvrit lentement, dévoilant une Mini vert fluo sur laquelle l'inscription *Rachel Tice Show* était peinte de chaque côté en rouge vermillon.

Annie resta bouche bée. Elle lança un bref regard autour d'elle, persuadée qu'il s'agissait d'une plaisanterie.

Mais non. Avec des trémolos enthousiastes, Rachel expliquait aux téléspectateurs que le *Rachel Tice Show* mettait gracieusement ce véhicule promotionnel à la disposition d'Annie et de ses enfants pendant douze mois, sans aucune contrepartie financière.

Annie contempla cette horrible chose vert fluo en songeant qu'il aurait dû y avoir une loi pour interdire de piloter un engin pareil.

— Je... je ne sais pas quoi dire, articula-t-elle finalement, feignant la sincérité.

Rachel retourna s'asseoir à côté d'Annie et posa la main sur son bras, comme si elle pensait brusquement à quelque chose.

— Vous conduisez une boîte manuelle, n'est-ce pas ?

Annie hésita, les yeux toujours fixés sur le petit monstre vert fluo. Cette chose était à elle, pour douze mois.

Puis elle entendit quelqu'un répondre :

— Oui, bien sûr !

Et elle se rendit compte avec stupeur que c'était elle qui venait de prononcer ses mots. Dans un éclair de lucidité, elle imagina l'hilarité des garçons quand ils regarderaient l'enregistrement du show. Elle n'avait jamais conduit autre chose qu'une automatique.

— Et maintenant, revenons à la raison pour laquelle nous sommes tous réunis ici aujourd'hui.

Rachel fixa la caméra avec une intensité destinée à faire monter le suspense, puis elle retourna s'asseoir près d'Annie et posa sa main sur la sienne.

— Prête à découvrir qui se cache depuis des semaines derrière ces annonces mystérieuses, Annie ?

— Prête, acquiesça Annie en formant tout bas le vœu que le rideau se referme sur cette voiture fluorescente.

Elle avait l'impression de voir des petits ronds verts partout.

Rachel adressa un signe à quelqu'un en coulisses, et de la musique monta en fond sonore. Le cœur d'Annie battit à se rompre, tandis que la voix de Darryl Worley s'élevait dans le studio. Il chantait *I Miss My Friend*, une chanson dans laquelle il parlait d'une amie dont la tendre affection lui manquait. Annie ferma les yeux : elle avait soudain la certitude de savoir qui était Monsieur Mystère. Puis une porte s'ouvrit sur sa gauche et il apparut, le visage éclairé de plein fouet par les projecteurs.

Annie eut l'impression que le temps s'arrêtait. Elle ne pouvait pas parler. C'était à peine si elle se souvenait de respirer.

Elle s'était trompée. Ce n'était pas celui qu'elle croyait. Mais ce n'était pas un inconnu non plus, loin de là. Elle le connaissait par cœur : sa silhouette, sa démarche, sa façon d'enfoncer les mains dans les poches et de baisser le menton quand il était nerveux, comme en cet instant. Il était vêtu d'un jean noir, d'une chemise moutarde, et ses cheveux étaient soigneusement lissés en arrière avec du gel – du jamais vu. Il portait des souliers noirs vernis visiblement trop grands et sa cravate mauve jurait atrocement avec sa chemise. Annie en eut les larmes aux yeux – parce que c'était la première fois qu'il mettait une cravate et aussi parce que c'était l'une de ses préférées. Il était pâle, tendu, et elle dut se retenir d'aller à sa rencontre.

Rachel lui étreignit la main.

— Surprise ?

Annie hocha la tête avec difficulté. Le mot était faible.

Agrippant les accoudoirs de son fauteuil pour s'obliger à rester assise, Annie regarda Rachel Tice se lever pour accueillir Monsieur Mystère. Elle le remercia d'être venu, glissa son bras sous le sien, puis, pivotant vers la caméra, elle annonça :

— Mesdames, messieurs, je vous présente Luke Hillman !

Annie fut incapable de détacher ses yeux de son fils tandis qu'il traversait la scène aux côtés de Rachel Tice pour venir prendre place à côté d'elle. Il se mordillait la lèvre, le regard obstinément baissé. Le chef de plateau leva la main, signalant qu'ils allaient marquer une pause. Annie déglutit et essaya de retrouver le réflexe de respirer. Au même instant, elle aperçut Harrison et Jack de l'autre côté de la porte que Luke avait empruntée pour son entrée. Elle cilla, totalement perdue. Harrison était en uniforme, son képi de gendarme à la main, et arborait une mine triomphante. Jack, en revanche, avait l'air aussi abasourdi qu'elle. Il haussa un sourcil en croisant le regard d'Annie et écarta les mains comme pour lui demander ce qui se passait.

Annie secoua la tête : elle ne comprenait pas plus que lui. Les caméras s'éteignirent et quelqu'un en coulisses demanda à Rachel de venir. La présentatrice se pencha vers Annie avec un sourire : elle revenait tout de suite.

Dès qu'il fut seul avec sa mère, Luke lui lança un regard nerveux et marmonna : « Salut. » Annie le regarda fixement. Elle ne parvenait toujours pas à se convaincre qu'il était là, à côté d'elle, sur le plateau du *Rachel Tice Show*.

— Qu'est-ce que tu fais ici ? chuchota-t-elle. Pourquoi n'es-tu pas au collège ?

— Cool, m'man, dit-il en levant les mains. Tout va bien.

— Ah, tu trouves ?

— J'ai voulu tout arrêter. Plusieurs fois, même. Mais ce matin, tu m'as dit que tu ne supportais pas les gens qui n'avaient pas de parole, tu te souviens ?

Annie ouvrit la bouche, mais aucun son n'en sortit. Elle s'en souvenait, oui.

Luke pointa un doigt vers Rachel Tice, en grande discussion avec l'une des productrices de l'émission.

— Je lui ai donné ma parole que je ferais ce show. Je ne pensais pas que ça prendrait cette allure-là, ajouta-t-il en désignant le décor d'un petit haussement d'épaules. Mais je suis décidé à finir ce que j'ai commencé.

Il releva le menton d'un cran, affichant une assurance qui n'était qu'une façade, Annie le savait. Et, pendant une fraction de seconde, elle revit le petit garçon d'autrefois – celui qui galopait d'un bout à l'autre de l'appartement avec sa cape de Batman, prêt à conquérir le monde. Puis il redressa les épaules, et le cœur d'Annie se serra douloureusement, parce que le petit garçon avait subitement disparu pour laisser entrevoir l'homme qu'il deviendrait un jour. Solide, déterminé, prêt à conquérir le monde. Nul besoin de cape.

Rachel réapparut et se glissa dans son fauteuil, entre eux.

— Bien. Prêts pour la suite ?

— Oui, répondit Luke en haussant les épaules.

Annie se massa les tempes.

— Et comment, murmura-t-elle entre ses dents.

Le chef de plateau réclama le silence et leva une main afin d'indiquer que l'émission reprenait.

# 31

Enfoncé dans son fauteuil, les jambes en V, Luke grattait le velours de l'accoudoir avec son ongle pendant que Rachel Tice reprenait le fil de l'émission, remerciant les téléspectateurs d'être si nombreux à les regarder. Annie fulminait intérieurement. Elle aurait voulu dire à son fils de se tenir droit et d'écouter ce qui se passait. Mais elle resta muette, froissant un Kleenex entre ses doigts, les yeux baissés sur le verre d'eau qu'on avait posé à son intention sur la table, à côté d'elle.

— Et maintenant, déclara Rachel en pivotant vers Luke, si tu commençais par nous expliquer comment t'est venue l'idée de ces annonces ?

— C'est à cause d'une brique de lait, grommela Luke.

— Une brique de lait ?

Annie piqua du nez et plia soigneusement son Kleenex en deux, puis en quatre. Pendant un instant, elle envisagea de se lever, d'empoigner son fils par le bras, de présenter ses excuses à tous les téléspectateurs et de dire à l'assemblée qu'elle pouvait rentrer chez elle tranquillement : Luke ne recommencerait pas. Oui, elle aurait probablement mis un terme à ce désastre si ses jambes avaient été en état de fonctionner.

— Euh... oui, répondit Luke. Il y a quelques mois, quand j'étais chez mon père, je l'ai entendu parler avec ma mère au téléphone, dans la pièce d'à côté. Ils se disputaient, avoua-t-il en baissant la tête. Papa a élevé la voix, ce qui ne lui arrive jamais, et je l'ai entendu dire : « Je ne te reconnais plus, Annie ! Où est la femme que j'ai épousée il y a des années ? »

Annie sentit son visage s'enflammer.

Rachel observa le jeune garçon, les sourcils froncés.

— Je vois. Mais quel rapport avec la brique de lait ?

— Eh bien, j'étais en train de prendre mon petit déjeuner, en fait, et elle était sur la table, devant moi. Dessus, il y avait une de ces annonces avec le visage et le nom d'un enfant disparu. Vous savez, le genre d'annonce où on voit deux photos côte à côte : l'une prise à l'époque de la disparition, et l'autre vieillie par ordinateur pour montrer à quoi l'enfant pourrait ressembler aujourd'hui. J'ai repensé à ce que papa venait de dire et je me suis demandé comment était maman quand ils se sont rencontrés. Je veux dire, quand ils sont tombés amoureux. Avant ma naissance, et celle de mon frère. Avant qu'ils se séparent.

— Je commence à voir où tu veux en venir, déclara Rachel en souriant.

Annie aussi. Plus ou moins. Son cerveau fonctionnait à toute vitesse et un million de questions se bousculaient dans son esprit. Par exemple, elle aurait bien aimé savoir où il avait trouvé l'argent nécessaire à son plan. Comment il avait réalisé les photos vieillies par ordinateur. Et surtout, dans quel but il avait monté toute cette opération !

— Des fois, j'ai du mal à m'endormir, la nuit, révéla Luke. En général, je me lève et je m'occupe jusqu'à ce que je tombe de sommeil. Mais quand ça m'arrive chez papa, je suis presque sûr de le trouver au salon, en train d'écouter de la musique, dans le noir.

Rachel sourit.

— Est-ce que c'est une habitude que partage ta maman ?

— Non. Maman, elle, elle monte sur le toit.

Les épaules d'Annie s'affaissèrent. Elle ferma les yeux et aspira à se désintégrer par combustion spontanée.

Un sourire nerveux passa sur le visage de Rachel.

— Elle monte sur le toit ?

— Ouais, répondit-il en rougissant. Pour cogiter.

Il vit la présentatrice lever les sourcils d'un air perplexe et évacua le problème d'un geste de la main.

— Ça ne fait rien.

— Bon. Donc, ton père écoute de la musique la nuit... ?

— Oui. Vous savez, la chanson, tout à l'heure ? Son titre, c'est *I Miss My Friend* et je vous ai demandé de la passer parce que mon père l'écoute très souvent. Enfin, du moins, il l'écoutait un soir où je n'arrivais pas à dormir et que je suis allé le rejoindre. Je me suis assis à côté de lui, j'ai fait bien attention aux paroles et, à la fin, je lui ai demandé ce qui lui manquait le plus depuis qu'il ne vivait plus avec maman...

Annie jeta un rapide regard en direction de Jack. Il avait l'air aussi abasourdi qu'elle. Puis elle baissa de nouveau les yeux et transforma son Kleenex en minuscules confettis qui s'éparpillèrent sur sa robe neuve.

— Et qu'est-ce qu'il a répondu ? demanda Rachel d'une voix douce.

Il y eut un silence inconfortable pendant lequel Luke changea de position, visiblement embarrassé.

— Il a dit que... que ce qui lui manquait le plus, c'était sa façon de fredonner quand elle se limait les ongles, et aussi son entêtement à vouloir lui emprunter sa perceuse ou ses tournevis électriques alors qu'elle ne savait absolument pas s'en servir.

Rachel sourit avec amusement.

— Autre chose ?

— Euh... oui. Sa manie de mettre toujours un timbre de plus sur ses lettres avant de les poster, juste au cas où. Et aussi, sa façon de tirer la langue quand elle s'applique pour effectuer un créneau. Ou le fait qu'ils avaient fini par acheter une poubelle en fer parce que les autres ne résistaient pas deux jours à ses marches arrière...

Annie rougit jusqu'à la racine des cheveux. Elle avait la sensation que tous les regards étaient rivés sur elle. Un silence religieux planait dans le studio.

Luke se pencha, les avant-bras appuyés sur ses cuisses, exactement comme Jack quand il s'apprêtait à aborder un sujet grave.

— C'est à ce moment-là que j'ai eu l'idée des annonces. Mais j'étais loin de penser que ça ferait tout ce ramdam ! Moi, je voulais juste un petit encart dans la rubrique « Faits divers » du

319

*Peninsula Post*. Mais ils l'ont placé en première page, et deux fois plus grand que prévu, et...

— Attends, l'interrompit Rachel en levant la main. Avant d'aller plus loin, j'aimerais que tu éclaircisses un point. Passer cinq annonces dans un journal, même dans la rubrique « Faits divers », ça coûte cher. Tu avais de quoi payer ?

— Non, admit Luke. Alors, j'ai cherché du travail. Je voulais distribuer des prospectus dans les boîtes aux lettres.

— Bonne idée. Et ça a marché ?

— Non. On m'a dit de repasser quand j'aurais une voiture.

Quelques rires fusèrent dans le public. Rachel réprima un sourire.

— Comment tu t'es débrouillé pour trouver l'argent ?

— J'ai essayé de le voler, avoua Luke en baissant les yeux.

Annie planta ses incisives dans sa lèvre inférieure. Pourquoi Jack n'était-il pas à ses côtés pour partager avec elle l'humiliation publique que lui infligeait leur fils ?

— Tu as essayé de le *voler* ? répéta Rachel d'un ton incrédule.

Luke hocha la tête, tout rouge.

— Je l'ai pris dans la boîte que mon père garde dans le buffet de sa cuisine, en cas d'urgence. Mais il m'a vu, alors j'ai dû le rendre, et mes parents étaient tellement en colère qu'ils ont demandé à mon oncle Harrison de me faire la leçon.

Rachel fronça les sourcils, un peu perdue.

— Ton oncle Harrison ?

— Il est agent de police, expliqua Luke d'un ton admiratif. On s'entend drôlement bien, lui et moi. Et je sais que je peux lui faire confiance. Alors, quand il m'a demandé pourquoi j'avais volé cet argent et l'usage que je comptais en faire, je lui ai expliqué mon plan.

— Et ton plan, c'était... ? demanda Rachel d'une voix douce.

Il s'agita dans son fauteuil.

— Je... je voulais que maman croie que c'était papa qui écrivait les annonces, avoua-t-il tout bas.

Rachel sourit, attendrie.

— Parce que tu penses qu'il aime toujours ta maman ?

Il haussa les épaules.

— Non. Parce que je *sais* qu'ils s'aiment toujours, tous les deux.

Le menton d'Annie se mit à trembler et des larmes lui montèrent aux yeux tandis que des émotions qu'elle croyait enfouies à jamais faisaient accélérer les battements de son cœur.

— Mais... ils ne sont pas en instance de divorce ?

— Ils ont tort.

— Tort ?

— De divorcer.

Rachel leva la main.

— Attends. Reprenons dans l'ordre. Que s'est-il passé quand tu as expliqué ton plan à ton oncle ?

Luke sourit.

— Il m'a rappelé quelques jours plus tard pour me proposer son aide.

Annie n'en crut pas ses oreilles. Elle chercha Harrison des yeux. Il avait l'air beaucoup moins sûr de lui, brusquement. Il se massait la nuque, le visage tout rouge, pendant qu'à côté de lui Jack semblait changé en statue.

— Voilà donc comment tu as trouvé l'argent, devina Rachel Tice.

Luke hocha la tête.

— Mais il m'a fait promettre de le rembourser. Il a dit que je pourrais travailler au refuge pour animaux de ma tante, cet été.

Annie aperçut sa sœur, en coulisses. Elle avait l'air stupéfaite.

Rachel leva la main vers le public pour demander un peu de silence puis fit signe à Luke de continuer.

— Comment ton oncle t'a-t-il aidé ?

— Je lui ai montré les annonces que j'avais déjà écrites, et toutes les informations dont je disposais. Comme je vous l'ai dit, il est agent de police et il connaît beaucoup de monde. Alors il a pris la photo de ma mère et il a demandé à un de ses collègues de la Criminelle de la vieillir par ordinateur de façon à obtenir deux portraits, à deux époques différentes. La première à l'âge qu'elle a aujourd'hui...

*Pitié, non*, pria tout bas Annie. *Ne dis pas mon âge à la télévision !*

— ... et une autre sur laquelle elle a l'air d'une vieille dame.
Rachel rit d'un air enjoué.

— Tu as vraiment un oncle providentiel. Donc, c'est lui qui
a financé l'opération, et qui a réalisé les photos ?

— Euh... oui. Et il m'a aussi laissé mentionner le numéro
de son portable, celui dont il se sert uniquement au travail. Et
quand les journalistes ont commencé à s'installer devant chez
nous et à embêter maman en la suivant partout, il me l'a prêté
pour que je puisse lui envoyer un texto disant que j'étais désolé.

— Qui a rédigé les dernières annonces, alors ? demanda
Rachel, captivée. Ton oncle ou toi ?

— C'est moi, avoua Luke. Mais je n'ai fait que répéter ce que
mon père m'avait dit.

Annie fronça les sourcils et interrogea Jack du regard. Il
secoua la tête, comme pour nier toute implication dans cette
histoire. Quelque chose dut tout à coup lui revenir en mémoire
car elle le vit blêmir.

— Ton père t'a fait spontanément ces confidences ? demanda
Rachel d'un air dubitatif.

— Oui. Enfin, pas tout à fait, concéda Luke en évitant de
croiser le regard d'Annie. Je lui ai raconté que j'avais un exposé
à faire sur notre famille pour l'école et je lui ai demandé s'il
pouvait m'aider. Évidemment, il a fallu que je brode un peu
pour ne pas éveiller ses soupçons. Je l'ai d'abord interrogé sur
mes grands-parents, nos origines, notre hérédité... Puis j'ai
commencé à lui poser des questions plus personnelles
– comment maman et lui s'étaient rencontrés, ce genre de
choses.

Rachel lança un regard amusé à la caméra, comme pour souligner l'ingéniosité dont ce jeune garçon avait fait preuve.

— C'est à ce moment-là qu'il m'a dit que ma mère était la
première femme qu'il ait jamais vraiment aimée, et qu'il ne pourrait jamais l'oublier, quoi qu'il arrive. Alors je lui ai demandé
pourquoi ils divorçaient, et il m'a répondu que, d'une certaine
façon, la vie les avait éloignés l'un de l'autre.

Il se tortilla dans son fauteuil.

— Oncle Harrison m'a aidé à mettre les textes en forme,

mais, comme je vous l'ai expliqué, je n'ai fait que reprendre les mots de papa.

Il plongea la main dans la poche de sa veste.

— Vous allez comprendre...

Jack ouvrit des yeux horrifiés et s'enfouit le visage dans les mains.

Abasourdie, Annie regarda Luke brandir un magnétophone miniature, le poser sur la table devant eux et appuyer sur une touche. La voix enregistrée de Jack s'éleva dans un silence de cathédrale.

## 32

Lorsque l'enregistrement arriva à son terme, Luke coupa le magnétophone. Le chef de plateau leva la main, indiquant qu'ils allaient marquer une nouvelle pause. Les caméras s'arrêtèrent, et Annie se pencha vers Rachel Tice.

— Vous voulez bien m'excuser un moment ?

Puis elle se leva et s'esquiva. Un sourire flottait sur ses lèvres et sa démarche était assurée, mais en réalité elle n'avait qu'une seule pensée en tête : fuir n'importe où, à l'abri des regard.

Une fois dans le corridor, elle aperçut des toilettes. Elle s'y engouffra, s'enferma dans l'un des W-C, s'assit sur le couvercle et enfouit son visage dans ses mains. Les minutes qu'elle venait de vivre étaient gravées à jamais dans sa mémoire, et cependant, elle ne parvenait pas à se convaincre de leur réalité.

La porte s'ouvrit et des talons claquèrent sur le carrelage. Les souliers noirs de sa mère s'immobilisèrent devant la cabine où elle s'était réfugiée.

— Annie ? Est-ce que ça va ?

— Oui, maman. J'ai juste besoin de rester seule quelques instants.

Erna poussa un petit soupir. Ses souliers disparurent et Annie entendit de l'eau couler, puis le dévidoir grinça : elle s'essuyait les mains.

— Si tu ressens le besoin de parler...

— Non, maman. Pas pour l'instant.

— Bien.

Une fermeture Éclair crissa. Annie imagina sa mère fouillant dans son sac à la recherche d'un tube de vitamine C ou de comprimés de calcium à croquer. Quelques secondes plus tard, sa main apparut sous la porte des toilettes, agitant un paquet de Kleenex.

— Juste au cas où.

Il y eut un silence, puis Erna tenta à nouveau d'établir le dialogue :

— Tu sais ce que je me disais, il y a quelques minutes ? Je pensais combien j'étais fière de mon petit-fils. Qu'il ait imaginé et conçu un plan pareil, je n'en reviens pas. Et qu'il ait eu l'idée de le mettre en œuvre pour...

Elle laissa sa phrase en suspens. Annie roula un Kleenex en boule sans répondre.

— Tu sais, ton père était un homme merveilleusement tendre, mais je ne crois pas qu'il aurait su trouver des mots aussi boule-versants que ceux que Jack a eus pour toi.

— En tout cas, il ne t'a pas quittée, *lui*, rétorqua Annie.

Un temps.

— C'est vrai. Mais je ne l'aurais pas laissé faire non plus.

Annie cilla, sidérée par ce reproche voilé.

— Tu ne l'aurais pas *laissé faire* ? Excuse-moi, maman, mais Jack est un grand garçon, et le jour où il a décidé de partir, rien de ce que j'aurais pu dire ne l'aurait arrêté.

— À ce moment-là, non, probablement pas.

Une bouffée de chaleur monta aux joues d'Annie.

— Qu'est-ce que tu veux dire, exactement ?

— Rien. Je n'aurais pas dû comparer Jack à ton père. Je suis désolée.

Le silence retomba. Annie ouvrit la bouche, puis la referma sans un mot. Elle ne parvenait pas à croire qu'elles puissent avoir une conversation aussi grave – peut-être la plus sérieuse qu'elles aient jamais eue – à travers la porte de sanitaires ! Et cependant, assez étrangement, ce dialogue en aveugle lui plaisait et elle n'avait pas envie qu'il s'interrompe.

— Papa nous adorait, déclara-t-elle au bout d'un moment en triturant son Kleenex.

Erna s'éclaircit la gorge.

— Cela ne fait aucun doute, ma chérie. Mais il y avait aussi des zones d'ombre dont tu n'avais pas conscience, et qui ne rendaient pas la vie facile tous les jours avec lui.

— Quelles zones d'ombre ?

Erna soupira avec lassitude.

— Laisse-moi réfléchir... J'ai aimé cet homme pendant vingt ans...

— Vingt-quatre, rectifia machinalement Annie.

— Non : vingt, répéta Erna d'une voix douce. Il y a eu quelques années sans qui sont à défalquer du total – et c'est précisément le point important.

Annie broya le Kleenex dans sa paume, le cœur battant à se rompre. Il n'y avait jamais eu de vraie complicité entre sa mère et elle. Ce n'était pas un secret, même si elles n'en avaient jamais discuté ouvertement, pas plus qu'elles n'avaient évoqué autrefois l'adoration sans faille qu'Annie vouait à son père – et qu'elle continuait à lui témoigner, par-delà l'absence.

La voix d'Erna s'enroua d'émotion.

— Ton père était un homme extraordinaire, Annie. Je l'aimais follement quand je l'ai épousé et je l'aimais avec la même force quand il s'est éteint. Il était tendre, généreux, attentionné, mais ce n'était pas un saint. Qui l'est ?

— Papa était exceptionnel, chuchota Annie.

— Je ne l'attaque pas, chérie. Je dis seulement que la vie est compliquée, et que nul ne peut échapper à ses remous. Tous les couples mariés sont confrontés à des difficultés, et parfois... eh bien, il arrive qu'ils se perdent en chemin. Rien n'est simple, rien n'est joué d'avance. La seule certitude, c'est que les années s'enfuient à la même vitesse vertigineuse, qu'on soit ballottée par les événements, aux côtés de celui qu'on aime, ou seule, retranchée du monde, dans un lieu où on se croit – à tort – moins exposée à la souffrance.

Annie se mordit les lèvres, consciente du courage dont sa mère venait de faire preuve pour lui parler avec une telle sincérité, s'exposant sans fard à son jugement.

Erna n'avait pas terminé :

— Tu te souviens ? Ton père avait coutume de dire qu'il

suffisait de rire pour que nos problèmes s'envolent. Aujourd'hui, je me rends compte qu'il avait raison. Il faut profiter de chaque belle minute pendant qu'on le peut, Annie. Rudy a ce don de me faire rire, avoua-t-elle tout bas. Quand je suis avec lui, je retrouve l'insouciance de mes vingt ans. Et tout à l'heure, dans la voiture, quand nous étions en route pour Seattle, ta sœur, toi et moi, j'ai songé combien je t'aimais, combien ton rire me manquait... et combien j'aimerais l'entendre à nouveau.

Annie pressa une main sur sa bouche tandis que ses yeux se remplissaient de larmes. Une porte claqua au loin et des rires retentirent dans le corridor. Erna tapa doucement à la cloison.

— Je te laisse, maintenant. Si tu as besoin de moi, je suis dans le couloir.

Jamais Annie ne s'était sentie à ce point submergée par la tristesse et les regrets.

— Maman ?

— Oui ?

— Est-ce que... est-ce que papa te manque toujours ? demanda-t-elle en essayant de réprimer le tremblement de sa voix.

Il y eut un petit silence.

— Au-delà de l'imaginable, répondit Erna dans un souffle.

Oren Fischer aimait délivrer des petits messages philosophiques quand l'occasion s'en présentait, et comme Annie réfléchissait à tout ce que sa mère venait de lui dire, elle se remémora une remarque qu'il lui avait faite le fameux jour où il lui avait donné son arbre.

Il venait de clouer la pièce d'un penny sur le tronc, et ils avaient reculé tous les deux de quelques pas, les yeux levés vers sa cime.

— Il est si grand, avait soufflé Annie.

— Et majestueux, avait ajouté son père.

Elle avait froncé les sourcils.

— Pourquoi emploie-t-on toujours le mot « majestueux » à propos des arbres ?

327

Son père s'était assis sur le sol et avait tapoté l'herbe, près de lui, pour qu'elle vienne s'y asseoir.

— C'est un terme de respect, lui avait-il expliqué alors. Il faut beaucoup de ténacité à un jeune arbre pour survivre dans son milieu et devenir adulte. Il doit affronter la pluie, la neige, le gel, le vent, et, pour avoir la force de résister à tout cela, il développe un immense réseau de racines qui se déploient dans tous les sens, sur des mètres et des mètres.

Il avait renversé la tête en arrière afin de contempler le sapin.

— Celui-ci, par exemple. Si on l'arrachait, son système racinaire remplirait probablement le grand bassin de la piscine municipale. Les arbres nous inspirent un sentiment de respect et d'humilité parce que, face à eux, nous prenons toute la mesure de notre fragilité et de nos limites.

— Quelles limites ? avait-elle demandé.

Il avait appuyé un doigt taquin sur le bout de son nez.

— Je vais te donner un exemple. Quand les racines d'un arbre rencontrent un obstacle qu'elles ne peuvent pas franchir, elles le *contournent*. L'homme, lui, s'obstine à vouloir passer quand même. Ou alors il baisse les bras et fait demi-tour.

Annie prit une grande inspiration, ouvrit la porte des toilettes, se dirigea vers les lavabos et s'aspergea le visage d'eau froide. Puis elle regarda son reflet dans la glace. Une petite flamme résolue brillait au fond de ses yeux. À douze ans, elle n'avait pas saisi ce que son père avait voulu dire, mais aujourd'hui, elle pensait avoir compris.

# 33

L'enregistrement du *Rachel Tice Show* terminé, Annie quitta le studio et s'engouffra dans la voiture de sa mère, aveuglée par une demi-douzaine de flashs. Elle frémit en imaginant sa photo dans le journal du lendemain : une main devant son visage pour se protéger des photographes, à moitié affalée sur la banquette arrière, sa robe retroussée sur ses cuisses... Seule consolation : la fascination des médias pour cette histoire allait retomber plus vite qu'un soufflé, maintenant que le mystère était élucidé. Elle aurait probablement droit à un article minuscule, illustré par une photo plus microscopique encore.

Annie s'adossa à la banquette avec un soupir pendant qu'Erna se faufilait dans la circulation. Marina pivota sur son siège, les yeux brillants.

— Pour un coup de théâtre, c'en est un ! J'aurais mis ma main au feu que l'auteur des annonces était Chris Carby. Je n'arrive toujours pas à croire qu'Harrison ait comploté avec Luke dans mon dos !

— Laisse-la tranquille, intervint Erna.

Annie regarda par la fenêtre, essayant d'assimiler ce qui s'était passé pendant l'émission.

Marina passa un bras par-dessus le dossier de son siège, posa la main sur le genou de sa sœur et la secoua.

— Hé, ce n'est pas le moment de dormir. Qu'est-ce que tu comptes faire ?

— Je ne sais pas.

Marina fronça les sourcils.

— Tu vas bien être obligée de prendre une décision.

Annie se mordilla la lèvre sans répondre.

— Laisse-la, répéta Erna. Elle en parlera quand elle en aura envie.

Le reste du trajet se déroula en silence. Quand finalement sa mère la déposa devant chez elle, Annie n'aspirait qu'à une seule chose : être seule. Elle brancha le répondeur, monta dans sa chambre, enleva sa jolie robe, se démaquilla et enfila un pull confortable et un jean. Puis elle descendit pieds nus à la cuisine, attrapa une bouteille de vin, un verre et ses cigarettes. Après avoir fait rentrer Montana, elle remonta dans sa chambre, se roula en boule sur son lit avec Ramses et alluma la télé.

La diffusion du *Rachel Tice Show* débuterait dans cinq à six minutes. Annie se servit un verre de vin et y trempa ses lèvres tout en parcourant les chaînes au hasard. Elle s'arrêta sur un talk-show intitulé *Demandez Armand*, où un petit homme maigre et anxieux écoutait sa femme expliquer pourquoi, après deux ans de mariage, elle souhaitait divorcer.

— Tous les premiers de chaque mois, il dîne avec son ex, vous trouvez ça normal ? Monsieur raconte que c'est pour parler des enfants et de leurs études, mais je n'en crois pas un mot. Il ment comme un arracheur de dents !

Armand, le présentateur, eut l'air dubitatif.

— Mais quand vous l'avez épousé, vous saviez qu'il avait deux enfants d'un premier mariage ?

— Évidemment, marmonna la femme en haussant les épaules.

Armand se tourna vers le mari.

— Comment vivez-vous cette situation ?

— Euh...

— Parlez sans crainte. Donnez-nous votre sentiment, insista Armand.

L'homme s'humecta les lèvres et parla en regardant la caméra, sa voix gagnant en assurance de seconde en seconde.

— Je... pense que ma femme... doit accepter que j'aie eu une vie avant de la rencontrer et que... et que je ne tire pas un trait dessus pour lui faire plaisir. J'ai deux enfants qui ont besoin de moi et j'ai bien l'intention de continuer à faire partie de leur vie.

Armand hocha la tête.

— Bien dit !

Le mari poursuivit :

— Je pense aussi que son absence de considération pour ma responsabilité de père est le signe que nous ne sommes pas prêts à fonder une famille ensemble… et que nous devrions peut-être même y renoncer.

Le menton de la femme commença à trembler.

Complètement libéré, l'homme tapa sur l'accoudoir de son fauteuil.

— Et j'en ai plus qu'assez que ta mère mette constamment son nez dans nos affaires ! Si notre vie de couple est vraiment nulle, comme tu le lui rabâches dès que j'ai le dos tourné, je me demande vraiment ce que tu fais avec moi !

— Bien jeté, murmura Annie en avalant une autre gorgée de vin.

Son épouse se dressa comme un ressort et se jeta sur lui, les deux poings en avant, comme un boxeur sur un ring. Armand s'interposa et essaya de la maîtriser tout en roulant des yeux affolés devant la caméra. Puis une femme entre deux âges, portant un jean moulant et des talons de dix centimètres, jaillit sur le plateau telle une furie, hurlant au mari qu'il ne méritait pas sa fille.

Annie haussa les sourcils. Manifestement, l'intrusion de la belle-mère n'était pas prévue et Armand n'avait pas le budget pour s'offrir les services d'un gorille capable de gérer les crises d'hystérie d'une famille en pleine décomposition. Annie cala un oreiller sous sa tête, subitement rassérénée. Bon, rien de ce que Luke et elle avaient dit ou fait pendant le *Rachel Tice Show* n'approchait ce désastre.

Elle changea de chaîne, tomba sur le début de l'émission et monta le son, grinçant des dents quand Rachel Tice l'annonça et qu'elle fit son entrée. Sa robe était trop habillée, son sourire figé, son attitude empruntée. Annie porta son verre à ses lèvres, stupéfaite de s'entendre parler d'une façon tout à fait normale, en particulier quand la caméra zooma sur l'abominable voiture vert fluo. Puis Luke apparut, arborant la cravate favorite de son père, ressemblant trait pour trait à Jack au même âge. Il y eut quelques secondes d'un silence pétrifié pendant lequel elle parut en état de choc, mais le caméraman n'avait manifestement pas été à la même école que celui d'Armand : aucun zoom ne vint offrir son émotion en pâture aux téléspectateurs – juste un rapide plan de coupe sur son expression abasourdie pendant que Rachel glissait son bras sous celui de Luke et le guidait jusqu'à un fauteuil.

Annie ne put détacher son regard de son fils pendant qu'il expliquait comment lui était venue l'idée des annonces. Elle le dévorait des yeux, émerveillée de voir combien il avait mûri, combien il était devenu intuitif. Après une première pause publicitaire, le show reprit et Luke réapparut sur l'écran. Il essayait de paraître à l'aise, mais Annie n'était pas dupe. La dernière fois qu'elle l'avait vu aussi élégant, c'était pour l'enterrement de sa grand-mère, mais elle avait dû se battre pour obtenir ce résultat. Quand il eut fini d'expliquer de quelle façon son oncle Harrison l'avait aidé et qu'il sortit le petit magnétophone de sa poche, Annie se redressa, le cœur battant. C'était le moment qu'elle attendait.

La voix de Jack s'éleva en premier. Il évoquait des membres de sa famille, probablement en feuilletant un vieil album de photos parce que Luke se mit brusquement à rire en s'écriant :

— Oh ! là là ! J'espère que maman ne ressemblera pas à ça quand elle sera vieille !

— Impossible, répondit Jack. Dans trente ans, ta mère aura toujours ce charme insondable. Son pouvoir de séduction sera intact.

— Tu crois ? demanda Luke d'un ton sceptique.

— Ta mère possède une beauté naturelle qui ne doit rien aux artifices, Luke. Peu de femmes ont ce privilège. Tu as vu ses yeux ? Ils sont tout simplement extraordinaires...

Annie s'assit dans le lit et enserra ses genoux de ses bras, le visage en feu.

— Bon, je veux bien, reprit Luke. Mais quand même, papa : maman est une vraie catastrophe au volant !

— Peut-être, mais tu l'as vue manœuvrer un kayak ? Je ne

connais pas beaucoup de gens capables d'en faire autant. Ta mère est quelqu'un d'exceptionnel, Luke. J'ai bien peur que tu ne te rendes pas toujours compte de la chance que tu as.

— Toi non plus, riposta Luke.

Il y eut un silence, puis :

— Touché, admit Jack.

— P'pa ? Il n'y a pas des moments où tu regrettes ?... D'être parti de la maison, je veux dire.

Une autre pause, plus longue cette fois, puis un bruit sourd – celui d'un album photo qu'on referme.

— Il est tard. Tu devrais être au lit depuis un bon moment.

L'enregistrement grésilla, avant de reprendre quelques secondes plus tard. Cette fois, ils discutaient des similitudes physiques qu'on retrouvait parfois entre les membres d'une même famille. Jack évoqua la petite marque de naissance en forme de fraise qu'Annie portait à l'épaule, identique à celle de Luke en bas du dos. La discussion tourna ensuite autour des allergies et des phobies, et Jack lui raconta une mésaventure survenue à sa mère quand ils étaient jeunes mariés. À l'époque, ils habitaient un minuscule appartement, à Chicago, et leur voisin de palier élevait une tarentule qui s'échappait régulièrement de son terrarium. Un soir, en rentrant de son travail, Jack avait trouvé Annie perchée sur une bassine, en larmes, la tarentule emprisonnée en dessous.

— Si tu l'avais vue ! s'esclaffa-t-il. Pleurant à chaudes larmes sur cette bassine ! Elle était tellement craquante que je n'ai pas pu m'empêcher de la prendre en photo avant de voler à la rescousse.

Il y eut une pause, puis Luke demanda :

— Papa ? Tu ne t'es jamais dit que maman et toi vous aviez peut-être baissé les bras un peu vite ?

Le silence qui suivait était si long que, en l'entendant la première fois, Annie avait cru l'enregistrement terminé. Puis une chaise raclait le sol et Jack murmurait :

— Ce n'est pas moi qui ai demandé le divorce, Luke.

L'émission fut interrompue par un deuxième écran publicitaire et Annie se rendit compte tout à coup qu'elle avait appris quelque chose de son fils, ce jour-là. Non pas sur ce que Jack et elle avaient pu se dire au fil des années, mais sur ce qu'ils ne s'étaient *pas* dit.

Dans la dernière partie du show, Rachel avait accueilli sur le plateau un expert en divorces. Ils avaient discuté études et statistiques, comparant le traumatisme d'un divorce sur un enfant dont les parents pratiquaient la garde alternée et sur un autre qui ne voyait son père ou sa mère que sporadiquement. Annie n'y avait prêté qu'une attention distraite : elle calculait mentalement depuis combien de temps elle connaissait Jack (seize ans), depuis combien de mois ils étaient séparés (dix-neuf), et combien de fois après son départ elle s'était répété à elle-même : « C'est fini » d'une voix hébétée (incalculable). Un jour, au retour d'un week-end chez son père, Eric avait mentionné que Jack sortait avec une dame appelée Linda. Quelques semaines plus tard, Annie demandait le divorce.

Elle coupa la télé, se leva avec un soupir et regarda autour d'elle, désœuvrée. Une pile de vaisselle sale l'attendait dans l'évier, et la maison tout entière avait besoin d'un bon coup de balai. Le tableau du couloir était de travers. Elle le redressa puis descendit dans la cuisine et regarda dehors. La table de pique-nique était déserte, le lotissement paisible. Deux maisons plus loin, elle vit un rideau se soulever, puis retomber, et imagina Rose préparant son thé, déçue que l'excitation des dernières semaines soit retombée.

Annie se détourna et passa d'une pièce à l'autre, faisant glisser son doigt sur les murs moutarde qu'elle se promettait de repeindre depuis le jour de leur emménagement. Elle percevait le ronronnement sourd du réfrigérateur, puis la médaille d'identité de Montana cliqueta quand la chienne se laissa glisser du canapé. Jamais la maison ne lui avait paru aussi vide ni aussi silencieuse. Les garçons n'étaient pas partis depuis vingt-quatre heures et ils lui manquaient déjà. Elle avait envie de les entendre se chamailler pour accéder à la salle de bains, monter l'escalier à toute vitesse pour se préparer pour l'école, ou s'affaler devant la télé en mangeant leurs céréales (ce qu'elle leur permettait de faire quand ils avaient tout le weed-end devant eux). Elle s'assura que les poissons rouges étaient vaillants, puis regagna la salle de séjour, attrapa le téléphone et s'installa sur le canapé pour appeler Marina.

— L'Arche de Noé, j'écoute ?

— C'est moi, dit Annie. Je viens de voir l'émission.

Marina essaya de la détendre en faisant de l'humour :

— Ne t'en fais pas. D'ici à quelques semaines, tout le monde aura oublié.

*Pas moi*, faillit répondre Annie en enroulant le fil autour de son poignet. Au lieu de quoi, elle annonça à sa sœur qu'elle avait longuement réfléchi.

— À... ?

Montana posa ses deux énormes pattes sur ses épaules et lui donna un grand coup de langue sur le nez en agitant la queue.

— À un tas de choses. Par exemple au fait que j'ai toujours eu envie d'un caniche nain et que je me retrouve avec un chat chauve et un chien de la taille d'un mammouth.

Marina s'éclaircit la gorge et Annie sentit qu'elle essayait d'avoir l'air naturel quand elle demanda :

— Tu as pris une décision ?

— Au sujet du chien ? riposta Annie pour gagner du temps.

— Au sujet de ta vie.

Annie jeta un regard au-dehors. Il ne ferait pas nuit avant une bonne heure et, pour une fois, il ne pleuvait pas. Le soleil de la fin d'après-midi traversait obliquement la fenêtre, dessinant de grosses rayures dorées sur le tapis. Elle redressa les épaules et attendit quelques instants que l'énergie nerveuse qu'elle sentait bouillonner en elle retombe un peu.

— Oui, acquiesça-t-elle. Je crois que oui.


Dix minutes plus tard, Annie sortait, munie de son sac à dos. Elle avait toujours la gorge nouée quand elle partait voir son arbre, et cette fois-là ne fit pas exception. Lorsqu'elle atteignit le promontoire rocheux, elle contempla la vue tout en laissant venir à elle des souvenirs qu'elle s'était appliquée à effacer pendant des années. Le fait que son père n'assistait jamais aux spectacles de l'école, par exemple ; ou sa gêne quand elle le voyait flirter avec la mère de Julie ; ou toutes les fois où elle l'avait trouvé endormi dans sa voiture, le front sur le volant, empestant l'alcool. Des souvenirs qui n'altéraient en rien sa tendresse pour lui.

— Je t'aime de toute façon, papa, chuchota-t-elle.

Elle comprenait maintenant que, dans un couple, il était parfois aussi difficile de partir que de rester, et que revenir ne signifiait pas obligatoirement se fixer. Elle savait désormais que les moments les plus intenses n'avaient pas forcément lieu avant le cataclysme mais bien plutôt après, quand toute la poussière était retombée et qu'on pouvait enfin relever la tête et contempler ce qui tenait encore debout, émerveillé par ce petit miracle.

Annie tourna le dos à l'à-pic et, bien que ce ne soit pas nécessaire, commença à compter soixante-dix pas. À l'approche de son arbre, elle se délesta de son sac à dos, et marqua un temps d'arrêt, le cœur battant, avant d'effectuer les derniers mètres. Elle fit glisser en souriant sa main sur le bois rugueux de l'écorce, constatant avec satisfaction qu'il était exactement tel qu'elle l'avait laissé lors de sa dernière visite.

Son penny de 1969 était toujours là, mais désormais il n'était plus seul. Quatre autres pièces étaient venues le rejoindre.

Annie les toucha une à une avec son doigt. La première se trouvait juste au-dessous de la sienne. Annie l'avait clouée le lendemain de l'enterrement de son père, sous une pluie battante. La deuxième se situait un centimètre plus bas – elle l'avait apportée avec elle le matin du jour où Jack et elle s'étaient mariés. Puis, à gauche, il y avait celle qui correspondait à la naissance de Luke et, à droite, celle de l'année où Eric avait vu le jour.

Annie plongea la main dans son sac à dos et en retira un marteau. Puis elle sortit un penny de sa poche et l'appuya contre le tronc, à l'endroit qui lui parut le plus approprié. Il était flambant neuf et tout en le clouant sur l'arbre, elle sut avec une certitude absolue comment s'écrirait son avenir, appliquant un conseil qu'on lui avait donné un jour, il y avait de cela bien longtemps, quand elle avait douze ans.

En équilibre sur l'abattant fendillé des W-C d'une station-service, elle avait tracé ces mots sur le mur : « *Tout vient de s'écrouler autour de moi. Qu'est-ce que je peux faire ?* » Puis elle avait sauté de son perchoir et rebouché son feutre, les yeux fixés sur son message de détresse. Son père s'arrêtait souvent ici pour prendre de l'essence quand ils partaient passer la journée à Seattle. Tout en rejoignant ses parents au parking, où ils l'attendaient, elle se promit à elle-même que si jamais quelqu'un répondait à sa question, elle suivrait le conseil à la lettre.

Deux mois plus tard, ils avaient fait de nouveau halte dans la station-service et elle avait couru aux toilettes pour voir si elle avait une réponse. Il y en avait une, écrite sur le mur à l'encre bleu turquoise : « *Un jour, tu croiras que tout est fini, mais ce sera le commencement.* »

Elle avait recopié scrupuleusement ces mots sur une feuille, tout heureuse du conseil, même si elle était trop jeune pour le comprendre. Par la suite, chaque fois que ses parents s'arrêtaient dans cette station-service, elle courait aux toilettes, juste pour revoir l'inscription, et elle repartait avec le même sentiment de réconfort que le premier jour. Bien des années plus tard, elle y était retournée, mais la phrase magique avait été recouverte d'une couche de peinture. Elle était montée alors sur l'abattant, et l'avait réécrite au même endroit, à l'encre bleu turquoise.

Annie se prépara avec un soin tout particulier. Son fils disputait son premier match de basket, ce soir, et elle voulait lui faire honneur. Une fois maquillée et habillée, elle enfila des sandales et se regarda dans le miroir. Pas mal. Quelques rides minuscules froissaient le coin de ses yeux et elle était un peu trop maigre, mais elle dégageait une sorte de... rayonnement.

Satisfaite, elle descendit se préparer un café, puis appela sa mère.

— Tu es prête pour le match d'Eric ? demanda Erna.

Annie serra le mug entre ses mains.

— En fait, je voulais te proposer de passer te prendre. On pourrait y aller ensemble ?

Il y eut un silence embarrassé.

— C'est-à-dire... j'ai demandé à Rudy de venir me chercher. Il va arriver d'une minute à l'autre.

Annie écarquilla les yeux.

— Oh.

— Mais je peux très bien lui dire que je me suis arrangée autrement et que je le retrouverai là-bas, proposa aussitôt Erna.

— Non, non. Vas-y avec lui. C'est très bien.

— Tu es sûre ?

— Absolument.

Annie tourna les yeux vers la fenêtre. Toute sa vie, sa mère avait accompli un millier de choses sans attendre qu'on lui demande rien. À chaque rentrée scolaire, pendant des années, elle avait préparé des cookies au chocolat pour les élèves de la classe d'Annie ; tous les dimanches matin, sans exception, elle lui avait fait ses tresses ; et jamais elle n'avait manqué un seul spectacle de l'école. Quoi qu'il arrive, elle était toujours là, assise au premier rang.

— Maman ? Tu te souviens...

Annie s'interrompit, s'éclaircit la voix, puis reprit :

— Tu te souviens quand je m'allongeais à plat ventre sur ton lit pendant que tu repassais ? J'appuyais mon menton sur mes mains et je te regardais sans rien dire.

— Oui, je me souviens.

Annie hocha la tête tandis qu'elle se remémorait l'odeur de la vapeur d'eau dans l'air.

— Tu mouillais les chemises de papa avec un brumisateur et, quand tu passais le fer chaud dessus, on entendait des petits crépitements et un nuage de vapeur flottait tout autour de ton visage. J'adorais te regarder repasser. Je ne sais pas si je te l'ai déjà dit.

— Non, murmura Erna. Je ne crois pas.

Annie ferma les yeux et choisit soigneusement ses mots.

— Cela avait quelque chose d'apaisant, tu sais, de te voir accomplir ces gestes répétitifs... J'éprouvais un sentiment de permanence en t'observant. Je me sentais... rassurée, en quelque sorte. En confiance.

— La confiance, c'est important, chuchota Erna.

Annie hésita. Quand elle et sa sœur étaient enfants, si on cherchait Marina, on était à peu près sûr de la trouver avec sa mère ;

et si on cherchait Annie, on pouvait être certain qu'elle était avec son père. Aujourd'hui, Annie se rendait compte qu'elle était sans doute passée à côté de beaucoup de choses.

— Tu sais quoi, maman ?

— Non, quoi, chérie ?

— Je ne me rappelle pas avoir jamais vu papa repasser.

Il y eut un long silence. Quand finalement Erna répondit, ce fut d'une voix enrouée.

— C'est vrai. Ton père ne repassait pas.

— Je voulais te dire...

Annie repoussa ses cheveux derrière son oreille, consciente que cet instant marquait un nouveau départ pour elles deux.

— Tu as été une maman géniale, chuchota-t-elle.


Si Annie donnait l'impression d'être parfaitement maîtresse d'elle-même, c'était une illusion : à l'intérieur, elle n'était qu'une boule de nerfs. Résultat : elle cala trois fois sur le chemin du collège et attendit à un feu vert pendant une bonne minute avant qu'un coup de klaxon virulent lui remette les idées en place.

Son cœur battait la chamade quand finalement elle se gara et descendit de voiture, un petit paquet plat à la main. Parvenue devant la porte du gymnase, elle lissa sa jupe en jean et prit une courte inspiration avant d'entrer. Il était presque vingt et une heures et Eric était déjà installé sur le banc de touche avec ses camarades. Il leva les yeux et aperçut sa mère juste au moment où l'entraîneur tapait dans ses mains pour réclamer l'attention de ses troupes.

Annie décocha un clin d'œil à son fils et il lui sourit.

Les places réservées au public étaient regroupées dans la tribune opposée et occupées par des supporters des deux équipes. Tout en se faufilant entre deux rangées de sièges, Annie scruta les gradins et repéra sa mère tout en haut à gauche. Elle était en train d'examiner une rougeur sur la main de Rudy, les sourcils froncés. Ce dernier la laissait faire avec un sourire attendri et indulgent. Marina, Harrison et Sawyer avaient pris place à leur droite. Sawyer adressa un signe à Annie, roula des yeux et pointa du doigt la corne de brume aux pieds de sa mère, comme pour avertir sa tante de ce qui l'attendait pendant le match. Près d'elle se tenait Luke. Il portait une casquette noire et se rongeait un ongle avec une nervosité qui ne lui ressemblait pas. Annie lui lança un regard interrogateur et, en guise de réponse, il ôta sa casquette.

Annie poussa un cri étouffé : il s'était rasé le crâne. Elle se ressaisit très vite et lui sourit tandis qu'un sentiment de fierté et de tendresse mêlées l'envahissait. « Bravo », articula-t-elle silencieusement. Il haussa les épaules et remit son couvre-chef.

Jack était assis à côté de Luke. En voyant Annie approcher, il lui adressa ce sourire irrésistible qui avait toujours eu le don de la faire craquer. L'espace d'un instant, elle se crut revenue au début de leur relation, quand sa seule présence avait le pouvoir de lui couper la respiration et de l'emporter vers des cimes de félicité. Lorsqu'elle avait le sentiment que rien, jamais, ne pourrait les séparer parce qu'ils ne formaient qu'un.

Annie se fraya un chemin au milieu des gradins pour le rejoindre, et le fossé qui hier encore semblait infranchissable parut se refermer sous ses pas. Elle savait maintenant qu'il leur serait impossible de reprendre leur relation comme autrefois parce qu'ils avaient trop profondément changé l'un comme l'autre. Mais elle savait aussi qu'elle voulait vivre avec lui, vieillir à ses côtés, rire de l'entendre finir les phrases à sa place – et réciproquement – et l'écouter soupirer : « Vous voyez quelle est ma vie ? » quand les garçons leur rendraient visite avec leur famille et qu'elle lui demanderait pour la troisième fois de venir lui donner un coup de main à la cuisine.

Jack essayait de paraître détendu, mais lorsqu'elle s'assit sur le siège resté libre, à côté de lui, son soulagement était presque palpable. Elle se remémora alors une remarque que lui avait faite sa mère, quelques années plus tôt :

« N'importe quel couple peut se briser, Annie. Ce sont ceux qui réussissent à rester soudés après la tourmente qui forcent le respect. »

Eric prit place sur le terrain avec ses camarades et l'arbitre siffla le début du match. Le public se déchaîna, scandant le nom des joueurs, applaudissant chaque exploit, saluant chaque tentative manquée d'un « Oh... » désolé. Eric marqua son premier panier juste avant la fin de la première mi-temps. Annie sentait le regard de Jack sur elle. Quand il lui prit la main et mêla ses doigts aux siens, elle frissonna de plaisir et fut submergée par un tel sentiment de bonheur qu'elle en fut tout étourdie. Elle sut alors avec certitude que sa place était là, près de lui, et qu'elle n'en changerait pour rien au monde.

Souriant, elle baissa les yeux sur le paquet qu'elle avait posé sur le siège voisin du sien. Il était destiné à Jack. À l'intérieur, elle avait glissé une photo d'eux prise des années plus tôt, un peu avant qu'Eric ne tombe malade. Elle riait, le bras de Jack autour de ses épaules, Eric perché sur l'un de ses genoux tandis que Luke fixait l'objectif avec ce sourire qui semblait toujours revendiquer des secrets qu'il était le seul à connaître.

Annie avait collé une petite étiquette sur le cadre, où on pouvait lire ces quelques mots, tracés de sa main :

*« Vous avez vu un peu cette famille géniale ? »*

## Remerciements

Avant toute chose, je tiens à remercier mon agent, Lisa Dawson, de m'avoir rappelé que le travail d'écrivain est un métier, et non une course contre la montre. Sans son soutien, ses conseils précieux et son infinie patience (une qualité qui, hélas, me fait défaut), ce livre serait une pile de cendres au fond de ma cheminée.

Qu'il me soit permis également de remercier :

Mon neveu, Chaunce. Te regarder lutter jour après jour contre l'hystiocytose quand tu étais petit m'a brisé le cœur, mais le jeune homme que tu es devenu aujourd'hui est pour moi une source inépuisable d'inspiration.

Mon mari, Rick, qui a créé mon site web, lit et relit tout ce que je lui donne, réalise d'innombrables copies de mes manuscrits, et qui supporte stoïquement d'être réveillé à trois heures du matin quand je vis un de ces « moments eurêka » – les écrivains apprécieront.

Mon éditrice, Ellen Edwards, qui a aimé tout de suite *Une nouvelle chance* et avec laquelle j'ai eu tant de plaisir à travailler. Merci pour votre enthousiasme. Chandler Crawford, mon agent pour les droits étrangers : c'est un honneur d'être représentée par vous.

Jacquelyn Mitchard, pour son soutien et son amitié ; Susan Wiggs, qui a cru en ce livre depuis le début ; et Linda Holeman : c'est toujours formidable de vivre cette aventure avec vous.

Le Dr. Reeni Soni, qui m'a expliqué en quoi consistent les symptômes de la méningite ; Dale Kapitaniuk, qui a gentiment

accepté de répondre à toutes mes questions sur le fonctionnement d'une maison funéraire ; et Sally Weingartner, qui a lu les
différentes moutures de mon manuscrit, m'offrant à chaque fois
ses commentaires pertinents et ses suggestions.

Mes remerciements les plus chaleureux à tous ceux qui ont
pris sur leur temps pour effectuer des recherches pour moi :
Charlie Newton (le plus pointilleux de mes lecteurs), Marilyn
Edwards, Sydney Holt, Karen Veloso, Denise Miller, Julie Block,
Andrea Kennedy, Jacquie Gabriel, Gail Kennedy, et Michele
Thompson.

Je tiens à signaler ici un ouvrage d'une incroyable drôlerie
que j'ai été amenée à lire dans le cadre de mes recherches et
qui s'intitule *The Hypochondriac's Guide to Life. And Death*, de
Gene Weingarten. J'adresse un grand merci au Manitoba Arts
Council pour m'avoir octroyé une subvention pendant l'écriture
de ce roman ; ainsi qu'au Maui Writers Retreat and Conference ;
sans oublier ma famille, mes amis, et mon fan-club de la petite
ville d'Athabasca, dans la province de l'Alberta.

Enfin, un gros câlin à Thomas, Marcus, Andrea et Russ : un
bon nombre de choses que j'écris, je les ai apprises de chacun
de vous.

*Composition et mise en pages :* Facompo, Lisieux

*Achevé d'imprimer sur les presses de*

**BUSSIÈRE**

GROUPE CPI

*à Saint-Amand-Montrond (Cher)*
*en mai 2008*

N° d'édition : B 04291. — N° d'impression : 081481/1.
Dépôt légal : mai 2008.

*Imprimé en France*